Une lady, sinon rien

Meredith DURAN

Une lady, sinon rien

Traduit de l'anglais (États-Unis)
par Anne Busnel

J'AI LU

AVENTURES & PASSIONS

Vous souhaitez être informé en avant-première
de nos programmes, nos coups de cœur ou encore
de l'actualité de notre site *J'ai lu pour elle* ?

Abonnez-vous à notre *Newsletter* en vous connectant
sur **www.jailu.com**

Retrouvez-nous également sur Facebook
pour avoir des informations exclusives :
www.facebook/pages/aventures-et-passions
et sur le profil *J'ai lu pour elle*.

Titre original
A LADY'S LESSON IN SCANDAL

Éditeur original
Pocket Star Books, a division of Simon & Schuster, Inc., New York

© Meredith McGuire, 2011

Pour la traduction française
© Éditions J'ai lu, 2012

À Janine Ballard, ma meilleure critique et partenaire,
pour ses intuitions brillantes, son amitié indéfectible
et l'élégance de sa prose
qui ne manque jamais de m'inspirer.

Remerciements

Comme toujours, un grand merci à ceux qui me supportent avec tant de patience durant mes périodes d'écriture : ma merveilleuse famille qui me soutient sans faillir ; l'archéologue qui ne dit jamais non aux choux de Bruxelles ; l'adorable juriste en devenir au fin fond de sa campagne.

J'adresse mes plus vifs remerciements à Janine Ballard et S.J. Kincaid pour leurs précieuses remarques sur les premières ébauches du roman, ainsi qu'à Courtney Milan qui m'a très gentiment éclairée sur ce traité juridique du XIXe siècle qui commençait à me donner sérieusement la migraine (et j'assume, bien entendu, la responsabilité de toute éventuelle erreur d'interprétation).

1

Nell avait déjà franchi la porte de l'atelier quand stridulait encore le coup de sifflet qui marquait la fin de la journée de travail.

Elle savait bien qu'il ne fallait pas pousser les gens devant elle. De temps en temps, lors d'une bousculade, certains finissaient avec une jambe ou un bras cassés. Elle ne parvenait pas à ralentir. Depuis que sa mère sifflait à chaque respiration, Nell sentait elle aussi ses poumons la brûler. Elle ne pouvait plus ignorer l'atmosphère empuantie de l'atelier, ni les quintes de toux qui la secouaient lorsqu'elle roulait les cigares. En fin de journée, l'air ne lui semblait plus contenir qu'une seule molécule d'oxygène.

Dehors, dans la lumière pâlissante du crépuscule, les relents âcres de la fumée de charbon imprégnaient le vent humide. Elle aima quand même sa caresse fraîche sur son visage, comme si ce souffle dissipait les miasmes insalubres.

Elle se faufila parmi la foule d'ouvriers, dépassa les groupes de filles qui s'arrêtaient un instant pour rabattre leur châle sur leur tête et lancer quelques remarques coquines aux hommes ou jacasser entre elles. Comme s'il n'y avait pas d'endroit plus agréable pour bavarder que cette usine pestilentielle !

Peut-être était-ce le cas.

Nell parvint finalement à gagner une portion de trottoir moins encombrée. Elle se sentit soulagée et de nouveau vivante. Un bon aspect de ce travail à l'usine, c'était que chaque journée finissait bien.

Juste au moment où elle s'adossait contre un mur, une main lui saisit le coude. Elle se dégagea d'un geste brusque, pivota et se retrouva face à... Hannah.

— Oh, tu m'as fait une peur bleue !

— Tu es trop bête, Nellie !

Les yeux de Hannah brillaient dans ce petit visage semé de taches de rousseur.

— Alors, combien tu t'es fait cette semaine ?

Nell jeta un coup d'œil aux alentours pour vérifier que personne ne les écoutait, avant de répondre :

— Dix-neuf shillings.

Elle avait récolté un torticolis à force de se pencher sur l'établi, et la douleur lancinante dans ses phalanges l'empêcherait sûrement de dormir la nuit prochaine ; mais dix-neuf shillings, c'était une première.

Bien sûr, quand Michael, son beau-frère, prélèverait sa part, il ne lui en resterait plus que dix, ce qui ne suffirait pas à convaincre un bon médecin de venir jusqu'à leur meublé, ni à manger jusqu'à la semaine suivante.

— Moi, seulement quinze, fit Hannah avec une grimace.

D'ordinaire, grâce à ses doigts agiles, elle battait Nell d'une couronne.

— C'est à cause de la journée d'hier, reprit-elle. J'allais à toute vitesse, et puis la contremaîtresse s'est mise en rogne et m'a obligée à refaire la moitié de la pile...

Elle haussa les épaules, écarta une mèche de cheveux blonds qui lui tombait sur l'œil, puis agita ses mains en l'air :

— Tu aimes mes gants ? Je les ai achetées chez Brennan. Ça m'a coûté deux jours de paie, mais il m'a juré qu'ils étaient en chevreau véritable.

— Ils sont… magnifiques !

En réalité, le cuir blanc craquelé était noirci de crasse. À la place de son amie, Nell aurait trouvé un bien meilleur usage pour une couronne. De la bonne laine, une bouilloire neuve, ou des fruits frais. Doux Jésus, l'eau lui venait à la bouche à l'idée de croquer dans une reinette !

Mais c'était elle qui avait des engelures, tandis que Hannah avait les doigts au chaud. Alors qui était la plus maligne des deux ?

Prenant le bras de son amie, elle l'entraîna dans la rue.

— Viens, il ne faut pas que ton père te voie avec ces gants.

Si jamais Garod Crowley se rendait compte que sa fille économisait, il entrerait dans une fureur noire.

— Je sais, je ne suis pas idiote ! s'esclaffa Hannah.

Un gars qui passait tourna la tête dans leur direction. Nell ne le connaissait pas et se renfrogna ostensiblement pour le dissuader de s'arrêter. Il s'éloigna, après leur avoir adressé un clin d'œil. Nell ne put s'empêcher de rougir sans entretenir pourtant d'illusion : c'était Hannah qui avait attiré son attention, pas elle. Avec sa frimousse en forme de cœur et ses grands yeux bruns veloutés, Han était ravissante.

— Dis Nellie, tu viens à la réunion tout à l'heure ?

Nell avait complètement oublié que les dirigeantes de l'Amicale des Jeunes Travailleuses se réunissaient ce soir-là. Elles avaient une fâcheuse tendance à se mêler de ce qui ne les regardait pas et à infliger des sermons. Néanmoins, elles détenaient une superbe collection de livres qu'elles prêtaient à leurs protégées.

— J'aimerais bien, répondit-elle dans un soupir.

Malheureusement, sa mère était trop malade pour pouvoir rester seule. Les dernières potions du rebouteux avaient encore aggravé son état.

— Il faut que tu viennes ! Le comité a organisé une collation spécialement pour nous.

— Je sais. C'est très généreux de leur part.

Nell rêvait d'une vraie tasse de thé. Malgré ce qu'elle économisait, elle ne pouvait pas s'offrir des feuilles de qualité. Cette pensée assombrit son humeur. Elle avait beau mettre de côté, son pécule n'était pas bien gros, et la santé de sa mère se détériorait de jour en jour, presque d'heure en heure.

— ... dit qu'elles nous donneraient aussi des cadeaux, pérorait Hannah. Tu ne vas pas louper ça, quand même !

— Je n'ai pas le choix. Suzie travaille de nuit chez Mott ce soir. Je ne peux pas laisser maman toute seule.

— Michael pourrait veiller sur elle. Pour une fois ! commenta Hannah avec un regard acéré.

Nell faillit rire. Ce jour-là n'était pas près de se lever ! Depuis que sa mère était trop malade pour travailler, Michael ne voulait plus entendre parler d'elle. Il s'était brutalement souvenu qu'il n'était que son beau-fils.

— J'imagine qu'il préférera tenir compagnie à Suzie.

Michael appréciait l'atmosphère turbulente de la taverne où sa femme tenait le bar – et surtout les verres qu'elle lui glissait de temps à autre au cours de la soirée. Il appréciait également l'argent qu'elle gagnait, au point de ne pas lui laisser un seul penny. Nell ne pouvait pas compter sur ce renfort.

Il lui aurait fallu un prêt. Les créanciers rechignaient à prêter de l'argent à une femme, mais peut-être aurait-elle pu se servir de Michael comme prête-nom ? Encore fallait-il qu'il lui donne l'argent, une fois ce dernier obtenu ? Il n'avait jamais été du genre à partager.

L'année passée, il avait mis la main sur un joli petit pactole tombé du ciel, qu'il avait entièrement remis à son club politique. À présent, il ne se souciait plus de revendiquer quoi que ce soit, mais ses poches demeuraient vides, à cause du jeu et du gin. S'il obtenait le prêt et gardait l'argent, Nell n'aurait aucun moyen de pression pour l'obliger à le lui rendre.

Restait une autre solution...

Elle avait une solution très simple pour résoudre ses difficultés pécuniaires. Michael ne cessait de l'y pousser. Elle ne pouvait pas : l'idée seule lui donnait la nausée.

« Une fois que le lait a tourné, il n'y a rien d'autre à faire que de le jeter », disait toujours sa mère.

D'un autre côté, celle-ci n'avait pas d'autre recours que la prière. Pas la peine d'être un mécréant pour savoir que ça ne suffisait pas.

Affligée, elle considéra son amie. Hannah et elle habitaient le même immeuble depuis qu'elles étaient petites, elles avaient fréquenté la même école, passé tous leurs dimanches soir à faire les quatre cents coups. Elles avaient grandi l'une à côté de l'autre, sans jamais rien se cacher. Mais dernièrement, ce n'était plus vrai. Nell ne pouvait se résoudre à parler de tout. « Mon beau-frère veut que je me prostitue » : comment aurait-elle pu avouer une telle horreur ? Et à quoi bon ? Hannah ne pouvait lui offrir que sa compassion.

Pourtant, elle avait tellement besoin de se confier.

Prenant une inspiration, elle rassembla ses forces :

— Han, il faut que je te dise.

— Oh, regarde ça ! l'interrompit Hannah en se précipitant vers une vitrine illuminée où on pouvait voir une rangée de portraits photographiques.

Nell soupira. En réalité, elle était soulagée. Tout cela ne regardait qu'elle. Cette subite envie de pleurer qui l'obligeait à battre des paupières à toute vitesse ne rimait à rien,

— Je suis pressée, objecta-t-elle.

— Allez, viens ! Juste un instant !

À contrecœur, elle s'approcha. Ces portraits des jeunes beautés de la haute société faisaient fureur.

Michael en avait punaisé deux au mur à la maison : deux très belles demoiselles en robe du soir scintillantes, la tête couronnée d'un diadème.

Parfois, quand Nell faisait frire des harengs dans la cheminée, elle se surprenait à les contempler : « Ces femmes ressemblent à des poupées avec leur taille de guêpe et leur chevelure aux boucles bien ordonnées. » Il lui semblait impossible qu'au moment où elle était assise là, à demi suffoquée par l'odeur du poisson, ces jeunes femmes se trouvent dans le même monde, la même ville, à quelques rues de distance. Des femmes si irréelles auraient tout aussi bien pu vivre sur la lune !

— Je reconnais celle-ci ! dit Hannah, l'index pressé contre la vitre pour désigner une jolie jeune fille vêtue d'une robe de brocart gansée de petites roses en soie. C'est lady Jennie Churchill. C'est bien ce qu'il y a écrit sous la photographie, non ?

Nell inspecta l'élégante étiquette sur laquelle était calligraphié le nom du modèle :

— Oui, c'est ça.

— C'est l'Américaine qui a épousé le fils du duc de Marlborough. Il paraît qu'il a une blennorragie.

— Qui se couche avec un chien se réveille avec des puces ! philosopha Nell avec un haussement d'épaules.

— Non, Nell, ces rupins-là ne vont pas avec les ribaudes à quatre sous. Leurs catins aussi sont de la haute. Ils les installent dans de belles maisons à St John's Wood, et elles ont leur propre voiture, avec un cocher !

— Comment sais-tu ça ?

— Les gens parlent, pas vrai ?

La conversation donnait la nausée à Nell. Oui, les gens parlaient. Ils accusaient sa mère de lui avoir donné une éducation bien supérieure à sa condition. Pour se donner de grands airs, prétendaient-ils. Si Nell finissait bel et bien sur le trottoir comme le voulait Michael, les commères en feraient des gorges chaudes.

— Les gens racontent n'importe quoi.

— Réveille-toi ! Un monsieur ne se conduit pas comme l'homme de la rue. Mais cette pauvre fille... murmura encore Hannah en tapotant la vitrine du bout de son index, j'espère qu'il ne va pas lui refiler sa maladie.

— Il n'y a rien de pauvre chez elle, remarqua Nell. Tu as vu ses diamants ? Avec ça, on pourrait se nourrir et se loger pendant cinq ans !

Hannah ne répondit pas. Elle étudiait les autres photographies. Elle désigna la plus éloignée :

— Et celle-ci, tu ne la trouves pas jolie ?

— Pff. Donne-moi des milliers de livres, et moi aussi je deviendrai ravissante !

Nell jeta un regard inquiet vers la rue. La foule chassée de l'usine s'était désormais dispersée. Il ne restait plus grand-monde sur le pavé et bientôt l'endroit ne serait plus très sûr.

— Dis donc... regarde ça ! Elle te ressemble. Elle te ressemble beaucoup ! s'exclama Hannah, interloquée.

Un groupe de garçons remontait dans leur direction. Venaient-ils les voir ou rentraient-ils simplement chez eux ?

— Moi ? Dieu merci je ne ressemble pas à une poupée de cire, murmura Nell distraitement.

Hannah pouffa :

— Tu es juste jalouse parce que l'autre jour Dick Jackson se promenait avec une photo de cette fille !

Nell reconnut l'un des garçons, un type correct qui allait à l'église le dimanche. Elle se détendit, pivota vers Hannah :

— Il passe plus de temps à courir la gueuse dans les estaminets qu'à travailler. Jamais je ne m'intéresserai à un gars comme ça.

— Bon alors, c'est quoi ? Tu ne la trouves pas jolie ? Tu ne peux pas nier qu'elle te ressemble !

Nell soupira. Il faisait froid et elle n'avait pas de gants, elle. L'expression d'admiration émerveillée et un peu envieuse qu'elle lisait sur les traits de son amie la fit capituler. Si ces photographies idiotes faisaient rêver son amie et lui procuraient un peu de joie, elle n'allait pas l'en priver.

Les mains en coupe devant sa bouche, elle souffla sur ses doigts endoloris pour les réchauffer.

— D'accord, c'est vrai. Elle est jolie.

— Mais regarde-la au moins avant de dire ça ! Et dis-moi comment elle s'appelle.

De mauvaise grâce, Nell se pencha pour lire l'étiquette :

— Lady Katherine Aubyn, fille du comte de Rushden, lut-elle, avant de relever les yeux sur le portrait.

Le souffle lui manqua.

— Lady Katherine, répéta doucement Hannah. C'est bizarre qu'elle te ressemble autant, quand même.

D'une main tremblante, Nell frôla son propre menton. La même petite fossette se creusait aussi chez elle à cet endroit. Le même angle volontaire soulignait la mâchoire. Le même nez, long et droit, les mêmes yeux bien écartés.

Un frisson parcourut Nell. Cette fille était son sosie. Comment était-ce possible ? Elle se savait d'un physique commun, pourtant cette fille qui avait le même visage était absolument parfaite, sans une seule ridule ni le moindre bouton qui aurait fait d'elle une personne ordinaire. La photo était comme un miroir magique, une vision d'elle-même dans une vie différente : une vie où elle serait née dans l'opulence, où des camé-ristes auraient tressé des rubans de soie dans ses cheveux et attaché une fortune en perles autour de son cou avant qu'elle ne se décide à prendre la pose...

Lady Katherine arborait un léger sourire qui parut s'élargir tandis que Nell la dévisageait.

« Mon collier pourrait payer un millier de visites d'un millier de médecins », semblait-elle proclamer.

— Comment ça se fait qu'elle te ressemble autant ? insista Hannah.

18

Nell avait la chair de poule. Elle resserra les pans de son châle sur ses épaules. Sorcellerie ! Cette fille avait volé son visage et en faisait un bien meilleur usage !

— C'est parce qu'elle est ennuyeuse à pleurer, répondit-elle. Regarde, il n'y a pas une marque sur son visage. Tu crois qu'il lui arrive de péter ou bien ce sont ses domestiques qui le font pour elle ?

Hannah éclata de rire :

— Ma foi, qui a besoin d'être intéressant avec autant d'argent ?

— C'est vrai, opina Nell en se forçant à rire aussi. Si elle ne réussit pas à se dégoter un mari, son papa lui en achètera un, de toute façon.

Cette idée la dégoûtait quand même. Elle glissa son bras sous celui de Hannah et l'entraîna loin de la boutique, tandis que son amie lançait un regard nostalgique par-dessus son épaule :

— Tu imagines ça, Nell ? Ce que ça doit faire d'avoir sa photo dans une vitrine ? Et de savoir que des hommes paient pour l'obtenir !

— Moi, ça ne me tente pas du tout, répliqua Nell d'un ton ferme. Je n'aimerais pas que mon visage se retrouve dans la poche de Dickie Jackson.

Le rire de Hannah fusa de nouveau, mais s'acheva sur une note de tristesse :

— Vraiment, Nell, tu ne rêves pas de ça ? De l'argent comme s'il en pleuvait ! Et aucun souci à se faire.

— Ces gens-là ne marchent pas main dans la main, chérie. Et les belles dames aussi ont leurs tracas.

Qui pouvait prétendre le contraire ? Riche ou pauvre, toute personne dotée d'un cœur avait des soucis pour l'accabler.

— Ça me conviendrait très bien, ce genre de tracas !

Hannah dégagea son bras et tournoya sur elle-même :

— Voyons, milord, dois-je porter mes diamants ou mes émeraudes, ce soir ? La robe en soie ou celle en satin ? Oh, vous voudriez me donner encore *plus* d'argent ? Mais comment vais-je le dépenser ? minau-dait-elle en battant des cils.

Nell avait la tête qui tournait, comme si cette maudite photo lui avait sauté au visage pour la gifler. Elle se réfugia dans l'ironie :

— Oh milord, vous m'avez ramené la blennorragie de votre poule ? Comme c'est gentil à vous !

— Je suis sérieuse, protesta sa camarade, les mains sur les hanches. Allez, avoue, ça doit bien te faire envie, tout ça ?

— À quoi bon perdre son temps à soupirer après ce qu'on n'aura jamais ? Ce n'est pas comme ça qu'on est heureux.

— Heureux ? répéta Hannah, sarcastique. Parce que je nage dans le bonheur actuellement, hein ? Avec mes gants minables qu'une grande dame a dû donner à sa cameriste, qui les a probablement refilés à la fille de charge, avant qu'ils n'échouent chez Brennan !

Nell demeura coite. Cet éclat ne ressemblait pas à Hannah. Après tout, il était vrai qu'aucune d'elles ne se dirigeait vers un avenir rayonnant.

Le brouillard était tombé et s'épaississait, planant en nappes crasseuses au-dessus des pavés. Les lumières et les sons alentour s'estompaient. L'air fraîchissait. Il n'allait pas tarder à pleuvoir.

Quelque part dans cette ville, lady Katherine Aubyn était bien au chaud, douillettement installée sur un sofa. Ici la nuit s'annonçait âpre, triste, et dangereuse.

« Que Dieu nous vienne en aide », pria-t-elle.

Nell ramena son châle sur sa tête, puis tendit le bras pour montrer sa main aux phalanges rougies :

— Si ces gants ne te plaisent plus, je saurai en faire bon usage !

Sa compagne se mordit les lèvres, comme pour refouler une émotion que Nell préférait ignorer.

— Je suis désolée, Nellie. Je ne sais pas ce qui m'a pris.

— Mais c'est vrai, tu sais, répondit doucement Nell. Bien sûr que je pense à tout ça. Seulement ça n'a pas de sens de ressasser tout cela. Ça fait juste du mal pour rien.

Dernièrement, elle y avait beaucoup trop pensé, si bien qu'elle avait eu du mal à dormir la nuit. Cette photographie lui apparaissait maintenant comme une sinistre prémonition. Sur terre, tout le monde n'avait pas la même chance. Une autre fille, qui lui ressemblait trait pour trait, s'était déjà approprié sa part.

Elle se ressaisit aussitôt : ces superstitions ne rimaient à rien.

— Il faut se concentrer sur les belles choses, chérie.

Hannah respira un bon coup, puis eut un sourire résolu :

— Tu as raison, bien sûr. Allez, viens ma cocotte. On devrait rentrer. Je crois que c'est soupe aux pois cassés, ce soir.

Hannah avait repris le bras de Nell, et ses doigts exprimaient tout autre chose que son sourire. Ils s'enfonçaient dans la chair de Nell jusqu'à lui faire mal et susciter d'autres inquiétudes, comme si elle n'en ressentait pas assez comme ça.

Elle ouvrit la bouche, se ravisa. « J'y pense tout le temps, à cette fichue injustice ! C'est comme un caillou brûlant dans ma poitrine ! »

Mais quel bien cela aurait-il procuré à Hannah d'insister ? Pourquoi l'inciter à se rebeller devant l'inéluctable ? Il fallait accepter ce qu'on ne pouvait pas changer. Sinon ce feu s'étendait et vous dévorait de l'intérieur.

Nell le sentait déjà se propager en elle. Elle avait vu ce qu'il avait fait à son beau-frère. L'automne précédent, Michael enrageait, vociférait, prêt à changer le monde. Il avait rejoint les rangs des socialistes, les avait aidés à rassembler un millier d'hommes qui avaient défilé dans Hyde Park en criant des slogans politiques qui exigeaient un peu plus de justice sociale.

Qu'avaient-ils gagné ? Des côtes cassées et des nez brisés quand la police avait chargé. Deux ou trois articles dans la presse. Et puis tout était redevenu comme avant. Les aristos étaient retournés à leurs garden-parties, et Michael était retourné à son gin.

« Mieux valait oublier de telles fredaines », concluat-elle pour elle-même.

— J'essaierai, affirma Hannah.

Nell tressaillit. Elle ne s'était pas rendu compte qu'elle avait prononcé à voix haute sa dernière pensée. Sans doute avait-elle bien fait, car l'étreinte se relâcha et Hannah lui adressa un sourire, sincère cette fois.

Puis, en l'entraînant dans son sillage, elle entonna une chanson à la mode. Nell joignit sa voix à la sienne et, bras dessus bras dessous, elles rentrèrent chez elles d'un pas vif.

**

Nell fut réveillée cette nuit-là par un bruit de pas sur le plancher, tout près de sa tête.

Elle ouvrit les yeux et découvrit une silhouette sombre dressée au-dessus d'elle. À moins d'un mètre, sa mère laissa échapper un râle étranglé.

— Elle est fichue, grogna Michael. C'est sûr, elle va mourir.

C'était la centième fois qu'il répétait cela. Une odeur de gin flottait dans son sillage. Il tituba et les lattes du plancher craquèrent sous ses pieds.

Nell se dressa sur un coude :

— Où est Suzie ? chuchota-t-elle.

— Où est Suzie ? la singea-t-il, goguenard. Et où crois-tu qu'elle soit ?

À droite de Nell, sa mère murmura des paroles indistinctes. « Non, ne parle pas. Dors ! », supplia Nell en silence.

Elle avait croisé Suzie un peu plus tôt ce soir-là : un œil au beurre noir, le visage rougi, les yeux gonflés d'avoir pleuré. Michael pouvait rester sobre très longtemps ; ce n'était pas mieux pour autant car quand il se remettait à boire, sa beuverie durait des jours. Et alors il cognait.

S'il était venu lui chercher querelle, autant que cela se passe dans la pièce voisine. Sa mère avait besoin de repos.

Elle repoussa la couverture, se leva. Comme il lui emboîtait le pas, elle sentit des frissons parcourir sa nuque.

Une fine tenture séparait les deux chambres. Dans la seconde, une lampe à pétrole reposait sur une petite table, près de la cheminée. Nell se pencha, à la recherche d'allumettes.

La grande main de Michael se referma brutalement sur son mince poignet afin qu'elle se tourne vers lui.

— Non, n'allume pas, ordonna-t-il. Je n'ai pas envie de voir ta sale tronche !

— Comme tu voudras, Michael.

Sa mère disait que Michael avait en lui un démon tapi qui se nourrissait de gin. Nell ne l'écoutait que d'une oreille quand elle se mettait à parler de créatures sataniques, mais les nuits comme celles-là, il n'était pas difficile de croire à ce genre de superstitions.

De sa main libre, elle tâtonna le long du mur derrière elle et trouva la tige métallique de la longue fourchette dont elle se servait pour faire griller des saucisses. Le manche se cala au creux de sa paume, d'un contact solide et rassurant. Elle se souvenait avoir aiguisé les deux dents la semaine précédente.

— Où est Suzie ? s'entêta-t-elle.

« Mon Dieu, faites qu'elle ne soit pas morte... »

Quand un homme usait de ses poings, la violence s'aggravait toujours.

Il eut un rire mauvais et sourd :

— Chez Mott. À servir tous ces types qui la reluquent. Ça me rend malade de voir ça.

Nell aurait voulu voir son visage. Michael ressemblait à son beau-père, brun, basané, bâti comme un boxeur, d'une beauté virile dont il tirait fierté. Lorsqu'il était sobre, il se contrôlait, à moins que la colère ne le submerge. Si elle avait pu voir son expression, elle aurait mieux su quoi faire avec cette maudite fourchette.

— C'est son travail, Michael. Grâce à lui, elle gagne bien sa vie.

— Ouais. Très bien, même. Je me demande comment ça se fait. À moins que je le sache, justement.

— Tu sais bien qu'elle t'aime.

Malheureusement, c'était vrai. Suzie était une jolie fille de bonne morale, qui n'avait pas manqué de soupirants. La plupart l'auraient mieux traitée que Michael. Comme nombre de femmes avant elle, elle avait gâché sa vie en écoutant les élans de son cœur.

Si elle se mariait un jour, Nell choisirait un homme sur d'autres critères : la gentillesse, l'intégrité, le courage, ou l'offre d'un toit solide.

Il fallait qu'un homme vous aime plus que vous ne l'aimiez en retour. C'était le seul moyen d'avoir la paix.

— Elle m'aime, ouais, ricana Michael. Dis-moi, tu te fais vraiment du souci pour Suzie, hein ? Et tu ne t'inquiètes pas pour *toi* ? À ta place, c'est ce que je ferais. J'ai appris ce que tu avais dit à la contremaîtresse. Tu as vraiment la tête farcie d'idées, hein ?

Nell retint son souffle. Les gens discutaient donc de cela ? Elle avait seulement demandé s'il était possible de percer quelques fenêtres dans l'atelier. La contremaîtresse avait éclaté de rire avant de répliquer : « Tu n'es pas payée pour respirer. Retourne travailler ! »

— Je lui ai juste dit deux mots. Je ne vois pas où est le mal, objecta-t-elle.

— Idiote. Tu crois que ces gens se soucient de ton petit confort ? Quand ils te regardent, ils voient une ouvrière comme les autres, dans la masse grouillante de la vermine.

L'amertume qui résonnait dans sa voix la toucha. Il y avait toute l'histoire de Michael dans cette intonation. Elle se radoucit un peu. Avant d'aller en prison, Michael se souciait du sort des ouvriers. Il avait subventionné de ses propres deniers la cause des réformateurs. Pour en récolter des coups et des brimades.

Normal qu'il la traite d'idiote, à vouloir marcher sur ses brisées.

— Je ne dirai plus rien, promit-elle. Mais j'ai raison, Michael. C'est l'air de l'atelier qui a rendu maman malade. Et ce serait si facile pour eux de changer les choses…

— Tu crois que j'en ai quelque chose à faire ? grinça-t-il en lui broyant le poignet.

Nell agrippa le manche de la fourchette. S'il l'obligeait à s'en servir, la nuit serait longue et pénible.

— Non.

— Si jamais tu te fais virer, tu auras de mes nouvelles. Je te refile à Dickie, que ça te plaise ou non.

— Compris, articula-t-elle.

— Il te cherchait dans la rue, ce soir. Il disait qu'il avait deux couronnes, qu'il pouvait aussi bien les dépenser avec toi qu'avec une autre fille.

La pénombre sembla se refermer sur elle et lui couper la respiration comme une main se serait plaquée sur sa bouche. Maudit Jackson. Il faisait exprès de balancer ce genre de remarques. C'était comme agiter un chiffon rouge sous le nez d'un taureau : il appâtait Michael. Ce n'était qu'une question de temps avant que son beau-frère la contraigne à accepter les avances de Jackson.

Une quinte de toux étranglée s'éleva dans la chambre voisine. « Oh seigneur, faites qu'elle ne se réveille pas ! »

— J'ai ramené le double de cette somme cette semaine, se rebiffa-t-elle.

Son poignet commençait à lui faire mal.

— Et tu pourrais gagner deux couronnes en un quart d'heure. Mais tu te crois trop bien pour ça, pas vrai ? Tu penses que tu vaux mieux que nous autres ? Que tu es différente ?

Sa gorge se serra. Parfois, depuis quelque temps, elle se posait les mêmes questions. Beaucoup de filles gagnaient quelques pièces debout contre un mur. Pourquoi y échapperait-elle ? D'accord, elle savait lire et écrire, et elle avait travaillé dur pour apprendre. Mais cela ne la rendait pas meilleure. Ils crevaient tous de faim et, au bout du compte, ils mouraient tous.

Deux couronnes le quart d'heure. Un joli profit.

Inutile de se leurrer, ce n'était pas pour elle. Ni la logique ni la raison ne le lui disaient, mais une certitude plus viscérale, plus infaillible. Elle pouvait s'imaginer prostituée, mais jamais elle n'y consentirait. Elle trouverait une autre solution. Quitte à... voler ?

Ça valait toujours mieux que de faire la catin avec Dickie Jackson.

— Je travaille, je gagne ma vie... commença-t-elle.

— Ah, ah ! Mason, le voisin, dit que je pourrais louer votre chambre douze couronnes par semaine.

— Mais ton père a dit que nous pourrions rester dans l'appartement ! s'emporta-t-elle dans un subit accès de colère.

Il laissa retomber son bras avant de répliquer :

— Il parlait de ta mère, pas de toi. Et elle est en train de passer l'arme à gauche, tu ne vois pas ?

— Parce que tu dépenses en gin tout l'argent qui pourrait la sauver !

Elle ne vit pas le coup partir. Elle crut sentir sa mâchoire se briser et la douleur lui traversa le crâne. Elle s'effondra dans un cri sourd ; elle rouvrit les yeux, sa joue gisait contre le bois rugueux du plancher.

La voix de sa mère déchira la nuit :

— Cornelia !

— Cornelia ! l'imita Michael. Comment allez-vous, Votre Altesse ?

Nell ne bougeait pas. Il lui semblait que son cerveau vacillait, mais sa mâchoire lui obéissait. Dieu merci, il l'avait frappée du revers de la main et non du poing.

— Un bon coup de pied au cul, c'est tout ce que tu mérites, espèce de catin, gronda Michael.

La colère effaça la douleur. Elle tenait encore à la main cette stupide fourchette. Elle aurait dû s'en servir quand elle en avait eu l'occasion.

— Mais il faut que tu rapportes des sous, alors tu ferais mieux de t'habituer à être étalée sur le dos, poursuivit Michael.

« Je te tuerai avant ! »

La ligne carrée de ses larges épaules se découpait contre le rideau qu'il écarta d'un geste. La tenture se décrocha et tomba par terre. Les pas de Michael s'éloignèrent sur les lattes disjointes du plancher. Les charnières de la porte grincèrent, le battant claqua contre le chambranle.

Une voix étouffée appela :

— Cornelia ? Cor...

Sa mère s'interrompit dans une quinte de toux. Nell se releva, luttant contre le vertige qui l'étourdissait. Elle essuya son nez ensanglanté. Sa rage avait un goût plus amer que la bile. Elle haïssait Michael. Elle haïssait Dickie Jackson.

Elle jeta avec force la fourchette en travers de la pièce.

Elle perçut un froissement de tissu dans l'autre chambre. Sa mère essayait de se lever. Nell gonfla d'air ses poumons et s'approcha :

— Ce n'est rien, maman. Reste couchée, je t'en prie. Je vais bien.

— Non, marmonna sa mère. Dieu te garde. Qu'il nous épargne dans Sa très grande bonté...

Une nouvelle quinte de toux lui déchira la poitrine. Nell lui mit la main dans le dos pour l'aider à s'étendre sur sa couche.

— Rendors-toi, maman. Tout va bien.

— Tu dois aller... chercher de l'aide. C'est un pervers maléfique, mais il acceptera de t'aider.

— Mais oui, acquiesça Nell, la main posée sur la joue sèche et brûlante de sa mère.

La fièvre montait toujours en soirée.

Sa mère s'agita, détourna la tête.

— Écoute-moi ! J'espérais... Je l'ai fait pour toi, Cornelia. Il brûlait de désir... Un vrai démon. Encore plus arrogant que Michael. Obscène... Lubrique...

À nouveau une de ces crises étranges, mystiques. Il ne manquait plus que ça.

— Calme-toi. Essaie de te rendormir, maman.

Des doigts osseux agrippèrent le bras de Nell :

— Non. Préserve-toi. Implore la protection de Dieu. Mais dis-lui qui tu es. Dis-lui... que je pensais te sauver. Garder une part de lui pour moi...

Une quinte de toux grasse la terrassa. Elle reprit son souffle et l'air siffla dans ses poumons encombrés.

— Oui, oui. Je lui dirai, acquiesça Nell, paniquée. Dors, maman.

— J'ai toute ma tête, tu sais.

La voix de sa mère était devenue ferme et incisive. Comme à l'époque où elle tirait les oreilles de Michael parce qu'il invoquait en vain le nom du Seigneur. Elle le forçait alors à s'agenouiller trois heures durant le dimanche, comme tous les membres de la famille.

— Tu peux retourner là-bas, Cornelia. Je te pardonne.

— Oui, bien sûr. Calme-toi.

— Rentre chez ton père. Lord Rushden t'attend.

Nell se figea. Lord Rushden ? Le père de cette fille qu'elle avait vue sur la photographie, dans la vitrine ? Pourquoi sa mère prononçait-elle ce nom ? Quelle étrange coïncidence !

— Que veux-tu dire, maman ?

— Un vrai démon ! soupira sa mère. Mais je te pardonne.

— Qu'est-ce que... tu me pardonnes... maman ?

— Va retrouver ton père. Oui, tu dois lui parler, insista sa mère d'une voix plus aiguë, presque une voix de fillette. Va voir lord Rushden.

— Qu'est-ce que tu racontes ? Tu ne veux tout de même pas dire que... lord Rushden...

— Surtout, ne cède pas à la tentation, ma fille. Ne le laisse pas te séduire. Résiste !

— Oh maman, tu délires... Mon père est Donald Miller.

Sa gorge se noua, Nell soupira. Sa mère lui avait parlé de son père, un ancien métayer du Leicestershire, qui était mort du choléra quand Nell était encore bébé.

— Non, chuchota sa mère. Mensonge. Il n'y a eu que lord Rushden, Cornelia. Longtemps avant. Il t'aidera, sois-en sûre. Je t'ai prise dans ton intérêt. Mais je ne peux plus. Il faut que tu lui écrives.

Le cœur de Nell battait à tout rompre. C'était tout bonnement inconcevable, mais elle ne trouvait qu'une seule signification aux paroles incohérentes de sa mère : celle-ci était en train de lui avouer qu'elle était une bâtarde. La bâtarde d'un aristocrate.

Cela expliquait son étrange ressemblance avec la fille de la photographie.

— Est-ce qu'il accepterait de payer les honoraires du médecin ? demanda-t-elle soudain.

Le rire rauque de sa mère la fit frissonner :

— Oh, Cornelia ! Ce démon fera beaucoup plus que ça !

2

Il n'y avait rien de plus fastidieux qu'une fête dont le but avoué était de prouver la dépravation de l'hôte. Le petit raout de Colton ne faisait pas exception.

Les murs avaient été tapissés de velours sombre, les lampes électriques éteintes. La seule source de lumière provenait de candélabres en fer disposés un peu partout.

La mine lugubre, les musiciens d'un quartet à cordes massacraient un morceau que Simon mit du temps à identifier comme le *Te Deum* joué à l'envers. Accrochée au lustre se balançait une croix renversée. Les catins engagées pour l'occasion étaient déguisées en nonnes – du moins celles qui portaient encore quelques habits sur elle.

Perplexe, Simon avança parmi la foule bruyante. Pourquoi cette obsession pour les nonnes ? Il connaissait la plupart des visages autour de lui. Il n'y avait pas un seul catholique ici. On pouvait en conclure que la tradition anglicane ne pouvait s'empêcher de fantasmer sur la profanation papiste.

Apparemment, personne n'avait encore eu l'idée d'organiser une messe noire. C'était déjà ça.

Il continua sa progression. Les gens commencèrent à remarquer sa présence et le saluèrent de droite et de gauche : un député qui lutinait une femme à demi nue, trois riches hommes d'affaires qui levèrent leurs verres dans sa direction avec un tel enthousiasme que la majorité du whisky atterrit sur le tapis.

Simon répondait de légers hochements de tête, tout en scrutant la cohue, à la recherche de sa proie.

Un murmure de voix excitées flottait dans son sillage. Les invités énuméraient ses péchés, réels ou imaginaires – ces derniers étant les plus nombreux, bien sûr.

Il retint un sourire. Ce vieux salopard de Rushden n'avait jamais compris ça. Il avait toujours pris pour argent comptant le moindre racontar concernant son héritier présomptif. Simon avait renoncé à le détromper, et aujourd'hui il n'en éprouvait aucun regret.

Même ce soir, au bord de la déchéance ultime, il ne voyait pas comment les choses auraient pu se passer différemment. Son tuteur l'avait jugé, condamné et maudit dès le début. Il ne lui avait jamais accordé le bénéfice du doute.

— Rushden, tu es venu !

Harcourt approchait. Il contourna deux ducs aux torses nus, avinés et occupés à chorégraphier les mouvements d'une fille qui ondulait de la croupe juchée sur la table couverte de victuailles. Âgée d'une quinzaine d'années au plus, elle était encore capable de sourire des imbécillités qu'on exigeait d'elle.

— Oui, comme toi, répondit Simon sans quitter la fille des yeux.

Il soupira en voyant un duc tendre la main pour lui peloter les seins. Simon avait très envie de glisser une pièce à la fille pour lui permettre de s'échapper, mais il savait qu'elle refuserait. D'un point de vue commercial, cette réception représentait pour elle une véritable aubaine.

Il reporta son attention sur Harcourt :

— Que fais-tu là ?

Ce n'était pas son genre de faire la morale aux ivrognes, mais ces gens-là étaient moins venus pour s'adonner aux pires libations que pour se montrer. En général Harcourt avait de meilleures fréquentations.

— Je sais, c'est un spectacle déplorable, admit Harcourt en passant une main légèrement tremblante dans ses cheveux rouquins. Mais je m'ennuyais, et je te croyais chez lady Swanby. Ton petit protégé ne devait pas jouer ce soir ?

— Si, le récital s'est terminé il y a une heure.

Sur le conseil de Simon, Andreasson, le pianiste suédois qu'il parrainait actuellement, avait composé à la va-vite plusieurs morceaux dissonants. Les invités de lady Swanby avaient tous feint d'apprécier la musique. On pouvait compter sur eux pour en parler en termes dithyrambiques dès le lendemain à tous ceux qui n'avaient pas eu l'heur être conviés au récital.

— Il a eu son petit succès, ajouta Simon.

En dépit de ses efforts, sa morosité avait dû transparaître dans sa voix, car Harcourt plissa soudain les paupières.

— Je ne critiquais pas.

— Ce n'est pas ce que j'ai voulu dire ! s'exclama Simon dans un rire.

Les jeunes talents qu'il découvrait étaient toujours portés aux nues. Quiconque aurait osé dénigrer les goûts artistiques du comte de Rushden serait passé pour le dernier des nigauds.

Bien sûr, tout cela risquait fort de changer quand on apprendrait qu'il était ruiné.

— Alors, qu'est-ce qui ne va pas ? s'enquit Harcourt à mi-voix.

Simon haussa les épaules et saisit un verre sur le plateau d'un valet.

La brûlure de l'alcool lui laissa un goût désagréable sur la langue. Il ne voyait pas l'intérêt de taire le jugement que venait de rendre le tribunal. Dès demain les journaux le claironneraient dans tout le pays. Et pourtant, il n'avait pas envie d'aborder le sujet : il était encore trop stupéfait et incrédule pour trouver ses mots.

Comment expliquer que son prédécesseur, le neuvième comte de Rushden, ait perdu la tête ? Car il fallait être complètement fou pour ordonner que la totalité de sa fortune soit répartie entre ses deux filles, l'une vivante, l'autre disparue et vraisemblablement morte, et laisser par conséquent le prochain comte sans un sou pour entretenir ses domaines dont les terres n'allaient pas tarder à retourner en friche.

Il en serait pourtant ainsi puisque le tribunal venait de confirmer la légitimité du testament.

Quelque part dans les flammes de l'Enfer, le vieux Rushden devait savourer sa revanche.

Simon laissa échapper un long soupir. Non, il ne gaspillerait pas son énergie à expliquer cette décision insensée. Que les journalistes s'en chargent.

— Rien, tout va bien, prétendit-il.

Peut-être même réussirait-il à le croire. La vie n'était qu'une grande farce grotesque. Seuls les imbéciles la prenaient au sérieux.

Harcourt semblait dubitatif. Simon changea de sujet :

— Aurais-tu vu Dalziel dans les parages ?

Après tout, cette journée exécrable pouvait encore finir bien.

Harcourt se dérida brusquement :

— Ne me dis pas qu'il a toujours ton livre ? Ma foi, si tu veux lui flanquer une raclée, j'en suis !

Harcourt ponctua cette proposition d'un joyeux craquement de phalanges. Depuis qu'il avait pris sa retraite des fusiliers, il ne savait plus quoi faire de sa peau, et rien ne le ravissait tant que la perspective d'une bonne bagarre.

Simon n'avait pas prévu de recourir à de telles extrémités, mais pourquoi pas, finalement ? Dalziel avait

pris son argent sans se soucier de lui donner le manuscrit en contrepartie. Au terme d'une journée aussi
odieuse, ce forfait réclamait qu'un peu de sang soit
versé.

— Volontiers, acquiesça-t-il.

Suivi de près par Harcourt, il fendit la foule, ignorant les tapes que des thuriféraires avinés lui assénaient
au passage sur l'épaule. Comme il déviait en direction
d'un groupe qui regardait le ministre des Finances
déchirer l'habit d'une nonne aux boucles brunes, il
s'amusa avec une ironie désenchantée de ce spectacle.
Les classes bourgeoises prêchaient si sérieusement
dans la presse les vertus du dur labeur, du savoir et des
bonnes mœurs ! Cette scène affligeante aurait réduit à
néant tous leurs arguments. La nation était gouvernée
par une poignée de chenapans lubriques montés en
graine.

— Colton va être ravi de ta présence, déclara
Harcourt. Il te cherchait tout à l'heure, il disait qu'il ne
t'avait pas vu depuis une éternité.

Colton était l'organisateur de la soirée. Décidé à prouver qu'il était un homme du monde accompli, il courti-
sait l'amitié de toute personne disposant d'une
quelconque notoriété. Tenter de l'éviter était fastidieux
et l'encourager aurait été une erreur fatale.

— Je lui dirai que j'étais parti en retraite spirituelle, à
la quête de Dieu. Cela devrait modérer ses ardeurs.

Il n'était décidément pas d'humeur à plaisanter. Le
verdict du tribunal ne lui laissait pas d'autre choix que
de se mettre en chasse d'une riche épouse. Hélas, avec
sa réputation sulfureuse, il ne risquait pas de remporter
de vifs succès sur le marché du mariage.

Comme la foule s'écartait devant lui, il aperçut
Dalziel.

Celui-ci était installé à une longue table, sur laquelle
une femme nue allongée faisait office de plateau à
petits-fours. L'anxiété devait aiguiser l'appétit de

Dalziel qui était en train de se goinfrer de fromage et de raisin qu'il piochait sur les seins de la fille. Mais son instinct de survie l'alerta : levant les yeux, il croisa le regard de Simon et sursauta de manière comique.

— R... Rushden ? bredouilla-t-il.

Sa main tendue vers la nourriture s'égara sur le corps de la fille nue, qui la repoussa d'un geste agacé. Dalziel se leva d'un bond, dans l'intention manifeste de détaler.

— Stop ! beugla Harcourt.

En trois longues enjambées, il rattrapa le fuyard et le projeta contre le mur.

— Non, ne me frappez pas ! implora Dalziel.

Simon s'approcha. La charmante créature étendue sur la table lui sourit et tendit la main pour le débarrasser au passage de son verre vide.

— Mille mercis, gente dame.

Harcourt aboya au nez de Dalziel :

— Ta gueule ! Tu auras bien de la chance si je ne te vide pas de ta tripaille ! Hein, Rushden, qu'en dis-tu ? On commence par lui démolir le portrait ?

— Non, non... Pitié, je vous en prie ! gémit Dalziel.

Les mains dans les poches, Simon le toisa de la tête aux pieds. Dalziel avait le teint plutôt fleuri, mais en cet instant son visage bouffi était aussi pâle qu'une boule de mozzarella. Il avait visiblement bien profité de la soirée : son gilet était mal boutonné, ses manchettes ouvertes. Mais devait-on se piquer d'élégance dans une orgie ? Simon mit cette question de côté pour y réfléchir un peu plus tard.

— Vous avez en votre possession quelque chose qui m'appartient, annonça-t-il.

Dalziel ouvrit la bouche et la referma sans mot dire. Son regard était aussi terrifié que celui d'un animal aux abois.

— Je vous en prie. Je... je ne veux pas d'ennuis, plaida-t-il encore.

— Pathétique... murmura Harcourt, la mine dégoûtée.

— Qui cherche les ennuis ? Il vous suffit de me donner le livre que je vous ai dûment payé, argua Simon.

— Je ne l'ai pas !

— … mais querelleur, fit encore remarquer Harcourt.

Simon lança un regard éloquent à son ami pour réclamer le silence, puis reporta son attention sur Dalziel :

— Ce petit jeu me fatigue. Vous n'êtes pas assez doué pour y jouer et vous n'aimerez pas le dénouement, prévint-il.

La face livide de Dalziel s'empourpra soudainement. Il protesta :

— Je ne joue pas. Vous n'avez pas respecté le contrat !

— Que voulez-vous dire ? Vous m'avez donné votre prix, je l'ai accepté et payé.

Le manuscrit n'était pas particulièrement précieux et aucun vrai collectionneur ne l'aurait convoité, mais Simon le voulait à tout prix et Dalziel, le sachant, avait exigé un prix astronomique.

— Ne me dites pas, ajouta Simon avec un mépris affiché, que trois cents livres ne vous suffisent pas ?

— Zéro, chuchota Dalziel.

— Pardon ?

— Zéro, répéta Dalziel entre ses dents.

— Sacré culot, commenta Harcourt, l'air impressionné.

Il saisit Dalziel au collet et ses articulations blanchirent. L'autre émit un couinement de douleur.

— Zéro ! Zéro ! répéta-t-il, le visage violacé.

Simon eut un rire incrédule. Ce type était une caricature.

— Zéro est un nombre, pas une explication. Je vous laisse une autre chance, dit-il avec flegme.

— J'ai voulu encaisser votre chèque, mais le caissier de la banque a refusé.

— Une erreur, conclut Harcourt. Pourquoi n'avoir pas demandé à parler au banquier ?

— C'est ce que j'ai fait. M. Morris m'a reçu. Il ne s'agit pas d'une erreur ! Vos avoirs ont été gelés ! jeta précipitamment Dalziel, avant de se recroqueviller, les yeux fermés, dans l'attente d'un coup.

— Qu'est-ce qui vous prend ? s'étonna Simon.

— Ne me frappez pas !

— Ce n'est pas mon intention.

Simon recula d'un pas. Il n'allait pas frapper un homme qui refusait de se défendre. Dalziel n'avait décidément rien dans le ventre, mais le propos était hors sujet.

— Moi, je vais le frapper ! proposa Harcourt, les yeux exorbités. Qu'est-ce que c'est que ces insinuations ? Bon sang, les gens vont croire que...

Que je suis fauché, oui, ajouta Simon en son for intérieur.

Grimston n'avait apparemment pas perdu de temps.

Simon se détourna vers la table pour masquer sa réaction. Bien sûr que Grimston avait réagi dans l'heure après l'énoncé du verdict. Il était le tuteur de lady Katherine, la fille du vieux Rushden, et l'héritage de cette dernière passait d'abord entre ses mains. Il en convoitait chaque penny, et nul doute qu'il se servirait grassement avant que Kitty atteigne sa majorité.

Il se retourna et se recoiffa. Il surprit son reflet dans l'un des hauts miroirs à pied qui avaient été disposés sur le pourtour de la salle pour permettre aux invités de contempler leurs turpitudes sous tous les angles.

Il se figea.

Il voyait un homme assurément plus séduisant que la moyenne, grand, imposant, d'une élégance resplendissante dans son habit de soirée, mais dont l'expression trahissait un profond désarroi.

Il sourit à son jumeau dans la glace. Quel beau dénouement. Il était l'image même du bouffon, tel que l'aurait dessiné un caricaturiste du *Punch*, avec une légende telle que : « Le débauché a affronté sa fin avec aplomb et une élégance toute parisienne. »

Un long soupir lui échappa. Banqueroute chez les nobles. Ce n'était pas très original. Il détenait néanmoins un petit pécule personnel. Assez pour acheter ce fichu livre, en tout cas.

N'aurait-il pas dû plutôt s'inquiéter de rembourser ses créanciers ?

Une pensée hilarante. Qui se souciait de payer ses dettes à Londres ?

Un rire le secoua. Il regarda l'effet produit sur son double, tenta de se voir avec les yeux d'un étranger. Il était plus facile de digérer une mauvaise nouvelle face à sa propre stupidité. La punition apparaissait alors comme méritée, et les choses ne semblaient plus si graves.

Il fit face à Dalziel qui frémit :

— Je vous ferai parvenir l'argent demain. Sans faute.

— Ah ? Oui... bon... bafouilla Dalziel, visiblement déconcerté.

D'un geste, Simon lui fit signe de déguerpir. Dalziel ne se le fit pas dire deux fois et disparut dans la foule.

Harcourt demanda sans élever la voix :

— Alors, c'est vrai ? Te voilà réduit à la portion congrue ?

— Disons juste que je suis désormais sur le marché du mariage.

Les yeux de Harcourt s'écarquillèrent. Simon haussa les épaules. Il n'avait rien contre cette vénérable institution. Il avait été fiancé autrefois, amoureux de la dame en question et tout prêt à se laisser passer la corde au cou.

Bien sûr, après l'ingérence du vieux Rushden dans ses affaires de cœur, il voyait les choses différemment et n'envisageait pas de gaieté de cœur de faire le beau devant une débutante émoustillée. Rien que l'idée lui donnait envie de bâiller. Un Français aurait probablement diagnostiqué une maladie de langueur. Pour sa part, il penchait plutôt pour un accès aigu de maturité.

— Ça tombe plutôt mal, remarqua Harcourt en secouant la tête.

— Tu l'as dit.

La saison se terminait. Il lui faudrait suivre la route des plus grandes opportunités et renoncer à la chasse à la grouse en Écosse.

Il eut un rire silencieux. Il n'arrivait pas vraiment à croire que tout cela lui arrivait.

— Si tu veux bien m'excuser, dit Harcourt, pensif, je crois que j'ai toujours envie de boxer le nez de Dalziel. On se retrouve plus tard ?

Simon se rappela tout à coup qu'il avait promis de retourner chez lady Swanby avant l'aube. Elle l'avait bien mérité, avait-il pensé sur le moment, pour avoir accepté si gracieusement de recevoir le récital d'Andreasson. Et son mari avait le sommeil très lourd, avait-elle précisé.

— Non, pas ce soir. Peut-être demain ?

Même s'il y avait gros à parier qu'il passerait la majeure partie de la journée en entretien avec des comptables, notaires, régisseurs et intendants affolés.

Parfois, il avait l'impression que la moitié de la planète dépendait de son compte en banque.

— Ne perdons pas espoir, dit Harcourt qui lui asséna une claque amicale sur l'épaule, avant de s'éloigner.

Une voix sensuelle s'éleva alors de la table toute proche :

— Eh bien, ils sont tous partis ? Vous leur avez fait peur ?

Simon se retourna vers la fille allongée sur le plateau. Son mont de Vénus était recouvert de noisettes. Au moins, elle avait l'air pubère.

— Non, je crois que ce sont eux qui m'ont bien eu ! répondit-il en souriant.

Son sourire se mua en rire tandis qu'il avisait les profusions de nourriture disposées aux endroits stratégiques de son corps offert.

— Chérie, je dois avouer que je n'ai jamais autant eu envie de douceurs, dit-il en ramassant un grain de raisin sur son nombril.

La fille avait de jolis yeux de chat en amande.

— Ne vous contentez pas de cela, ronronna-t-elle. Et si vous voulez, je vous réserve le meilleur pour le dessert.

— Charmant.

Malheureusement, il ne jouait pas avec la valetaille. D'ailleurs, il n'avait plus les moyens, se rappela-t-il.

— Une autre fois, peut-être.

Il lui baisa la main avant de tourner les talons. Comme il s'engageait dans le couloir, une horloge proche égrena les douze coups de minuit. Un braillement s'éleva du rez-de-chaussée.

Apparemment Harcourt avait rattrapé Dalziel.

Le rire de Simon gonfla de nouveau sa poitrine et jaillit, incoercible. Il dut s'arrêter et prendre appui sur le mur. Il ne savait pas ce qui provoquait chez lui une telle hilarité, mais il riait, riait, et tout lui paraissait désopilant : les beuglements de Dalziel, le vieux Rushden qui avait bradé la bibliothèque de sa femme, la chasse à la grouse, et les petites débutantes en robe blanche qui refusaient d'épouser les libertins...

Sans compter le dégoût qu'éprouverait sa mère lorsqu'elle apprendrait la déchéance de sa belle maison niçoise, ses propres illusions, confondantes de naïveté, sa folle jeunesse passée à repérer ses talentueux protégés, tout cela pour rien aujourd'hui, tandis que l'horloge s'obstinait à sonner quand tout le monde se fichait bien de l'heure qu'il était !

D'un geste, il essuya les larmes qui coulaient de ses yeux. Son rire s'éteignit et il prit conscience d'une curieuse sensation au creux de son estomac, un vide glacé qui se creusait, se propageait, telle l'ombre mauve du crépuscule qui s'étend peu à peu sur un paysage.

Dans ce couloir désert, il eut tout à coup l'impression d'être le seul habitant de l'univers.

Lady Swanby l'attendait, ce qui lui arracha un soupir laborieux. Il se redressa. À Dieu ne plaise qu'il fasse attendre lady Swanby, qui devrait alors trouver un autre amant pour la nuit. Quel fâcheux contretemps, vraiment.

Comme des boules de billard qui se croisaient, ricochaient et se heurtaient avant de poursuivre leur trajectoire folle, les humains se rencontraient avant de repartir chacun de son côté.

Il secoua la tête. Entendit la voix de Harcourt en provenance du rez-de-chaussée. Sourit.

Il se dirigea vers l'escalier, salua l'horloge au passage.

— Le temps n'attend personne, murmura-t-il.

Le sien était bientôt épuisé.

✻✻

Une fille est bien obligée de réfléchir quand elle perd sa mère. Certaines personnes n'avaient que des vertus, et Jane Whitby appartenait à cette catégorie. Toute sa vie elle s'était comportée en sainte, à marmotter d'incessantes prières.

Durant la veillée mortuaire, des gens avaient évoqué sa beauté de jadis. Belle, sa mère ? Nell ne pouvait commencer à l'imaginer. La beauté éclatait dans un large sourire, dans un éclat de rire ou dans le fracas des vagues sur la plage de Ramsgate. Des choses immuables, joyeuses, légères.

Sa mère avait toujours été anxieuse, épuisée et fragile. Même ses silences étaient chargés de reproches : « As-tu bien… ? », « Quand vas-tu… ? », « Tu n'oublieras pas de… », « Oh, maudite enfant, que vais-je faire de toi ? »

Jane Whitby avait le front sillonné de rides, des cernes noirs, des mains tremblantes tachées par le jus des feuilles de tabac qu'elle roulait toute la journée. Il n'y avait rien de joyeux ou de léger chez elle.

Nell ne voulait pas penser à sa mère.

Elle ne voulait plus pleurer. C'en était assez des larmes. Les riches pouvaient se permettre de pleurer leurs morts, et les pauvres bien-pensants s'en faisaient un devoir. Nell n'était ni riche ni bien-pensante. Pensante, peut-être. Mais ça n'allait pas plus loin. S'abandonner au chagrin était un luxe qu'elle ne pouvait pas s'offrir.

Dans l'obscurité, elle s'obligea à sourire. Oh oui, elle connaissait ses défauts. Il n'y avait nulle douceur en elle. Nulle propension au pardon. Et guère de pudeur, à part celle induite par la honte. Son cœur ne contenait ni piété, ni indulgence, ni patience. En cet instant, seules la rancœur et la fureur la nourrissaient.

C'est elle qui aurait dû aller en prison, pas Hannah. La seule faute de Hannah était d'avoir de mauvaises fréquentations. Les dames patronnesses de l'Amicale des Jeunes Travailleuses se moquaient bien de la vérité. « Nous sommes navrées pour votre amie, avait dit Mme Watson, mais nous ne pouvons tolérer le vol. Il faut faire confiance à la justice. »

La justice, quelle blague ! Comme si c'était juste d'avoir embarqué Hannah, qui avait simplement eu le malheur de ramasser le sac de Nell juste avant que les policiers débarquent pour les fouiller. Ce n'était pas Hannah qui avait pris la broche de Mme Watson. Ni l'argent.

Nell avait avoué, mais personne ne l'avait écoutée : « Où croyez-vous donc que j'aie trouvé l'argent pour organiser la veillée de ma mère ? avait-elle crié. Ou pour acheter les médicaments avant ? C'est moi, la voleuse ! »

Cela n'avait rien changé pour Hannah, mais les protestations de Nell avaient été entendues et répétées à Michael qui, de rage, l'avait poussée dans les escaliers pour la punir de n'avoir pas partagé le butin avec lui.

La nouvelle s'était répandue à l'usine jusqu'aux oreilles du contremaître qui, déjà fâché qu'elle ait osé demander des fenêtres, l'avait traitée d'insolente avant de la renvoyer.

Il n'y avait pas de justice à Bethnal Green. Alors, elle était venue faire justice elle-même, ici, dans les beaux quartiers de Mayfair.

« Oh Cornelia, j'ai si peur pour toi. Tu as le vice dans le sang ! »

— Tu avais bien raison, maman.

Elle s'était déguisée en garçon, résolue à se venger dans le sang. Quitte à être mauvaise, elle s'en remettait à Lucifer lui-même !

Dix livres, c'est ce qu'elle avait réclamé à lord Rushden dans sa lettre. S'il avait accepté de les lui céder, jamais elle ne se serait abaissée à voler. Mais il ne s'était même pas donné le mal de répondre à son courrier. Pourtant il ne tarderait pas à comprendre qu'il avait vendu sa peau pour une somme bien dérisoire.

Elle bascula le chien du revolver. Entendit le déclic métallique de la chambre qui se mettait en place. Les armes à feu, ça c'était beau. Celle qu'elle tenait avait été bien nettoyée et luisait doucement. Grâce à Brennan.

Le prêteur sur gages avait ri quand elle lui avait réclamé l'arme, mais quelques pièces glissées dans sa main lui avaient rendu son sérieux. Il n'avait même pas essayé de les lui voler. Ce n'était pas son genre. « Tu as du cran, Nell, lui avait-il dit en lui apportant ce qu'elle avait demandé. Laisse-moi le bichonner un peu pour toi. Il sera comme neuf, je te le garantis. La grande classe ! »

C'était la grande classe, assurément. Le revolver, et puis le fiacre dans lequel elle était montée pour venir jusqu'ici. Pas d'omnibus pour elle ce soir !

Le goût de l'humiliation lui revenait dans la bouche, âcre et amer comme une bière surie. « La grande classe », qu'est-ce que cela signifiait pour les gens comme elle ? Un fiacre bringuebalant qui sentait le vomi, alors que tous les habitants de ce quartier possédaient plusieurs voitures, des berlines, des cabriolets, et des phaétons plus qu'on ne pouvait en compter.

Ici, dans ce couloir sombre, l'air sentait meilleur que tout ce qu'elle avait jamais respiré. Il n'y avait aucun relent de gaz ou de fumée, de charbon ou de bougie. Le parfum des fleurs, de la cire d'abeille, d'un soupçon d'eau de Cologne exotique mêlé à une fragrance inconnue lui donnait l'impression d'être dans un rêve.

Même la richesse avait donc une odeur.

La richesse, c'était toute une ambiance. Nell ne l'avait jamais connue, mais sa mère la lui avait décrite si souvent qu'elle parvenait sans mal à l'identifier à présent. Par exemple, au moelleux du tapis de laine sous ses pieds, à la qualité du silence. Ici, pas de braillements d'enfants affamés, pas de vociférations dans la cage d'escalier. Une paix profonde régnait, seulement troublée par le tic-tac apaisant d'une horloge qui l'invitait à se mettre à son rythme serein. *Respire, repose-toi*, semblait-elle lui dire.

Du repos ? Ah, ah ! Non, sûrement pas. Farouche, elle affermit sa prise sur la crosse du revolver, tout en continuant d'avancer, comptant les portes à sa droite.

Des heures durant, elle avait épié la demeure et les allées et venues des habitants, tapie dans l'ombre des arbres du parc voisin. Quand les lumières avaient commencé à s'éteindre une à une, l'activité humaine s'était concentrée dans cette partie de la résidence. La cinquième porte était la bonne, apparemment.

Ses doigts s'arrondirent autour de la poignée en cristal, froide et lisse. Hélas pour Son Altesse, les domestiques faisaient bien leur travail et le battant s'ouvrit sans un grincement.

Un ronflement sonore éclata, à faire vibrer les murs de la chambre. Nell sursauta. Doux Jésus ! Sans le cran de sûreté, elle se serait tiré une balle dans le pied ! Au sens propre comme au figuré. Mais Dieu n'avait pas le sens de l'humour.

Le cœur battant, elle s'immobilisa, le temps d'envoyer une petite prière de remerciement au Ciel.

En trois enjambées prudentes, elle se retrouva au centre de la pièce. Son regard se porta vers la source de ce vacarme : un homme ventripotent au crâne dégarni, endormi sur un lit d'angle. Le valet de Sa Seigneurie, très certainement. Une légère odeur de gin parvint à ses narines. Pas de danger de ce côté-là, jugea-t-elle en poursuivant son avancée en direction de la seconde porte.

Comme la première, celle-ci s'ouvrit sans un bruit.

Nell la referma derrière elle dans un petit cliquetis. Elle se tourna et, à la vue du grand lit à baldaquin, elle retint son souffle. Voilà, elle y était. C'était la fin du chemin.

Elle s'efforça de refouler le flot d'émotions enchevêtrées qui menaçait de la submerger : chagrin, amertume, colère...

Pas de peur, non. Cela aurait été stupide.

Elle prit cependant le temps d'inspirer à plusieurs reprises pour se recentrer et s'orienter. Chambre spacieuse. Secrétaire, commode, mobilier usuel bien ciré, grâce aux bons soins d'une servante qui devait encore en avoir mal au poignet.

Les rideaux n'étaient pas tirés. Par la croisée ouverte lui parvenait le bruissement du feuillage des arbres, l'infime piétinement d'une créature nocturne qui devait se faufiler dans le jardin. La lune cernée de nuages éclairait faiblement les rosaces du tapis oriental.

Un triste sourire lui échappa. Elle avait suffisamment le sens de la dramatisation pour apprécier cette incursion bienvenue de la nature au moment de la grande scène finale.

Encore un pas, puis se dresser dans le halo de lumière argentée et pointer son arme en direction du lit.

— C'est Nell qui vient vous rendre visite, milord, déclara-t-elle à voix haute. Réveillez-vous et affrontez la mort de face, comme un homme.

3

Une voix indolente s'éleva sur sa droite :

— Comme un homme ?

Nell fit volte-face, les doigts crispés sur la crosse. La voix poursuivit dans l'ombre :

— Il y a donc des critères stricts pour prétendre à une mort digne ? Parce que, personnellement, je m'apprêtais à gémir et pleurnicher. Ce serait exclu ?

Nell scrutait l'obscurité. Elle ne parvenait pas à distinguer le visage de Rushden, mais le ton amusé indiquait clairement qu'il n'était pas du tout terrorisé.

— Un pas en avant, ordonna-t-elle.

— Pour que vous puissiez me viser plus commodément ? Ça ne me paraît pas très malin.

Elle hésita. Ce n'était pas vraiment dans ces conditions qu'elle avait prévu de l'assassiner. Et puis, quelque chose clochait : la voix de Rushden était trop jeune pour appartenir à celui qui aurait possédé sa mère vingt-trois ans plus tôt.

Mais n'était-il pas justement un démon, comme sa mère lui avait si souvent répété ? Et les démons n'avaient pas d'âge.

— Un petit tuyau : un homme véritable ne se terre pas dans un coin d'ombre, jeta-t-elle.

— Vous marquez un point.

À son tour, il pénétra dans le carré de lumière découpé par la fenêtre.

Le cœur de Nell se mit à battre la chamade. Si cet homme était un démon, il était incroyable qu'ils ne soient pas plus nombreux à vendre leur âme !

Celui-ci était grand, mince, carré d'épaules, très brun. Avec des lèvres pleines, un sourire dur et des yeux pétillants d'ironie.

Il était aussi totalement nu.

Son sourire était aussi malveillant que son regard. À la lueur du clair de lune, ses dents blanches et régulières étincelaient.

Ce devait être très agréable d'être lui, d'avoir cette allure, d'avoir mangé de la viande à chaque repas depuis l'enfance.

— Si j'étais vous, je ne rirais pas, prévint-elle.

— Vraiment ? Ma foi, vous m'accorderez au moins cela. Comme vous pouvez le constater, je suis en état de vulnérabilité.

Nell ne put s'empêcher de baisser les yeux sur sa nudité. Elle se sentit rougir. Dieu merci, il faisait trop sombre pour qu'il s'en aperçoive.

— Ça vous plaît ? demanda-t-il tranquillement.

La luminosité était peut-être suffisante, après tout. Comment pouvait-il plaisanter, nu comme un ver, le canon d'un revolver braqué sur sa gueule d'ange ?

— Vous essayez de me distraire, c'est ça ? demanda-t-elle.

— Évidemment.

Et, dans ce but, il comptait manifestement sur son physique. Les quelques richards qu'elle avait aperçus de loin lui avaient paru plutôt mous du ventre. Pas cet homme.

Et il était aussi beaucoup plus jeune que sa mère.

Un souvenir remonta dans la mémoire de Nell. Lord Rushden n'aimait pas l'activité physique, lui avait confié sa mère. Il passait le plus clair de son temps à l'intérieur et se désintéressait de la gestion de ses domaines. Certainement à cause de sa nature diabolique. Ne disait-on pas que l'oisiveté était la mère de tous les vices ?

D'un autre côté, sa mère n'avait jamais été très loquace. Elle avait pu juger superflu de préciser que son amant était beau comme un dieu dans le corps d'un boxeur.

Quand même, relier sa description laconique avec ce corps-là défiait l'imagination. Ce qui l'amenait à la conclusion que...

Nom d'une pipe ! Elle s'était trompée d'aristo.

Elle surprit une lueur dans ses yeux et, vivement, releva le revolver :

— Je ne vous conseille pas d'essayer !

— Essayer ? Non, ce n'est pas vraiment dans mes habitudes.

Nell fronça les sourcils. Ce drôle de type tenait des propos incohérents.

— Qui êtes-vous ? demanda-t-elle.

La vraie question était de savoir ce qu'elle allait faire de lui. Elle ne pouvait pas vraiment dire : « Oh zut, j'ai confondu, désolée ! », et puis s'en aller sur une courbette.

— Voudriez-vous dire, ma chère, que vous n'avez même pas cherché à connaître mon identité avant de venir me tuer ? Décidément, je vais de surprise en surprise aujourd'hui !

Peu d'hommes auraient eu le courage – l'inconscience ? – d'ironiser alors qu'on les tenait en joue. À moins qu'ils soient tous comme ça à Mayfair ?

— Vous n'êtes pas très malin. C'est moi qui tiens le revolver. Vous devriez éviter de me contrarier.

— Vous contrarier ?

Saperlotte ! Il était plus près que tout à l'heure. Elle bondit en arrière.

— Ne bougez pas !

— Très bien, très bien, dit-il en levant les mains. Je suis une statue.

— Les statues ne bougent pas. Et n'oubliez pas que les plus célèbres ont perdu la tête !

Un sourire incurva ses lèvres :

— Certes, je m'en souviendrai.

— Vous n'êtes pas lord Rushden.

Après une très légère hésitation, il objecta :

— Si, c'est bien moi.

— Vous n'êtes pas assez vieux !

— Ah. C'est peut-être mon prédécesseur que vous cherchez ? Aurait-il provoqué votre ire ?

Au moins, les leçons de sa mère lui servaient finalement à quelque chose. La plupart des habitants de Bethnal Green n'auraient rien entravé à ce que racontait ce type. Si elle n'avait pas passé toutes ces soirées penchée sur des livres hors de prix, Nell n'aurait rien compris non plus.

— Vous voulez dire que vous êtes son héritier ?

— En effet.

Les implications de ce qu'il venait d'admettre frappèrent la conscience de Nell. Elle absorba le choc, violent comme un coup de poing de Michael. La sensation était presque la même : l'impact, la brûlure soudaine, diffuse, suivie d'un terrible sentiment d'impuissance.

Elle eut tout à coup du mal à tenir le revolver dans sa main tremblante.

— Quand est-il mort ? bredouilla-t-elle.

— Il y a huit mois.

Huit mois. La poitrine de Nell se gonfla de manière alarmante, dans ce qui ressemblait dangereusement à un sanglot. Alors, il n'y avait jamais eu le moindre espoir. Elle arrivait bien trop tard pour se venger.

— Je vois que la nouvelle vous affecte beaucoup.

Sa remarque la ramena au présent. La mort du vieux Rushden n'était pas une mauvaise nouvelle en soi. Sauf que Nell savait maintenant qu'elle serait pendue pour rien.

À moins que...

— Vous êtes son fils ?

Sa mère ne lui avait jamais parlé d'un éventuel demi-frère, mais s'ils étaient si proches par le sang, peut-être accepterait-il de l'aider ?

— Son cousin, au troisième degré.

— Oh !

Un lien familial quasi inexistant. Il ne fallait pas compter sur sa clémence.

— Puis-je savoir ce que vous lui reprochiez ?

Elle haussa les épaules :

— Qu'est-ce que cela peut vous faire ?

— Ma chère, vous me visez entre les deux yeux avec votre revolver. Tout ce qui vous concerne me préoccupe.

Nell ne savait plus quoi faire. Elle s'était sentie prête à mourir, pour peu que la vie de son père s'éteigne avec la sienne. Elle voulait rendre justice, venger sa mère. Mais elle n'avait aucune raison de se sacrifier pour faire payer un inconnu qui n'avait rien à voir là-dedans.

Le revolver pesait de plus en plus lourd. Elle ajusta sa prise et vit que le nouveau comte le remarquait. D'ici une minute, il tenterait quelque chose et ce n'était pas de bon augure. Peut-être avait-il la voix traînante des altesses, mais il n'avait pas acquis cette musculature en restant assis sur ses fesses toute la journée.

— Je n'ai rien contre vous, reconnut-elle. Mais si vous essayez de me sauter dessus, je serai quand même obligée de tirer.

— Je n'ai aucune envie de recevoir une balle, alors je ne bougerai pas.

— Et... auriez-vous une idée sur la manière de conclure cet aparté ?

Il rit.

— Quelle drôle de façon de s'exprimer ! Où avez-vous appris ce vocabulaire ?

— Mêlez-vous de vos oignons !

— Vous parlez tantôt comme une dame, tantôt comme un charretier. Et votre visage me rappelle quelque chose.

— Vous confondez.

— Quel âge avez-vous ? Voyons, laissez-moi deviner... Vingt-deux ans, je parie. Pas vrai ?

Le hasard. À moins qu'il n'ait tenu le compte exact des bâtards du vieux comte, Dieu seul aurait pu savoir pourquoi. Quoi qu'il en soit, ces paroles avaient de quoi la rendre méfiante.

— Vous avez dit vous appeler Nell. Quel est votre nom de famille ? insista-t-il.

— Damnation, Nell Damnation, répondit-elle, sarcastique. Je crois que je vais peut-être vous abattre, finalement. Moins il y aura d'Aubyn en ce bas monde, mieux nous nous porterons.

— J'ai souvent pensé la même chose, acquiesça-t-il avec ce sourire étrange qui la déstabilisait complètement. Nous sommes sur la même longueur d'onde, vous et moi. Mais laissez-moi me présenter selon les formes. Je m'appelle Simon. Pas Aubyn, sans doute vous en féliciterez-vous. Simon Saint-Maur, pour vous servir.

Sur un geste gracieux de la main, il s'inclina. Dans le plus simple appareil. Il jouait des muscles là où elle n'avait jamais imaginé qu'il en existât.

— Vous êtes l'original de la famille, c'est ça ?

— C'est ce qu'on m'a souvent dit. Nell est le diminutif de Cornelia, je suppose ?

Elle se raidit :

— Non, Pénélope.

— Hum-hum. Bon, pourquoi pas. Dites-moi, vous étiez vraiment résolue à tuer votre propre père ?

Formulé ainsi, cela pouvait paraître horriblement choquant. Et cela réussit à la perturber, juste assez pour qu'il en profite, plonge soudain en avant et lui arrache le revolver avant qu'elle songe à presser la détente.

L'arme tomba à terre. La seconde suivante, il la ceinturait, lui maintenant un bras dans le dos. Elle se débattit de toutes ses forces et l'entendit jurer à plusieurs reprises. Sa coiffe de linon arrachée libéra la masse de ses cheveux qui retombèrent sur son visage.

— Sacré nom de… Aïe ! cria-t-il lorsqu'elle se contorsionna pour lui mordre l'épaule.

Une épaule solide, musculeuse, salée.

D'excellents réflexes lui permirent d'éviter le genou de Nell qui visait les zones sensibles de son anatomie. Déséquilibrée, elle desserra les dents, ce qui causa sa perte : il eut le temps d'affermir son étreinte et, broyée entre ses bras puissants, elle se retrouva instantanément réduite à l'impuissance, tel un papillon punaisé sur un morceau de liège.

La porte s'ouvrit brusquement.

— La police ! beugla quelqu'un, sans doute le valet brutalement tiré de son sommeil aviné.

— Non, pas la police, répondit Saint-Maur. Allez préparer la chambre bleue.

— La chambre bleue ? répéta le domestique, d'un ton scandalisé. Mais, milord, le cagibi sera bien suffisant pour…

— Peut-être, mais la chambre bleue a un verrou à l'extérieur, coupa Saint-Maur.

La porte se referma. De sa main libre, Saint-Maur la saisit par les cheveux et lui renversa la tête en arrière pour plonger son regard dans le sien. Le cerveau confus de Nell nota de nouveau ses nombreux attraits physiques : des yeux qui hésitaient entre le vert et le gris, un nez droit, des traits ciselés, proches de la perfection.

— Vous avez intérêt à me lâcher, maugréa-t-elle, la tête dans les épaules.

— Je crois que vous avez fini de donner des ordres pour ce soir.

Elle prit alors conscience d'une masse rigide qui grossissait et durcissait au niveau de son abdomen.

— Vous êtes… un porc ! s'exclama-t-elle avec tout le mépris dont elle était capable.

— Sans doute. Et vous ?

— Moi ? Quoi, moi ?

— Que dois-je penser de vous ?

— Rien du tout. Je ne suis… personne !

— Au contraire. Vous devez être un peu désorientée, fillette. Votre apparition tient… oui, du miracle. Peut-être même êtes-vous seulement un mirage, le fruit de l'imagination d'un homme désespéré ? C'est possible.

Il ouvrit la main pour libérer ses cheveux. Ses doigts lui frôlèrent la joue dans un contact subtil qui la fit frissonner.

— Vous êtes dingue !

— Possible, répéta-t-il, tandis que son index descendait pour suivre le tracé d'une clavicule. Ou juste très intuitif.

Sa main avait glissé sur son épaule. Du pouce, il pétrit doucement sa chair. Elle se cabra dans un sursaut de révolte. Elle allait lui arracher les yeux, à ce malade !

— Si vous pénétrez dans la chambre d'un homme la nuit, il vous confondra peut-être avec son rêve, chuchota-t-il encore, comme perdu dans son délire.

— Ôtez vos sales pattes de ma personne !

— Hélas, après une telle journée, après une défaite si implacablement organisée, souffrez que j'aie du mal à recevoir des ordres, ma chère. Imaginez un peu, si c'est à votre portée, que votre vie soit du jour au lendemain ravagée par un ennemi impitoyable, que tous vos espoirs soient anéantis, et que la fille de cet ennemi apparaisse soudain, bien décidée à vous faire sauter la cervelle. Ça fait beaucoup quand même.

Cette fille, c'était elle. Et l'ennemi dont il parlait, son père.

— Je ne le connaissais pas, dit-elle précipitamment. Je ne l'ai jamais rencontré. Je n'ai rien à voir avec lui.

Un doigt pressé sur sa bouche la réduisit au silence.

— Chut. Peu importe. Vous n'en êtes pas moins la réponse à l'énigme. Et vous m'avez traité de porc. Je m'en voudrais de vous décevoir.

À sa grande stupeur, il s'inclina et elle vit sa bouche fondre sur la sienne. C'était l'occasion inespérée de lui donner un bon coup de genou là où cela faisait le plus mal.

Mais, de nouveau, il lui saisit la nuque d'une poigne d'acier et la retint captive, tandis que sa bouche se posait sur la sienne.

Elle essaya de le mordre et il dut se rejeter en arrière.

— Fougueuse, remarqua-t-il avec un petit rire.

— Je vous préviens, je vais vous arracher la langue !

— Vraiment ? Je crois que vous devriez plutôt me supplier de vous épargner, de ne pas vous livrer à la police, etc.

Elle se figea. S'agissait-il d'un marché ? Ses faveurs en échange de la liberté ?

— Ne laissez pas passer votre chance, surtout, murmura-t-il avec un sourire entendu.

De nouveau, il se pencha. Comme il glissait sa langue entre ses lèvres, elle s'obligea à demeurer immobile, résignée à prendre son mal en patience. Il aurait fallu être stupide pour refuser un tel arrangement.

Mais sa bouche était chaude. Douce. Pas du tout comme elle s'y attendait. Ses lèvres souples épousaient les siennes. Elle se sentit prise d'un brusque vertige. Ce n'était pas normal. Elle avait déjà été embrassée auparavant, par des petites brutes qu'elle avait dû dissuader à coups de bourrades ou de gifles, mais jamais comme ça.

Il se recula légèrement, et elle sentit son haleine tiède sur sa bouche.

— Vos impressions ?

— Allez vous faire foutre !

Avec un petit rire, il reprit sa bouche.

Elle n'hésita qu'une seconde. Il appellerait peut-être la rousse au bout du compte, mais si elle avait une chance de l'amadouer, de le mettre dans de meilleures dispositions...

Elle ouvrit la bouche, lui rendit son baiser.

En réaction, il émit un léger bruit très intéressant. *Mmmm.* Son corps dur se plaqua contre le sien. Il la dépassait d'une tête, mais elle n'avait pas mal à la nuque car il s'était baissé à sa rencontre et la soulevait à demi.

Sa langue la lapait, comme celle d'un enfant qui butine les dernières miettes d'un gâteau au fond de l'assiette. Il avait le goût épicé et puissant du cognac. Ses longs doigts parcouraient son dos, pressaient chaque vertèbre, descendaient explorer le creux de ses reins, trouvaient l'endroit sensible, le massaient.

Une bouffée de chaleur animale la submergea, tandis qu'une sensation douloureuse naissait dans son ventre. De toute façon, elle n'avait pas le choix. Elle allait s'offrir à lui, laisser ce long corps puissant faire absolument tout ce qu'il voulait du sien.

Alors même que cette pensée échevelée lui traversait l'esprit, une voix froide intima à son esprit : « Pose tes conditions. »

Elle se dégagea, non pour le repousser, mais pour articuler d'une voix haletante :

— Si je vous laisse faire, vous promettez de me laisser partir ?

Sa bouche s'était égarée vers son oreille. À ces mots il tressaillit, comme brutalement ramené à la réalité.

Il s'écarta. Un rayon de lune vint éclairer ses yeux gris-vert frangés d'épais cils sombres.

— Hélas, il y a un malentendu, répondit-il enfin. Ce n'est pas du tout ce que j'attends de vous.

Nell s'éveilla furieuse le lendemain matin.

Furieuse, parce que la porte était toujours verrouillée. Personne ne daigna répondre lorsqu'elle tambourina au battant. Furieuse parce qu'elle avait commis l'erreur de ne pas abattre le comte quand elle en avait eu l'occasion.

Elle en avait assez de subir la volonté d'autrui. Ce type-là était d'une outrecuidance inouïe. Et un porc, de son propre aveu. Elle aurait fait une bonne action en débarrassant le monde de sa présence néfaste !

Furieuse d'avoir dormi comme une bûche.

On aurait pu croire qu'après avoir été malmenée par cette fripouille, elle avait passé la pire nuit de son existence. Il n'en était rien : le lit était un rêve de confort avec son matelas moelleux, ses oreillers rembourrés de plume, ses draps blancs et frais ; elle avait dormi d'une traite jusqu'au matin.

À présent elle était consternée d'avoir fait preuve d'une telle imprudence. Saint-Maur aurait pu entrer et faire d'elle tout ce qu'il aurait voulu !

Sa fureur croissait à mesure qu'elle arpentait rageusement la chambre. À quelques rues d'ici, des gens souffraient, mouraient de faim – d'honnêtes gens, des filles qui usaient leurs forces à l'usine de l'aube au coucher du soleil, des bébés qui n'avaient pas demandé à naître. Ici, les maisons regorgeaient de luxes inimaginables : des draps aussi doux que des fesses de nourrisson, des meubles ravissants sculptés dans un bois sombre qui luisait doucement comme des cerises sous la caresse de la lumière, de lourdes tentures de velours de la couleur d'un ciel d'été.

La tapisserie murale floquée était si douce que, les yeux fermés, elle aurait pu se croire en train de caresser le ventre d'un lapin.

Et le petit tabouret posé dans un coin de la pièce : on ne voyait pas bien pourquoi un simple tabouret aurait dû être particulièrement luxueux, mais l'assise de celui-ci était tendue d'un tissu chatoyant, délicatement brodé. Incroyable. Les riches chouchoutaient jusqu'à leur derrière !

Si elle avait eu son couteau, Nell aurait découpé la ridicule broderie – une fille maigrichonne assise à côté d'une licorne – pour la revendre aussi sec dès qu'elle serait sortie d'ici. Elle en aurait au moins tiré cinq livres.

Si ce n'était qu'elle n'avait plus son couteau. Hier soir, tandis que deux valets la maintenaient chacun par un bras, une servante au nez en patate et à l'expression revêche l'avait fouillée de la tête aux pieds, sans oublier la botte dans laquelle Nell cachait sa dague.

Elle ne voulait pas s'interroger sur les raisons qui poussaient Saint-Maur à la retenir chez lui au lieu de la livrer à la police. Il y avait bien d'autres choses aussi auxquelles elle refusait de penser. Par exemple, le fait qu'il connaisse son prénom. Qu'est-ce que ça pouvait bien faire ? À Bethnal Green, les gens ne parlaient pas aux étrangers. Il serait bien en peine de la retrouver une fois qu'elle se serait échappée. Elle avait mieux à faire que de s'encombrer l'esprit avec tout ça. Mieux valait réfléchir à ce qu'elle pouvait dérober avant de prendre la poudre d'escampette.

Elle comptait bien repartir les poches pleines à craquer. Après tout, elle avait épargné la vie du maître de maison, elle n'allait donc pas se gêner.

Elle commença par le livre posé sur la table de chevet. Il avait une belle couverture en cuir rouge et des pages dorées sur la tranche. Nell avait beaucoup lu, sans avoir jamais vu d'aussi beaux livres. Et l'histoire aussi l'intriguait. Il y était question d'une pierre magique. Sa mère aurait adoré la lire, à moins d'avoir été dans une de ces périodes mystiques où elle ne tolérait que la Bible à côté de son lit.

La gorge nouée, elle reporta son attention sur les rainures qui ornaient la couverture. Depuis la mort de sa mère, elle n'avait pas ouvert un seul livre. Sa colère l'avait aveuglée, rendue sourde et insensible aux mots. Ce matin, l'impression de renaître après une longue et douloureuse gueule de bois l'animait. Aucun engourdissement dans ses membres. Ses sens paraissaient aiguisés, à l'affût de la moindre stimulation. Elle tressaillait sans cesse, comme sur le qui-vive, sursautait même au jeu des rayons du soleil sur le tapis et à l'ombre mouvante du feuillage.

Elle laissa échapper un long soupir. Ce bouquin pourrait être revendu un bon prix. Elle le glissa sous le matelas et se tourna en quête d'autres objets monnayables.

Il ne s'écoula qu'un court moment avant qu'elle perçoive un bruit de pas dans le couloir. Elle n'eut le temps que de dissimuler quelques objets au même endroit : un napperon de dentelle trouvé sous un vase, un bibelot en porcelaine représentant une laitière aux yeux humides, deux bougeoirs en argent. La porte s'ouvrit et Nell s'assit immédiatement sur le matelas.

Saint-Maur entra, fringant, avec sa montre en or dont la chaînette dépassait de la poche de son gilet, et sa cravate blanche immaculée. Sa chevelure sombre rejetée en arrière encadrait son visage aux angles bien définis.

— Dites donc, on s'est nippé aujourd'hui ! lança-t-elle, moqueuse. Tant mieux, j'ai failli défaillir devant tant d'horreurs, hier soir.

C'était un énorme mensonge, mais jamais elle n'avouerait avoir apprécié le spectacle de son anatomie, même s'il passait la nuit à la torturer.

Son sourire fit apparaître une fossette dans sa joue droite, preuve irréfutable que les pasteurs mentaient quand ils parlaient de justice divine. Comment croire que l'équité existait en ce monde quand un homme aussi riche et puissant possédait en plus un tel visage ?

Tranquille, il s'adossa au mur, sans chercher à adopter une position intimidante. Les mains dans les poches, la tête légèrement inclinée, il rétorqua avec morgue :

— Allons, allons, ma chère, ne commençons pas cette conversation en étant malhonnêtes l'un envers l'autre. J'offre un fort beau spectacle quand je suis dévêtu, et vous le savez aussi bien que moi.

— Mazette, vous n'avez pas les chevilles qui enflent, vous ?

— Simple lucidité.

Le silence retomba, tandis qu'ils s'étudiaient mutuellement. La mine impassible, il aurait fait un excellent joueur de poker. D'ailleurs, il devait sûrement gagner des fortunes dans les tripots. Il avait la bouche d'un débauché, la lèvre supérieure marquée d'une forte indentation et la lèvre inférieure renflée. Cette bouche avait donné à la sienne d'inouïes sensations. Il savait s'en servir.

Nerveuse, elle baissa les yeux l'espace d'un instant. Lorsqu'elle les releva, son sourire sensuel s'était accentué. Un bon chrétien n'affichait jamais ce genre d'aplomb inébranlable.

— Vous avez l'air en pleine forme, remarqua-t-il.

Vraiment ? Alors elle aussi aurait fait une excellente joueuse de poker.

— Je me *sens* en pleine forme, prétendit-elle.

Autant qu'un chat dans l'eau froide.

Elle enchaîna :

— Après une nuit comme celle-là, dans un lit si confortable, on est forcément de bonne humeur. J'attends la police en toute quiétude.

Il arqua les sourcils dans une expression de surprise exagérée :

— Je pensais pourtant avoir été clair hier soir. Je n'ai pas l'intention d'alerter les autorités. J'espère que cette crainte n'a pas troublé votre sommeil.

Pas le moins du monde, et elle ne savait fichtrement pas pourquoi. Elle ne comprenait toujours pas ce refus d'appeler les forces de l'ordre et n'allait certes pas s'en plaindre.

— Merci à vous. Mais dans ce cas, si personne n'a l'intention de me jeter derrière les barreaux, je ne vais pas m'attarder.

— Vous avez un endroit où aller ?

Le sourire de Nell se maintint.

— Bien sûr. Et puis, il ne faut pas que je sois en retard à l'usine, pas vrai ?

— Où travaillez-vous ?

Elle eut un rire sec.

— Vous aimeriez bien le savoir, hein ?

— Oui, ça m'intéresse.

Son insistance déroutante éveilla un soupçon chez elle :

— Ne me dites pas que vous êtes un de ces bigots ?

Elle en avait soupé des bons samaritains. De sales hypocrites, oui ! Ils arrivaient à Bethnal Green avec leurs mines compatissantes, attiraient les filles avec leurs belles promesses, alors qu'ils n'avaient à leur offrir que leur snobisme et ces affreuses tuniques, toutes les mêmes, en laine marronnasse, tamponnées du nom du comité caritatif de lady Untel, pour que les pauvresses n'aient pas l'idée de les revendre ou les mettre au clou afin de s'acheter quelque chose de plus seyant qui n'aurait pas proclamé leur dénuement aux yeux du monde.

— Je vous conseille d'aller voir ailleurs. Les bons samaritains, ça ne m'intéresse pas, décréta-t-elle.

— Je ne pense pas vraiment correspondre à la définition. Pouvez-vous être plus explicite ?

— Oh, je suis sûre que vous en connaissez !

— Dites, et j'y réfléchirai.

Les pensées de Nell s'égarèrent. Pourquoi tant de bla-bla ? S'il n'avait pas l'intention d'appeler la police, pourquoi la retenait-il ici ?

— C'est une race curieuse, dit-elle enfin. Certains veulent juste vous rapprocher à toute force du Seigneur. Les autres sont plus dans votre style, ils vivent dans un tel luxe qu'ils s'ennuient à crever. Ils viennent dans notre quartier, le Green, pour voir comment nous vivons. Ils nous expliquent ce qui cloche chez nous, puis ils rentrent dans leurs belles maisons, la conscience bien propre.

— Vous voulez parler des comités caritatifs ? Les bonnes œuvres des dames patronnesses, c'est ça ?

— Les bonnes œuvres ? Je ne les ai jamais vus « œuvrer » à quoi que ce soit. Ils ne font rien ! Mais je suppose qu'ils prétendent le contraire.

Il se mit à rire et elle s'autorisa un rapide sourire. Il reprit son sérieux dans la foulée, l'enveloppa d'un regard pénétrant. Sans doute venait-il de découvrir qu'elle était humaine, au même titre que lui, qu'elle aussi avait une cervelle et qu'elle savait s'en servir.

— Ma très chère lady Cornelia, vous devriez…

— C'est Nell, pas Cornelia, coupa-t-elle. Je vous ai dit que je m'appelais Penelope.

— Hum-hum. Apparemment vous avez hérité de la marque de fabrique de votre père, qui faisait tout son charme. Son insupportable obstination.

C'était étrange d'entendre parler de son père en ces termes, même si le compliment était plein de cynisme. Cela semblait contre nature, comme si la terre et le ciel s'inversaient. D'un autre côté, elle n'allait pas bêtement en vouloir à Saint-Maur. Les gens se sentaient obligés de dire du bien des morts, même de ceux qu'ils avaient détestés. Et c'était quand même les vivants qui causaient le plus de nuisances.

— Bref, dit-elle. Je crois qu'il est temps que j'y aille. J'étais sérieuse, tout à l'heure. Tout le monde ne peut pas vivre de ses rentes. Il faut gagner sa croûte.

Il sursauta :

— Mon Dieu, mais vous devez mourir de faim !

Il alla tirer sur un cordon qui pendait le long du mur. La sonnette qui prévenait les domestiques à l'office, sans doute. On en avait installé à l'atelier en cas d'urgence. Bien sûr, elles ne servaient à rien. Le jour où Nell avait déclenché l'alarme, la pompe hydraulique avait mis cinq bonnes minutes à s'arrêter. Pendant ce temps, elle avait pressé bien plus que du tabac. Une ouvrière était morte.

À ce souvenir, son estomac se contracta.

— Prenez-vous du café ? Du thé ? Les deux ?

— Je vais prendre l'omnibus. À moins que vous préfériez me rembourser vingt shillings, soit une semaine de salaire, que je vais sûrement perdre si je ne file pas tout de suite à l'usine.

— Marché conclu !

Nell en resta quinaude. Comment pouvait-il être si désinvolte avec autant d'argent ?

Mais bien sûr, pour lui une telle somme était dérisoire. Elle aurait pu exiger bien plus. Vingt-cinq, voire trente shillings.

Avec dégoût, elle se rappela que cela ne suffirait pas à faire libérer Hannah. Elle aurait besoin de toutes les babioles planquées sous le matelas.

Une femme de service à la tête couronnée d'une coiffe blanche se présenta sur le pas de la porte. Ce n'était pas la fille renfrognée qui avait fouillé Nell la veille, mais une petite chose pâle et dodue qui lui décocha un regard effrayé. Nell dut résister à l'envie de rouler des yeux en criant : « Bouh ! »

— Veuillez monter un plateau à cette dame, dit Saint-Maur à la petite dinde. Avec du thé et du café. Et

65

du chocolat aussi. Ainsi que tout ce qui compose ordinairement un petit déjeuner.

Les yeux de la fille s'écarquillèrent. Elle plongea dans une rapide révérence.

— Très bien, milord.

Nell fixa la porte un long moment après que la servante eut disparu. Une partie de ses pensées devait se refléter sur ses traits, car Saint-Maur demanda :

— Qu'y a-t-il ? Vous a-t-elle offensée de quelque manière que ce soit ?

— Non. Bien sûr que non.

Mais c'était plus fort qu'elle, elle se hérissait de tout son être quand elle voyait une domestique courber l'échine comme une esclave.

— C'est juste que je ne comprends pas qu'on puisse entrer au service de quelqu'un, dit-elle au bout d'un moment.

— Pourquoi ?

— Tout d'abord parce qu'on est obligé de faire des courbettes à tout bout de champ devant son patron.

Elle hésita à poursuivre. Tout à coup, elle ne savait plus trop pourquoi elle éprouvait une telle hostilité à son endroit. En toute objectivité, il se montrait plutôt bienveillant envers elle, si l'on songeait qu'elle avait pénétré par effraction dans sa maison et menacé de lui tirer dessus. Pour couronner le tout, il avait promis de lui donner vingt shillings.

Mais c'était peut-être justement ça qui la braquait. Elle ne méritait pas cette générosité, cela signifiait donc qu'il espérait quelque chose en retour.

Et qu'est-ce qu'un homme comme lui pouvait bien attendre d'une fille comme elle ?

— Les domestiques sont nourris trois fois par jour, logés dans un lieu confortable, en sécurité. Cela vaut bien quelques courbettes occasionnelles, non ? objecta-t-il.

— Ça dépend, en fait.

— De quoi ?

— De la valeur que vous accordez à votre dignité.

D'un mouvement souple, il s'écarta du mur pour se remettre en équilibre sur ses deux pieds. Nell sauta du lit et se rapprocha du bougeoir posé sur la table de chevet. Il avait la langue bien pendue, mais s'il essayait encore de la lui fourrer dans la bouche, elle allait le décérébrer.

Il s'approcha d'un pas. Son regard tomba un instant sur le matelas et le cœur de Nell se mit à tambouriner dans sa poitrine. Avait-il remarqué les bosses ?

Sans faire de commentaire, il se tourna vers elle :

— Et vous, vous tenez beaucoup à votre dignité, je présume ?

Il touchait un point sensible. Elle s'était abaissée à voler, mais c'était pour sa mère, alors ça ne comptait pas. Du moins, c'est ce qu'elle s'était répété. À présent, celle-ci était morte et Hannah moisissait dans une cellule.

— Votre fierté, c'est la seule chose que personne ne peut vous prendre, s'obstina-t-elle.

Même si on pouvait aisément la piétiner soi-même.

— Je n'imaginais pas qu'une femme avec un coquard serait si naïve, rétorqua-t-il.

Elle porta involontairement la main à sa joue.

Elle avait oublié. Michael était hors de lui, hier. Si elle n'avait pas réussi à s'échapper, il l'aurait certainement tuée.

L'expression peinte sur les traits de Saint-Maur la fit rougir. Elle ne voulait pas de sa pitié.

— Pensez ce qui vous plaira, ça m'est égal, dit-elle. Parce que quelqu'un s'est emparé de votre fierté, peut-être ?

— Non, pas de la mienne.

Affichant un sourire, il s'assit sur le lit. Nell se mordit la lèvre. Il savait qu'il y avait quelque chose sous le matelas.

— Je parlais de mon prédécesseur, le vieux comte, reprit-il. Quelqu'un lui a volé sa fierté. Sa fierté et sa joie de vivre, pourrait-on dire si l'on n'a pas peur d'être sentimental.

Pourquoi tournait-il autour du pot ? Pour ménager l'effet de suspense ?

— Bon, vous crachez le morceau, oui ou non ? Qu'est-ce que ça veut dire ?

— *Vous*. C'est vous qu'on a volée.

Elle émit un ricanement. Ce n'était pas bien compliqué de voler une bâtarde dont personne ne voulait, médita-t-elle. Manifestement Saint-Maur essayait de la piéger, d'une manière ou d'une autre. Mieux valait rester sur ses gardes jusqu'à ce qu'elle ait compris de quoi il retournait.

Il parut déchiffrer son silence circonspect.

— Vous savez vous contrôler à merveille. Vous n'avez peut-être pas de manières, mais vous avez un sacré sang-froid.

Une lueur nouvelle, calculatrice, s'était allumée dans son regard gris-vert. Avec un frisson, elle se rebiffa :

— Vous me prenez pour un cheval à la foire ? Vous voulez regarder mes dents, comme un maquignon ?

— Pas du tout. C'est décidément votre jour de chance, mademoiselle Nell-pas-Cornelia, car je vous veux exactement telle que vous êtes.

Elle se raidit. Voilà, on y était. Elle allait enfin savoir ce qu'il mijotait.

Mais il demeura coi, se contentant de la jauger de son regard magnifique qui passait sur elle, des pieds à la tête. C'était peut-être ses cils étonnants qui le rendaient si beau. Ils étaient si sombres, si épais, on aurait presque dit les yeux charbonneux des prostituées fardés au khôl.

Mais aucune catin n'avait jamais regardé Nell comme ça. Il était en train de la soupeser mentalement, de se demander combien elle valait, s'il devait faire une offre ou pas, ou simplement prendre ce qui lui faisait envie sans demander la permission.

Les battements de son cœur s'accélérèrent. Il était grand, musclé, et curieusement leste pour un homme de son gabarit. Ce ne serait pas facile de lui échapper.

Enfin s'il fallait que tout cela se termine dans la violence, autant en finir, décida-t-elle.

— Qu'attendez-vous de moi ?

Il répondit par une question :

— Que pensez-vous de cette maison ?

Surprise, elle bredouilla :

— Cette... maison ? Elle est... très bien.

— Vous aimeriez en avoir une comme ça ?

Elle ne put réprimer un petit rire. Impassible, il la regardait. Seigneur, espérait-il vraiment une réponse à cette suggestion burlesque ?

— Oui, pourquoi pas ? Je pourrais en mettre des choses au clou !

— Vous n'auriez pas besoin. Dans un tel scénario, vous ne manqueriez de rien, surtout pas d'argent.

Ce bonhomme avait décidément quelques cases en moins.

— Oui, ce serait merveilleux, acquiesça-t-elle lentement, comme si elle parlait à un fou dangereux. D'ailleurs, vous devriez m'en donner un petit aperçu tout de suite. Disons... cinq livres, juste pour voir ce que ça fait.

— C'est très faisable, mais cela nécessiterait au préalable un accord entre nous.

Tu parles !

— Laissez-moi deviner : cet accord stipulerait que je retrousse mes jupes au moment qui vous conviendra ?

— Loin de moi cette idée. Ma chère enfant, j'ambitionne seulement de vous rendre la place qui vous est due. Et de vous faire entrer en possession de votre héritage.

— Mon héritage ? répéta-t-elle d'un ton sec.

— Exactement.

Cette fois, c'était sûr. Cet homme n'avait pas toute sa tête.

— Et de quoi s'agit-il précisément ?

— Commencez par me demander « qui » au lieu de « quoi ». En l'occurrence, il y a votre sœur jumelle, lady Katherine Aubyn.

Nell ouvrit stupidement la bouche. La fille de la photo ? Sa demi-sœur, passe encore, mais... sa jumelle ? Cela signifierait que...

Elle éclata de rire :

— Je ne pensais pas que vous étiez un petit farceur !

— Il ne faut pas avoir d'a priori comme ça. Mais il se trouve que je suis très sérieux.

Tout à fait sérieux, elle le voyait bien. Ce type était dément. Complètement dérangé. Fou à lier.

4

Quand Nell cessa de rire, sa gorge l'irritait. Saint-Maur n'eut pas le loisir de s'expliquer, car l'idiote et le plateau arrivèrent et Nell s'attabla gaillardement devant le plus beau petit déjeuner de toute son existence.

Elle ne l'aurait de toute façon écouté que d'une oreille. Dieu sait quelles élucubrations allaient encore sortir de la bouche de cet aliéné. Mieux valait ne pas l'encourager, aussi concentra-t-elle son attention sur la nourriture.

C'était d'ailleurs un terme trop banal pour décrire les mets qu'on lui avait servis. Les gens du Green auraient appelé ça « du nanan », mais Nell se surprenait à évoquer un vocabulaire plus élaboré dont elle avait rarement l'occasion d'user. Les mots « nectar », « ambroisie », et « délectable » lui venaient à l'esprit.

Elle ne perdit toutefois pas son temps à admirer le contenu des assiettes. Le but était quand même de se remplir la panse.

Saint-Maur décida également de manger un morceau pour lui tenir compagnie.

Elle commença par les scones aux groseilles à maquereau, tartinés de crème épaisse, enchaîna avec des toasts ruisselants de beurre et de confiture de fraise, pour s'attaquer ensuite aux œufs à la coque et aux saucisses, grasses et merveilleusement épicées. Elle vida sa tasse de café, sirota le thé et finit par le chocolat...

Dès la première gorgée, elle reposa le récipient. Sainte mère de Dieu ! Il ne fallait pas s'habituer à ces choses-là.

Durant tout ce temps, elle ignora Saint-Maur et, durant tout ce temps, il resta là à l'observer en silence, comme s'il avait oublié qu'elle venait de le traiter de « zinzin » en le sommant de « la fermer ».

Certains chats faisaient preuve d'une patience similaire, ils attendaient des heures devant un trou de souris, se pourléchaient avec paresse, sans perdre une once de leur vigilance.

Enfin, quand il ne resta plus la moindre miette pour la distraire, elle s'essuya les doigts, plia la serviette – en vrai lin brodé, mais elle ne pouvait quand même pas la subtiliser sous son nez – et poussa un soupir repu.

— Voilà. Je vais être obligée de rouler jusque chez moi, mais je suis de très bonne humeur ! s'exclama-t-elle.

— Vous n'aimez pas le chocolat ?

— Non.

Le chocolat avait un goût de paradis. Si elle finissait la tasse, elle mémoriserait sa saveur divine et passerait sa vie à s'en languir. Or elle ne voulait pas soupirer après ce qu'elle ne pouvait posséder.

À présent il ne lui restait plus qu'à partir le plus vite possible. Le tout était de se débarrasser de Saint-Maur, au moins une minute, pour récupérer les objets dissimulés sous le matelas.

Elle se leva.

— Je vais m'en aller, mais avant... il faut que j'aille au petit coin, déclara-t-elle.

— Certainement, acquiesça-t-il en se levant à son tour. Cependant, permettez-moi de vous faire visiter la maison avant que vous ne nous quittiez.

Il adoptait un ton aussi courtois que s'il s'était adressé à une dame de sa condition. Au début c'était drôle, maintenant ça devenait irritant. À quoi rimait cette comédie ?

— Je sais très bien à quoi ressemble votre maison. Je m'y suis introduite, et je vous préviens, la serrure du portail côté jardin ne vaut rien. Je n'ai pas besoin de voir le reste, je sais qu'il y a là de quoi nourrir plusieurs comtés durant trois mois, et c'est tout ce qu'il y a à savoir.

— Bien. J'ai cependant une chose à vous montrer.

— Ce n'est pas une arme, au moins ? Pitié, dites-moi que vous ne faites pas partie de ces fous dangereux ?

Elle vit le coin de sa bouche frémir.

— J'espère bien que non. Serez-vous plus rassurée si je vous rends votre couteau ?

— Et le revolver. N'oubliez pas le revolver…

Il fallait bien qu'elle le ramène à Brennan.

— Non, le revolver je le garde jusqu'à votre prochaine visite, dit-il en s'éloignant. Je vous laisse deux minutes, Nell. J'attendrai dans le couloir.

Il referma la porte derrière lui. Elle courut jusqu'au lit, retroussa la courtepointe gansée de dentelle. Le livre ne rentrait pas dans la poche intérieure de sa veste, il s'en fallait de deux centimètres. Les bougeoirs étaient trop volumineux pour qu'elle puisse les cacher sur elle. Misère. Elle les remit en place, attrapa la serviette en lin sur le plateau, l'empocha, puis perdit une précieuse minute à s'échiner sur l'assise brodée du tabouret avec le couteau à beurre. En vain. Le tissu était trop épais.

Peut-être parviendrait-elle à chiper quelques broutilles durant la visite qu'il avait proposée ?

Elle sortit après avoir fourré une fourchette et un couteau en argent dans sa poche.

Comme promis, il l'attendait dans le couloir, près du buste en marbre d'un homme au nez énorme, affublé d'une perruque ridicule.

— Tiens, mais c'est vous !

— Vous êtes trop bonne.

Il s'éloigna. Après un temps d'hésitation, elle lui emboîta le pas. Il se déplaçait avec la souplesse et l'aisance d'un prédateur, les mains dans les poches. Elle n'avait jamais vu un homme qui ait autant d'allure. On aurait dû vendre sa photo dans les boutiques. Il aurait eu beaucoup de succès auprès des dames.

Il surprit son regard au moment où il jetait un coup d'œil par-dessus son épaule. Elle détourna la tête, se focalisa sur leur environnement.

Hier, elle n'avait pas vraiment prêté attention aux détails. Mais ce couloir était tout simplement… fabuleux. Les murs lambrissés de panneaux sculptés, le tapis bleu marine et rouille orné de fleurs dorées, les appliques en laiton étincelantes… Dans l'air flottait une agréable odeur d'effluves citronnés et de cire d'abeille. Cela sentait encore meilleur que l'odeur du propre ; cette senteur acidulée et douce poussait au sommeil paisible.

Comment s'étonner que Rushden soit si décontracté ? Il n'avait jamais dû s'inquiéter de rien de toute son existence.

N'empêche qu'il n'y avait rien d'assez petit dans les parages pour être glissé au fond de sa poche, constata-t-elle avec irritation.

— Que désirez-vous me montrer ?

— Des lettres.

— Des lettres ? Oh ! J'avais pensé à quelque chose de plus excitant.

Ou de plus précieux sur le marché de l'occasion.

— Je suis sûr qu'elles vous intéresseront.

— J'en doute fort.

Il s'arrêta brusquement, apparemment frappé par une pensée :

— Je vous demande pardon. Si vous ne savez pas lire…

— Je sais lire ! s'insurgea-t-elle. N'espérez pas me rouler : si vous me racontez des bobards qui ne sont pas écrits sur le papier, je le saurai !

— Oh. Je suis bien attrapé du coup, rétorqua-t-il avec le genre de sourire qu'esquissent les mères fatiguées d'un gamin insupportable.

Puis il reprit sa marche.

Levant les yeux au ciel, elle le suivit.

Ils tournèrent au bout du corridor, débouchèrent sur un immense palier desservi par un escalier à double hélice. La grande porte, au bout du hall, était probablement la sortie.

— C'est là que je descends, annonça-t-elle en ébauchant un mouvement en direction des marches.

Il l'arrêta d'une main posée sur son bras. S'il avait exercé la moindre pression, elle se serait dégagée immédiatement et lui aurait sans doute flanqué un bon coup de poing dans l'abdomen pour lui apprendre. Elle s'y tenait prête depuis un moment. Mais il avait juste glissé ses doigts au creux de son coude, et ce contact tiède, tranquille, la stoppa net.

Une pensée curieuse lui traversa l'esprit : cet homme exerçait un pouvoir magique sur elle. À coup sûr elle n'était pas la première fille qu'il attrapait avec deux doigts.

— S'il vous plaît, dit-il.

Cela faisait une éternité qu'on ne lui avait pas dit ces mots-là. Et il fallait que ce soit lui, dans toute sa splendeur : vêtu avec recherche, beau comme un prince, exsudant cet aplomb et cette aisance qui sont l'apanage des riches de ce monde, des gens qui n'ont peur de rien ni de personne.

Qu'aurait-il pu redouter ? Au premier coup d'œil on voyait qu'il était quelqu'un d'important.

Une émotion douce-amère s'empara d'elle. Cet homme avait sans doute des opportunités qu'elle ignorait tout à fait. Pour lui, elles allaient de soi, alors

qu'une fille comme elle aurait dû vendre son âme pour
en avoir un modeste aperçu.

— Que cherchez-vous ? demanda-t-elle brusquement.
En quoi la fille illégitime du vieux comte peut-elle bien
vous intéresser ? Et cette fois, ne me racontez pas de
sornettes !

— Je m'aperçois que je ne me suis pas bien fait
comprendre, Nell. Vous n'êtes en aucun cas une bâtarde.

⁎⁎

Regarder cette fille lui donnait la migraine. Ou plus
précisément le vertige. Chaque fois qu'il dévisageait sa
mine renfrognée, il devait produire un effort intellec-
tuel intense pour traiter le message que lui envoyaient
ses yeux.

Elle ressemblait comme deux gouttes d'eau à lady
Katherine, à quelques différences près : une dizaine de
kilos environ, quelques centaines de livres en frous-frous
et colifichets divers, et vingt-deux ans de bichonnage.

Sans parler de ce coquard qu'elle arborait. Il découvrirait bien à qui elle le devait.

Comment Kitty réagirait-elle en apprenant que sa
jumelle était une loqueteuse de Bethnal Green ?

Nell était la preuve vivante qu'une Aubyn n'avait nul
besoin de fards ou de robes à la dernière mode pour
être sublime. Mais elle démontrait également tout ce
que la beauté de Kitty devait aux artifices.

Toutes deux avaient de jolis yeux d'un bleu profond,
mais ceux de Kitty viraient au violet lorsqu'elle portait
des couleurs vives. L'accoutrement de Nell, cette ridicule veste bien trop grande et ce pantalon informe d'un
gris sale n'étaient pas des plus flatteurs. La pauvreté de
sa mise attirait l'attention sur les hautes pommettes qui
faisaient la fierté de Kitty, mais accentuaient également la fossette et la mâchoire anguleuse que cette dernière préférait cacher derrière son éventail.

Comme il avait hâte de les présenter l'une à l'autre !

Kitty n'avait pas manqué d'arguments quand elle s'était opposée à Simon au tribunal. Lui voulait officialiser la mort de lady Cornelia. Cela faisait partie de sa stratégie pour contester le testament. Kitty s'y était farouchement refusé. « Elle est vivante, je le sens dans mon cœur ! », avait-elle sangloté devant le juge.

Quelle stupeur lorsqu'elle apprendrait qu'elle avait raison !

Bien sûr, on ne pouvait écarter la possibilité d'une imposture. Cette Nell était peut-être un rejeton de Rushden qui avait la chance de ressembler à Katherine et avait vu tout le profit qu'elle pouvait en retirer. Dieu sait que la disparition de la petite Cornelia avait soulevé un tapage médiatique seize ans plus tôt.

Au fond, quelle importance ? Bâtarde ou pas, Nell pouvait aisément passer pour la jumelle de Katherine, et il ne serait pas compliqué de lui apprendre à réciter les bons souvenirs. Une fois remplumée, on lui enfilerait une création de Worth ou de Doucet, et plus personne n'aurait l'idée de contester son appartenance à la famille Aubyn.

Jusqu'au moment où elle ouvrirait la bouche.

— Où m'emmenez-vous ? demanda-t-elle avec cet accent faubourien qui sentait son caniveau à dix mètres.

— Dans la bibliothèque.

Si elle était bien celle qu'il croyait, elle avait été enlevée à l'âge de six ans et avait visiblement mené une vie difficile. Cela se devinait à sa façon de jeter des regards inquiets et furtifs, comme si une quelconque fripouille tapie dans le couloir allait lui sauter dessus. D'accord, on pouvait le ranger dans cette catégorie. D'ailleurs, elle prenait soin de maintenir une certaine distance entre eux, pour se tenir toujours hors de sa portée, il le remarquait maintenant.

Il hésita. Devait-il lui dire sans détour qu'elle n'avait rien à craindre de sa part, qu'elle pouvait se détendre ? Il ne s'était pas encore remis de l'effet qu'elle avait eu sur lui la veille, quand il l'avait embrassée. Certes, la nudité amenait un homme à céder à ses pulsions érotiques. Et elle avait réagi avec enthousiasme. Mais quand même. Elle sentait l'égout et n'avait que la peau sur les os. Et surtout elle était la fille de Rushden et le portrait craché de Kitty. Ces détails auraient dû doucher ses élans plus sûrement qu'un seau d'eau glacée.

Pourtant, l'attirance était bel et bien là. Elle avait fleuri, s'était épanouie comme une plante exotique dans la jungle tropicale. À la lumière du jour, il avait du mal à croire qu'il ait posé la bouche sur quelque chose d'aussi crasseux. Néanmoins, il fallait admettre la vérité : il ne s'intéressait pas seulement à elle d'un point de vue stratégique. Elle l'excitait, diablement même. Elle exerçait sur lui une fascination quasi obscène qui, le concernant, soulevait quelques questions. Il se sentait tel un homme attiré au bord d'un précipice par une curiosité suicidaire, et il s'interrogeait : la désirait-il parce qu'elle représentait la réponse inespérée à son dilemme ? Ou plus simplement parce qu'il pouvait la posséder immédiatement, à sa guise, sans aucune conséquence ?

Hier, il se croyait réduit à l'impuissance totale : dépouillé, vaincu, battu à plate couture par un mort. Le sentiment de frustration et l'humiliation l'avaient torturé et maintenu éveillé. Il avait arpenté la chambre comme un tigre en cage, jusqu'au moment où il avait entendu un infime cliquetis, suivi d'un bruit de pas étouffé.

S'il voulait se réconforter et avoir la preuve qu'il n'était pas à terre finalement, il n'avait qu'à regarder cette fille.

Elle était l'incarnation même de la vulnérabilité humaine. Elle avait envahi son domicile armée d'un revolver ridicule, une antiquité. C'était un miracle que le coup ne soit pas parti tout seul. S'il avait voulu la garder prisonnière dans une chambre pour s'amuser un peu avec elle, il n'aurait rien eu à redouter de la justice. Une fois son désir satisfait et les autorités alertées, il n'aurait eu qu'à leur raconter dans quelles circonstances elle s'était introduite chez lui. Elle aurait tout droit atterri en prison.

Elle n'était personne – du moins, pas encore – et il était le comte de Rushden.

Après tout, son prédécesseur n'avait pas réussi à le spolier de tous les privilèges que lui valait son titre. Même au bord de la ruine, il était respecté. Tandis qu'elle...

Pourtant, elle paraissait totalement inconsciente des dangers qui la guettaient. Pas une supplique, pas une demande de grâce n'avaient franchi ses lèvres. Pas même un malheureux « s'il vous plaît ». À la réflexion il était le seul à avoir prononcé ces mots.

Un petit rire lui échappa. Bien sûr qu'il était attiré par elle ! Les filles impertinentes et culottées lui avaient toujours plu.

Il ouvrit la porte de la bibliothèque, s'effaça devant elle pour la laisser entrer. Cette marque de galanterie lui valut un coup d'œil acéré. Elle franchit le seuil et s'immobilisa presque aussitôt.

— Oooh... l'entendit-il murmurer.

Ah. Au moins la bibliothèque l'impressionnait. La salle, longue et étroite, manquait de luminosité grâce à un crétin d'ancêtre qui avait rechigné à payer la taxe sur les ouvertures. À peu près au milieu, deux escaliers en colimaçon donnaient accès à la galerie étroite qui courait sur toute la longueur de la pièce.

Oui, sans nul doute la vue était impressionnante.

— Tous ces livres ! murmura-t-elle encore.

Et encore, il y aurait dû en avoir davantage. Un jour de désœuvrement, le vieux Rushden avait décidé de vendre tous les livres de sa femme. Simon avait été sidéré par cette cruauté vicieuse. Le vieux salopard s'en était débarrassé dans l'unique but de la blesser, parce qu'ils avaient appartenu à la seule personne qui avait aimé ces œuvres autant que lui.

Simon s'était promis que chaque volume retrouverait sa place sur les étagères, même s'il devait vouer le reste de son existence à cette quête.

— Et j'en achète encore, dit-il. Je me sens l'âme d'un collectionneur en ce moment.

— Vous devez passer tout votre temps à lire !

— Non, ce n'est pas vraiment le but.

Elle fronça les sourcils :

— Ce sont des livres. Que pourriez-vous en faire à part les lire ?

Bonne question. Il aurait pu la poser, enfant. Il avait passé tant d'heures plongé dans ses lectures, enchanté par mille mondes imaginaires, par l'Histoire, les sciences. Il avait tiré fierté de son esprit éclairé. Quant à la comtesse, elle le couvrait de louanges : « Quel érudit tu fais, mon cher Simon ! » Et lui se rengorgeait.

Ces souvenirs le faisaient sourire aujourd'hui.

— J'aime ce qui est unique, dit-il. Au sens littéral. Nombre de ces précieux manuscrits sont trop rares et fragiles pour être lus. Quoique... La force brutale apporte parfois ses plaisirs, ajouta-t-il après une pause délibérée.

— Alors vous les conservez à l'abri pour que quelqu'un, plus tard, puisse les détruire à loisir ?

N'avait-elle pas saisi le sous-entendu, ou bien se moquait-elle de lui ? Cette dernière éventualité le perturbait. Personne n'imagine les pauvres doués d'une vie intérieure subtile et du sens de l'humour. Leurs yeux creux et leurs visages émaciés semblaient seulement cacher une rancœur légitime et, peut-être, à en croire certaines conversations inquiètes lors des dîners fins, des envies de meurtre envers les classes supérieures.

Quand on y songeait, l'humour semblait réservé au beau monde. Même les bourgeois apparaissaient comme ennuyeux et tristes avec leur moralité étriquée.

Bras croisés, elle regardait autour d'elle. Une simple souillon à la langue bien pendue. C'était plutôt original. Elle était légèrement plus petite que Kitty, plus étroite d'épaules. On pousse comme on peut quand on est nourri à la bouillie et à l'eau. Son cou était celui d'un cygne. L'angle de sa mâchoire semblait assez aiguisé pour trancher le doigt qui s'y attarderait. C'était tentant d'essayer…

Elle ignorait sa présence, fixait les lucarnes que le vieux Rushden avait fait percer dans le toit, et son visage…

Il retint soudain son souffle. Elle arborait une expression si émerveillée qu'il leva lui-même les yeux, prêt à découvrir quelque prodige.

Il n'y avait que les lucarnes, d'aspect parfaitement banal. Il fut presque déçu.

Absurde.

Pour elle ces fenêtres avaient peut-être quelque chose de vraiment miraculeux. Elle arrivait probablement d'un de ces bouges obscurs et surpeuplés, alignés dans des venelles étroites d'où l'on n'apercevait jamais un coin de ciel bleu. Ce qui expliquait qu'elle découvre avec éblouissement cet univers propre et lumineux.

Une sensation curieuse, qu'il n'aimait pas du tout, gonfla dans sa poitrine. Cela ressemblait à de l'envie. C'était stupide. Un peu de verre coloré et une architecture imposante, c'est tout ce qu'il avait fallu pour plonger les âmes simples dans la transe religieuse et convaincre des générations d'indigents que leurs souffrances étaient justifiées. Pitoyable crédulité plébéienne.

Il toussota :

— Ce n'est qu'une fenêtre, vous savez.

Mais il ne parvenait pas à se détourner de son visage transfiguré. Il aurait aimé qu'elle le contemple lui avec cet éclat dans les yeux.

Elle baissa enfin la tête, esquissa une petite moue comme si elle se moquait d'elle-même, bien que la lueur persistât dans son regard.

— C'est la toute première fois que je vois ça, avoua-t-elle.

Il tressaillit. Elle avait parfaitement articulé, d'un ton modulé. Les yeux fermés, on aurait pu croire à une jeune fille de bonne éducation. C'était la deuxième fois qu'elle lui donnait cette impression.

Peut-être avait-elle du potentiel ? Il fallait l'espérer en tout cas.

Elle tourna lentement sur elle-même, les mains crispées sur les pans de sa chemise. Il remarqua ses doigts osseux, sa peau marbrée, ses articulations blanches, comme s'il n'y avait pas assez de sang dans son corps pour alimenter ses membres.

— Cet endroit est magnifique, dit-elle précipitamment, comme si elle avait honte de cet aveu.

Pourquoi ? Après tout, c'était indubitable. Les ancêtres de Simon avaient dû débourser des sommes colossales pour aménager la bibliothèque, poser le lambris de chêne au mur, installer les rayonnages sculptés, acheter les tapis français, la porcelaine et les objets d'art disposés sur les consoles.

Ces biens étaient hélas inaliénables, ce qui n'avait pas empêché Simon de passer les jours derniers en rudes négociations avec un antiquaire peu scrupuleux.

En définitive, il ne serait peut-être pas réduit à de telles extrémités…Cette pensée était encourageante.

— Pour ce qui est des lettres… commença-t-il.

— C'est où, ça ?

— Je vous demande pardon ?

Il suivit la direction de son index, pointé sur un tableau accroché au mur. Celui-ci représentait le domaine le plus ruineux parmi tous ceux dont la gestion lui incombait. Un vieux tas de pierres croulantes, cadre de sa jeunesse misérable.

— Cet endroit, il existe vraiment ? insista-t-elle.

— Oui. C'est Paton Park.

— Où cela se trouve-t-il ?

— Dans un coin perdu du Hertfordshire. Pourquoi ?

Elle hésita, puis haussa les épaules et se détourna, comme si son intérêt se portait déjà ailleurs. Les yeux baissés sur le sol, elle désigna du bout de son godillot les dalles espagnoles peintes à la main :

— Ça, c'est vraiment joli.

Allait-elle proférer un commentaire sur chaque élément de la décoration ?

— Oui, en effet. Ravissant.

— Et utile, en plus.

Avait-il rêvé cette petite note sarcastique dans sa voix ?

— Je vous confesse que d'ordinaire je concentre mon attention sur les livres, pas sur la pièce qui les abrite.

— Vous avez une grande capacité d'attention, alors, rétorqua-t-elle en levant les yeux sur les rayonnages vertigineux. Lire tout ça dans une vie... c'est raide !

Il retint la réplique qui lui montait automatiquement aux lèvres. Elle était d'ordre sexuel et totalement inappropriée. C'était presque comique. Cette pouilleuse avec sa veste trouée, tachée... Mélanger son corps au sien serait aussi hygiénique que de se vautrer dans un marigot.

Cela faisait peut-être partie de son charme, après tout. Une perversité primitive le poussait-elle vers ces débordements ?

Elle exerçait bien sûr un autre attrait irrésistible : elle était la fille de son père et, en la souillant, il se vengerait des avanies subies durant toutes ces années.

Cette perspective l'emplissait d'une bienheureuse jubilation qui semblait de très mauvais augure pour la sauvegarde de son âme dans l'au-delà.

Elle recula, se laissa tomber de tout son poids sur un fauteuil tapissé. La violence de son mouvement et l'effet produit dévoilèrent ses appas : elle ne portait pas de corset.

C'était une évidence : elle avait un pantalon, empestait le tabac, le poisson et l'oignon. Comment aurait-elle pu porter un corset !

Il se rendit compte qu'il avait laissé échapper un rire lorsqu'elle lui jeta un de ces regards circonspects teintés de pitié. Elle le prenait vraiment pour un dingue. Il ne pouvait pas lui en vouloir. Lui-même avait l'impression que son cerveau était en train de se ramollir.

— Alors, ces lettres ? soupira-t-elle avec impatience.

— Ah oui.

Il s'en alla chercher un exemplaire de *L'Odyssée* d'Homère sur une étagère. La première des deux lettres glissées à l'intérieur était assouplie par le temps et le frottement répété des doigts sur le papier. Au fil des ans, le vieux avait un peu perdu la boule, mais jamais il n'avait oublié ses deux marottes : nuire à Simon et retrouver Cornelia.

Comme il se tournait vers cette dernière, un instant d'hésitation le traversa. Si elle ne savait pas bien lire, elle ne voudrait sans doute pas l'admettre ; elle avait sa fierté, elle l'avait déjà clairement établi. Et si elle ne comprenait pas la teneur des deux missives, il la perdrait, de toute évidence. Sa cupidité n'arrivait pas à dépasser sa méfiance. Au moindre prétexte, elle filerait sans un regard en arrière.

Une telle issue n'était pas acceptable.

D'un autre côté, la retenir contre son gré se révélerait certainement problématique, étant donné les projets qu'il avait en tête.

Ignorant la main qu'elle lui tendait pour se saisir des épîtres, il s'appuya de la hanche contre le plateau de la table de lecture.

— La première a été rédigée par Jane Lovell, annonça-t-il.

— Qui ça ?

La lumière du plafonnier tombait sur son visage, effaçant ses taches de rousseur et la petite ride soucieuse qui creusait son front entre ses sourcils. Elle avait presque l'air d'une gamine innocente, et l'était sans doute.

Il balaya le sentiment de compassion idiot qui naissait en lui. La nuit passée, il avait eu du mal à s'endormir tant il s'était félicité de cet incroyable revirement du destin. Elle lui était tombée du ciel tel un cadeau des dieux, et rien ni personne – pas même elle – ne le dissuaderait de saisir cette chance.

Éprouver de la compassion maintenant n'était pas seulement superflu, c'était totalement hypocrite.

— J'imagine que Jane Lovell est la femme qui vous a élevée. Sachez pour commencer qu'elle était la femme de chambre de votre vraie mère, la comtesse de Rushden.

— Continuez.

Il avait l'impression d'être face à un masque tant ses traits ne trahissaient aucune émotion. Il poursuivit, guettant le moindre signe, la moindre fêlure dans cette façade figée :

— Elle vous a prise dans la nursery. Apparemment, elle était la maîtresse de votre père. Ou du moins ils avaient eu une brève aventure d'un soir. Selon lui, la relation n'avait pas duré.

Elle émit un ricanement méprisant, un son qui n'avait rien de chic ou de féminin. La lèvre retroussée, elle jeta :

— Une aventure ? C'est ce qu'on dit dans votre monde, je suppose, quand une domestique se fait violenter par son patron ?

— Non, pas que je sache.

— Bien sûr !

Encore cette ironie cassante. Il eut un brusque sourire. La situation était quand même savoureuse. Les femmes sans défense n'étaient vraiment pas son type, mais si le bruit courait qu'il avait retenu chez lui une pauvresse, personne ne s'en étonnerait. Les gens seraient émoustillés, curieux, mais sûrement pas surpris. « Voilà, il retombe dans ses vieux travers ! », diraient-ils, ce qui ne les empêcherait pas de continuer à lui envoyer des invitations à dîner.

En claironnant partout les exploits de Simon, le vieux Rushden s'était arrangé pour lui tailler une réputation que plus personne n'ignorait dans la haute société.

Bizarrement, cette idée l'agaçait.

— Bon, quel que soit le vocabulaire employé, le résultat est le même, reprit-il. Rushden s'est désintéressé de Jane Lovell. Elle ne l'a pas bien pris. C'est un euphémisme, car en fait elle a apparemment été prise d'un accès de folie. Pour se venger, elle a enlevé une des jumelles. Celle qui se nommait Cornelia.

Elle le fixait toujours de son regard impavide.

— C'est un nom assez commun, objecta-t-elle.

— Vous avez une sœur jumelle. Et la ressemblance est frappante.

— Alors, vous croyez que je suis cette fille que la domestique a kidnappée ?

— Oui.

Une sorte d'éblouissement le frappa alors qu'il acquiesçait.

Seigneur. Cette fichue Cornelia Aubyn ! Pendant seize années, le vieux Rushden avait écumé le pays à la recherche de sa précieuse fille. Et elle se trouvait face à Simon en cet instant !

— Elle n'a pas réclamé de rançon. Elle vous a juste... emmenée. Et voici le dernier message qu'elle a laissé, dit-il en levant une lettre. Il est écrit : « Pour Sa Seigneurie... »

— Je sais lire. Donnez-la-moi.

Sans attendre, elle lui confisqua le document. Tandis qu'elle parcourait les quelques lignes, une certaine émotion se refléta sur son visage. La surprise, la confusion ? Il n'aurait su le dire. Mais sa voix ne laissait rien transparaître lorsqu'elle lut tout haut : « Vous allez payer pour ce que vous m'avez pris. Vous avez fait de moi une femme déchue. Maintenant votre fille chérie va vivre comme les femmes du commun. Sa sœur aura la chance de mener une vie facile grâce à votre fortune. J'espère que vous vous comporterez mieux envers elle qu'envers moi. »

Avec un haussement d'épaules, elle lui rendit le papier et décréta :

— Ça n'a ni queue ni tête, tout ça.

— Les divagations d'une folle, acquiesça-t-il. Mais vous voyez bien ce que cela implique.

— Pas vraiment, non.

— Donc c'est que vous ne suivez pas. Vous êtes cette enfant qu'elle a enlevée. La fille légitime de lord Rushden et de la comtesse, c'est vous. Vous ! appuya-t-il plus fortement.

— Je ne suis pas sourde, inutile de crier !

À sa grande stupeur, elle avait voûté les épaules dans un mouvement de recul.

Simon marqua une pause.

— Je ne criais pas.

Quelqu'un lui criait dessus, régulièrement, devina-t-il. Et tout à coup, une suspicion lui traversa l'esprit :

— Doux Jésus, êtes-vous mariée ?

Elle plissa les paupières.

— Qu'est-ce que cela peut vous faire ?

Il n'avait pas l'intention de dévoiler ses cartes pour le moment.

— Pure curiosité de ma part. Faites-moi plaisir.

— Vous n'avez qu'à engager quelqu'un pour ça.

— Touché, reconnut-il en souriant.

En toute logique, il y avait peu de chances pour qu'elle soit mariée. Tout à l'heure, elle s'était inquiétée d'être renvoyée de l'usine, pas d'un mari qui eût pu s'alarmer de sa disparition.

Ou plutôt de sa réapparition, musa-t-il en lui-même. Dire que l'héritière la plus recherchée d'Angleterre s'était matérialisée dans sa chambre, en la personne d'une jeune ouvrière crasseuse qui n'avait aucune idée des droits qu'elle pouvait faire valoir ! À son insu, elle était à la tête d'une véritable fortune. Et il pouvait lui raconter n'importe quoi. Elle goberait tout sans sourciller.

La tentation était terrible et le vieux Rushden devait bien gigoter dans sa tombe.

Juste retour des choses, après tout.

Avec un calme remarquable, il prit la seconde lettre et continua :

— Durant les années qui ont suivi votre disparition, votre père a reçu un important courrier. Je dois vous préciser qu'il vous a fait rechercher dans tout le pays. Des articles sont parus dans la presse, des portraits de vous et de Jane Lovell ont été affichés dans les gares...

De nouveau, elle fronçait les sourcils. Une mimique habituelle chez elle, à en croire la ride profonde qui creusait son front.

— Comment savez-vous tout ça ?

— J'ai eu trente ans en janvier dernier. Je m'en souviens. Et j'ai de bonnes raisons de connaître les détails. Rushden est devenu mon tuteur légal deux ans avant votre kidnapping.

Le vieux voulait avoir le temps de le dresser, et les parents de Simon n'avaient même pas protesté. Enchantés par le brillant avenir qui s'annonçait pour leur fils, ils l'avaient confié au comte les yeux fermés. Peut-être sa mère avait-elle versé une ou deux larmichettes ?

— Vous êtes son double, alors, pour ainsi dire, murmura-t-elle. J'aurais vraiment dû vous abattre.

— Croyez-moi, je suis le dernier homme sur terre en qui votre père aurait voulu se reconnaître.

Rushden était si fier de son noble lignage. Il n'avait guère apprécié de devoir se pencher sur les basses branches de son arbre généalogique pour assurer sa succession. Sa haine s'était nourrie de sa colère et de sa frustration. Il avait maudit le destin inique qui l'avait privé de descendance masculine, et d'une de ses filles par-dessus le marché.

Ladite fille eut un petit rire sec :

— Vous dites ça pour sauver votre peau, c'est tout !

— Je vous rappelle que je vous ai confisqué le revolver.

— Je pourrais toujours vous estourbir d'un coup de tisonnier.

Elle balaya la pièce du regard. Il rétorqua :

— Il est interdit de faire du feu dans la bibliothèque. C'est trop risqué.

— Et mon couteau ? Où est-il ?

— Patience. Vous pourrez toujours m'égorger plus tard. Revenons à notre sujet. Je disais donc que votre père a remué ciel et terre pour vous retrouver, mais vous sembliez vous être évaporée. Tout le monde avait sa petite théorie quant à votre disparition. Le comte a donc reçu un flot de lettres, émanant pour la plupart de dingues et d'originaux. Chacun affirmait vous avoir reconnue quelque part. Au fil des ans, il y en a eu de moins en moins, mais juste avant de mourir, il en a encore reçu une ou deux.

Elle se raidit soudain, comme s'il venait de dire quelque chose de révoltant :

— Et... vous les avez conservées ?

— Non, c'est son secrétaire qui s'occupait de sa correspondance.

Lequel était également son plus vieil ami, et désormais le tuteur de Kitty. Grimston était trop imbu de sa personne pour admettre qu'il servait de gratte-papier au comte en échange de l'argent que celui-ci lui « prêtait ». C'est néanmoins lui qui se chargeait de trier le courrier de Rushden, du plus loin que Simon s'en souvînt.

Nell était devenue toute pâle.

— Et les lettres qui lui ont été adressées... après sa mort ? bredouilla-t-elle.

— Elles ont sans doute été remises à l'exécuteur testamentaire, répondit-il prudemment.

Grimston, donc.

— Comment s'appelle-t-il ?

— Nous verrons cela plus tard.

Manifestement l'information était d'importance à ses yeux. Cela pourrait toujours servir de moyen de pression.

— Bon, montrez-moi celle-ci, qu'on en finisse, soupira-t-elle en tendant la main.

Il lui passa la missive. Le document original était entre les mains de Grimston et avait été présenté à la Cour par ses avocats pour soutenir la thèse que Cornelia était encore en vie. Plutôt amusant.

Mais, tout à coup, il comprit pourquoi elle venait de lui poser toutes ces questions.

— Lui auriez-vous écrit vous-même ?

Si Grimston avait reçu une lettre de Nell et choisi de la détruire... cela promettait une bataille sanglante. Un petit frisson d'excitation l'agita. La première fois, au tribunal, il avait tout perdu au profit de Grimston et de Kitty. Il entendait bien sortir vainqueur du deuxième affrontement.

— Chut, je lis, répliqua-t-elle sèchement.

Cette fois, elle lut en silence. Eut un petit sursaut :

— Cinquante livres ? Ça fait beaucoup d'argent ! Il n'a quand même pas payé ?

— Si, bien sûr.

— Juste pour un renseignement qui était peut-être faux ?

90

— Ce n'est pas si cher, objecta-t-il avec un brin d'agacement.

Il avait dépensé bien plus en pourboires pour les croupiers du casino à Monte-Carlo.

— Il voulait à tout prix vous retrouver, il n'était pas à cela près.

— Et au bout du compte, je suppose qu'on ne lui a rien dit ?

Pour sa part, Simon avait toujours pensé que cette lettre, assez récente, n'était qu'une tentative d'extorsion de plus, voire un faux rédigé à la demande de Grimston, pour appuyer la thèse de Kitty. L'écriture malhabile et l'orthographe massacrée s'avéraient trop outrancières pour être vraies.

— Vous pensez que celui ou celle qui a écrit ça vous connaissait vraiment ?

Elle murmura :

— Tout de même, donner autant d'argent à un parfait inconnu... Il faut avoir de grandes poches !

Il se mordit la langue. Le vieux Rushden avait facilement dépensé cinq cents fois ce montant pour faire placarder des affiches dans tout le pays et engager les meilleurs détectives.

— Votre père était un homme très riche. Et il a divisé toute sa fortune entre ses deux filles.

Tout leur était revenu. Les propriétés cessibles avaient été mises à leur nom. Avant sa mort, Rushden avait déployé ses intendants sur ses domaines, tels des vautours au-dessus d'une dépouille. Ces derniers avaient liquidé le plus de biens meubles possible et versé l'argent récolté au capital destiné à ses filles.

— Et selon vous, je serais l'une des jumelles ? s'enquit-elle doucement.

— J'en suis persuadé.

— Dans ce cas... vous ne verrez pas d'inconvénient à me donner dix livres, n'est-ce pas ?

Bon sang, elle avait donc du fromage blanc à la place du cerveau ? Pourquoi se cramponner à ces montants ridicules ? Cinq, dix ou cinquante livres... quelle importance ? « Regardez donc autour de vous ! », avait-il envie de lui crier.

Il se contint cependant. Le moment était crucial.

— Vous recevrez beaucoup plus si vous réussissez à prouver que vous êtes bien Cornelia Aubyn.

— Ah. Malheureusement, je n'ai aucune preuve. Alors je me contenterai de dix livres.

La tête légèrement inclinée de côté, elle l'enveloppa d'un regard qu'il reconnaissait : celui d'un chien affamé qui avait repéré un bout de pain dans la main d'un passant distrait.

L'analogie n'était pas exagérée. Il n'avait pas oublié la voracité avec laquelle elle avait mangé... non, ce n'était pas le terme adéquat, plutôt « assailli » son petit déjeuner.

À ce souvenir, sa mauvaise conscience se réveilla. Il la fit taire, de manière expéditive. Son sens de la morale était plutôt sclérosé, de toute façon. D'ailleurs, il ne mentait pas. Même s'il avait été étonné que Kitty nourrisse encore l'espoir de retrouver sa sœur en vie, il se doutait que Grimston, confronté à Nell Aubyn, manifesterait un franc scepticisme. Simon le soupçonnait depuis longtemps de vouloir épouser Kitty. Sans doute attendait-il le meilleur moment pour parvenir à ses fins sans déclencher un scandale.

Quoi qu'il en soit, Grimston ferait tout ce qui était en son pouvoir pour éviter de voir la fortune de sa pupille divisée en deux – surtout si c'était pour en donner une moitié à une inconnue aux origines obscures.

Nell ne pouvait donc pas se passer de l'aide de Simon pour récupérer son héritage.

— Bien sûr, il y aura une bataille juridique, et cela coûte. Je suis prêt à vous soutenir.

Il avait encore quelques comptes bancaires où puiser avant d'être complètement ruiné.

Elle eut ce petit sourire de travers qui découvrait légèrement ses dents. Un sourire… carnassier. Un alligator qui en repère un autre.

— Mais bien entendu, vous ne ferez pas ça gratuitement.

Elle voyait clair en lui.

Peut-être se trompait-elle au fond. Ne l'aurait-il pas aidée de toute façon, sans autre motif que la fascination qu'elle exerçait sur lui ?

Elle avait un tel cran. Par quoi donc se laissait-elle effrayer ?

— Pourquoi me pensez-vous incapable d'altruisme ?

— On n'embobine pas un embobelineur.

— Rarement. On peut toujours essayer.

Il se pencha vers le fauteuil où elle avait pris place. Le vieux Rushden en aurait fait une apoplexie si, des années plus tôt, il avait vu son héritier tant haï et sa fille chérie tendus l'un vers l'autre comme deux amants.

Sa main lui frôla le visage. Elle tressaillit, son magnifique regard rivé au sien. Sous la crasse, sa peau était veloutée comme celle d'une pêche. À son contact, il ne put réprimer un frisson de plaisir. Une sensation vivifiante teintée de fierté l'envahit, de celles qu'il éprouvait lorsqu'il repérait un talent rare que d'autres avaient négligé, de celles du pirate triomphant qui s'empare d'un précieux butin.

« Tout ça pour moi », pensa-t-il.

— Ôtez votre main, ordonna-t-elle. Sinon je vous fracasse les dents.

Il faillit répliquer : « Chiche ! » Leur joute verbale était si divertissante. Était-elle aussi douée avec ses poings qu'avec sa langue ?

Toutefois, leur environnement appelait une séduction plus policée. Il y avait sur cette table bien trop de livres fragiles, qui ne supporteraient pas son poids si jamais il la renversait sur le plateau.

À contrecœur, il laissa retomber sa main, bien que cela lui coûtât terriblement.

À quoi ressemblerait-elle, une fois débarbouillée ? À la petite Kitty, selon toute vraisemblance. Pourtant son intuition lui soufflait tout autre chose. Kitty n'avait jamais eu dans le regard cette lueur bravache, frondeuse.

Il n'avait jamais possédé une femme comme elle.

Bien sûr, traîner dans les bas-fonds de la ville en quête de plaisirs populaires ne lui ressemblait pas. Ce n'était pourtant pas la condition de Nell qui l'excitait. Plutôt son attitude. Il ressentait envers elle des élans de possessivité tout à fait inhabituels, quoique légitimes si l'on y réfléchissait.

Personne d'autre n'aurait cette fille. Elle lui appartenait et elle était essentielle à la bonne marche de son plan. D'elle seule dépendait sa victoire finale.

On aurait pu croire qu'elle avait été créée pour lui seul. Elle débarquait, libre de toute entrave, de toute famille qu'il aurait fallu amadouer. Il ne serait pas contraint de jouer les chevaliers servants. En fait, il n'aurait aucune contrainte.

Il s'avisa tout à coup qu'elle semblait sur le point de s'enfuir, prête à bondir comme une gazelle.

Il s'obligea à reculer, alla s'asseoir dans le fauteuil voisin et croisa les jambes dans une posture décontractée. Il aurait pourtant pris grand plaisir à la maîtriser, mais cela marchait toujours mieux quand la femme avait envie d'être attrapée.

Le message passa et il constata qu'elle se détendait légèrement.

— Pourquoi vous ne m'expliquez pas, tout simplement ?

Il sourit :

— Si vous voulez tout savoir, j'ai hérité du titre et de quelques domaines ruineux qui frôlent la banqueroute. Votre père s'est donné du mal pour que je ne reçoive pas un penny qui m'aurait permis d'entretenir tout cela.

— Ah bon. Pourquoi ?

— Il était très fier du sang Aubyn qui coulait dans ses veines, et... ma conduite n'avait pas l'heur de lui plaire. Quoi qu'il en soit, son argent est revenu à ses filles, ou disons plutôt à lady Katherine. Par conséquent, mon patrimoine est menacé. Les terres vont retourner en friche. Je n'ai pas de quoi payer les exploitants ou procéder aux investissements nécessaires. Ce sera bientôt de notoriété publique. Et quelques difficultés supplémentaires...

Autrement dit, son exécrable réputation.

— ... il m'est impossible de trouver une solution rapide à mes déboires financiers, comme...

— Épouser une Américaine pleine aux as, comme cette donzelle, la Churchill.

— Oui, la Churchill, par exemple, acquiesça-t-il, secrètement réjoui par la verdeur de son vocabulaire. Ainsi, vous comprenez bien que je suis...

— Piégé comme un rat.

— Hum. En effet. Et, cependant, votre apparition miraculeuse me laisse entrevoir un possible salut. Je peux vous aider à retrouver votre place dans la société, Nell. Mais vous avez raison, je veux quelque chose en contrepartie.

— Quoi donc ?

Elle ne manifestait toujours aucune émotion particulière. Indéchiffrable. Il se targuait pourtant de savoir lire en autrui et comprenait souvent les gens bien mieux qu'ils ne se comprenaient eux-mêmes.

Ce manque de réaction aurait pu refléter l'hébétude d'un esprit obtus, mais il savait déjà que ce n'était pas la bonne raison.

Ou alors c'était la différence de classe abyssale entre eux qui l'empêchait de saisir le fonctionnement de ses méninges.

Était-il devenu si snob ?

— C'est très simple, se décida-t-il enfin à répondre. Vous n'avez qu'à m'épouser.

5

Le monde n'était pas le même vu de derrière la vitre.

Le front pressé contre le carreau, Nell sentait les pompons dorés du store relevé lui chatouiller le crâne.

Sur la route, dans les grandes flaques qui s'étaient formées après la pluie de la veille, elle voyait son propre reflet : un visage pâle, à la fenêtre d'une large voiture, noire et brillante, qui ressemblait à un gros insecte trapu, tirée par quatre chevaux puissants de la couleur de l'acier.

Elle fit glisser sa paume sur le lambris luisant et s'agrippa à la poignée en velours. Nell se sentait libre au milieu de ces odeurs de cuir huilé, de bois ciré, et de quelque chose de boisé et de viril qui n'était autre que Saint-Maur, assis sur la banquette face à elle. Il sentait… la forêt de Nottingham, ou du moins ce qu'elle en imaginait. Ou peut-être les montagnes écossaises, sombres et sauvages.

Toutes ces possibilités qui défilaient et tourbillonnaient dans son esprit l'empêchaient de fixer son attention. Elle n'arrivait même pas à éprouver de l'espoir. Elle était abasourdie.

Tout cela ne pouvait pas être vrai.

— Nous y sommes presque, annonça Saint-Maur.

Elle se blottit contre le dossier. Saint-Maur était bien réel, lui. Sous le rebord de son chapeau, ses cheveux sombres retombaient en vagues épaisses dans son cou. Un bras posé sur le dossier, ses longues jambes croisées, il la fixait de son regard inquisiteur, un sourire matois aux lèvres. Pas vraiment la bonne attitude pour gagner la confiance d'une fille…

Selon lui, elle était la fille légitime d'un comte.

Impossible.

Mais pourquoi lui mentirait-il ?

Cette question tournait sans relâche dans son crâne. Secouant la tête, elle détourna les yeux vers la rue.

Les gens semblaient plus petits vus d'ici. À cette vitesse, les visages flous ne réfractaient que l'anonymat de la foule. Sur le passage de la voiture qui déboulait à toute allure sur le pavé, ils levaient les yeux, ouvraient la bouche, sautaient de côté pour ne pas se faire éclabousser ou écraser les pieds.

Elle avait l'habitude d'être à leur place, de devoir céder le passage aux puissants. Et elle savait que dans leur sillage, les poings se dressaient, rageurs, les insultes fusaient, silencieuses. À quoi bon crier ? Les grands de ce monde, bien installés dans leurs confortables berlines, ne s'arrêtaient jamais pour écouter les protestations du peuple.

— Vous pourriez ralentir, fit-elle remarquer tout à coup.

— Je vous croyais pressée ?

C'était vrai. Dès l'instant où il avait affirmé être en mesure de faire libérer Hannah, elle avait oublié ses incertitudes. Douter face à cette proposition inespérée semblait si incongru ; poser des questions aurait été une perte de temps.

— Oui, je suis pressée. Mais ça ne fait rien, vous pourriez ralentir quand même.

Il la considéra un moment, puis, avec un soupir, tapota de son poing fermé sur la paroi vitrée encastrée dans la cloison. La vitre coulissa.

— Oui, Votre Seigneurie ?

— Dites au cocher de ralentir un peu.

— Bien, Votre Seigneurie.

Mâchoires serrées, Nell ne pipa mot. Il attendait des remerciements ? Il pouvait toujours courir. Et son histoire était sans queue ni tête. Ces lettres ne prouvaient rien. La seconde était de Michael, le plus gros menteur que la terre ait jamais porté. Elle savait donc comment il avait obtenu cette manne providentielle, l'année passée. Il avait soutiré cinquante livres au vieux comte !

Quant à la première lettre…

L'écriture avait peut-être une vague ressemblance avec celle de sa mère, mais rien de flagrant. Et, d'ailleurs, tout ça ne tenait pas debout. Jane Whitby n'aurait jamais enlevé un enfant !

La voiture passa sous un porche, avant de s'engager dans une cour intérieure encadrée par de hauts murs de pierre. Le gravier crissa sous les roues au moment où le véhicule s'immobilisait dans une secousse. La portière s'ouvrit. Un valet en livrée vert bouteille descendit le marchepied.

Saint-Maur se leva. Nell pressa ses jambes contre la banquette pour lui livrer passage, mais ce n'était pas vraiment nécessaire : après s'être baissé d'un mouvement souple, il pivota avec grâce et sauta à terre.

Les rayons du soleil firent miroiter son chapeau noir. D'un geste rapide, il en souleva le bord pour dégager son champ de vision, alors que le valet s'empressait d'épousseter le manteau noir de son maître à l'aide d'une brosse.

— Ce ne sera pas long, vous n'avez qu'à rester dans la voiture, dit-il à Nell.

Comment pouvait-il être aussi sûr de lui ? Tant de problèmes pouvaient se poser. Elle s'inquiéta :

— Mais… comment saurez-vous que c'est bien elle ?

— Attendez-moi là.

Le ton n'admettait pas de réplique. Bon gré mal gré, elle obtempéra. Elle n'était pas sa domestique, il n'avait pas à lui donner d'ordre, et elle le lui signifierait dès que les circonstances le lui permettraient.

Saint-Maur enfila un gant sur sa main droite, tandis que le valet, à genou derrière lui, continuait d'enlever les dernières traces de poussière sur son manteau.

— C'est bien Hannah Crowley, n'est-ce pas ?

— Oui, mais… ils vont peut-être essayer de vous piéger, et vous libérerez quelqu'un d'autre…

— Mais non.

Réponse catégorique. Il était bien certain que personne n'oserait lui mentir. Le valet se redressa, puis s'écarta, laissant Saint-Maur seul, sa haute silhouette se découpant contre le mur gris de la prison.

— Ayez confiance en moi, ajouta-t-il avec un léger sourire, avant de tourner les talons.

Au passage, il adressa un signe de tête à quelqu'un que Nell ne pouvait voir. La portière lui claqua au nez.

Elle se rassit. « Ayez confiance en moi. » Presque comique ! Pourquoi diable se serait-elle fiée à lui ? Ses habits devaient coûter un an de salaire pour une ouvrière. Il venait de pénétrer dans la prison avec la désinvolture d'un gandin qui entre dans une salle de bal. Les peurs ordinaires glissaient sur cet homme-là. Il devait la trouver bien cruche de s'angoisser ainsi.

« Ayez confiance en moi. » Avait-on la confiance si facile dans le monde où il vivait ? Évoluait-il dans un univers si peu hostile que le concept même de méfiance lui était étranger ? Quand tout vous était offert, que le sol demeurait lisse et égal sous vos pas, adouci d'épais tapis, on n'était même pas obligé de regarder où l'on mettait les pieds.

L'écho de sa voix grave, veloutée et somptueusement aristocratique subsistait dans l'habitacle silencieux. Il prononçait les voyelles avec clarté. La mère de Nell s'exprimait ainsi, et les gens du Green se moquaient d'elle : « Pour qui elle se prend, celle-là ? »

Sur la banquette opposée gisait un carré de tissu. Elle s'en saisit. Il était d'une douceur exquise, de la couleur d'un ciel d'été, orné de broderies blanches. Les initiales « SR » apparaissaient dans un angle.

Elle le glissa dans sa poche. Au cas où. Sa tête retomba sur le dossier. Au cas où... quoi ? Qu'avait-elle à faire des états d'âme de cet illuminé ?

« Je t'ai emmenée », lui avait dit sa mère.

Après cette nuit de révélations, elle avait refusé d'évoquer de nouveau Rushden. Très vite, la progression de la maladie lui avait fait perdre sa lucidité. Ses propos étaient devenus incohérents. Mais... « Je t'ai emmenée, avait-elle chuchoté. Je pensais faire au mieux... »

Sa mère avait toujours été un peu dérangée. Mais s'il était vrai qu'elle avait enlevé une petite fille... cela faisait d'elle une criminelle.

Une petite fille. Elle, Nell.

Elle déglutit. C'était trop étrange, cela lui donnait le vertige de penser que la fille de la photographie était peut-être sa sœur. Sa sœur jumelle. Si Saint-Maur disait vrai...

Nell connaissait des jumelles, les filles Miller, qui habitaient au bas de sa rue. Des inséparables. Chacune finissait les phrases de l'autre. Un lien quasi surnaturel les unissait.

Un tel lien pouvait-il s'oublier ? Face au portrait de Katherine Aubyn, Nell n'avait rien ressenti de particulier. Son cœur ne s'était pas gonflé d'amour, mais de sentiments plus sombres et mesquins, comme la jalousie, l'amertume et la colère.

Mais même si l'histoire de Saint-Maur était fausse... Elle fit glisser son regard sur l'intérieur de la voiture. Cet espace confiné était plus confortable que tous les endroits qu'elle avait connus, elle. Lanterne en verre taillé, pied en laiton, lambris de chêne luisant, tapis épais... Elle aurait aimé vivre dans cette voiture !

« Vous n'avez qu'à m'épouser. »

Elle glissa la main dans sa poche, sentit à travers le mouchoir de fine batiste le billet de dix livres qu'il lui avait donné en gage de sa bonne foi. Elle avait déjà touché un billet de banque, mais celui-ci était différent, tout propre et craquant...

Quelle importance finalement, de savoir qui elle était en réalité ? Saint-Maur lui affirmait que, de toute façon, les gens ne pourraient nier son incroyable ressemblance avec lady Katherine.

Les yeux clos, elle inspira profondément ; sa gorge sèche comme du carton l'irritait. S'il revenait avec Hannah, alors peut-être... oui, peut-être déciderait-elle de lui accorder sa confiance. Juste un peu. Elle voyait bien où tout cela la menait, de toute façon.

Les minutes s'écoulaient. La carcasse de la voiture frémissait quand d'autres véhicules la dépassaient. Un bruit de pas se rapprochait. Puis trois coups assénés sur la portière la firent trembler dans ses charnières. Une voix fâchée s'éleva pour exiger que la berline soit déplacée. Quel culot il fallait pour bloquer l'entrée comme ça !

La réponse ne se fit pas attendre. Le cocher et le valet se rebiffèrent d'une voix furieuse. L'attelage appartenait à lord Rushden. Qui était là pour affaires urgentes. Un tel manque de respect était intolérable !

L'importun bafouilla une excuse avant de s'éclipser humblement. Tétanisée, Nell écouta le bruit de ses pas décroître sur le pavé. Incroyable transformation du bonhomme furieux en une loque obséquieuse à la seule évocation du nom de Rushden ! Elle n'avait jamais été témoin d'une scène pareille à Bethnal Green. Il fallait avouer qu'on n'y voyait pas souvent des aristos.

Un peu plus tard, elle perçut de nouveau un crissement de pas sur les graviers. La portière s'ouvrit et le visage de Hannah apparut dans l'encadrement :

— Oh Nell ! s'écria-t-elle, avant de fondre en sanglots.

**

— Et il veut que je l'épouse pour reprendre ma place dans la société, conclut Nell.

Elle avait parlé à mi-voix, consciente que Saint-Maur attendait dehors. Son cocher avait reçu pour ordre de reconduire Hannah chez elle, mais selon les termes de leur contrat, Nell rentrerait avec lui à Mayfair. Et maintenant qu'ils étaient devant son hôtel particulier, il patientait sur le perron en attendant qu'elle daigne descendre à son tour.

— Tu imagines un peu ?

— Non ! avoua franchement Hannah en secouant la tête.

— C'est un peu fort, hein ? Mais ma pauvre chérie, tu as l'air épuisée ! s'apitoya Nell en prenant la main de son amie.

Hannah tenait encore dans son poing le mouchoir bleu ciel que lui avait donné Nell pour sécher ses pleurs, alors qu'ils faisaient route vers Grosvenor Square. Saint-Maur avait haussé les sourcils en reconnaissant son mouchoir, mais s'était contenté d'esquisser un petit sourire, sans faire de commentaire.

« Maintenant je sais », semblait dire ce sourire.

Oui, il savait qu'elle était une voleuse doublée d'une criminelle en puissance.

Elle crut sentir la morsure de la corde sur la chair délicate de sa gorge et s'empressa de reporter son attention sur Hannah, dont la main tremblait sous la sienne.

— Tu es sauvée maintenant, déclara-t-elle. Hannah, pense un peu… Je suis peut-être très riche. Incroyablement riche !

Un moment de silence s'écoula. Puis Hannah releva la tête, sourcils froncés :

— Mais Nell... tu n'es pas cette fille !

— Peut-être pas. Mais... tu sais, il y a un tableau dans la bibliothèque de Saint-Maur, ajouta-t-elle précipitamment. Il représente un endroit que je suis sûre d'avoir déjà vu. J'ai reconnu la maison ! Et... c'est toi qui affirmais que je ressemblais à la fille de la photographie.

— Oui. Si tu es la bâtarde du vieux comte, tu as peut-être été dans cette maison petite ? Quand je pense que tu ne m'en as jamais rien dit ! s'exclama Hannah, la mine offensée.

— Maman ne m'avait jamais parlé de Rushden avant de tomber malade. Et si cette histoire d'enlèvement est vraie... je comprends pourquoi.

— Tu ne vas quand même pas croire ces sornettes ? Ta mère n'aurait jamais fait ça ! Je sais bien qu'elle avait un petit grain, m'dame Whitby, mais il faut être complètement folle pour voler un bébé !

Nell sentit ses joues s'enflammer. Ces paroles ressemblaient trop aux pensées qui troublaient son esprit.

— Je n'ai jamais dit qu'elle était timbrée. Elle avait peut-être une bonne raison. Peut-être avait-elle peur pour moi ? Ou bien...

Elle laissa sa phrase en suspens. Hannah la considérait d'un air horrifié, comme si elle blasphémait en pleine messe du dimanche matin.

Son amie lui tendit le mouchoir d'un geste sec.

— Tiens. Reprends ça. Si tu es décidée à te prostituer, je ne veux pas accepter ses cadeaux !

— Mais... il a parlé de m'épouser... pas de m'entretenir ! balbutia Nell, écrasée tout à coup par un terrible sentiment d'abandon.

— Tu n'étais pas si bête, avant ! ricana Hannah.

Nell fixait le joli mouchoir que Hannah serrait dans ses doigts calleux.

— Tu as raison, dit-elle soudain. Maman n'aurait jamais volé un bébé.

— Bien sûr que non ! Mais je comprends pourquoi tu t'es laissée influencer. C'est un bel homme. Je lui suis très reconnaissante de m'avoir libérée, mais… te raconter des bobards comme ça, c'est honteux !

— Je ne pense pas qu'il mente, Hannah. Qu'y gagnerait-il ? Et pourquoi se donnerait-il tant de mal pour moi ? Ce n'est pas très logique. Les hommes comme lui peuvent se payer toutes les filles qu'ils veulent.

— Parce que tu lui plais, tout simplement. Regarde Dickie Jackson…

— Pitié, pas lui ! Je ne suis pas aussi jolie que toi, j'en ai conscience. Si tu étais à ma place, je pourrais encore comprendre qu'il se décarcasse autant, mais franchement…

— Je ne sais pas…

— Oublie ma mère et réfléchis un peu : que l'histoire soit vraie ou non, le comte y croit. Donc je n'ai rien à perdre en retournant avec lui.

Sans compter qu'elle ne pouvait pas vraiment se permettre de refuser son offre : Saint-Maur avait trop de moyens de pression sur elle. Mais pour l'heure, elle n'allait pas inquiéter Hannah avec ça.

— Oui, je suppose qu'il va croire à cette histoire… jusqu'au jour de vos supposées noces ! lâcha Hannah, sarcastique. On verra bien alors à quoi il croit ! Tu vas te retrouver à la rue, sans un sou en poche pour ta peine !

Nell eut un geste impatient :

— Écoute, il a promis de m'acheter toute une garde-robe pour me rendre présentable avant de m'introduire dans la haute société. Imagine un peu ce que ça doit valoir, trois ou quatre robes ! Pas de vilaines frusques, mais du vrai satin, de la soie, le genre de toilettes qu'on admire sur les photographies !

Cette pensée lui remonta le moral. C'était humiliant de se dire qu'elle acceptait son marché parce qu'il pouvait la faire jeter en prison si elle s'avisait de refuser.

Elle préférait penser qu'elle aurait accepté même sans la menace de représailles. Elle avait tout à y gagner.

— Qu'importe s'il change d'avis à propos du mariage. J'aurai les robes ! Brennan paiera une fortune pour en avoir une seule ! insista-t-elle.

Hannah fit tambouriner ses doigts sur la banquette de cuir :

— Je ne sais pas. C'est vrai, tu en tireras un bon prix, mais... imagine qu'il lance la police à tes trousses en disant que tu les as volées ?

— Il pourrait le faire dès maintenant.

Bien sûr, pour le moment il espérait pouvoir se servir d'elle. Elle lui était précieuse. Mais si elle perdait soudain tout intérêt à ses yeux, il était bien capable de lâcher les chiens sur elle, juste pour s'amuser.

— C'est un risque à prendre, admit-elle. Mais il n'est pas pire que celui que je cours déjà.

Hannah pressa ses mains jointes contre sa bouche pâle. Le silence s'établit et Nell attendit le verdict.

Enfin, son amie murmura :

— Si vraiment il en a après cette soi-disant fortune qui te reviendrait... s'il veut vraiment t'épouser... tu pourrais devenir comtesse, Nell.

Nell ouvrit la bouche, la referma. Les mots lui manquaient. Un rire presque hystérique lui échappa.

— C'est tellement... fou ! Oh, si seulement tu voyais cette maison, Han !

Habitué au luxe, Saint-Maur ne prêtait plus attention à son environnement. Mais elle, jamais elle ne réussirait à être aussi blasée !

— Il est beau, remarqua encore Hannah. Est-ce qu'il te plaît ? Est-ce que l'idée de l'épouser te convient ?

— Eh bien... Il est intelligent. Malin. Manipulateur...

Il avait aussi un regard envoûtant et le sourire du diable. Une bouche charmeuse qui l'avait embrassée. Et si elle acceptait de l'épouser, il exigerait plus, beaucoup plus.

— Cela n'ira jamais jusqu'au mariage, assura-t-elle.

Hannah inclina la tête, la mine dubitative :

— Au moins, il n'a pas l'air méchant.

— Non. Enfin… je ne sais pas. Je verrai bien.

Il ne l'avait pas menacée, mais un homme de son acabit disposait certainement de moyens plus subtils pour parvenir à ses fins.

— S'il se comporte mal avec toi, laisse les robes et fiche le camp ! dit Hannah, catégorique.

Facile à dire. Hannah avait une famille, des parents qui l'aimaient et la soutiendraient quoi qu'il lui arrive. Tandis qu'elle…

— Non, pas les robes, protesta-t-elle.

Leurs regards se croisèrent. Elles éclatèrent de rire.

— Une violette, dit Hannah avec un petit soupir d'envie. Demande-lui une robe violette, tu sais, comme celle que nous avons vue chez Brennan l'autre jour.

Nell se souvenait de cette robe délicieuse, évidemment bien trop coûteuse.

— Et une paire de gants blancs. Neufs ! renchérit-elle.

— Oui, tout neufs, acquiesça Hannah dans un souffle.

— Des bas de soie. Pourquoi pas ? Et un jupon. Oh Hannah ! Tu vois bien que je dois tenter l'aventure ! C'est une chance incroyable, je ne peux pas la laisser passer.

Hannah baissa les yeux sur le mouchoir qu'elle tenait toujours en main :

— S'il ne te restais qu'une dizaine de ces petites merveilles, tu serais encore gagnante.

— Je t'en prie, garde-le.

— Oh non ! Je ne peux pas.

— Bien sûr que si.

Nell plongea la main dans la poche de sa veste, en retira le billet de dix livres, ainsi que la serviette en lin, la fourchette et le couteau subtilisés, qu'elle déposa dans les mains de son amie.

— Et garde ça aussi. Si je ne suis pas revenue dans deux semaines, ils sont à toi.

— Oh, doux Jésus ! bredouilla Hannah, les mains tremblantes sous ce trésor. Mais… c'est une véritable fortune ! C'est… de l'argent ?

— Je crois, oui.

— Nell… je ne peux pas prendre ça !

Nell inspira profondément.

— Avec un peu de chance, je serai de retour bientôt, avec beaucoup plus. Et une robe violette !

Les deux jeunes filles se dévisagèrent dans un silence stupéfait. Une fois ces mots prononcés, il ne restait plus grand-chose à ajouter.

6

La suite qu'il lui attribua était plus vaste que leur meublé de Bethnal Green.

Debout au milieu de la chambre, Nell contemplait la méridienne disposée au pied du lit. L'atmosphère feutrée de la pièce lui semblait irréelle. On n'entendait que le tic-tac discret de l'horloge du couloir.

Elle tournoya lentement sur elle-même. Le matelas de plume était assez large pour accueillir quatre personnes. Une courtepointe d'un vert et gris pastel presque semblable aux prunelles de Sa Seigneurie recouvrait le lit. Jolie teinte.

À cette pensée, elle sentit son estomac se contracter. Elle ne voulait rien admirer chez lui. Elle lui était redevable de la libération d'Hannah, certes. Tout à l'heure, quand elle avait gravi l'escalier en compagnie de la gouvernante, il l'avait observée avec aux lèvres un sourire qui traduisait bien plus que de la simple satisfaction.

Elle ne savait pas encore ce qu'il préparait – comment comprendre ce qui se passait sous le crâne d'un riche ? Mais bon nombre de beaux gars savaient afficher ce genre de sourire, et les filles avaient alors raison de se méfier.

Elle croisa les bras sur sa poitrine, dans une attitude frileuse. Mieux valait éviter de penser à lui. Elle reporta son attention sur les oreillers rembourrés, plus blancs que les nuages, ornés de broderies jumelles, détail délicat exclusivement apprécié de celle qui y poserait la tête. Il y avait du blanc partout dans cette maison, des draps aux napperons en dentelle, en passant par la cravate de Saint-Maur.

Peut-être privilégiait-il le blanc pour montrer à quel point ses domestiques prenaient soin du linge ? Ce que le reste de la ville appelait « blanc » était en réalité gris clair.

Elle avança vers la fenêtre. Le tapis était si moelleux sous ses pieds ! Elle s'agenouilla pour le toucher, effleura les brins de laine doux, souples et denses. Elle se serait bien promenée dans la pièce à quatre pattes, si elle n'avait craint que quelqu'un entre à l'improviste et la surprenne ainsi. La respectable gouvernante qui l'avait escortée, Mme Collins, avait précisé qu'elle lui enverrait quelqu'un pour la servir.

Elle allait avoir sa propre femme de chambre !

Elle se redressa, trop vivement sans doute pour éviter un vertige. Dans l'entrebâillement de la porte située à sa gauche, elle apercevait le salon de la suite, où l'on se rendait si l'on avait envie de s'asseoir. Apparemment le fauteuil de la chambre était décoratif. Il y avait également un petit cabinet d'aisance mécanisé ainsi qu'un dressing, une pièce dévolue aux vêtements, parce que cette chambre immense ne l'était sans doute pas assez pour s'habiller le matin.

Un rire monta dans sa gorge. Elle se couvrit vivement la bouche de la main, fronça les sourcils en approchant ses doigts de son nez. Une odeur fraîche et herbacée lui parvenait. Sapristi, ils parfumaient même les tapis !

La porte s'ouvrit et Nell se retrouva face à une domestique. La fille aux airs revêches qui lui avait confisqué son couteau la veille tenait une panière remplie de linge plié.

Les yeux baissés, le dos droit, elle fit une révérence.

Elle était assurément moins polie la nuit passée !

Nell examina le contenu du panier. Elle ne se sentait pas vraiment d'humeur charitable.

— Qu'est-ce que c'est ?

Une paire d'yeux bruns se leva brièvement sur elle :

— Une chemise de nuit, une robe de chambre et votre nécessaire de toilette, mademoiselle.

Oh, oh ! Alors aujourd'hui on lui donnait du « mademoiselle » ?

— Comment t'appelles-tu ?

— Polly.

— Et si je ne veux pas me laver, Polly ?

Gênée, la fille se tortilla :

— Sa Seigneurie m'a demandé de vous faire couler un bain.

Oui. Et peut-être que Sa Seigneurie voulait qu'elle se déshabille pour pouvoir faire son apparition et l'embrasser encore. Mais Nell avait convenu avec Hannah de ne lui passer aucun caprice avant qu'il n'honore sa promesse concernant le mariage. Être enceinte serait le moyen le plus sûr et rapide de sombrer dans la déchéance.

— Je suis trop fatiguée. Il n'y a pas de cuvette, ici ? demanda-t-elle.

En général, une serviette et une aiguière lui suffisaient pour procéder à ses ablutions.

— Sa Seigneurie… insiste pour que vous preniez un bain, s'entêta Polly.

Nell hésita. À en juger par son chignon blond bien sage, Polly ne devait pas être habituée au rude labeur. Tant pis pour elle. Il y avait un nombre de marches incalculable de la chambre au rez-de-chaussée.

— Je préfère me servir de la cuvette. Tu n'as qu'à la remplir. C'est bien toi qui vas monter les seaux ? Dommage pour toi.

— Mais… nous avons un système de plomberie, mademoiselle ! répondit Polly avec un petit hoquet de surprise.

La fille lui jeta un regard bizarre, puis passa dans le cabinet de toilette. Elle déposa le linge de nuit sur le haut d'un chiffonnier, puis disparut du champ de vision de Nell.

Curieuse, celle-ci la suivit et s'aperçut qu'une porte, qu'elle n'avait pas remarquée jusqu'à présent, donnait sur une autre pièce.

À l'intérieur, un carrelage blanc couvrait le sol. La tapisserie murale bleue avait été vernie pour être protégée des éclaboussures. Au centre, sous une lucarne en verre dépoli, deux degrés en bois menaient à un magnifique encadrement d'acajou, lequel contenait une baignoire en émail.

Des tuyaux en cuivre couraient le long du mur et achevaient leur course dans les deux robinets qui surmontaient la baignoire.

L'eau montait donc jusqu'ici toute seule ? s'extasia Nell.

La servante avait abandonné sa panière sur une petite table roulante en laiton. Elle se pencha pour ouvrir un des robinets, s'échina un moment, expliqua :

— C'est un peu grippé...

Le robinet se débloqua brusquement et la domestique faillit tomber à la renverse. Un gémissement lugubre s'éleva de la tuyauterie, qui se mit à vibrer comme si un insensé s'était mis à cogner furieusement dessus avec un marteau.

— Quel raffut ! s'exclama Nell. Arrête ça tout de suite, je n'ai pas envie de me laver à l'eau glacée !

— Un moment, s'il vous plaît.

L'eau jaillit soudain du robinet pour se déverser dans la baignoire. Incrédule, Nell agrippa le chambranle. L'eau fumait.

— C'est de l'eau chaude ?

— Oui. Trop chaude, d'ailleurs, précisa la domestique avec un soupir. Il va falloir ajouter de l'eau froide. Sa Seigneurie est un homme moderne.

La fille ponctua cette déclaration d'un regard torve, pour bien faire comprendre que, selon elle, permettre à Nell de se laver dans un endroit pareil équivalait à donner de la confiture à un cochon.

Nell n'arrivait pas à détacher ses yeux de ce dispositif quasi magique.

La conduite qui arrivait dans la cour, en bas de son immeuble de Bethnal Green, ne fournissait de l'eau que deux ou trois fois par semaine, à un horaire qui n'était guère prévisible. Elle délivrait un filet d'eau d'une couleur boueuse. Si l'on voulait se laver, cela prenait des heures, ce dont les gens en général ne disposaient pas. Il fallait chercher les seaux, les monter dans l'escalier branlant, chauffer l'eau en posant les seaux sur la braise, sous peine de finir gelé…

Ici, on avait simplement à tourner un bouton « un peu grippé ».

Quand l'eau chaude eut rempli un tiers de la baignoire, Polly la coupa et ouvrit le robinet d'eau froide.

— Voilà, vous pouvez vous déshabiller, mademoiselle.

— Euh… devant toi ?

— Ben oui, qui d'autre ? C'est moi votre femme de chambre, non ?

— Je suis bien capable de me laver toute seule !

Mains sur les hanches, la fille objecta :

— Ce n'est pas comme ça qu'on fait ! Il y a des savons, des lotions, et tout le tintouin dont je dois vous enduire la peau.

Nell lui retourna un regard ahuri :

— Miséricorde ma pauvre, tu n'as donc aucune fierté ? Je sais bien que les bonniches sont corvéables à merci, mais tu ne vas tout de même pas me dire qu'on t'oblige à frotter le derrière de ta maîtresse ?

La mâchoire de la fille retomba dans une mimique de stupeur horrifiée :

— Je vous demande pardon ?

— Tu peux demander pardon autant que tu voudras, et je suis sûre que tu le fais à longueur de journée d'ailleurs ! Mais en ce qui me concerne, je me lave toute seule !

— Vu l'odeur, ça n'a pas l'air évident, riposta Polly.

— Oh, quel culot ! Je préfère encore sentir l'oignon frit que d'être le larbin d'un riche ! Quelle idée aussi de se faire domestique ! Trimer à longueur de journée en échange du gîte et du couvert, ce n'est quand même pas un métier ! Moi au moins je suis libre !

— Mais je vous ferai remarquer que ce n'est pas moi qui pue l'oignon et la saucisse, mademoiselle.

Nell laissa passer quelques secondes avant de répliquer, un peu radoucie :

— Tu n'as pas la langue dans ta poche, toi. Mais je doute qu'ici on t'autorise à donner ton avis. Tu ferais bien de surveiller tes paroles.

— Parce que vous estimez vivre dans la dignité, peut-être ? Les miséreux du Green dorment à huit ou dix dans une chambre, et ils se saoulent au gin bon marché pour ne pas sentir le froid ! Ah ouiche, vous avez bien raison de vous gargariser de votre précieuse liberté quand vous vivez comme des rats dans un trou nauséabond !

Sur ces mots, Polly attrapa un flacon dans le panier et en arracha le bouchon d'un geste furieux. Elle versa quelques gouttes sous le jet d'eau, et une odeur délicieuse se répandit dans l'atmosphère, un doux parfum fleuri qui évoquait une tiède brise d'été et un ciel étoilé.

— Voilà. Au moins, vous sentirez meilleur la prochaine fois que je viendrai trimer pour vous, grommela-t-elle.

Comme elle se tournait, son regard s'arrêta sur Nell. Elle fit la grimace et ajouta :

— On peut vous compter les côtes. Vous n'avez que la peau sur les os. C'est bien votre droit, mais pour ma part je préfère mon lot. Je mange mieux que vous, je dors mieux, et je ne m'inquiète jamais du lendemain.

Vous pouvez bien dire ce que vous voulez, mais vous ne me ferez pas croire que vous et vos amis n'enviez pas mon petit confort.

Elle sortit la tête haute en passant devant Nell. Elle ne claqua pas la porte, comme l'aurait fait toute femme de caractère. Elle était bien trop stylée pour ça et se contenta de la refermer derrière elle.

Le cliquetis eut néanmoins un effet horripilant sur les nerfs de Nell. Pourquoi se sentait-elle si rabaissée ? Aucune idée. Elle n'avait pourtant que faire de l'opinion de cette mijaurée.

L'eau coulait toujours. Nell réussit à fermer le robinet du premier coup, ce qui lui mit un peu de baume au cœur. Elle n'était pas une mauviette, elle ! Elle n'avait besoin de personne, elle se débrouillait toute seule.

Elle tâta l'eau, d'une température idéale, comme certaines nuits d'été. Déchirée, elle lança un coup d'œil à la porte, puis regarda de nouveau la baignoire… C'était péché de gâcher une telle quantité d'eau, simplement parce qu'elle craignait que Saint-Maur fasse irruption dans la salle de bains. Cela frisait même la lâcheté pure et simple.

Le cœur battant, elle se dévêtit, gravit les deux marches, s'assit dans la baignoire.

Jésus-Marie-Joseph. La chaleur parut se communiquer directement à son squelette, assouplir des muscles qu'elle ne pensait même pas posséder. La baignoire était assez grande pour qu'elle puisse étendre ses jambes et s'incliner en arrière. Pour un peu, elle aurait pu se laisser flotter à la surface !

Le plafond était également carrelé. Apparemment chaque carreau de faïence était orné d'un motif différent, même s'il s'agissait toujours d'arabesques bleu nuit sur un fond pervenche qui évoquaient un ciel paradisiaque.

Le corps alangui, l'esprit en paix, elle contemplait ce firmament. Qu'avait donc mis cette fille dans l'eau du bain ? S'il existait une fleur qui dégageait un tel parfum, elle voulait absolument en connaître le nom.

Après avoir rêvassé un bon moment, elle se redressa, tendit la main vers le panier. Les petits flacons contenaient divers liquides colorés. Chacun sentait meilleur que le précédent. Celui-ci embaumait l'amande, celui-ci la framboise, celui-là la rose. Elle versa un peu de ce dernier au creux de sa main, le fit mousser entre ses paumes, s'en frictionna, insistant sur les endroits noircis de crasse.

Lorsqu'elle se frotta la cage thoracique, elle ne put s'empêcher de se tâter les flancs. Cette bonniche avait raison, elle était maigre comme un coucou. Sous les dernières côtes, son ventre était creux comme les joues d'une vieille femme.

Choquée, elle fit glisser sa main sur son abdomen concave. Une sorte de peur rétrospective l'envahissait, un peu comme le jour où, à l'époque où elle travaillait sur la machine à découper les cigares, elle avait failli se faire trancher le doigt. Par la suite, des heures durant elle avait été secouée de tremblements incoercibles.

Ma foi, il fallait juste qu'elle mange un peu plus, raisonna-t-elle. Elle avalerait tout ce qu'on lui proposerait et en redemanderait encore. Et quoi qu'il advienne, même si les beaux projets de Saint-Maur capotaient, elle s'en irait le ventre plein.

Et puis il fallait voir les bons aspects de l'affaire : elle n'aurait sans doute pas à repousser les avances indésirables de Saint-Maur, qui n'avait certainement aucune attirance pour les sacs d'os.

Elle s'immergea un peu plus profondément dans l'eau, jusqu'à plonger son visage sous la surface, puis se frictionna vigoureusement le cuir chevelu à l'aide du contenu d'un autre flacon. Elle se rinça. Lorsqu'elle sortit, une odeur rance et persistante lui arracha une grimace d'abord puis un rire en comprenant de quoi il s'agissait. À présent qu'elle était propre, elle était capable de sentir la puanteur qui émanait de ses vieux vêtements.

C'était son odeur habituelle.

Son rire mourut dans sa gorge. Doux Jésus. Comment Saint-Maur réussirait-il à convaincre qui que ce soit qu'elle était née dans cet univers douillet ?

S'il croyait pouvoir la faire passer pour une vraie dame, il était encore plus stupide qu'elle ne l'avait cru.

✳✳

Simon savait que la plupart de ses pairs fuyaient les entretiens avec leurs régisseurs et représentants légaux. Trois décennies plus tôt, quand la terre était encore le fondement de la richesse aristocratique, ces entrevues se déroulaient sans doute dans une agréable atmosphère de solennité. Mais depuis l'effondrement des prix agricoles, discuter semences, moissons et machines-outils était devenu plutôt déprimant. Il fallait se démener pour simplement garder la tête hors de l'eau quand on était un grand propriétaire terrien.

Pourtant, Simon appréciait ces conversations. Et aujourd'hui, même s'il avait l'esprit occupé par la petite pouilleuse qu'il venait de recueillir, il ne lui serait pas venu à l'esprit d'annuler son rendez-vous. Parler de la pluie ou de la qualité du sol nourrissait une partie obscure et archaïque de son âme.

Comme c'était bon de savoir qu'on possédait un morceau de la planète !

Il ne rechignait même pas à rédiger des lettres pleines de sollicitude qu'il adressait, par l'intermédiaire de ses intendants, aux fermiers tombés dans la misère, accompagnées en général d'une généreuse obole.

Il était précisément en train d'en signer une, sous le regard attentif de cinq employés silencieux, lorsqu'il lui vint à l'esprit que, comme son prédécesseur, il tirait gloire de son statut de puissant.

Le vieux Rushden éprouvait de la jouissance à pouvoir agir selon son bon plaisir, sans rendre de comptes à personne. Pour Simon, c'était différent. Il était lucide : il aimait jouer les héros. Il aurait fallu être bien humble pour résister à la reconnaissance éternelle d'une famille dont le salut dépendait des cinquante livres qu'il voulait bien lui octroyer.

Son secrétaire récupéra la lettre. L'un des comptables se pencha pour y jeter un coup d'œil et émit un son étranglé :

— Milord, nous avions convenu que de telles largesses, quoique dénotant une âme fort noble...

— Oui, je m'en souviens parfaitement. Mais ce ne sont pas cinquante livres qui vont causer notre ruine. Veuillez procéder.

Simon fut tenté d'ajouter que ses ennuis financiers ne seraient bientôt plus qu'un mauvais souvenir, mais il ne fallait pas vendre la peau de l'ours...

Après le départ des cinq employés, il quitta son bureau et gravit l'escalier. La grande maison était plus silencieuse qu'un tombeau. Il flottait dans l'air une sorte d'impatience, comme si la demeure tout entière retenait son souffle.

À l'autre bout du couloir, une femme de service qui sortait d'une chambre sursauta à sa vue et exécuta une rapide révérence, tête baissée, avant de disparaître dans l'escalier de service.

En bas, en cuisine et à l'office, les langues devaient aller bon train. Les domestiques s'interrogeaient sûrement sur l'identité de son « invitée ». Sa gouvernante avait failli suffoquer lorsqu'il l'avait priée d'installer Nell dans la suite de la comtesse.

Bientôt la rumeur se répandrait en ville.

Sans qu'il y réfléchisse, ses pas le menèrent devant ladite suite dont la porte fermée l'abandonna aussitôt à une fascination idiote.

Avait-elle tiré le verrou ?

Il n'aimait pas l'idée qu'elle puisse ériger une barrière entre eux. Sa main se posa sur la poignée.

Un bruit en provenance du palier attira son attention. Une des domestiques, Holly ou Molly, peu importait, approchait, un plateau dans les mains. Elle l'aperçut, ralentit le pas et continua d'avancer, les yeux fixés sur le plancher.

Il avait toujours pensé que la timidité naissait de la différence de classe et allait de pair avec la déférence. Mais, tout à coup, il se disait qu'il n'était peut-être pas le maître apprécié qu'il pensait être. En sa présence, ses subalternes se faufilaient dans les couloirs comme des souris apeurées.

Seule Nell le regardait sans crainte.

— Est-ce pour lady Cornelia ? demanda-t-il.

La servante sursauta comme s'il l'avait frappée. Voilà, c'était fait : il venait d'accorder à son invitée les honneurs qui lui revenaient. Dès demain soir, la nouvelle aurait atteint les beaux quartiers de Londres. Une certaine lady Cornelia occupait les appartements de la comtesse de Rushden. De qui s'agissait-il ? N'avait-elle pas de chaperon ? Quelle dame de qualité se serait conduite ainsi ? Et elle s'appelait Cornelia ? Curieuse coïncidence ! Ce ne pouvait quand même pas être... Non, impossible !

— Oui, Votre Seigneurie, répondit la domestique. Sur ordre de Mme Collins, pour son œil.

— Ah, de l'arnica, devina-t-il à la vue du bol qui contenait un liquide clair à l'odeur mentholée.

Une occasion à ne pas manquer, décida-t-il. Il leva la main dans l'intention de frapper au battant qui s'ouvrit à cet instant.

Comme par magie, Nell Aubyn apparut sur le seuil. La domestique émit un hoquet de stupeur : la jeune femme ne portait rien d'autre qu'une ample chemise de nuit à manches courtes dont le décolleté révélait la ligne osseuse de ses clavicules.

Simon fut pris au dépourvu. La vision de sa maigreur flagrante, ajoutée à ce coquard violacé, avait de quoi perturber. En toute objectivité, il faisait à cette fille un beau cadeau en s'occupant de son cas.

Alors pourquoi sa conscience le titillait-elle autant ?

Refoulant ces maudits scrupules, il saisit résolument le plateau des mains tremblantes de la femme de chambre, avant d'entrer.

— Merci, ce sera tout, lança-t-il par-dessus son épaule, solidement campé sur ses deux pieds pour bloquer l'entrée.

La porte se referma dans son dos, et il se retrouva seul avec sa future femme qui recula d'un pas, manifestement contrariée par cette soudaine intimité.

Elle avait beau avoir les traits émaciés, le bain avait révélé sa beauté naturelle. On distinguait maintenant des reflets cuivrés dans sa chevelure d'un châtain soyeux, qui descendait par vagues sur ses épaules et dans son dos, jusqu'à lui frôler la taille.

Elle dégageait un parfum de roses.

Il reprit ses esprits. Oui, elle avait bien de la chance d'être arrivée ici où on la dorlotait.

— On ne vous a donc pas apporté de robe de chambre ?

Elle s'obscurcit, et sa mâchoire prit un angle plus abrupt. L'expression n'était pas particulièrement jolie, et pourtant si captivante. Tout en elle semblait exacerbé, comme si elle était plus vivante que toutes les autres femmes de sa connaissance.

— Si, mais elle gratte.

— Ah. C'est un problème. Nous ferons venir une couturière demain. Et nous enverrons quelqu'un chez Markham pour vous acheter quelques vêtements en prêt-à-porter.

Elle hocha la tête, l'air méfiant, referma son poing sur l'encolure de sa chemise de nuit qui bâillait. Il éprouva un délicieux petit frisson : son biceps s'était joliment gonflé. Elle avait les bras toniques et musclés. Il les fixa sans vergogne. C'était la première fois qu'il voyait une femme si vigoureuse sur le plan physique. Les bras des autres femmes étaient blancs et doux, tout en rondeurs. En comparaison, la musculature de Nell paraissait presque obscène. Elle était la preuve même d'une réalité qui lui échappait, d'un passé qu'il ignorait et qu'il n'avait même pas le pouvoir d'imaginer : la vie d'une ouvrière obligée de travailler pour ne pas mourir de faim.

Comme il relevait les yeux, il éprouva un choc en se retrouvant face au visage de Kitty Aubyn.

Kitty aurait hurlé si par hasard il l'avait surprise en tenue légère. Pas Nell. Elle avait redressé les épaules, le menton pointé en avant. Une fois de plus il avait perçu la force de sa volonté et l'étonnante vitalité qui l'animait. Ses yeux brillaient, et même ses cheveux humides semblaient se hérisser.

Elle n'était pas du tout perturbée par sa présence.

Il voulait la perturber.

Il voulait enfoncer ses dents dans la chair de son bras, la mordre très doucement, puis la lécher jusqu'à ce que l'odeur de rose disparaisse et qu'il ne reste plus que le parfum de sa peau.

Il ne put retenir un sourire. Il était tellement content qu'elle se soit introduite chez lui pour le tuer !

— Je n'ai rien dit de drôle, grogna-t-elle. Je ne vois pas pourquoi vous rigolez.

— J'ai bien peur de rire de moi-même.

Son physique l'excitait, indéniablement. Il la désirait. Comment diable était-elle devenue aussi forte ?

— Quel genre de travail faites-vous ? interrogea-t-il, au moment même où elle ouvrait la bouche pour dire précipitamment :

— Je voulais juste pousser la porte pour vérifier qu'elle n'était pas fermée de l'extérieur. Je ne pensais pas. Je ne cherchais pas quelqu'un pour me faire la conversation. Et je suis cigarière.

— Vous l'étiez. Vous ne travaillez plus, lui rappela-t-il.

— Ah oui, c'est vrai.

Elle allait passionner Londres. Elle était unique. L'héritière disparue devenue cigarière ! Sans doute attisait-elle aussi son instinct de mécène : il entrevoyait en elle tout un potentiel, des talents cachés et rares, qui ne demandaient qu'à être cultivés. Sa présence chez lui recelait tant de possibilités ! Pour son compte en banque. Pour son plaisir personnel. Pour la revanche qu'il entendait prendre sur Kitty et Grimston, et surtout sur un vieillard mort.

Il se rendit compte qu'elle s'empourprait petit à petit. La rougeur colorait ses pommettes, s'étendait à ses joues, sa gorge. Une femme aussi musclée pouvait donc rougir ?

— Veuillez sortir, lui intima-t-elle en désignant la porte d'un mouvement de tête.

Voilà maintenant qu'elle lui donnait des ordres. Mauvaise idée. Il était chez lui, personne ne le commanderait.

Comme il s'apprêtait à répondre vertement, son regard accrocha sa paupière et sa pommette meurtries. Il tut ce qu'il allait dire. Récemment, quelqu'un d'autre l'avait « remise à sa place », et Simon était tout à coup certain que ce quelqu'un avait échoué. On ne brisait pas Nell Aubyn. Chaque attaque portée contre elle augmentait sa résistance et sa bravoure, des qualités qu'il admirait infiniment.

— C'est-à-dire que je suis ici en mission, dit-il en désignant le plateau qu'il apportait. Croyez-moi, il m'arrive rarement de jouer les caméristes. Mais vous avez besoin de soins.

— Bah ! C'est juste une blessure.

D'un ton plus sec qu'il ne l'aurait voulu, il répliqua :

— Comme je vous l'ai déjà expliqué, vous êtes précieuse, vous valez beaucoup d'argent. Aussi je vous prierai de ne pas discuter.

Elle hésita, finit par capituler à contrecœur. Apparemment il avait su choisir les bons mots : tant que ses intentions restaient purement pragmatiques, elle se pliait à ses arguments. Et bien sûr elle avait raison. Sa principale motivation était d'ordre économique. Mais s'il avait en plus le plaisir de caresser cette peau fraîche et pleine d'éclat, il ne refuserait pas ce petit surcroît.

— Restons-nous au salon ? Ou préférez-vous que nous nous installions dans la chambre ?

En guise de réponse, elle eut un ricanement guttural, puis se dirigea vers la cheminée flanquée de deux fauteuils en cuir.

Le mur de gauche était percé d'une porte discrètement aménagée dans la cloison et qui menait aux appartements privés de Simon. Avec un peu de chance, elle ne s'en serait pas encore aperçue.

Elle prit place sur l'un des sièges. Il alla déposer le plateau sur le petit guéridon installé à ses pieds – c'était exotique, ces gestes anodins réservés d'ordinaire aux domestiques –, s'empara du linge propre mis à sa disposition, le replia avec soin avant de l'imbiber de lotion à l'arnica.

Comme il s'agenouillait devant elle, la main déjà tendue, elle eut un brusque écart :

— Je peux le faire toute seule !

— Certes, je n'en doute pas.

Il n'attendit pas qu'elle proteste davantage pour appliquer le linge humide sur sa pommette. Elle allait devoir apprendre l'obéissance. Ils étaient partenaires, pas égaux. Dans toutes les alliances, il y avait forcément une partie qui dominait l'autre.

— Qui vous a fait ça ? s'enquit-il d'un ton détaché.

✳✳

— Ça ne vous regarde pas, grommela Nell.

La chaleur humide sur l'ecchymose était un véritable bienfait, mais elle n'avait pas très envie qu'il l'approche de trop près. Elle ferma les yeux pour ne plus le voir, mais prit alors conscience de son bras musclé pressé contre le sien. Bêtement elle eut envie de se coller à lui. La faute à tout ce luxe sans doute, qui commençait à lui ramollir le cerveau.

— Sans doute, convint-il, mais j'aimerais quand même savoir. Alors, qui ?

Il tamponnait tout doucement la meurtrissure pour ne pas lui faire mal, se comportait envers elle comme si elle était une vraie dame, fragile.

Quelle idée farfelue !

Elle tenta de s'écarter un peu sans en avoir l'air. Comme des milliers d'idiotes avant elle, elle était en train de tomber dans un piège ancestral : la demoiselle-mouche hypnotisée par le seigneur Araignée. Oh, quel beau salon vous avez, milord. Oui, je veux bien dormir dans votre toile. Un comte, beau, puissant, intelligent... Il pouvait la broyer comme un rien.

Mais elle ne se laisserait pas faire. Elle avait de la défense, elle n'était pas en cristal.

— Alors ? insista-t-il, comme elle demeurait muette.

Même son haleine était cossue. Il avait apparemment bu du cognac. Elle reporta son attention sur ses mains, bronzées comme celles d'un homme qui travaille en plein air. Néanmoins, la chevalière à son index aurait suffi à dissiper un tel malentendu. Aucun fermier n'avait les moyens de s'offrir un tel bijou.

— Que feriez-vous si je vous le disais ? demanda-t-elle par pure curiosité.

— Je ferais regretter à ce type d'avoir levé la main sur vous.

Elle le vit ciller, comme s'il était le premier surpris de ce qu'il venait de dire. Puis il sourit.

— Voyez, je me conduis déjà comme un vrai mari !

— C'est gentil à vous, mais ce ne sera pas nécessaire.

— Ce serait pourtant la moindre des choses.

Elle eut un petit rire.

— Si vous vous sentez l'esprit chevaleresque, j'ai de quoi vous occuper, Saint-Maur ! Je connais au moins une bonne douzaine de femmes qui auraient besoin de votre protection !

De son petit doigt replié, il lui souleva le menton pour plonger son regard dans le sien. À une si courte distance, elle distinguait parfaitement le détail de ses iris : la pupille d'un noir de jais cerclée d'or, au centre d'un disque gris pâle piqueté de vert, cerné d'un anneau anthracite. Il avait des yeux magnifiques. Ses sourcils noirs comme l'encre formaient deux lignes obliques sur son front.

— Et cela vous arrive souvent... de vous faire arranger le portrait ?

— Non. Je sais me défendre ! assura-t-elle, révulsée à l'idée qu'il la prenne en pitié.

Il la considéra d'un air dubitatif, sans toutefois objecter. Puis, lui lâchant le menton, il se concentra sur la contusion. Comme le linge humide glissait sur sa joue, elle se raidit. Cela ressemblait trop à une caresse, et cela lui rappelait leur baiser de la veille.

À ce souvenir, elle eut l'impression que chaque cellule de son corps s'éveillait, comme celles d'un ivrogne qui sent l'odeur du gin.

C'était curieux ces corps qui, d'emblée, s'attiraient, presque aimantés l'un par l'autre. Contrairement à l'esprit, la chair se décidait dans l'instant. Ce qui soulignait l'importance de l'esprit et la primeur qu'on devait lui accorder, raisonna-t-elle.

Elle lui confisqua le linge humide.

— Allez vous asseoir, dit-elle en désignant le second fauteuil, avant d'ajouter, avec un accent délibérément faubourien : j'peux bien m'débrouiller tout' seule, m'sieu !

Il porta deux doigts à son front dans un salut moqueur, sans discuter toutefois. Elle respira plus librement. Lui, flanquer une correction à Michael ? Foutaises. Elle avait côtoyé assez d'Irlandais dans les pubs pour reconnaître un baratineur. Mais on était tenté de le croire tellement il était beau. Trop beau pour être réel.

Comme toute cette histoire, d'ailleurs.

— Quelque chose cloche dans tout ça, décréta-t-elle. Un homme comme vous ne devrait avoir aucun mal à se dégoter une fiancée. C'est quoi votre micmac ?

Renversé contre le dossier du fauteuil, il étendit ses longues jambes et cala ses pieds sur le tabouret placé devant le pare-feu. Elle nota le jeu des muscles sous son pantalon. Il lui faisait penser à un fauve souple et puissant, taillé pour la chasse.

— Je ne vous ai dit que la stricte vérité. Et je m'interroge sur le fait que vous ayez accepté de vous allier à moi, tout en mettant ma parole en doute. Peut-être pensiez-vous n'avoir pas le choix ? Qui vous a fait cet œil au beurre noir ?

— Oh, mêlez-vous de vos affaires ! s'exclama-t-elle, excédée.

Souriant, il ôta ses pieds du tabouret, les posa à plat sur le sol pour se pencher vers elle, les coudes calés sur les genoux, dans un mouvement plein de vivacité qui la prit par surprise. Son cœur se mit à palpiter.

— Je suis concerné par tout ce qui se rapporte à vous désormais, lui rappela-t-il. N'est-ce pas merveilleux ?

— Je n'ai jamais dit que je vous laisserais gérer toute ma vie !

— Vous avez accepté de m'épouser, pas vrai ? Vous êtes ma future femme et, à ce titre, vos problèmes sont les miens. C'est assez simple.

Simple, mais faux. À la connaissance de Nell, toutes les femmes mariées avaient des secrets pour leurs maris.

— Je suis là pour vous aider. Vous pouvez me demander ce que vous voulez, insista-t-il.

— D'accord. Alors je vous demande : Vous êtes un homme séduisant, titré, propriétaire d'une magnifique maison ; comment se fait-il que vous n'ayez pas trouvé une fille à la bourse bien garnie qui veuille bien vous épouser ?

— Mais j'en ai trouvé une. Elle est assise juste en face de moi, et elle est charmante dans sa chemise de nuit. Dieu bénisse les robes de chambre qui grattent !

À sa grande contrariété, elle se sentit rougir. À quoi jouait-il ?

— Ne vous moquez pas de moi.

— Vous ne vous trouvez pas charmante ?

Son regard était un piège dangereux dans lequel n'importe quelle fille aurait pu se perdre.

— Je ne suis pas une dame…

Elle s'interrompit, avec le sentiment subit qu'elle se montrait injuste envers elle-même. Puis, avec un haussement d'épaules, elle reprit :

— Pas une dame de votre monde, en tout cas. Je veux dire… pas une qui vous conviendrait.

— Si vous saviez ! soupira-t-il en détournant son regard vers le feu de cheminée. La plupart des vraies dames sont très ennuyeuses. Elles ont des exigences que je n'ai aucune envie de satisfaire, et en général leurs pères ne me considèrent pas d'un œil bienveillant. À cause de ma mauvaise réputation.

— Pourquoi ? Quel est le problème avec votre réputation ?

— Disons que ma jeunesse fut plutôt tumultueuse.

Au point de ternir la réputation d'un *comte* ?

— Vous avez tué quelqu'un ?

Il soupira :

— Écoutez, autant vous mettre tout de suite au courant des pires rumeurs que vous entendrez circuler sur mon compte. Rumeur numéro un : je suis un ivrogne.

C'est faux. J'aime le bon vin, certes, mais je suis rarement saoul. Numéro deux : je suis une canaille et un débauché. Tout est relatif, et j'ai le sens des limites. Numéro trois : je suis joueur. C'est vrai, toutefois je ne joue jamais au-dessus de mes moyens. Quoique. Dans ma situation actuelle, ce ne serait pas très difficile. En règle générale, je joue pour le plaisir de prendre leur argent à mes adversaires. Quoi d'autre… ah oui ! J'aurais une nature perverse. Là encore, tout est relatif. Certaines personnes redoutent terriblement les élans de l'imagination. Je consommerais des substances illicites. Cela peut arriver à l'occasion, mais je ne souffre d'aucune addiction. Je serais un anarchiste et un suppôt de Satan. Faux et encore faux. C'est à peu près tout, je crois. Mais laissez-moi réfléchir…

— La liste ne s'arrête donc pas là ?

— Oh, on me reproche sûrement encore deux ou trois petites choses mineures.

Son détachement la heurta :

— Et ça ne vous dérange pas, qu'on mente à votre sujet ?

— Non, pourquoi ? Cela n'a pas d'incidence. Sauf bien sûr quand je me mets en quête d'une riche épouse.

— Mais… vous n'aimeriez pas rétablir la vérité, tout simplement ?

À sa place, elle se serait fait un plaisir de faire ravaler leurs mensonges à ces bien-pensants.

— La vérité est bien plus ennuyeuse que ma réputation, rétorqua-t-il avec un sourire qui fit ressortir ses fossettes. Les gens ont besoin de divertissement, je suis là pour ça. Tout le monde aime entendre une bonne anecdote, une histoire croustillante. Apparemment j'inspire les plus imaginatifs. En quelque sorte, je suis une muse pour les classes supérieures.

— Une muse ?

— Oui, chez les Grecs anciens la muse apportait l'inspiration aux…

— … poètes et aux artistes, je sais, coupa-t-elle. Mais je croyais que ce rôle était réservé aux femmes.

— Exact, murmura-t-il, la fixant un moment entre ses paupières plissées. Alors c'est vrai, vous lisez ?

Elle leva les yeux au ciel :

— Vous ne m'avez pas crue ?

— Comprenez-moi. J'ignorais que les écoles publiques de Bethnal Green enseignaient la littérature grecque à leurs élèves.

— Les gens qui n'ont pas les moyens de s'acheter des livres vont à la bibliothèque.

La plupart étaient minables, mais l'Amicale des Jeunes Travailleuses possédait une belle collection de livres. C'était pour cette unique raison que Nell s'était inscrite.

— Vous me prenez pour un horrible snob, n'est-ce pas ?

— Vous *êtes* snob. C'est une évidence. Vous n'allez pas prétendre le contraire ?

— Non, c'est vrai, reconnut-il volontiers.

Sa franchise la fit sourire malgré elle :

— Vous êtes plus honnête que la plupart des gens. En général ils nient leurs défauts.

— Vous avez l'esprit vif.

Certes. Et pourquoi aurait-il pensé le contraire ? Cette idée la piquait dans sa vanité.

— Je ne sais pas. Une fille vraiment intelligente aurait quitté ce fauteuil depuis longtemps. De votre propre aveu, vous n'êtes pas fréquentable.

— Je suis le meilleur compagnon du monde. Je vous promets que vous ne vous ennuierez jamais avec moi.

— Ce n'est pas exactement ça qui m'inquiète, rétorqua-t-elle avec un petit rire.

— Ah ? Vous avez beaucoup de chance, alors.

— C'est plutôt vous qui en avez, si vous ignorez qu'on peut trouver un certain plaisir dans l'ennui. Quand on s'ennuie, c'est qu'on n'a aucun souci.

Il se pencha, si rapidement qu'elle n'eut pas le temps de s'écarter. Sa main se posa sur sa joue meurtrie et, du pouce, il lui effleura la commissure des lèvres :

— Vous n'avez aucun souci à vous faire à mon sujet. Je n'ai jamais levé la main sur une femme.

Un léger frisson la parcourut. Son corps aimait les sensations qu'il déclenchait en elle. Ce n'était pas très grave. Elle n'avait qu'à ne pas y faire attention, voilà tout.

— Vous n'êtes pas obligé de me toucher quand vous me dites ça, remarqua-t-elle.

— J'aime vous toucher. Vous n'avez pas compris ?

Elle sentit qu'il allait l'embrasser. Sa main sur sa joue demeurait légère. Elle aurait pu se dégager sans mal. Mais parfois, quand on battait en retraite, les hommes pensaient que vous aviez peur d'eux et ensuite ils faisaient toutes sortes de choses pour vérifier si c'était vrai.

Lentement, il inclina la tête. Sa bouche frôla la sienne, une fois, deux fois, dans un contact quasi imperceptible. Peut-être y avait-il méprise, finalement ? Ces baisers n'étaient pas l'expression de son désir, juste une façon de solenniser sa promesse.

Il recula légèrement.

— Allez-vous me repousser ?

— Je ne suis pas ici pour me jeter dans votre lit.

— Non, je sais bien. Nous garderons cela pour après le mariage. En attendant, pouvons-nous sceller notre pacte par un baiser ?

— Je vous en ai donné un hier, ça suffit.

— Vous croyez ? fit-il avec un sourire canaille. Il s'agissait pourtant d'un minuscule baiser. J'ai droit à un deuxième.

Elle voyait bien où tout ça les menait. Elle avait vu un tas de filles gâcher leur vie pour s'être laissé embobiner par des beaux parleurs.

— Pas question. Je ne porterai pas votre bâtard, Saint-Maur.

— Hum. Si vous pensez qu'on peut faire un enfant en s'embrassant, il va falloir que nous ayons une sérieuse discussion.

— Je sais comment on fait les enfants, merci ! Et il n'est pas question que j'en aie avec vous.

— Alors pourquoi objectez-vous à un simple baiser ?

Elle ouvrit la bouche, se retrouva à court d'arguments.

— Vous m'embrouillez avec vos paroles tortueuses ! s'exclama-t-elle.

— Je me permets d'insister.

Il se pencha de nouveau, et cette fois se mit carrément à genoux devant elle. Sa main glissa sur sa nuque, ses doigts plongèrent dans ses cheveux, tandis que sa bouche s'emparait de la sienne.

C'était bon. Ses lèvres étaient chaudes, souples. Sa langue suivit le tracé de sa lèvre inférieure et les pensées de Nell s'emmêlèrent encore plus.

Comme elle cherchait à reprendre son souffle, il en profita pour approfondir leur baiser et affermir sa prise sur son cou. Une vague de chaleur se propagea en elle, irradiant dans ses membres, culminant au creux de son ventre.

Elle lutta pour ne pas perdre le contrôle d'elle-même. Idiote. Un homme aveuglé par le désir était une proie facile qu'on pouvait mener par le bout du nez. Mais si la femme éprouvait le même désir, quel pouvoir lui restait-il ?

Saint-Maur était expert en la matière, bien sûr. Il l'embrassait comme s'il n'avait aucune idée derrière la tête, sans hâte, avec une sensualité qui semblait n'exiger rien d'autre que la reddition de sa bouche. Elle savait bien qu'il ne s'arrêterait pas là.

Elle se raidit dans ses bras. Il murmura une protestation, desserra aussitôt son étreinte, comme pour la mettre en confiance et lui montrer qu'il n'essaierait pas de la retenir contre son gré. Ses doigts s'attardaient encore sur sa joue, glissaient dans sa gorge, sur sa clavicule, dans une requête muette.

Le corps de Nell s'enflamma, de la pointe des seins au creux de ses cuisses. Tout en elle se contractait, palpitait, se fondait secrètement sous l'effet d'une chaleur de plus en plus cuisante. Ces zones qui intéressaient particulièrement les hommes avaient donc le pouvoir de réagir sous leurs caresses : lorsqu'il demandait, son corps répondait.

Spontanément, elle posa la main sur l'avant-bras de Saint-Maur, sentit la solidité noueuse des muscles sous le tissu de la chemise. Il s'inclina davantage encore. Même à genoux, il réussissait à la dominer entièrement.

Elle se surprit à glisser la main dans ses cheveux, plus épais que tous ceux qu'elle avait touchés jusqu'à présent. Elle s'étonnait que sa main se mêle aux cheveux d'un homme riche, qui avait vécu toute sa vie dans le luxe et le plaisir...

Cette pensée dissipa d'un coup la brume érotique qui l'aveuglait et elle le repoussa brusquement. Il se redressa alors d'un mouvement souple, s'équilibra sur ses talons, et demeura ainsi à ses pieds sans l'intention, semblait-il, de la reprendre dans ses bras. Les cheveux en désordre. La respiration rapide.

C'est elle qui avait produit cela ?

Un soupir lui gonfla la poitrine. Il se mordit la lèvre et elle comprit, dans un éclair, qu'il retrouvait le goût de sa bouche.

Elle sentit ses joues s'embraser.

— Je suis content que vous ayez décidé de rester, murmura-t-il avec un sourire nonchalant.

Elle se leva d'un bond, se rendit compte que ses jambes flageolaient.

— Si vous voulez rester content, vous feriez bien de me laisser tranquille ! avertit-elle, haletante.

Il était déjà debout. Après une courbette moqueuse, il tourna les talons et se dirigea vers la porte. L'instant d'après, il était dehors.

Alors même qu'elle regardait le battant se refermer, un frisson la traversa. De ceux qu'on éprouve lorsqu'on a eu une belle peur.

De plus en plus effrayée à cette pensée, elle s'apercevait que ce n'était pas de lui que provenait le danger.

Non, la plus grande menace viendrait d'elle-même... et de son incapacité à lui résister.

7

— Dans cette affaire, une élémentaire cupidité nous aurait épargné beaucoup de difficultés, remarqua sèchement Daughtry, les yeux braqués sur son petit déjeuner.

Sous ses rares cheveux argentés, son regard aux paupières lourdes surmonté de sourcils gris en accents circonflexes laissait deviner un doute permanent concernant le moindre objet de son intérêt : la tranche de bacon qu'il était en train de découper méticuleusement, en l'occurrence.

— Vous voulez dire que Grimston et sa pupille ne sont pas partis du principe que lady Cornelia était morte ? dit Simon en saisissant sa tasse de café.

— Effectivement.

L'avocat avala une bouchée de bacon, marqua une pause, tamponna sa bouche ridée à l'aide de la serviette. Même à table il gardait une attitude de juriste méthodique, pointilleux.

Il pointa sa fourchette en direction de son œuf mollet, à la recherche sans doute du meilleur angle d'attaque. Finalement, il reposa ses couverts ; Simon en éprouva presque une déception.

— C'est somme toute logique, reprit-il. Le testament stipule que Katherine et Cornelia ne pourront pas entrer en possession de l'héritage avant leur mariage ou leur vingt-cinquième anniversaire. Entre-temps, sir Grimston perçoit une rente annuelle destinée à subvenir à leur entretien et à leur éducation. Si nous avions réussi à établir que lady Cornelia était encore en vie, cette somme aurait été divisée par deux, ce qui aurait gravement réduit le train de vie de lady Katherine... et celui de Grimston.

— La réapparition de lady Cornelia aura les mêmes conséquences, observa Simon.

— En effet.

— Nous devons donc nous attendre à une bataille juridique.

— Ce serait plus prudent.

— Je me réjouis déjà d'entendre leurs arguments. Cette fille est le portrait craché de Kitty...

Simon s'interrompit. Étrangement, séduire Nell ne lui posait aucun problème tandis que Kitty ne l'inspirait pas du tout.

— Elles sont jumelles. Beaucoup de ressemblances physiques, mais des personnalités bien distinctes, acheva-t-il.

Daughtry se méprit sur le sens de sa phrase :

— Oui, toute la difficulté vient de là. Même si la ressemblance est aussi extraordinaire que vous le dites, nous devrons toujours prouver qu'elle est la fille légitime du vieux comte, et non une quelconque bâtarde. Il faudra interroger la nounou à propos d'éventuelles marques de naissance et détails du même genre. Et également déterminer l'identité de la femme qui l'a élevée. À cette fin, je me permets de vous recommander le cabinet Shepherd & fils.

Daughtry se tourna pour jeter un regard éloquent au petit secrétaire à lunettes assis près de la desserte. Celui-ci s'empressa de prendre note de la remarque.

— Des professionnels très discrets, ajouta-t-il. Ils ont leurs entrées dans les coins les plus sordides. Jusqu'à présent, j'ai été très satisfait de leur travail.

— Parfait, opina Simon, qui se moquait bien de la façon dont était exécutée la tâche, tant qu'elle l'était. Autre chose ?

— Euh… oui.

Daughtry toussota, se tapota les lèvres. Un signe de connivence, sans doute, car dans la foulée le secrétaire jaillit de son siège et, après s'être incliné, demanda à être excusé.

— Impressionnant, murmura Simon, comme la porte se refermait sur le petit bonhomme. Vos employés sont décidément très disciplinés.

L'ombre d'un sourire apparut sur les lèvres de l'avocat :

— La discrétion est mon mot d'ordre, je vous le répète. Particulièrement quand il est question… d'amour.

Le sourcil gris frétilla. Simon se mit à rire :

— Vous auriez donc le sens de l'humour, Daughtry ?

— Dieu m'en préserve. Toutefois, comme je pense que vous avez l'intention d'héberger cette demoiselle sous votre toit…

— C'est le cas.

Simon n'allait pas prendre le risque de la voir disparaître et retourner se perdre dans les bas-fonds de la ville.

— Vous devez comprendre que sa réapparition miraculeuse va susciter un vif intérêt de la part du public. Les gens seront curieux de savoir qui l'a recueillie. Ils chercheront à se renseigner. Peut-être pourriez-vous la loger dans un endroit moins compromettant… chez lady Saint-Maur, par exemple ?

— Ma mère ? ricana Simon. Il n'en est pas question ! De toute façon, elle est en villégiature à Nice jusqu'à la fin de l'été.

Sa mère serait capable de faire tremper Nell dans un antiseptique, ou même de la mettre à bouillir. Jamais elle n'irait imaginer que lady Cornelia puisse se cacher sous un tel accoutrement. Elle se fiait tellement aux apparences.

— Je vois, opina Daughtry. Et cependant, si lady Cornelia loge chez vous… vous devez comprendre que cela occasionnera des insinuations malveillantes.

— Et après ? Elle n'aura pas besoin d'une réputation irréprochable, puisque je vais l'épouser.

— Vous êtes donc décidé à le faire ?

— Oui, enfin… dès qu'il aura été clairement établi qu'elle entrera en possession de l'héritage.

Lèvres pincées, Daughtry hocha la tête, puis se mit à lisser sa manchette d'un air absent. Chez un homme aussi posé, ce geste traduisait un trouble inhabituel.

— Dites-moi ce qui vous tracasse, le pria Simon.

— En tant que conseil juridique, je me dois d'envisager toutes les possibilités. Une fois que l'identité de lady Cornelia aura été communément admise, sir Grimston deviendra son tuteur légal, et nul doute qu'il s'empressera de… la prendre sous son aile.

Pour profiter d'elle. Nell n'avait que vingt-deux ans, ce qui laisserait à Grimston trois années pour gérer son héritage, à condition qu'elle reste célibataire.

Simon avait beaucoup misé sur la « résurrection » de lady Cornelia. Ce n'était pas pour la voir tomber illico entre les griffes de Grimston. Mais il était évident que ce dernier chercherait à retarder leur union par tous les moyens. Peut-être en l'encourageant à faire ses débuts dans le monde ?

— Et si je l'épousais immédiatement ? Avant même qu'elle ait été présentée à la haute société ?

— Cela servirait notre cause, admit Daughtry. Si nous devions passer devant le tribunal, un juge serait plus enclin à reconnaître la noble naissance d'une comtesse que celle d'une femme d'extraction douteuse, connue pour avoir vécu sous le même toit qu'un homme…

« ... de votre réputation », semblait dire la phrase en suspens, même si l'homme de loi était trop bien élevé pour formuler sa pensée à voix haute.

— Et si les choses tournaient mal, je me retrouverais sans le sou, marié à une femme qui sort du ruisseau. Ce n'est pas tout à fait souhaitable.

— Que non ! se récria Daughtry, l'air surpris. Si sa filiation n'était pas prouvée, vous n'auriez d'autre choix que de réclamer l'annulation du mariage.

Simon, qui tendait la main vers son café, se figea :

— Serait-elle accordée ?

— S'il s'avérait qu'elle était une usurpatrice, cela invaliderait votre consentement à cette union. C'est l'un des motifs les plus recevables. La Cour ne pourrait que compatir à votre situation.

— Voyons... c'est proprement machiavélique, Daughtry ! fit Simon avec un petit rire.

L'homme de loi lui répondit d'un sourire matois. On n'était pas obligé d'avoir le sens de l'humour pour être un salaud bouffi de suffisance.

— Ce serait bien malheureux, néanmoins entièrement légal, insista-t-il.

— « La loi est un âne[1] », murmura Simon.

Qui avait écrit cela ? Shakespeare ? Il prit une longue gorgée de café. Il aurait été plus juste de dire que la loi était un âne plein aux as. Qui d'autre qu'un ultra-privilégié aurait eu l'espoir de la tourner si commodément à son avantage ?

— Elle n'aura pas la moindre chance.

— Non, pas la moindre, confirma Daughtry avec un sourire entendu.

Simon détourna le regard vers la fenêtre. Une jolie journée. Le soleil matinal se reflétait gaiement sur le feuillage des arbres. Les coups bas ne relevaient pas de

---

1. *Oliver Twist*, Charles Dickens. *(N.d.T.)*

ses habitudes. On n'affrontait pas ceux qui ne maîtrisaient pas les règles du jeu, ni ceux qui n'avaient pas les moyens d'entrer dans la partie.

Mais le prix de la victoire était si énorme... Et il ne serait pas le seul à en profiter. Nell aussi y trouverait son avantage. On pouvait même dire qu'elle en bénéficierait bien plus que lui, étant donné sa situation. L'argent permettrait simplement à Simon de maintenir le train de vie auquel il était habitué, tandis qu'elle n'avait même jamais goûté à un tel luxe. Elle pourrait mener sa vie comme elle l'entendait, il ne lui imposerait rien.

Et si tout échouait finalement ? Ma foi, quelques mois de cohabitation conjugale ne lui feraient pas de mal. Elle s'en irait bien nourrie et nippée, après... oui, des vacances en quelque sorte. Libre à elle d'empocher encore quelques pièces d'argenterie avant de s'en aller.

— Mettez vos enquêteurs à l'ouvrage, décida-t-il. Le plus important, pour le moment, est de prouver que la femme qui l'a élevée était bel et bien Jane Lovell. Lady Cornelia répond aujourd'hui au nom de Nell Whitby, mais elle a admis avoir pris le nom de son beau-père. Si le mariage de Jane était valide, il nous faut commencer par vérifier les registres matrimoniaux de la paroisse.

— Très bien. Et dois-je faire une demande de licence spéciale ?

— Oui. Nous n'avons rien à perdre, apparemment.

Et tout à gagner.

La porte s'ouvrit. Sa future épouse entra dans la pièce, vêtue – il s'en rendit compte avec stupeur – de guenilles.

— Dieu tout-puissant ! marmotta Daughtry qui, malgré toute sa bonne éducation, ne put s'empêcher de trahir son ahurissement.

— Bonjour ! lança-t-elle avec un sourire éclatant.

— Bonjour, articula Simon.

La voir ainsi tempérait beaucoup son enthousiasme. En élaborant sa belle stratégie, il avait juste oublié qu'elle ne ressemblait pas du tout à une héritière. Tout d'abord, il y avait cette maigreur épouvantable. Et puis ces horribles oripeaux sur lesquels elle avait mystérieusement mis la main : une longue veste noire dont les manches gondolaient au-dessus de ses poignets osseux, une jupe de couleur indéfinissable et à l'ourlet inégal, un chapeau melon.

Bonté divine, où avait-elle déniché un chapeau melon ?

Sa présence dans le luxe tranquille du salon détonnait radicalement. Comme elle observait les plats posés sur la desserte, tout son corps semblait se tendre dans cette direction.

Il inspira profondément pour maîtriser la colère qui sourdait en lui et déclara :

— Servez-vous, je vous en prie.

Elle s'approcha et, sans mot dire, se saisit d'une assiette pour y empiler une quantité confondante de nourriture.

Daughtry avait retrouvé sa mine impassible. On n'entendait que le cliquetis des couverts sur la porcelaine. Le silence se prolongea jusqu'à ce que la jeune femme vienne s'installer à table.

— Où avez-vous trouvé ces habits ? demanda-t-il.

— C'est l'une de vos bonniches qui me les a apportés. Merci bien.

Il se mordit la lèvre. Apparemment, elle n'avait aucune conscience du spectacle grotesque qu'elle offrait. Quelqu'un s'était moqué d'elle.

Daughtry lui renvoya un regard indéchiffrable et la colère et la gêne de Simon s'intensifièrent. Quelqu'un allait prendre la porte avant midi. Il ne tolérerait pas ce genre d'attitude !

Il se reprit, s'empara de sa fourchette pour attaquer ses saucisses. Un bruit spongieux lui fit relever les yeux.

Un œuf sur le plat venait d'atterrir par terre, aux pieds de Nell.

Il faudrait assurément lui donner quelques leçons de maintien.

Quoi qu'il en soit, elle avait bel appétit.

Daughtry posa sa fourchette et entreprit un examen minutieux de la nappe. Simon ne pouvait pas vraiment lui en tenir rigueur. Il fallait avoir le cœur bien accroché pour manger à côté de Nell. Si elle restait penchée sur son assiette, comme pour la protéger d'un quelconque prédateur, et enfournait bouchée après bouchée dans un mouvement continu, vorace, mâchant à toute allure et jetant de temps à autre des regards incisifs à ses deux commensaux, c'était pour juger de la progression de leur repas et estimer la quantité de nourriture qui lui resterait une fois les deux hommes restaurés : Simon ne savait s'il fallait en éprouver de l'effarement ou de la pitié.

Il détourna les yeux en direction des tableaux suspendus au mur. Le portrait du vieux Rushden toisait les convives de son regard dédaigneux et suffisant, aussi raide que le cadavre qu'il était devenu, les lèvres figées dans ce demi-sourire sardonique qui l'avait accompagné presque toute sa vie. Il avait toujours considéré la plupart de ses congénères comme des inférieurs.

Sa fille avait sans doute de la chance qu'il n'ait pas vécu pour voir ce qu'elle était devenue. Simon était bien certain qu'il ne l'aurait pas considérée d'un œil bienveillant.

Cette pensée accrut son malaise. En toute franchise, lui non plus ne posait pas sur elle un œil bienveillant. Même s'il allait renvoyer la domestique qui avait osé la tourner en dérision.

De nouveau, la porte s'ouvrit. Au vu de l'appétit de l'invitée, le valet avait pris l'initiative d'apporter d'autres mets. Nell pivota sur l'assise de sa chaise, manifestement hypnotisée par la vision des champignons gratinés, des côtelettes d'agneau, de la perche frite et des tomates farcies.

Pendant que le domestique déposait ces plats, elle se redressa, inspira profondément et, pour la première fois depuis qu'elle s'était attablée, consentit à poser sa fourchette.

— Vous pourrez toujours vous resservir, assura Simon. Et si vous désirez quelque chose en particulier, vous n'avez qu'à le demander.

— J'y compte bien, rétorqua-t-elle, une note de défi dans la voix.

Pensait-elle qu'il s'agissait de paroles en l'air ?

— Eh bien, dites. Qu'est-ce qui vous ferait plaisir ?

— Je vais y réfléchir…

Elle saisit sa fourchette, se remit à manger. Ou plutôt à *communier* avec la nourriture. Elle mâchait plus lentement. Il lui fallut une minute entière pour faire disparaître un petit pain. Puis elle attaqua une assiette de fraises et de framboises nappées de crème fraîche. De petits soupirs de contentement s'échappaient de sa gorge.

Une fois l'assiette terminée, elle prit le temps de se lécher les doigts. Un profond soupir de satiété lui gonfla la poitrine. Le bout rose de sa langue pointa entre ses lèvres pour cueillir une goutte de crème fraîche à la commissure.

Puis le cycle recommença avec un autre petit pain.

Simon restait immobile et silencieux. Une fois encore il se sentait stupide, quoique de manière distanciée. Elle ne lui accordait pas un regard. Pourquoi l'aurait-elle fait ? Elle était sous le charme des fraises. Fascinée par les petits pains. Enchantée par la crème épaisse du Devonshire. Émerveillée de ces jouissances voluptueuses. Elle n'avait aucune énergie à lui consacrer.

Tant mieux, songea-t-il, car Dieu sait ce qu'elle aurait lu sur son visage alors.

Sa pitié s'était muée en un sentiment beaucoup moins spirituel.

Il risqua un coup d'œil en direction de Daughtry. Le pauvre avait l'air horrifié. Simon ne put s'empêcher de sourire. Daughtry était un puritain. Pas Simon. Le spectacle de Nell en train de se sustenter avec tant de sensualité l'émoustillait clairement, mais il n'y avait pas que cela. Il n'avait jamais vu quelqu'un prendre autant de plaisir. Et en faisant quoi ? En prenant son petit déjeuner !

Nell saisit une tasse, en renifla le contenu, sourit. Le cuisinier s'était rappelé la consigne donnée par Simon et avait préparé un chocolat chaud. Cette fois, Nell ne montra aucune réticence : elle porta la tasse à ses lèvres et, tête renversée, avala le contenu d'une traite pendant que Simon, hypnotisé, contemplait l'arc blanc de sa gorge gracile.

Satisfaite, elle s'essuya la bouche d'un revers de main.

Il éprouvait comme une sorte d'étrange jalousie. Il était peut-être rare de boire du chocolat chaud à Bethnal Green, mais ce n'était quand même pas la première fois qu'elle mangeait des fraises, des framboises ou du pain. Il lui enviait cette joie frémissante face à ces choses simples.

Quand avait-il éprouvé des émotions aussi intenses ?

C'était bizarre de se dire qu'il avait peut-être quelque chose à apprendre d'elle.

— Pourquoi me dévisagez-vous comme ça ? demanda-t-elle brusquement.

— Je vous dévisage ? Pardon.

Une miette tomba de son menton, atterrit sur ses genoux. Elle baissa les yeux, rougit en réalisant qu'elle venait de se goinfrer devant eux. Cela n'eut toutefois pas l'air de la déstabiliser outre mesure. Redressant les épaules, elle pointa le menton.

Il éprouva un léger choc. Seigneur, comme elle ressemblait à Katherine en cet instant ! Par moments il oubliait totalement leur similitude, et tout à coup celle-ci s'imposait avec la violence d'une gifle en pleine figure.

Il pivota vers Daughtry :

— Jugez par vous-même de la ressemblance.

À contrecœur, le juriste leva les yeux sur la jeune femme, comme s'il avait peur de ce qu'il allait voir.

— Étonnante, en effet, commenta-t-il. On peut aisément penser qu'elles sont jumelles. Néanmoins, il y a une différence… de style. Comment dire…

— Oui, je saisis.

Demander à un tribunal de reconnaître en cette souillon la fille légitime d'un comte heurterait certaines sensibilités. Il fallait aider la justice à être clairvoyante. Quelques détails feraient toute la différence si l'on voulait persuader qui de droit. Un bon corset, pour commencer. Et de l'amidon. Beaucoup d'amidon.

— Il faudra l'éduquer, bien entendu. Payer les services d'une couturière, engager une femme de chambre compétente, et sans doute aussi lui donner des leçons de bienséance. J'ai commencé à prendre mes dispositions.

— Tant mieux, tant mieux, approuva Daughtry d'un ton soulagé.

Nell leva la main et fit claquer ses doigts près de son oreille.

— Non, je ne suis pas sourde, constata-t-elle. Juste invisible, alors.

— Non, pas du tout. Pardonnez-nous. M. Daughtry, que vous voyez ici, a pour mission de coordonner nos efforts dans l'entreprise qui nous attend. Et pour commencer…

Il s'interrompit : elle n'avait pas l'air très coopérative. Il avait peut-être eu tort de l'embrasser une deuxième fois. Cela risquait de compliquer un arrangement par ailleurs simple. Elle n'en avait pas paru offensée pourtant. Elle n'avait ni rougi ni protesté. Après tout, il avait affaire à sa future femme. C'était bien normal de lui faire un brin de cour, non ? C'était même une preuve de galanterie de sa part. Et apparemment il savait s'y prendre.

Il sourit de sa propre vanité, puis se rappela qu'il avait quelque chose à faire.

— Pour commencer, reprit-il, nous allons vous présenter aux domestiques.

**

Ils étaient vingt-trois.

Nell se surprit à les compter alors qu'ils s'alignaient dans le grand hall. Elle en était à « neuf » quand le dernier parmi les plus gradés se releva après sa courbette. Encore quatorze.

Elle endura les présentations formelles qui s'éternisaient, le visage fermé. Elle détestait qu'on lui fasse la révérence, et malgré elle, reculait petit à petit, pendant que l'escadron de bonniches et valets avançait inexorablement dans son élan flagorneur.

Apparemment, Saint-Maur trouvait cela comique. Il se permit même de rire et de lui demander si elle voulait une chaise. Elle ne jugea pas utile de lui répondre et le regard qu'elle lui lança effaça le sourire de Saint-Maur. Il ne connaissait même pas le nom de ces gens ! Il fallait que ce soit la gouvernante et le majordome, ce cadavre ambulant nommé Hankins, qui les annoncent à tour de rôle.

Lorsque ce cirque fut terminé, Saint-Maur murmura quelques mots à l'oreille de Hankins, qui fit signe aux femmes de chambre de se présenter de nouveau en rang d'oignons, telles des automates identiques avec leurs robes noires, leurs tabliers gansés de broderie anglaise et leurs coiffes blanches.

À ce stade Saint-Maur parut se souvenir que ces filles étaient ses employées, et non un ballet de marionnettes créé pour le divertir. Son regard se fit plus acéré et d'une voix sonore dans le grand hall silencieux, il articula :

— Pouvez-vous me dire laquelle de ces femmes vous a fourni les habits que vous portez, lady Cornelia ?

Nell ouvrit la bouche, prête à répondre... puis s'en abstint : le silence s'était appesanti ; les marionnettes retenaient leur souffle. La pâleur livide de Polly arrêta fugacement son regard.

Elle feignit de poursuivre son inspection, dévisagea la voisine, puis la suivante, la suivante encore et ainsi jusqu'à la gouvernante qui fermait le rang.

Cette dernière affichait une mine que Nell connaissait bien. C'était celle de la contremaîtresse sur le qui-vive, à qui le mécontentement du chef d'atelier s'était vraisemblablement communiqué. L'air soupçonneux, ses bras massifs comme des jambons croisés sur sa large poitrine, Mme Collins inspectait ses troupes en quête d'une esclave à punir avec toute la sévérité nécessaire pour y échapper elle-même.

Les femmes de chambre avaient toutes les yeux rivés sur Nell.

Elle s'éclaircit la gorge :

— Non, vraiment, je ne m'en souviens pas.

Une courte pause s'ensuivit. Personne n'osait respirer. Nell évitait de regarder Polly, même si, au fond, elle aurait lu avec contentement une marque de gratitude sur ce visage de chipie.

Pour résister à la tentation, elle s'obligea à dévisager le maître de maison qui ne dissimulait pas sa contrariété. C'était donc si agaçant quand les inférieurs leur tenaient tête ?

Certes, quand les humbles n'étaient ni méritants ni reconnaissants, il y avait franchement de quoi fulminer.

— Faites un effort, insista-t-il.

Sous le calme apparent, on percevait sa frustration. Pauvre Saint-Maur : lui qui s'était fait une joie de s'amuser un peu avec la valetaille rétive la voyait le priver de ce plaisir.

Docile, apparemment sans conscience d'être l'instrument de la vengeance du maître, elle scruta de nouveau les visages en revue, avec application. Polly, impavide, regardait droit devant elle ; seul le pincement de ses lèvres trahissait sa nervosité.

Machinalement, Nell froissa entre ses doigts le fin lainage de sa jupe, doux au toucher. Visiblement ce vêtement n'était pas assez raffiné pour elle .

Elle hocha la tête, adressa un sourire navré à Saint-Maur :

— Non, désolée, ça ne me revient pas.

Elle le vit comprendre. Il n'était pas idiot, c'était d'autant plus dommage. Il plissa les paupières et une lueur d'incrédulité traversa son beau regard gris-vert. Mais pourquoi diable lui mentait-elle ? se demandait-il.

Nell lui sourit d'un air angélique.

« Va te regarder dans le miroir, pensait-elle. Va voir ta belle mine, ton joli nez, tes belles dents blanches et tes yeux admirables qui se ferment toutes les nuits parce que tu n'as jamais à t'inquiéter de savoir ce que tu mangeras le lendemain ! »

Puis, contre toute attente, il sourit en retour.

D'abord lentement. Puis le sourire en coin s'élargit d'un coup, franchement. Elle en eut le souffle coupé. Ce sourire signait une capitulation décomplexée. Ce type était capable de perdre dans la bonne humeur. Il réservait ses vraies colères à des sujets plus importants. Et le voilà qui riait maintenant, d'un rire bas, velouté, qui admettait sa propre défaite tout en saluant la victoire de Nell.

Elle en eut la chair de poule.

— C'est de bonne guerre, murmura-t-il d'un ton amusé, avant d'ordonner au majordome avec un petit signe désinvolte de la main qu'il pouvait libérer les domestiques.

Dehors. Du balai. Puisque tel est mon bon plaisir.

Nell retrouva subitement l'envie féroce de lui casser les dents d'une bonne droite : les gens n'étaient pas des mouches qu'on chassait d'un moulinet et tout cela n'avait rien d'un jeu. Une personne avait failli perdre son gagne-pain pour avoir prouvé qu'elle n'appartenait pas à la catégorie des invertébrés.

Les domestiques s'éloignèrent tels de bons petits soldats disciplinés, en file indienne. Nul doute qu'une fois dépassé l'angle du hall, ils s'égailleraient en tous sens, peut-être en échangeant des sourires entre eux. Il fallait l'espérer, en tout cas.

Saint-Maur se pencha pour déclarer à mi-voix et comme s'il en était le premier surpris :

— Vous m'intéressez.

Fallait-il avoir une vie dénuée de sens pour s'étonner d'éprouver un peu d'intérêt pour autrui.

— Vous non, rétorqua-t-elle.

Pas après une telle scène.

Un peu déconcerté, il glissa un coup d'œil en direction de la gouvernante et du majordome, inquiet que ceux-ci ne les écoutent, puis s'enquit :

— Vous ai-je offensée ? Je ne vous l'ai pas dit plus tôt, mais votre tenue est absolument...

— Elle est fonctionnelle et donc parfaite. C'est la première fois depuis longtemps que je porte des vêtements qui ne sont ni troués ni tachés. Qu'est-ce que cela vous inspire ?

Il l'observait sans mot dire, comme s'il avait été réduit au silence. Elle avait réussi à lui fermer son clapet.

Mais pas pour très longtemps :

— Dans ce cas, vous serez sans doute heureuse d'apprendre que plusieurs robes ont été livrées il y a une heure et rangées dans votre penderie.

— Fort bien. Mais pour aujourd'hui, celle-ci suffira.

Elle ne se serait pas changée pour tout l'or du monde. Bras croisés, elle le bravait du regard pour bien lui faire comprendre qu'elle ne céderait pas.

— Bon. Comme vous voudrez. Mais vous devez comprendre que les apparences comptent beaucoup à Mayfair. En tout cas, pour atteindre le but que nous nous sommes fixé, elles seront d'une importance capitale. Si nous voulons prouver votre identité, vous allez devoir tenir votre rang.

— Je comprends. Mais je n'ai pas besoin d'endosser le rôle aujourd'hui, n'est-ce pas ?

Il marqua un temps d'hésitation avant de reconnaître :

— Non. Du moins... J'ai demandé à la couturière de passer vous voir. Elle va prendre vos mesures afin de vous confectionner des tenues un peu plus chics que celles achetées chez Markham. Et vous recevrez également la visite d'une personne recommandée par Daughtry, qui vous donnera des leçons de maintien. Toutefois, vous avez raison, ce ne sont pas des gens importants.

« Des gens importants. » Elle eut un petit rire sarcastique. Personne parmi les vingt-trois employés de sa brigade domestique en tout cas n'avait l'honneur d'être reconnu comme tel. Tous ceux qui travaillaient pour lui ou lui offraient une quelconque prestation étaient de fait insignifiants. Elle aussi, par conséquent. Elle n'était qu'un moyen de mettre la main sur un bon paquet d'argent.

Elle devait garder à l'esprit que ses amabilités n'étaient qu'une attitude de façade dénuée de toute sincérité. Son charme était un élément de sa stratégie, rien de plus.

— Bien. Faites-moi prévenir quand vous aurez besoin de mes services, dit-elle en tournant les talons.

Il la rappela :

— Où allez-vous ?

Elle se retourna lentement. La main dans ses épais cheveux bruns, il avait l'air tout déconcerté. Pauvre petit bonhomme. Ce devait être la première fois qu'il se trouvait face à quelqu'un qui osait discuter ses ordres : une position vraiment très inconfortable.

— Je vais dans votre bibliothèque, répondit-elle.

C'était le meilleur côté de leur arrangement : elle avait désormais à sa disposition des milliers d'ouvrages. Et, contrairement à lui, elle avait l'intention d'en lire quelques-uns.

— Vous n'y voyez pas d'inconvénient, j'espère ? poursuivit-elle. Vous ne comptiez pas me mettre au travail tout de suite ?

— Non, non. Je vous en prie, allez donc vous détendre un peu, acquiesça-t-il d'un air presque penaud.

8

La jaquette, dont la longue jupe rasait le plancher, était coupée dans une soie bleu pâle et gansée d'un galon jaune vif. Les larges revers du col témoignaient d'une mode si récente que Nell n'en avait encore vu aucune de la sorte dans la vitrine de Brennan. L'échancrure révélait le bustier rose tendre de la robe, cintrée par une large ceinture bleue qui brillait légèrement – du vrai satin, à tous les coups.

Nell ne put s'empêcher de sourire en étudiant son reflet dans le miroir. Elle ressemblait à une de ces filles dont les portraits se vendaient en ville. Même l'environnement était parfait : la haute fenêtre derrière elle, encadrée de rideaux en brocart doré, le feuillage des arbres qui s'agitait doucement dans la brise sur un fond de ciel bleu.

Quelle magnifique journée !

« Concentre-toi sur les belles choses » : telle avait toujours été sa devise. Elle n'allait pas penser à sa mère maintenant, ou laisser quoi que ce soit assombrir sa joie. Elle voulait profiter de l'instant présent.

— Je crois que c'est la plus belle de toutes ! assura-t-elle à Polly, consciente d'avoir dit la même chose à chaque fois qu'elle avait essayé une robe parmi toutes celles qui s'empilaient désormais sur le lit.

— Oui, sans doute, marmonna Polly qui se battait avec la chevelure de Nell pour faire un chignon.

Nell se dégagea et tendit le cou pour s'admirer sous un autre angle. Elle comprenait mieux maintenant le mépris de Saint-Maur pour sa robe marron.

— C'est bien moi, n'est-ce pas ?

À Bethnal Green, personne ne l'aurait reconnue. Seule une fille très riche pouvait s'offrir une toilette d'une teinte si claire, sans craindre de la tacher aussitôt.

— Ce bleu me va bien, n'est-ce pas ?

— Oui, oui.

L'opinion de Polly ne valait rien. Elle n'allait pas la contredire. Néanmoins, Nell ne pouvait douter de l'évidence. Le bleu de la jaquette rappelait celui de ses iris, le rose du bustier lui donnait bonne mine, la coupe parfaite du vêtement mettait en valeur la finesse de sa taille et donnait l'illusion d'un joli arrondi au niveau de la hanche. Elle était... ravissante.

Elle, Nell Whitby !

Les mots de sa mère jaillirent dans son cerveau : « La tentation du diable. »

Oui, et après ? Elle était déjà dans les griffes du diable, elle avait bien le droit d'être un peu jolie.

— C'est ma couleur, celle qui me flatte le plus, décida-t-elle.

— Sûrement. Ou bien le violet. La robe en taffetas vous allait très bien aussi.

Nell retint un sourire. Celle-ci était pour Hannah.

La femme de chambre s'approcha et son reflet dans le miroir apparut à côté de celui de Nell. Elle paraissait aussi nerveuse qu'une souris en terrain découvert.

— Je dois redresser votre coiffure, si vous permettez.

Nell jeta un coup d'œil au chignon fixé sur le haut de son crâne et dont s'échappaient des anglaises que Polly avait mis un temps fou à boucler au fer. Une coiffure pour les femmes qui ne mettaient pas un pied hors de chez elles. Par temps humide, ces belles bouclettes deviendraient d'affreux frisottis. C'était comme ces belles tenues. Les amples revers de la jaquette devaient se prendre dans tous les coins de meubles. Les manches serrées empêchaient sûrement de soulever un panier pour le poser sur un établi. Oui, ces vêtements étaient conçus pour ne rien faire, et l'idée l'enchantait.

— C'est très bien comme ça, décréta-t-elle. Tous ces falbalas sont faits pour des gens qui ne font rien de leurs dix doigts.

— Sans doute, dit Polly d'une voix hésitante, mais... ils vous vont bien, milady.

Milady ! Nell fit volte-face.

— Oh, on t'a donné des consignes à l'office ce matin, à ce que je vois !

Polly rougit et baissa les yeux. Elle savait la pique méritée.

— Si tu veux qu'on s'entende, reprit Nell, un peu plus aimable, il va falloir m'appeler par mon nom. Et ne jamais me mentir.

— Mais... je ne peux pas faire ça ! Je vais avoir des ennuis.

— Ah. Bon, alors appelle-moi comme il faut, se résigna Nell.

Polly leva sur elle un regard sincère :

— Je ne mentais pas, milady. Vous êtes vraiment jolie. Et ça n'a rien à voir avec la robe. Si vous n'aimez pas celle-là, nous pouvons en essayer d'autres...

— Pour y passer encore deux heures ? Non, ça suffit.

Cela défiait l'imagination de posséder autant de toilettes. Saint-Maur avait également commandé tout un tas de jupons et de bas de soie qui se déclinaient en couleurs pimpantes, des chapeaux, des robes de bal, et pas moins de dix manteaux. La pile de vêtements jetés sur le canapé atteignait presque un mètre de haut !

À cette vue, un sentiment de malaise l'envahit. Elle aurait pu se croire en plein conte de fées, mais c'était bien la réalité qu'elle vivait. Et les histoires de la vie réelle se finissaient rarement bien. En fait, elle n'en connaissait aucune qui se soit achevée dans l'euphorie.

La prudence et la raison les plus élémentaires exigeaient qu'elle ne s'acclimate pas à tout ce confort. Elle ne devait pas partir du principe que sa bonne fortune durerait. Il fallait rester sur ses gardes, continuer à profiter de ce qui lui arrivait, sans perdre de vue que tout pouvait s'écrouler du jour au lendemain.

Le petit butin de napperons, rubans et couverts d'argent qu'elle amassait sous son matelas allait continuer de grandir.

Et cela ne l'empêcherait pas de profiter des belles robes.

Pour marcher plus vite, elle retroussa ses jupes en faille de soie, toutes douces contre ses mains calleuses.

— Il faut que j'y aille, déclara-t-elle.

Sa « Toute-Puissante Seigneurie » l'attendait au rez-de-chaussée pour lui présenter quelqu'un, une dame censée lui inculquer les bonnes manières. Il avait également évoqué un maître de danse et un professeur d'élocution.

Polly bredouilla soudain :

— Je dois… vous remercier, milady. Je ne sais pas ce qui m'a pris de vous jouer un si mauvais tour, hier. Je…

— C'est oublié, coupa Nell avec un clin d'œil. On a eu une prise de bec, c'était de bonne guerre, je suppose. Maintenant, on est quitte.

— Oh oui ! Et même plus !

Nell se surprit à rire.

— Allez, cocotte, montre-moi où se trouve le petit salon !

*
**

Simon laissa courir ses doigts sur les touches du piano, expédiant avec aisance le passage le plus ardu.

— N'ayez pas peur d'y mettre de l'emphase. Vous cachez le *fa* dièse au milieu de la phrase, remarqua-t-il.

Comme la réponse se faisait attendre, il leva les yeux du clavier vers son nouveau prodige : Andreasson, contemplait bouche bée la porte de communication entre le salon de musique, où ils se trouvaient, et la grande salle de réception où avait lieu la leçon de danse de Nell.

Là-bas, le piano s'était tu depuis un moment pour laisser place à un échange de voix courroucées. Quelques exclamations virulentes avaient fusé.

Une clameur déchira à nouveau l'air. Andreasson tourna vers Simon un regard effaré. Son imagination débridée devait lui souffler toutes sortes d'idées farfelues. Il faut dire qu'on avait un peu l'impression qu'une femme était en train de se faire torturer dans la pièce voisine.

Simon tapota de l'index l'ivoire d'une touche. Nell avait beau dire qu'elle comprenait l'importance des apparences dans cette société qu'elle s'apprêtait à intégrer, elle donnait du fil à retordre à ses professeurs.

Certes, les leçons venaient interrompre son agréable routine, faite de longues séances de lecture, d'interminables repas et d'essayages vestimentaires. Chaque fois qu'il posait les yeux sur elle, il se rendait compte qu'elle portait une tenue différente. Fière comme un paon dont elle affichait les couleurs chatoyantes, elle se pavanait dans toute la maison.

Dans une certaine mesure, il comprenait ses actes de rébellion contre l'autorité. Il savait combien il était pénible et décourageant de recevoir des ordres à tout bout de champ.

Machinalement, Simon joua une gamme d'un doigté aussi aisé et réconfortant que sa respiration. Le vieux Rushden avait fait enlever tous les pianos de Paton Park, l'été qui avait suivi la disparition de Cornelia. Selon lui, la passion que Simon vouait à la musique mettait sa santé mentale en péril.

Cette ultime perfidie avait tranché net le lien ténu qui avait pu exister entre eux jadis.

Si Rushden avait laissé les pianos tranquilles et accordé ainsi à Simon son unique plaisir, leur relation aurait peut-être été différente. Mais le vieux considérait cet engouement comme une menace envers sa propre autorité, comme si tout, et absolument tout, devait passer par lui : le moindre centime, la moindre joie.

Quoi qu'il en soit, Simon était bien placé pour savoir que les méthodes disciplinaires n'induisaient jamais la coopération enthousiaste des récalcitrants. C'est pourquoi il tolérait les ruades de Nell. Et en toute franchise, il admirait son cran. Presque autant que cette bouche merveilleuse qu'il se souvenait avoir embrassée avec gourmandise et...

— Va te faire foutre, gros lard !

La voix perçante avait traversé les murs. Andreasson sursauta. Le Suédois ne maîtrisait pas toutes les nuances de la langue de Shakespeare, mais en tant que musicien, il avait assez d'oreille pour interpréter le ton et en déduire l'humeur de la personne qui s'exprimait.

Simon s'autorisa un demi-sourire :

— Veuillez excuser ma cousine. C'est une brave jeune fille de la campagne qui n'est pas habituée aux mœurs londoniennes. Je crains qu'elle n'apprécie guère son maître de danse.

— Oh...

Décontenancé, le Suédois tira sur les pans de son gilet. Blond, osseux, il dépassait d'une tête Simon qui mesurait déjà un bon mètre quatre-vingts, et il était sans cesse en train de rajuster ses effets. Sans doute son tailleur avait-il du mal à mettre en valeur une silhouette aussi dégingandée.

— Est-il très sévère avec elle ? demanda-t-il.

— Non. Il est juste français.

Nell avait pris en grippe toute la population d'outre-Manche depuis qu'on avait également mis à sa disposition une caméraste parisienne nommée Sylvie. Quand celle-ci avait voulu lui lacer son corset, Nell avait poussé des cris d'orfraie et l'avait chassée de sa chambre, persuadée que l'autre avait tenté de l'étouffer jusqu'à ce que mort s'ensuive.

En revanche, Simon saisissait mal pour quelle raison Nell se défiait de Mme Hemple, qui avait été engagée pour lui apprendre l'art de la bienséance. Mme Hemple était aussi britannique qu'un pudding. Néanmoins, Nell n'avait pas supporté qu'elle lui reproche de ne pas savoir s'asseoir. « Ça fait vingt-deux ans que je m'assois sur mes fesses et je n'ai encore pas entendu une chaise se plaindre ! Cette vieille morue est complètement siphonnée ! », s'était-elle rebiffée au petit déjeuner.

Une voix masculine, à l'accent pointu, s'éleva dans la pièce voisine :

— Ça suffit, j'en ai assez !

La gamme de Simon s'acheva sur un chapelet de fausses notes. Il laissa retomber sa main. Si Nell prenait toutes ces leçons, c'était dans un objectif bien précis. Pour l'heure, rien n'indiquait qu'elle s'investissait avec sérieux dans l'entreprise. Bien au contraire.

Hier soir, quand il était rentré du concert, il avait trouvé Mme Hemple en train de pleurer dans le hall, bien décidée à donner sa démission. Il lui avait fallu plus d'une heure pour la calmer et l'en dissuader.

Il n'avait vraiment pas besoin que les différents professeurs de Nell aillent raconter dans tout Londres que celle-ci se comportait comme une vraie sauvage, ou pire, qu'ils viennent témoigner devant le tribunal par la suite à la demande de Grimston, afin de décrire le tempérament caractériel de leur élève.

— Nous travaillerons ce morceau plus tard, décida-t-il.

— Comme il vous plaira, milord.

Il avait accordé à Nell une semaine pour s'adapter. Il n'était pas comme le vieux Rushden : briser les natures rétives ne le faisait pas jouir. Mais elle devait se conformer à ce qu'on attendait d'elle, sinon… elle ne lui servirait à rien.

Docile, le grand Suédois rangeait ses affaires. Il ne faisait pas le difficile, celui-là. Il savait trop à qui il devait son actuelle popularité. Comme il prenait congé, Simon se surprit à regretter encore une fois que Nell ne soit pas plus raisonnable.

Elle allait saboter leurs chances avec ces crises incessantes. Si elle refusait de coopérer, il se désintéresserait de son sort et la renverrait dans la rue pour se mettre en quête d'une riche épouse.

Et pas question d'éprouver des remords. Nell se trompait si elle croyait que Simon se livrait à tout ceci par jeu. Rien n'était plus faux. Il était matérialiste, l'admettait sans vergogne, et tenait beaucoup aux privilèges dus à son rang.

Il aimait siéger à la chambre des Lords, même si elle était peuplée d'aristocrates décatis. Il fréquentait les clubs les plus huppés, et de nombreuses associations et comités lui avaient octroyé une place honorifique dans leurs rangs. Non pour son sens des affaires, inexistant à vrai dire, mais parce que ces snobs étaient flattés d'écrire son nom dans leurs statuts.

Simon ne refusait jamais. Il se moquait bien de l'adulation obséquieuse que lui vouaient les autres membres. Il aimait juste savoir que ces gens étaient prêts à ramper devant lui s'il en manifestait l'envie.

La fortune vous offrait tant de choix et de possibilités. Si Nell s'imaginait qu'il prendrait le risque de perdre tout ça, elle se fourvoyait.

Lorsqu'il se dirigea vers la salle de bal, son irritation s'était carrément muée en colère. Sachant d'avance que crier ne le mènerait nulle part dans la confrontation à venir, il marqua un arrêt devant la porte, le temps de se calmer.

À son entrée, il aperçut M. Palmier, poings sur les hanches, ses sourcils blancs broussailleux hérissés sous le coup de l'outrage.

Devant lui, Nell arpentait le sol en décrivant un cercle étroit. Elle s'était changée depuis le petit déjeuner. Sa robe rose pâle à la jupe ajustée – conçue pour la jeune fille de bonne famille qui passait sa journée à arroser des plantes en pot dans une demeure cossue de Hampstead – la gênait dans ses larges foulées agressives.

Elle ressemblait à un chat sauvage qu'on aurait affublé d'un costume en dentelle.

Ou encore à Kitty qui aurait découvert un accroc dans sa jupe. Cela promettait une belle tempête.

— Vous tournez trop vite ! vitupérait-elle. Et si je n'ai pas le droit de retrousser ma jupe, il ne faut pas s'étonner qu'elle se prenne dans mes jambes !

— Hmpf ! s'indigna le maître. La traîne d'une robe de bal…

— Je ne suis pas au bal ! Si c'était le cas, soyez sûr que je ne danserais pas avec un type comme vous !

— Vous ne danseriez pas du tout, rétorqua M. Palmier avec acrimonie. Aucun gentleman n'oserait vous inviter. Un éléphant a le pied plus léger !

Les yeux de Nell étincelèrent. Elle se redressa de toute sa taille et un silence menaçant retomba dans la pièce.

Le chat sauvage et le vieux bouc se toisaient.

**

Nell détestait ce petit coq pompeux. Il lui donnait un cours de danse chaque jour, à l'exception du dimanche, et leur relation avait plutôt débuté sur de bonnes bases. Les pas du quadrille, de la polka et de la gavotte, qu'il avait commencé par lui montrer, lui étaient familiers. Sautiller en rythme ne lui posait pas de problème, mais dès qu'il avait fallu glisser avec grâce sur le parquet, l'échec avait été patent.

Elle n'avait jamais valsé de toute sa vie. Il n'y avait pas assez de place dans les pubs du Green pour tournoyer de la sorte.

— Il faut rester gracieuse, lui dit-il encore d'un ton sec, comme si elle faisait exprès de trébucher.

Sa mine intransigeante n'aurait pas dû être bien impressionnante chez un aussi petit bonhomme, mais il avait la face ratatinée d'un gnome et de spectaculaires sourcils neigeux en touffes hirsutes.

— Je fais de mon mieux, mais mes jambes n'arrivent pas à suivre !

Près du piano, quelqu'un se racla la gorge ostensiblement :

— On n'évoque pas ses jambes en présence d'un monsieur, lady Cornelia.

Nell leva les yeux au ciel. Pour couronner le tout, il lui fallait endurer les préceptes de Mme Hemple, une de ces vieilles peaux ventripotentes pénétrées de leur propre importance, qui avaient un avis sur tout et n'importe quoi. Pour l'heure, celle-ci s'était installée au piano, même si sa spécialité était l'enseignement des bonnes manières. Elle suivait Nell partout dans la maison, assistait aux leçons de danse, aux leçons d'élocution, et même aux repas. Et bien sûr, elle critiquait le moindre faux pas commis par son élève.

Apparemment, les demoiselles bien n'étaient pas censées manger du fromage au dîner. Elles n'avaient pas non plus droit aux condiments. Elles devaient mettre au moins une minute à retirer leurs gants, sous peine de paraître inélégantes. Elles ne faisaient pas de commentaires sur leur propre corps. Peut-être ne savaient-elles pas qu'elles en possédaient un ? Ce qui expliquerait qu'elles ne parlent jamais de leurs jambes. Quelles jambes, d'ailleurs ? Les demoiselles « bien » se déplaçaient sûrement en flottant dans les airs. Peut-être se croyaient-elles équipées d'une paire d'ailes ?

Nell s'imagina tout à coup battant des bras pour traverser d'une glissade aérienne toute la piste de danse. Elle ne put retenir un éclat de rire.

Palmier se boursoufla davantage :

— Si vous gloussez encore, je n'aurai d'autre choix que de…

— De quoi ?

Elle en avait assez d'être jugée, dénigrée, prise en défaut en permanence. Les domestiques la regardaient comme une bête curieuse échappée du zoo. Pourtant, elle n'était ni idiote ni empotée. Elle s'était sortie de situations bien plus épineuses.

— Alors, qu'allez-vous me faire ? Essayez un peu pour voir ! jeta-t-elle, menaçante, en s'avançant d'un pas vers le maître de danse.

Une voix nonchalante s'éleva du pas de la porte :

— Quelle pédagogie déroutante !

M. Palmier se tourna, ravi, à l'entrée de Saint-Maur dans la pièce :

— Ah, Votre Seigneurie !

L'humeur de Nell s'améliora aussitôt. Saint-Maur avait fière allure dans son costume gris tourterelle. Elle était tellement contente de le voir que c'en était absurde. Au moins, il lui parlait normalement, comme à un autre être humain.

Il y avait tout intérêt, se rappela-t-elle et c'était quand même lui qui avait mis en place tout ce cirque. Elle, elle n'avait rien demandé à l'origine.

Il vint s'incliner légèrement devant elle.

— Lady Cornelia.

— Oui, à ce qu'il paraît.

Il s'ensuivit un silence qui s'éternisa. Avec un soupir, Nell finit par tendre la main, comme Mme Hemple le lui avait appris.

— Bien le bonjour, chantonna-t-elle.

Saint-Maur pressa ses doigts de manière fugace. Puis, se tournant vers le maître de danse :

— Vous pouvez continuer, monsieur Palmier.

L'air important, Palmier s'avança et, à mi-voix, dicta :

— Tête haute. Pensez à vos bras.

Comme si elle avait pu les oublier ! Ils étaient solidaires du reste de son corps, non ? Nell ravala son commentaire ironique sans se soucier de masquer son exaspération. Elle allait bien réussir à danser cette stupide valse. Même sa mère reconnaissait qu'elle dansait bien. À contrecœur, bien sûr, car elle ajoutait toujours qu'il s'agissait d'une distraction licencieuse.

Nell refoula cette pensée. Elle ne devait pas songer à sa mère, ou le chagrin la submergerait, et cette pointe douloureuse à l'endroit exact où la baleine du corset piquait la chair la transpercerait de nouveau.

Palmier attendait en se trémoussant avec impatience.

— D'accord, capitula-t-elle.

Qu'importe si elle était maladroite. Elle pouvait bien avaler quelques couleuvres si elle repartait de cette maison les poches pleines d'un joli bric-à-brac.

Elle fit un pas en avant, donna sa main au petit Français. Mme Hemple plaqua les premiers accords sur le clavier.

Tout se passa plutôt bien au début. Ils virevoltèrent, puis, alors qu'ils approchaient du coin de la pièce, Nell fit un faux pas. Sans trop savoir comment, elle rétablit son équilibre, mais se retrouva à mener le mouvement.

Son cavalier s'arrêta aussitôt et avoua avec l'enthousiasme d'un condamné en route vers le peloton d'exécution :

— Elle fait des progrès, milord, mais...

— Oui, je vois.

La bouche de Saint-Maur s'était pincée. Sa déception était palpable. Nell faillit se remettre à crier : ce n'était tout de même pas sa faute s'il s'était mis en tête de la faire passer pour une lady et si, au bout du compte, elle se révélait ne pas être à la hauteur !

— Ce sera tout pour aujourd'hui, décréta-t-il.

Comme s'il avait pressé un bouton sur ces dioramas magiques qu'on voyait à la foire, Mme Hemple quitta son tabouret et Palmier se dirigea vers la porte. Ces deux-là appartenaient assurément à la catégorie des invertébrés.

Elle n'attendit pas qu'ils soient sortis pour se défendre :

— Ce ne sont pas mes jambes, le problème. Ce maudit bouffeur de grenouilles…

— Comme vous l'a fait remarquer Mme Hemple, vos jambes ne sont pas un sujet de conversation correct.

Cette froide rebuffade la déstabilisa. La porte se referma doucement ; suivit un tête-à-tête silencieux avec Saint-Maur.

Les mains jointes dans le dos, la mine fermée, il semblait attendre quelque chose. Des excuses, peut-être ? Eh bien, il pouvait toujours courir !

— Vous avez l'intention de me faire un sermon ? Dans ce cas, sachez que vos manières ne valent pas mieux que les miennes. Vous chassez les gens comme autant de mouches, sans même un au revoir !

— Bien sûr, répliqua-t-il sans s'émouvoir. On ne donne pas dans la courtoisie avec les employés.

— Si on estime ne la devoir qu'à certaines personnes, il ne s'agit pas de courtoisie, juste d'hypocrisie.

— Un point de vue intéressant, mais hors sujet en ce qui nous concerne. Les bonnes manières sont un jeu, Nell. Comme pour n'importe quel jeu, on applique les règles seulement dans certaines circonstances bien précises.

Ce n'était pas la première fois qu'elle entendait ce genre de logique :

— C'est comme ça que jouent les tricheurs !

— Vous allez me faire la morale ?

— Je n'aime pas les hypocrites.

Elle avait toujours su que le monde était injuste, mais elle ne s'attendait tout de même pas à un tel cynisme de la part des privilégiés. Ils avaient beau enrober leur égoïsme de « bonnes manières », il était hors de question de cautionner ça.

Il consulta sa montre de gousset.

— Jusqu'où irez-vous avec vos beaux principes, Nell ? Est-ce par refus de l'hypocrisie que vous vous exprimez si mal ? Je sais que vous êtes capable de bien mieux. J'en ai déjà eu la preuve.

Son visage s'obscurcit. Au cours de leurs conversations, elle avait peu à peu cerné sa logique tortueuse. Il adorait retourner un argument contre celui qui l'employait. Ce matin, à l'heure du petit déjeuner, ils avaient vivement débattu du personnage de Caliban dans *La Tempête*[1]. Nell arguait qu'il était intrinsèquement mauvais et que son ignorance ne le disculpait en rien :

« Vous ne trouvez donc aucune circonstance atténuante à une mauvaise action ? avait feint de s'étonner Saint-Maur. Par exemple, le vol est un délit, mais les voleurs n'ont-ils pas parfois quelques excuses pour agir ainsi ?

— C'est à cause de ce mouchoir que vous avez laissé dans la voiture ? avait-elle jeté sur la défensive.

— Non, pas le mouchoir. »

À ces derniers mots, elle avait compris qu'il savait pour l'argenterie qu'elle dissimulait sous son matelas.

Revenant à leur conversation présente, elle répondit :

— Je n'ai pas honte de la façon dont je m'exprime depuis que je suis petite. Si j'en connais une autre, ça ne veut pas dire que je la juge meilleure. Je ne suis pas d'accord avec vos...

---

1. William Shakespeare, 1611. *(N.d.T.)*

— Je me fiche que vous soyez ou non d'accord, coupa-t-il. Tout ce que je vous demande, c'est de suivre mes instructions. Dans les cercles où vous allez graviter, votre gouaille et votre grossièreté feront tache. Faire l'effort de s'adapter, d'envoyer le bon message, n'est pas de l'hypocrisie, c'est juste la bonne stratégie si l'on considère le but à atteindre. Toutefois je vous concède que vous n'êtes pas astreinte à jouer ce rôle devant les domestiques : ils jugent leurs employeurs sur d'autres critères, car leurs attentes sont purement pécuniaires.

— Bon, marmonna-t-elle. Si c'est ce que vous voulez… D'accord. C'est votre spectacle après tout, pas le mien.

— Bien sûr que c'est aussi le vôtre ! Tout le monde joue un rôle, Nell. « Le monde entier est un théâtre », comme l'a écrit le chantre.

— Il a aussi dit que la vie était « une histoire dite par un idiot, pleine de fracas et de furie, et qui ne signifie rien[1] », riposta-t-elle. Si c'est le cas, autant trouver une tombe et s'y allonger tout de suite.

— Faudrait-il n'avoir que de hautes aspirations ? Vous oubliez que nous poursuivons un objectif fort prosaïque. Nous courons après une fortune et il n'y a rien de noble là-dedans. Une fois entre nos mains, elle nous procurera de nombreux plaisirs. Cela ne vous suffit donc pas ?

— Non, répondit-elle avec conviction. L'argent n'est pas une qualité ou une vertu, il ne doit pas être une fin en soi. Pas plus que le plaisir, d'ailleurs, ajouta-t-elle avec un petit rire. Si vous connaissiez des ivrognes, vous le sauriez.

Voilà pourquoi les privilégiés semblaient vivre dans un monde à part : comme il venait de l'exposer, toute sa

---

1. *Macbeth*, William Shakespeare. *(N.d.T.)*

philosophie consistait en la préservation de son petit confort personnel. Cela lui coûtait assez d'efforts pour qu'il ne puisse plus en fournir à considérer des vies plus âpres que la sienne.

Les mains fourrées dans ses poches, il grommela :

— Vos opinions sont très tranchées, ça doit être épuisant pour vous.

— Ce qui est épuisant, c'est que les autres considèrent en général que je ne suis pas autorisée à avoir des opinions.

— J'espère ne pas vous avoir donné cette impression. Vous êtes maligne.

— Je sais.

Le compliment cependant l'amadoua. Quand on était tancée à tout bout de champ comme une gamine obtuse, il était facile de se convaincre que le monde entier vous prenait pour une demeurée.

— J'imagine que vous savez déjà à quoi vous emploierez votre argent ? lança-t-il avec un léger sourire.

Elle n'y avait guère réfléchi, ne voyant pas l'utilité de rêver à des miracles qui n'avaient aucune chance de se réaliser. Pourtant la réponse fusa tout de suite dans son esprit.

— Je rachèterai l'usine où je travaillais.

— Je vois. Petite revanche personnelle.

— Non. Je veux y apporter tout un tas de modifications. Par exemple, il faut percer des fenêtres dans l'atelier.

Il haussa les sourcils :

— Vous seriez une réformatrice ? Vous, qui critiquez tant les âmes charitables ? C'est plutôt curieux, non ?

— Je critique les âmes charitables qui font semblant d'agir. Mais vous avez peut-être raison, je dois être une anomalie. Miséricorde, ce corset me coupe la respiration ! gémit-elle soudain. Oh... bon sang de bois ! Je ne suis pas censée parler de mes sous-vêtements non plus, n'est-ce pas ?

Riant, il admit :

— Pas vraiment. Voyez-vous dans le domaine de la conversation, la bienséance se fonde sur un seul grand principe : on peut parler de tout, sauf de ce qui pourrait présenter un semblant d'intérêt. Vous voyez, c'est très noble de ma part d'épargner à mes domestiques ces affligeantes banalités ! conclut-il avec malice.

— C'est vrai. Chez vous l'ennui règne partout, semble-t-il. Même vos danses sont assommantes.

— Vous trouvez ? Pour ma part, j'ai toujours apprécié la valse.

— Chez moi, on danse pour profiter de la musique, sans arrière-pensées. On ne se triture pas les méninges pour savoir si l'on est à la bonne distance de son cavalier.

— Ah. Alors ce n'est pas votre technique qui pèche, mais votre compréhension de la chose. Voyez-vous, la danse est le prolongement du flirt. Une sorte de rituel qui permet aux amoureux de s'approcher.

— Un rituel plutôt étrange, permettez-moi de vous le dire ! On passe moins de temps à s'approcher qu'à surveiller ses mouvements.

— Je ne sais pas. Il me semble que l'essence même du flirt réside dans cette distance, associée à la possibilité de la réduire.

— Ah bon ? Là d'où je viens, on procède différemment. Et franchement je ne pense pas que votre méthode soit la bonne.

— Dites-moi quelle est la vôtre.

Embarrassée, elle haussa les épaules :

— Ce n'est pas facile à expliquer.

— Montrez-moi alors.

— Vous… vous plaisantez ?

— Pas le moins du monde.

Il alla s'adosser de biais contre le mur et croisa ses longues jambes. C'était exactement la pose nonchalante des mauvais garçons aux alentours de l'usine lorsqu'ils attendaient le coup de sifflet du contremaître pour pouvoir regarder les ouvrières.

Sauf qu'elle n'était pas en présence d'un garçon mais d'un homme, avec des épaules d'homme, un regard d'homme qui sait s'y prendre, et une bouche capable d'enfiévrer n'importe quelle femme de moins de quatre-vingt-dix ans.

— J'attends.

— Je... je ne peux pas, bredouilla-t-elle en rougissant.

— Donc vous ne savez pas flirter ?

Il affichait un air déçu. Elle le soupçonnait bien de la titiller pour mieux l'amener là où il voulait.

— Vous essayez de me manipuler.

— J'essaie... ou je réussis ?

Son sourire triompha. C'était idiot d'être intimidée alors qu'ils avaient enfin une conversation amicale et détendue. Il est vrai qu'elle se sentait seule loin de Hannah. Et puis, à quoi bon avoir de jolis habits si on n'avait pas loisir d'en vérifier l'effet produit sur un homme ?

Elle céda.

— Très bien. Tout d'abord, la fille regarde le garçon d'une certaine façon. Un peu délurée, vous comprenez ? Ensuite...

— Je croyais que vous deviez me montrer ? Si je voulais une explication théorique, je prendrais l'encyclopédie.

— Ah-ah. Vous êtes malin.

— Je sais.

Elle rit en reconnaissant l'écho de sa propre réplique. C'était un charmeur. Sa fossette s'était creusée. Il pouvait obtenir plus qu'il ne demandait.

— Très bien, Votre Seigneurie. Alors regardez faire la petite souillon et apprenez, dit-elle avec une révérence moqueuse.

Elle se détourna pour lui adresser un regard admiratif. Ce n'était pas très difficile avec un aussi beau spécimen de virilité. On n'en croisait pas tous les jours.

Tête rejetée en arrière, elle s'éloigna d'une démarche chaloupée, compta jusqu'à trois avant de s'arrêter.

— Voilà, fit-elle en lui faisant face.

— C'est tout ?

— La première étape, en tout cas. On prend son temps pour flirter, Saint-Maur. La mise en route du processus demande quelques jours.

— Des jours ?

— Et parfois des semaines. Sapristi, quel genre de femmes courtisez-vous ? Ne me dites pas qu'avec ces bécasses en robe blanche vous allez de A à Z en une heure de temps ?

Il rit :

— Tout dépend de ce que vous entendez par « Z », ma chère. Mais je peux vous faire une démonstration, si vous y tenez. Très volontiers.

— Dans vos rêves !

— Tant pis, dit-il sans se départir de son sourire. Chaque chose en son temps, vous avez raison. Il ne faut pas s'éparpiller, c'est aussi ma philosophie.

Un soupçon la traversa et, les sourcils froncés, elle s'enquit avec méfiance :

— Êtes-vous… en train de faire votre démonstration ?

— Pas du tout, assura-t-il, la mine innocente. Allons, à vous Nell. Nous en étions aux regards délurés.

— Bon. Au bout de quelques jours de ce traitement, si le garçon tente une approche, la fille doit le repousser. Elle s'en va vite retrouver ses amies, sans oublier de le regarder plusieurs fois en s'éloignant.

— Et elles gloussent en chœur, je suppose. Je commence à compatir au triste sort des garçons de Bethnal Green.

— Vous auriez tort. Ils adorent ça.

— Je n'en doute pas non plus.

— La prochaine étape consiste à se laisser approcher. Le garçon trouve enfin le courage de revenir, et cette fois la fille ne lui lance plus d'œillades coquines. C'est fini. Elle ne doit pas se sauver, non plus.

Pour toute réaction, il hocha la tête. Bon, il n'était pas bien vif celui-là. L'index recourbé, elle lui fit signe d'approcher. Dans un petit sursaut, il se redressa.

— Je vous montre, lui rappela-t-elle. Il faut que vous jouiez le jeu.

— D'accord, d'accord.

Il s'avança vers elle.

Une chose était sûre : à Bethnal Green, aucun gars n'avait cette démarche féline et athlétique, ce qui produisait beaucoup plus d'effet que cela n'aurait dû. Elle avait commencé, elle irait jusqu'au bout, se résolut-elle.

Les yeux écarquillés, elle se laissa aller contre le mur.

— Vous voyez ? Je fais ma timide, là.

— Je vois ça.

— Bien, maintenant vous vous approchez encore, et je vais faire semblant de ne pas vous remarquer, jusqu'au tout dernier...

Elle s'interrompit brusquement. Il se tenait à quelques centimètres d'elle, une main posée contre le mur, juste au-dessus de sa tête.

— Poursuivez, pria-t-il à mi-voix.

À cette courte distance, elle distinguait les pépites d'or et les stries vertes dans ses prunelles. Au Green, personne ne sentait comme lui. Personne n'avait ce genre de bouche, une véritable merveille, avec des lèvres pleines, douces, en total contraste avec sa mâchoire anguleuse. Par malheur il se rasait de près chaque jour car la nuit où elle s'était introduite dans sa chambre, l'ombre d'une barbe lui creusait les joues et c'était affreusement seyant.

— Alors, murmura-t-il, que se passe-t-il ensuite ?

Elle toussota :

— On ne fait pas ça, au Green.

172

— Ça... quoi ?

Il était imposant. Très large d'épaules. Son ventre était plat. Elle se souvenait des muscles noueux qui formaient des bosses régulières à ce niveau et elle avait envie de passer la main sur sa peau pour les sentir rouler sous ses doigts.

Un léger frisson lui rappela pourquoi la nature avait conçu les corps masculins et féminins de manière à ce qu'ils s'imbriquent, se mélangent, se pressent l'un contre l'autre.

Elle déglutit bruyamment, eut quelque peine à retrouver ses esprits.

— À ce stade, le garçon ne doit pas s'approcher autant de la fille. C'est trop tôt, elle pourrait décider de le quitter là.

Et, retenant un rire, elle se baissa rapidement pour se glisser sous son bras.

Cela faisait longtemps qu'elle ne s'était sentie d'humeur aussi légère. C'était d'autant plus étrange qu'elle se trouvait dans cette grande salle vide, avec ses dorures et ses moulures en plâtre, en compagnie de cet homme qui la suivait des yeux. Il était si beau, si riche... C'était une vision décadente. Si elle y goûtait, elle serait immédiatement envoûtée, droguée. Comme quand elle avait bu sa première gorgée de chocolat.

— Je brûle les étapes, c'est très vilain de ma part, dit-il de sa voix capable d'ensorceler n'importe quelle fille, même la plus raisonnable. D'habitude, je prends grand plaisir à progresser au rythme choisi par la dame.

Elle n'était pas la seule à donner une leçon de séduction.

— Oui, vous allez trop vite, milord.

— Fort bien, j'attends vos instructions.

Elle ne voulait pas penser aux conséquences. Incapable de résister à la tentation, elle reprit :

— Ensuite il faut se toucher. Se frôler. Comme par inadvertance.

Il fit un pas dans sa direction.

— Et j'imagine qu'ils vont commencer à s'asticoter ?

— C'est à la fille d'asticoter. Par la parole. Le garçon, lui, doit l'émoustiller avec...

« Son corps », avait-elle eu l'intention de dire. Sa respiration s'accéléra, tandis que son regard glissait lentement sur son torse puissant, ses hanches étroites, ses jambes musclées. Un trouble dangereux l'envahissait.

— Mais quelle importance ? articula-t-elle. Ça ne vous servira à rien de savoir comment on séduit une fille de Bethnal Green.

— Détrompez-vous, cela m'intéresse beaucoup, au contraire.

Il leva la main pour prendre sa joue au creux de sa paume. Elle balbutia :

— Vous... vous débrouillez très bien.

— J'ai de plus grandes ambitions que de « bien me débrouiller ». Mais vous, reprit-il alors que son regard se posait sur les lèvres de Nell, vous n'êtes pas très douée.

— Je... je vous demande pardon ?

Il laissa retomber son bras, recula d'un pas en secouant la tête d'un air navré.

— Vous ne faites pas d'effort. Vous me faites perdre mon temps. Et mon argent. Si vous ne voulez pas prendre notre projet au sérieux... alors partez.

— Que... je parte ? répéta-t-elle, interloquée. Vous voulez dire que... vous avez changé d'avis ?

— Non, mais je ne me suis pas lancé dans cette entreprise pour vous procurer un divertissement. Je veux épouser une héritière. Si devenir lady Cornelia ne vous intéresse pas, alors je vais être obligé de me désintéresser de vous.

Une bouffée de colère paniquée submergea Nell. Il la critiquait, la méjugeait. Après tout, elle se moquait bien de ses reproches ! Elle avait amassé suffisamment de trésors sous son matelas. Elle pouvait quitter cette demeure sans se retourner.

Certes, elle risquait de croiser le chemin de Michael, et elle avait pensé avoir un peu plus de temps devant elle. Elle n'avait même pas pensé à un nouveau travail.

Et d'ailleurs comment Saint-Maur osait-il rompre leur accord avec autant de désinvolture ?

— Retournez à Bethnal Green gâcher le reste de votre vie, qui sera sans nul doute très brève, si vous pré-férez aller trimer à l'usine, usine que vous auriez pu racheter si vous aviez mis un peu d'énergie et de sérieux à peaufiner votre rôle.

Il marqua une pause significative avant d'ajouter :

— Ou alors... vous pouvez rester et fournir l'effort nécessaire afin de retrouver votre place au sein de la haute société. Le choix vous appartient. Décidez-vous vite. Si vous me faites faux bond, je vais devoir changer mes plans.

Sur ces mots, il s'éloigna.

— Attendez ! s'exclama-t-elle.

Il se retourna, l'air agacé.

Elle prit une inspiration pour recouvrer son calme. Elle avait toujours su qu'il pouvait tout lui reprendre d'un claquement de doigts, mais elle avait pensé – quelle idiote ! – que peut-être il l'appréciait... un tout petit peu.

Ne pouvait-il partager un peu de sa chance sans l'obli-ger à quémander et ramper ?

Elle s'était trompée sur lui. Le conte de fées s'achevait.

À la pensée de son retour à Bethnal Green, de Michael qui l'attendait certainement et lui réservait un des accueils dont il détenait le secret, elle sentit son esto-mac se contracter jusqu'à la nausée. Non, cela ne pou-vait pas se terminer ainsi ! Ce serait horrible de se rappeler cette occasion inespérée et de se dire qu'elle avait tout raté parce qu'elle avait été incapable de s'adapter !

Hor-ri-ble. C'était justement un des mots qu'elle avait du mal à prononcer correctement. M. Aubrey, son professeur d'élocution, lui reprochait de manger la dernière syllabe. C'était hor-ri-ble de se sentir si gourde. À l'école, elle avait toujours fait partie des meilleures élèves. Les additions, l'alphabet, la géographie, les formes géométriques, elle avait acquis toutes ces notions sans difficulté. Elle s'était toujours considérée comme quelqu'un d'intelligent, et pas seulement comme une misérable de Bethnal Green.

Ce serait trop humiliant de devoir admettre qu'elle avait été trop stupide pour saisir la chance de sa vie.

Elle ouvrit la bouche pour se justifier, ou simplement pour s'excuser. Aucun son ne sortit. Sa langue était aussi empesée et inutile que sa maudite fierté.

Le soupir de Saint-Maur résonna dans le silence de la salle de réception :

— Venez, dit-il. Avant que vous ne fassiez votre choix, j'ai quelque chose à vous montrer.

9

Simon s'était décidé sur un coup de tête. Peut-être n'avait-il pas été assez explicite quant aux avantages qu'elle trouverait à coopérer avec lui. Un petit tour sur la galerie de la bibliothèque avait des chances de la convaincre.

Éblouie – comme il l'avait prévu – par le plafond voûté digne d'une cathédrale et par les vitraux multicolores, elle s'immobilisa instantanément.

— Des étoiles... murmura-t-elle, les mains sagement enfouies dans les plis de sa jupe.

Lui, c'était de son visage émerveillé qu'il ne pouvait pas détacher les yeux. Il se souvint de sa première entrée dans cette pièce où elle avait découvert avec ravissement les lucarnes. Elle en était devenue si radieuse que toute sa personne avait paru illuminée.

Elle était fort différente aujourd'hui dans cette sage toilette rose pâle qui, bien que rehaussant la beauté de ses traits, la dotait d'une touche de mièvrerie. Ses grands yeux bleus écarquillés possédaient l'inexpressivité du regard de Kitty.

Malgré cela, elles n'avaient rien toujours en commun. Ce simple chignon, par exemple, noué serré sur la nuque, restait une coiffure modeste, comme celle des jeunes filles pieuses qui se rendaient à la messe en marchant les yeux baissés.

Qui aurait deviné que ces fraîches lèvres roses cachaient une langue capable de cracher les pires insultes ?

Lui, parce qu'il la connaissait.

Cette pensée amena une étrange émotion. Elle, il la voyait au-delà des apparences, ce qui créait entre eux une complicité profonde.

Sa colère initiale s'était dissipée.

— On dirait un palais ! murmura-t-elle encore.

Cette authenticité enthousiaste la différenciait de sa sœur. Ils venaient de se quereller, et elle ne boudait pas. Elle ne cherchait pas à cacher son plaisir, au contraire de Kitty et ses semblables qui considéraient comme vulgaire l'exposition de leurs émotions : il fallait afficher un air blasé de bon aloi.

Pourquoi ? se demanda-t-il pour la première fois de sa vie. On ne se lassait pas d'un tel émerveillement sur le visage d'une femme. On voulait que cette ferveur se pose sur soi.

Il s'égarait...

— Non, objecta-t-il. Cela ne ressemble pas du tout à un palais. Je vous montrerai Buckingham Palace un jour.

Sa moue sceptique indiquait qu'elle ne croyait pas à ses promesses. Irrité, il précisa :

— Tous les jeunes couples doivent se présenter devant la reine. La prochaine cérémonie n'aura pas lieu avant mai. Si vous décidez de rester, nous y assisterons.

Cette fois un sourire s'ébauchait – avec hésitation, car elle avait bien compris qu'il cherchait à l'appâter.

— Vous voudriez que je rencontre la reine ? Vous êtes fou !

Elle se mit à rire et, l'espace d'un instant, il douta lui aussi. Fou ? Peut-être. S'ils étaient toujours mariés en mai, cela signifierait qu'ils auraient gagné leur pari et que Nell aurait récupéré son héritage. Pour autant, auraient-ils une vie mondaine commune ? Même riche, elle serait toujours cette fille de Bethnal Green, qui avait grandi dans des lieux sordides et avait dû travailler de ses mains pour vivre. Quel plaisir pourrait-elle bien trouver à la fréquentation des pairs de Simon ?

Il était de plus en plus certain qu'elle ne trouverait rien d'admirable chez ces gens-là. Et ces derniers risquaient de la tenir en piètre estime. Ils reconnaissaient à Simon un bon goût indiscutable en matière d'art, et il était capable de leur faire gober à peu près n'importe quoi dans ce domaine auquel ils ne comprenaient rien. En revanche, ils pensaient tout savoir sur la pauvreté. Ils avaient des femmes de chambre, des valets et des cochers. À travers la vitre de leur voiture, ils voyaient tous les jours la crasse et la misère. Jamais ils ne détecteraient chez elle la moindre beauté ou le moindre intérêt. Sa présence les mettrait probablement mal à l'aise puisqu'elle était la preuve vivante que, sous la crasse et les haillons, on trouvait des êtres humains. Et ils n'y verraient qu'un reproche vivant.

Le projet de les faire changer d'avis l'enchantait ; c'était le défi le plus difficile qu'il ait eu à relever jusqu'à présent.

— La Cour est un endroit très ennuyeux, reprit-il. Guindé, étouffant. Vous détesterez cela. Mais si vous y tenez vraiment, nous irons, je vous le promets.

Elle ne répondit pas.

À la vue d'un visage si semblable à celui de Kitty, il se demanda pourquoi l'idée de son départ le contrariait autant.

Parce que ses yeux d'un bleu aussi profond que celui de la haute mer étaient une invitation à la noyade ?

Enfin, elle ricana :

— Bien sûr, la Cour est d'un ennui mortel. Côtoyer la reine, c'est assommant. J'en bâille d'avance !

Elle lui tourna le dos, parut se plonger dans la contemplation des tableaux accrochés au mur.

Il demeura coi, son regard effleurait ses minces épaules. Une fois de plus, elle lui avait cloué le bec. Elle avait un sacré caractère, et il n'était pas bien sûr d'aimer ça. Il voulait faire d'elle une dame, mais seules les « très grandes dames » pouvaient se permettre de river leur clou aux hommes sans qu'on leur en tienne rigueur.

Que voyait-elle lorsqu'elle le regardait ? Voulait-il seulement le savoir ?

À en juger par sa réaction à l'instant, la réponse était claire : elle pensait qu'il se faisait mousser.

Et, mon Dieu, c'était peut-être vrai.

Il se sentit rougir. Il en fut consterné.

C'était stupide d'avoir cherché à la séduire pour mieux la manipuler. Il fallait qu'elle coopère de son plein gré.

— Nous pourrons sauter cette formalité, elle n'a rien d'obligatoire.

Elle ne répondit pas, continua d'observer les portraits.

Elle l'ignorait.

Il le réalisa avec un temps de retard, stupéfait. Il en avait si peu l'habitude ! Et il eut toutes les peines du monde à réprimer la remarque puérile qui lui brûlait la langue : elle se tenait mal, dans une posture déhanchée qui n'était pas du tout gracieuse, on aurait dit une harengère à la foire !

Il vint se placer tout près d'elle, délibérément, à quelques centimètres. Au fond, il comprenait sa réaction après l'ultimatum qu'il venait de lui lancer. Sa fichue fierté se rebellait, mais elle était trop futée pour laisser passer une chance pareille.

« La fierté ne vous mènera nulle part, Nell. Servez-vous de vos méninges », songea-t-il.

Certes, leur arrangement nécessitait qu'elle fasse des concessions. Elle devait accepter de se laisser guider par lui, accepter de lui être redevable.

— Vous aimez les belles robes, ça au moins vous ne pouvez pas le nier, remarqua-t-il.

Elle ne tourna même pas la tête. Il la voyait de trois quarts, fixait son nez, le même que Kitty, cet appendice droit et long qui semblait avoir été conçu pour que les filles Aubyn toisent le monde.

— Ce sont des vêtements de bonne qualité, reconnut-elle de mauvaise grâce. Mais il me faudrait un corset plus large. Et un peu de dentelle ne ferait pas de mal.

Il rit. Que Dieu lui vienne en aide, il était en train de perdre la tête.

— Comme je l'ai dit, les affaires qu'on vous a fournies serviront… enfin pourraient servir, se reprit-il, à faire la transition en attendant la livraison de votre vraie garde-robe.

— La couturière et la chapelière…

— La modiste, ne put-il s'empêcher de corriger.

— Oui, la môôôdiste, répéta-t-elle, narquoise. Elles m'ont dit de compter une dizaine de jours avant que les premières robes et les accessoires soient prêts.

Il acquiesça et son esprit dériva. Il s'imagina débarquant dans le boudoir sous un fallacieux prétexte, au beau milieu d'une séance d'essayage. Il l'aurait découverte en petite tenue, saucissonnée par un mètre de couturière. Elle aurait rougi sous la surprise, ses yeux bleus se seraient assombris, ses lèvres auraient tremblé et sa bouche rose…

Quel crétin ! Bien sûr qu'elle n'aurait pas rougi. Elle l'aurait vertement invectivé pour avoir osé entrer sans frapper et lui aurait peut-être jeté un tabouret à la figure dans la foulée.

— Qui sont ces gens ? demanda-t-elle.

Ah. C'était la raison pour laquelle il lui avait demandé de l'accompagner sur la galerie. Il reporta son attention sur le portrait du vieillard accroché devant elle :

— Ce sont vos parents. Face à vous, votre père, feu lord Rushden. Et à droite, votre mère.

*
**

Nell eut un coup au cœur.

Elle approcha son nez du portrait. Le vieux comte posait à cheval, sur la pelouse de la demeure représentée sur un autre tableau, dans la bibliothèque. « Paton Park », avait dit Saint-Maur.

La maison était jolie comme un rêve : un palais de briquettes roses, niché entre des collines verdoyantes. C'était la seconde fois qu'elle voyait cet endroit et cette vue lui fit soudain battre le cœur, tandis qu'un sentiment de malaise puis de menace l'envahissait.

Elle croisa frileusement les bras sur sa poitrine. Ces impressions bizarres étaient sans nul doute déclenchées par son imagination. Ébranlée par les menaces de Saint-Maur, elle se mentait à elle-même pour se rassurer. Son cerveau dictait : « Tu te souviens. Tu es chez toi. Tu mérites tout cela. »

Ce serait si facile de se bercer d'illusions ! Sa mère avait l'habitude de se voiler la face. Elle se prenait pour quelqu'un de supérieur, plus vertueuse, plus raffinée que son entourage. Et où cela l'avait-il menée ? Elle n'avait récolté que mépris, rancœur et quolibets. La contremaîtresse de l'usine lui avait attribué le pire poste de tout l'atelier pour la punir de tous ses grands airs. Autant dire un raccourci pour la mort.

Mais si Nell décidait de croire qu'elle était déjà venue à Paton Park, cela signifiait que sa vraie mère était la comtesse de Rushden, et que la femme qui l'avait élevée, Jane Whitby, était une criminelle, une folle cruelle et sans morale.

Elle ravala le rire incongru qui lui montait dans la gorge. Ce n'était pas drôle du tout. Sa mère l'avait tendrement aimée. Elle avait un petit grain, certes, mais elle n'était pas dangereuse pour deux sous.

— Ma mère n'était pas mauvaise.

Les mots avaient jailli, sans qu'elle puisse penser à les retenir.

— Je suis heureux de l'entendre.

Les mains dans les poches, Saint-Maur patientait. Impassible. Insouciant. Oui, c'était certainement cela qui le caractérisait : cet homme n'avait aucun souci dans l'existence.

Il paraissait détaché des contraintes de ce monde, sans être un imbécile heureux. Au contraire, il posait sur les choses un œil cynique, sans jamais chercher de faux espoirs. On sentait que, de toute façon, il était prêt à broyer les difficultés qui se présenteraient sur sa route. Et en l'occurrence, il avait la main sur elle.

Sa proposition était diabolique. Il lui demandait littéralement « d'entrer dans la peau d'une autre ». Les hommes ordinaires ne réclamaient d'une femme que l'usage de son corps. Lui avait des exigences bien plus élevées, l'enjeu était énorme.

Il lui demandait de trahir la mémoire de quelqu'un qu'elle avait aimé.

Jamais elle ne s'était retrouvée face à un tel dilemme. Elle s'était promis de ne jamais se vendre. Mais nul ne lui avait offert un tel pactole. Et pour ce que cela valait... elle connaissait bel et bien cette maison représentée sur le tableau !

Elle l'aurait juré sur la Bible.

Elle s'obligea à détourner les yeux du portrait. Jamais la peur ne l'avait fait reculer. Elle n'allait pas commencer aujourd'hui.

— Il y a un pont. Une arche de pierre au-dessus de la rivière, dit-elle.

Elle se souvenait – ou avait rêvé – d'y avoir lancé des pièces de monnaie. Petits disques cuivrés scintillant au soleil.

— Un petit ruisseau. Derrière la maison.

— Oui, confirma-t-il.

Le ton neutre ne trahissait aucune surprise. Une bouffée de colère éclata en elle. Que fallait-il donc pour le toucher, celui-là ? Il était l'incarnation de l'aristocrate hautain, immunisé contre les émotions dont souffrait le commun des mortels. Même le vent ne devait pas réussir à le décoiffer.

— Et si en vérité ce pont n'existait pas ? Si je l'avais inventé ? Comment réagiriez-vous ? J'ai l'impression que cela ne vous fait ni chaud ni froid que je sois bien lady Cornelia ou juste une bâtarde du comte !

— Il est vrai que cela ne me tiendra pas éveillé la nuit.

— C'est confortable pour vous. Ce n'est pas votre mère qu'on traite de folle ! Si mes souvenirs de Paton Park sont bien réels, cela veut dire...

Que Jane Whitby l'avait enlevée.

Quelle femme allait jusqu'à voler l'enfant d'une autre ?

Saint-Maur lui prit la main. Bien que surprise par son geste, elle ne chercha pas à se dégager. La mine grave, il la regarda droit dans les yeux.

— Si vous vous souvenez de Paton Park, ce n'est pas trahir votre mère que de l'admettre. Les faits sont les faits. Vous avez simplement aujourd'hui une vision neuve de choses qui se sont produites il y a très long-temps, presque vingt ans.

Une logique élémentaire.

— Mais que ressentiriez-vous si l'on accusait votre mère de kidnapping ? riposta-t-elle.

— Je ne peux même pas commencer à l'imaginer ! répondit-il avec un sourire. En tout cas, elle ne se laisse-rait certainement pas faire. Elle veille jalousement à sa bonne réputation. De ce point de vue, elle ressemble à votre père.

Nell tourna les yeux vers le portrait du vieux Rushden qui trônait sur sa monture.

Elle avait une vague idée de ce à quoi devait ressem-bler un père. Son beau-père n'avait pas vécu bien long-temps, mais elle gardait le souvenir d'un homme doux, gentil et drôle, le sourire aux lèvres. Le dimanche, après la messe, il lui achetait des huîtres frites, et il la juchait sur ses épaules quand ils allaient au spectacle de marionnettes.

Ce vieil homme, sur le tableau, n'avait pas du tout l'air de cette même nature. Sous ses épais sourcils noirs, ses yeux luisaient d'un éclat hostile, telles des billes sombres. Elle connaissait bien cette expression fermée, condescendante. Elle l'avait lue sur les traits des nantis qui passaient dans leur belle voiture et croisaient son regard par accident.

Quel genre d'homme posait pour la postérité en affichant clairement son mépris d'autrui ?

Cette fossette au menton. Sans doute la tenait-elle de lui. Mais pour ce qui était des yeux et du nez, il fallait plutôt chercher du côté de sa femme.

Elle se tourna vers le portrait de la comtesse.

Une jolie femme. Assise dans un boudoir lumineux, sa main aux doigts longs et fins tenant un livre dans son giron. Elle avait de belles épaules blanches. Un regard bienveillant.

— Était-il méchant avec elle ?

— Disons que ce n'était pas vraiment un homme chaleureux.

— Non, je vous demande s'il était violent. Est-ce qu'il la frappait ?

Sa mère n'avait eu aucun scrupule à lui administrer une fessée quand elle estimait que son âme était en péril. Mais tant qu'elle avait eu la force de s'interposer, Jane Whitby n'avait jamais toléré que Michael lève la main sur Nell.

Alors si Rushden avait été une brute, peut-être sa mère avait-elle jugé préférable, voire vital, de la soustraire au déchaînement de la violence paternelle ?

— Non, pas à ma connaissance, répondit Saint-Maur. Vous savez, Nell, tous les hommes ne font pas usage de leurs poings.

Elle haussa les épaules. Il ne lui apprenait rien.

— Alors de quoi est-elle morte ?

— De chagrin, semble-t-il. Deux ans après votre disparition.

— C'est une mort de riches, ça. Nous autres péquenots nous contentons de maladies bien plus ordinaires.

— Bel aphorisme. Vous y croyez ?

— Je crois que si les gens mouraient vraiment de chagrin, nous serions beaucoup moins nombreux sur terre.

— Votre petit cœur aurait-il été brisé ?

— Non.

— Vous avez de la chance.

— Ou je suis plus maligne que d'autres.

Comme par exemple Suzie, qui avait perdu la tête pour une belle petite gueule, au point d'en oublier les règles les plus élémentaires de la prudence.

— Évidemment, vous êtes très jeune, murmura Saint-Maur.

Son regard finit par la mettre mal à l'aise. Elle rétorqua avec irritation :

— Parce que vous, on vous a brisé le cœur peut-être ?

— Oh oui, répondit-il sans hésiter. C'est l'un des risques majeurs encourus quand on est un jouisseur, je suppose.

Muette, elle le dévisagea de ses yeux écarquillés. Quelqu'un avait donc réussi à émouvoir cette montagne de flegme ?

— Qui ? demanda-t-elle enfin.

— Une femme, tout simplement.

— Quel genre de femme ?

— Une femme à laquelle je n'étais pas censé m'intéresser.

Se tournant vers le portrait de la comtesse, il reprit :

— Elle n'était ni sotte ni faible. Trop généreuse parfois, c'est certain. Attentive aux autres, pleine de compassion. Bref, le contraire de son époux.

Il éludait délibérément ses questions sur celle qui lui avait piétiné le cœur, mais, à cet instant, l'intonation affectueuse dans sa voix lorsqu'il évoquait la comtesse la frappa. Impossible de mettre sa sincérité en doute.

— Vous étiez proche d'elle ?

— Oui.

Bien entendu. N'était-il pas le pupille du comte ? La comtesse s'était forcément impliquée dans son éducation. Mais quelque chose clochait dans tout ça.

— Votre mère… Vous en avez parlé comme si elle était vivante, se rappela-t-elle.

— Elle l'est, en effet.

— Alors pourquoi étiez-vous sous la garde du comte de Rushden ?

Un sourire disgracieux lui déforma la bouche.

— J'étais son héritier présomptif, et il me jugeait mal préparé pour l'honneur qui allait m'échoir.

— Votre mère… l'a laissé vous prendre ?

Elle vit un petit muscle tressauter dans sa mâchoire. Elle avait touché un point sensible. C'était toujours bon de savoir qu'il en avait au moins un.

— Rushden était doué pour convaincre les autres de sa propre importance. Je pense que mes parents n'ont jamais eu l'idée de lui refuser quoi que ce soit.

Mon Dieu ! C'était terrible.

— Nous avons un point commun, murmura-t-elle, bouleversée. Vous comme moi, avons été volés à nos parents.

— Oui. La différence, c'est que les vôtres auraient tout fait pour vous récupérer.

Il avait dit cela d'un ton lisse, dénué de toute émotion, cela en devenait suspect. Sans doute faisait-il un immense effort pour se contrôler.

Tout à coup elle eut honte. Elle l'avait questionné par pure curiosité, et maintenant elle devinait qu'il était tout sauf insensible. La défection de ses parents l'avait profondément atteint, même s'il ne voulait pas le montrer.

Elle lui posa la main sur le bras :

— Je suis désolée.

— Ce n'est pas la peine. Le passé est le passé.

C'est déjà ce qu'il lui avait dit peu ou prou tout à l'heure, concernant sa mère. Elle n'était pas du tout d'accord avec lui.

— Êtes-vous proche d'eux ?

— Mes parents ? Mon Dieu, quelle importance ? Mon père est mort. Quant à ma mère, je crois qu'on peut dire que nous sommes en bons termes. Nous nous saluons quand nos chemins se croisent, en tout cas.

Il dégagea son bras. Elle se retrouva la main stupidement tendue et, avec gaucherie, elle la glissa dans la poche de sa jupe, poing fermé.

À Bethnal Green, les gens étaient plus tactiles, ils ne se dérobaient pas à un contact amical.

— Je suppose que c'est une manière élégante de dire non, commenta-t-elle.

Impassible, il désigna le portrait de la comtesse :

— Vous voyez le livre posé sur ses genoux ? C'est *L'Enfer* de Dante, une édition très joliment illustrée. C'est d'elle que vous vient votre amour des livres, je pense.

— L'avez-vous encore ? J'aimerais bien le lire.

Il s'assombrit immédiatement :

— Hélas non. Toute sa bibliothèque a été vendue.

— Oh !

Le silence retomba. À la recherche d'un sujet moins délicat, Nell reprit, les yeux fixés sur le tableau :

— J'aimerais bien avoir une robe comme celle-là.

La comtesse portait une toilette ornée d'une cascade de ruchés de dentelle. L'ensemble avait dû coûter une fortune.

— C'est un peu démodé, je le crains, mais pourquoi pas ? Commandez-en une si le cœur vous en dit. Créez votre propre style.

— Bien sûr ! grinça-t-elle en toute ironie.

— Je suis sérieux. C'est exactement ce que je vous propose, vous ne vous en rendez pas compte ? Non seulement une fortune, mais une position sociale, un pouvoir à utiliser comme bon vous semble.

Elle ne voyait pas bien la différence entre l'argent et le pouvoir, mais elle hocha poliment la tête. Comme il n'était pas dupe et soupira :

— Oh Nell chérie, je sais pourtant que vous avez de l'imagination. Vous ne savez donc pas vous en servir ?

Elle fronça les sourcils. « Chérie » ? Les canailles d'Irlandais lui donnaient souvent du « chérie », mais ce n'était pas tout à fait pareil. Lorsque lui prononçait ce mot de sa voix profonde, veloutée, c'était... très troublant.

Elle retint son souffle en le voyant approcher d'un pas. D'une main légère, il lui effleura le pourtour de l'oreille. Le cœur battant, elle recula. Son corps n'avait pas une once de bon sens, mais son cerveau veillait au grain.

— Non. Pas avant que nous soyons mariés, dit-elle.

— Je viens à peine de vous frôler. Et rien ne vaut un peu de tension sexuelle pour pimenter notre accord.

Il avait saisi le lobe de son oreille entre le pouce et l'index, le caressait doucement. La sensation grisante, combinée à ce sourire ensorcelant... Son cœur s'emballait. Elle se rappela de nouveau, avec une chaleur viscérale, comment elle avait fondu sous un seul de ses baisers.

Elle ne pouvait pas éprouver ces émotions et garder la tête froide.

— Bas les pattes, j'ai dit.

— Mais vous êtes trop tentante ! Aussi proprette et sage que la femme d'un pasteur... Je ne sais pas si c'est un malheur ou une provocation terriblement efficace.

— Ni l'un ni l'autre. Je n'y suis pour rien.

Elle repoussa sa main, recula. Elle ne cherchait pas à le tenter. Elle n'avait rien à se reprocher.

— Vous avez peur de moi ?

Elle faillit rire. Bien sûr qu'elle se méfiait. Seul un nourrisson lui aurait fait confiance. Il lui promettait la fortune, un rang, du pouvoir, mais il pouvait bien lui raconter qu'elle était l'impératrice de Chine si ça lui faisait plaisir, elle n'en croirait pas un mot tant qu'elle n'aurait pas une liasse de billets en main.

— Il n'y a pas de raison, vous savez, insista-t-il. Nos intérêts coïncident. Cela devrait vous rassurer.

Il la guettait de son regard acéré, trop pénétrant. Elle avait la mauvaise habitude de le sous-estimer, d'oublier à quel point il était vif, bien qu'il ait passé sa vie dans la soie et le velours.

— Vous avez raison, ça me rassure. Montrez-moi le reste de ma famille, voulez-vous ?

— Oui, d'ici une minute.

Il l'étudiait toujours. Pourquoi un tel intérêt ? S'il voulait s'offrir une fille comme elle, il n'avait qu'à sortir et s'en payer dix pour la nuit, vingt s'il en avait envie.

Mais pas elle. Elle n'était pas son jouet. Elle serait sa femme ou rien.

Il s'approcha encore et elle ne put s'empêcher de faire un léger bond en arrière.

— C'est bien ce que je disais, vous avez peur. Ça n'a pas de sens, Nell. Pourquoi êtes-vous si nerveuse en ma présence ? Vous n'êtes pourtant pas timide de nature.

— Non.

Sa propre voix l'horrifia. Elle avait l'air à bout de souffle.

Le regard de Saint-Maur tomba sur sa poitrine qui se soulevait rapidement et tendait son corsage. Sapristi, il la regardait comme une vulgaire catin des rues qu'il aurait été sur le point de s'offrir. Aucune fille ayant un tant soit peu d'amour-propre ne pouvait tolérer une telle attitude !

D'un autre côté, elle n'allait pas se mentir. Son désir la flattait. Il était tellement beau et racé. Un superbe animal qui aurait raflé tous les prix à la foire. D'ailleurs les humains étaient des animaux et elle n'en avait jamais eu plus conscience que maintenant, alors qu'une chaleur insidieuse lui irradiait le ventre.

Sous son regard brûlant, des images de corps moites imbriqués défilaient dans sa tête...

— Serait-ce donc un tel pensum de m'épouser ? demanda-t-il d'un ton léger qui contredisait la lueur ardente dans ses yeux.

Elle comprit parfaitement ce qu'englobait le verbe « épouser » dans sa bouche et sentit ses joues s'empourprer.

— Peut-être pas. Je ne vous connais pas, je ne peux pas répondre, dit-elle entre ses dents.

— Voyons, on peut lire en moi comme dans un livre ouvert !

Il fit encore un pas vers elle. Cette fois elle campa sur sa position. Qu'il aille au diable avec son regard incandescent et ses manières intimidantes !

Un petit sourire plein de morgue ponctua ce qu'il considérait de toute évidence comme une victoire.

— Vous avez peur, répéta-t-il. Mais je vous promets, jolie Nell, que je n'ai pas l'intention de vous séduire... avant le dîner.

Il tendit la main et, doucement, caressa la ligne de son cou, tandis qu'elle luttait pour ne pas battre en retraite. Il avait l'intention de l'épouser, il ne s'en cachait pas et cherchait à la maintenir sous sa coupe. De son point de vue, c'était normal. Ce qui ne l'était pas du tout, c'était la façon dont Nell réagissait à un simple effleurement.

Même à travers le satin de sa robe, elle avait l'impression que sa peau la brûlait là où il l'avait touchée. Certainement parce qu'elle était la dernière des dévergondées, une âme perdue, vouée à se détruire, tel un ivrogne le jour de la paie.

Il fallait être folle pour désirer l'homme qui avait le pouvoir de vous réduire en poussière. Bien sûr, il n'avait pas l'air de lui vouloir du mal. Au contraire. Ses doigts délicats couraient le long de sa clavicule, lui frôlaient l'épaule, sa main descendait doucement le long de son bras. Nell en perdait le souffle. Chaque cellule de son corps semblait se tendre vers lui.

Ce n'était pas grand-chose. Une simple caresse, si légère. Pourquoi ne parvenait-elle pas à le repousser ?

Lui aussi paraissait troublé. Une veine palpitait à la base de sa gorge. Ses yeux se rivèrent aux siens et, d'une voix rauque, il murmura :

— Vous aussi, vous le sentez, n'est-ce pas ? Dites-le.

— Je sens… votre main.

Il secoua la tête avec un claquement de langue réprobateur. Mais elle voyait bien qu'il n'était pas découragé. Il aimait la difficulté. Les défis l'excitaient.

— Ne soyez pas obtuse. Je peux vous apporter beaucoup, vous savez. Je serais le dernier à pouvoir vous donner des leçons de bienséance, mais je peux vous apprendre bien d'autres choses. Concernant le plaisir, la beauté, l'art… Tout ce qui divertit le corps et l'esprit. Je peux vous donner des leçons en médisance, ajouta-t-il avec un rire étouffé. Oui, je pourrais être un excellent professeur dans maints domaines. Je pourrais vous apprendre à maîtriser le pouvoir. Vous voulez de l'argent, mais que pensez-vous du pouvoir, Nell ?

Sa main recouvrait la sienne. Il entrecroisa leurs doigts. Elle frissonna : le pouvoir… Cette notion prenait une dimension différente quand c'était lui qui prononçait le mot. Lui qui était propriétaire de cette demeure, qui avait payé les habits qu'elle portait, qui avait fait sortir Hannah du pénitencier en un quart d'heure.

Ses caresses étaient beaucoup plus dangereuses qu'un coup de poing. Il commençait par s'assurer la complicité de son corps, puis il gagnerait la participation de son imagination pour vaincre définitivement sa raison. Son désir, ses ambitions et Saint-Maur se liguaient contre elle. Normal qu'elle ne soit pas de force !

À cause de lui, elle devenait sa propre ennemie.

Cette pensée lui donna un regain de volonté. Elle voulait garder son libre arbitre.

— Vous vous trompez si vous me croyez faible.

— Je n'ai pas dit cela. Mais ces cals sur vos mains racontent votre histoire. Vous n'étiez maîtresse ni de votre temps ni de vos efforts. Imaginez à quoi ressemblerait la vie si vous pouviez enfin en décider, Nell. Si vous n'aviez de comptes à rendre à personne. Je peux faire en sorte que ce rêve devienne réalité.

Peu de personnes pouvaient se permettre une telle promesse. Elle n'avait aucun doute, il tiendrait parole.

Il amena la main de Nell sur sa bouche. Ses lèvres effleuraient ses phalanges, et elle sentit une chaleur circuler dans tout son être.

— Imaginez que vous puissiez faire fi de l'opinion des autres, chuchota-t-il contre sa peau. Ou influencer leurs opinions. C'est une drogue grisante.

Il retourna sa main pour appliquer sa paume sur sa joue fraîche, rasée de près : un geste qu'elle n'avait eu pour aucun homme, celui d'une femme envers son amant.

Cette pensée l'effraya. Il la séduisait avec son corps, mais aussi par de faux espoirs qu'il réussissait à instiller en elle. « Regardez, disait ce geste. Nous nous touchons comme de vrais amoureux. » C'était si cruel de la tenter ainsi ! Machiavélique. Alors qu'elle savait bien que les hommes comme lui rencontraient les femmes comme elle dans des circonstances précises : une venelle sombre, quelques pièces passées d'une poche à l'autre.

Lui arrachant sa main, elle lança avec colère :

— Savez-vous que je vous ai volé ?

Il hocha la tête :

— Je m'en suis douté quand mon mouchoir a fini dans les mains de votre amie.

— Il n'y a pas que le mouchoir. J'ai volé plein d'autres choses ! J'aurais volé votre chevalière si j'avais trouvé le moyen !

— Est-ce pour cette raison que vous me craignez ?

— Non...

Elle n'avait pas peur de voler. Elle connaissait les risques encourus et les conséquences éventuelles. C'est de lui dont elle avait peur. De toutes ces émotions et ces rêves impossibles qui se déchaînaient en elle.

— Si l'on veut surmonter sa peur, il faut l'affronter, dit-il encore.

Elle le savait bien. Sinon la peur finissait toujours par courir plus vite que vous et vous rattraper.

Elle retourna à la contemplation du portrait de Rushden.

Les lâches fuyaient leurs peurs, mais seul un crétin fuyait la vérité.

Un vertige lui tourna la tête, comme si elle oscillait au bord d'un précipice. Elle prit une profonde inspiration et jeta :

— Parlez-moi en toute franchise. Croyez-vous vraiment que je sois cette fille ? Lady Cornelia ?

— Oui. Et je sais que vous en êtes persuadée vous aussi, répondit-il.

**

Ce soir-là, une heure avant que Polly lui monte son plateau pour le dîner, Nell envoya Sylvie à la bibliothèque avec le prétexte d'y chercher un livre, puis elle s'enferma à double tour dans sa chambre.

Le crépuscule avait plongé la pièce dans une atmosphère bleuâtre déprimante. La lumière blafarde s'accordait bien à l'humeur de Nell. Elle craqua une allumette et alluma une unique bougie avant de s'agenouiller près du lit.

Elle n'avait pas l'intention de prier, mais se mettre dans cette position lui rappela ces dimanches lugubres où elle passait des heures à genoux sous le regard intransigeant de sa mère. Elle hésita, posa le bougeoir sur le tapis odorant, puis entrecroisa ses doigts sur sa poitrine. Et là, dans la pénombre et l'odeur de cire chaude, elle baissa la tête et commença sa prière.

« Faites qu'elle me pardonne, pensa-t-elle. Je n'arrive pas à comprendre, mais je l'aime toujours... Pardonnez-lui. Elle m'aimait, elle aussi. »

Après un long soupir, elle fouilla sous le matelas pour récupérer son butin.

À la lueur de la chandelle, elle disposa les divers objets sur le tapis : un candélabre, des napperons, un livret illustré sur la mode sous la Régence, une cuillère en argent, un ramequin en émail couleur azur.

Ce dernier tenait parfaitement au creux de la main. Il était assez petit pour pouvoir être emporté discrètement. Un prêteur sur gages futé verrait au premier coup d'œil qu'il était lourd et de grande valeur. Il lui en donnerait facilement de quoi se nourrir pendant cinq mois.

Elle se releva, se dirigea d'un pas décidé vers la cheminée et le reposa sur l'étagère, au-dessus du manteau, là où elle l'avait pris quelques jours plus tôt.

Le charmant livre illustré – un mois de loyer – échoua sur la petite table basse, dans le salon qui jouxtait sa chambre. Polly tomberait dessus et le remettrait en place, dans la bibliothèque.

Elle abandonna la cuillère sur la chaise. Deux semaines de nourriture. Les napperons – six semaines de vrai thé et de crêpes – furent placés sur la coiffeuse, dans sa chambre. Enfin, elle déposa le candélabre en argent – six mois de tranquillité – au pied d'une porte, dans le couloir, où quelqu'un allait fatalement trébucher dessus.

Ayant soufflé la flamme de la bougie, elle s'assit sur le lit et réfléchit au moyen de le remettre là où elle l'avait trouvé, pendant que l'horloge égrenait son tic-tac.

Une curieuse sensation lui creusait le ventre ; elle avait l'impression de tomber d'une falaise vertigineuse.

Elle se souvenait avoir lancé d'un pont des pièces qui brillaient au soleil. Elle se souvenait du parfum d'une femme qui la serrait dans ses bras, dans une grande pièce inondée de lumière, avec d'immenses fenêtres encadrées de voilages blancs.

Sa mère appelait ça « ses rêves maléfiques, les chuchotements du diable ». Ces visions la perturbaient tant que Nell avait vite appris à ne jamais en parler. Elle avait cessé de réclamer certaines berceuses ou sa poupée rousse aux yeux bleus. Elle avait presque oublié le grand escalier qu'elle avait un jour dévalé sur le ventre, un escalier plus grand que tous ceux qu'elle avait pu voir à Bethnal Green.

Des rêves, seulement des rêves, avait-elle pensé.

Mais c'était la réalité.

Alors elle ne ramènerait pas ce bougeoir. Elle n'avait pas à se croire voleuse dans une maison qui avait été la sienne autrefois. Tout comme Paton Park.

Un soupir lui gonfla la poitrine.

« Je suis chez moi. »

C'était son « droit de naissance », aurait dit Saint-Maur.

Un mélange de stupeur, de terreur et de joie l'envahit. Non seulement elle était riche, mais aussi un homme la réclamait : Simon Saint-Maur, comte de Rushden, et qui voulait l'épouser. L'homme le plus beau, le plus intelligent et le plus terrifiant qu'elle n'ait jamais rencontré.

« Pour qui te prends-tu ? », avait coutume de lui dire Michael. Il n'avait fallu qu'un regard à Saint-Maur pour savoir qui elle était. Dès qu'il l'avait vue, la vérité lui avait sauté aux yeux.

Cet homme incroyable, magique, elle pouvait l'avoir si elle le souhaitait.

Et comme elle en avait envie ! Elle pouvait se l'avouer maintenant. C'était son secret, qu'elle ne soufflerait à personne.

Bras croisés sur la poitrine, elle se replia sur elle-même, se berça de ses idées folles. Saint-Maur voulait l'argent. Elle ne devait pas se faire d'illusions. Mais il existait une autre personne qui lui était proche et qui ne verrait pas en elle le moyen d'accéder à la fortune.

Sa sœur jumelle.

Lady Katherine connaissait ce pont de pierre, cet escalier, ce doux parfum de fleur. Elle était faite de la même chair que Nell, avait grandi contre elle dans le ventre de leur mère.

Quelque part dans Londres dormait sa sœur.

Une larme brûlante roula sur sa joue, la prenant par surprise. Elle l'essuya d'un revers de main, refoula les doutes et les scrupules familiers qui l'envahissaient. Si cette histoire paraissait trop belle pour être vraie, c'était simplement parce qu'elle tenait du miracle, en effet.

À présent, un million de possibilités s'offraient à elle.

Un rire lui gonfla la poitrine, jaillit, incoercible. Elle se laissa tomber sur le lit, riant toujours, savourant avec bonheur la certitude qui régnait désormais en elle.

Oui, maintenant tout était possible. Elle pouvait même... Oh seigneur, elle pouvait même apprendre à valser !

10

La rumeur bruissait dans Londres. Simon avait été contraint de divulguer le nom de sa fiancée lorsqu'il avait fait une demande de licence, et le bruit s'était répandu comme une traînée de poudre.

Moins de quatre heures après qu'il eut obtenu ladite licence, une menace se présenta sous la forme anodine d'une lettre non cachetée, apportée par une petite fripouille des rues qui vint débusquer Simon dans un restaurant du Strand, où il partageait une bouteille de porto avec son ami Harcourt.

Vous êtes fou. Je vous préviens, vos manigances ne seront pas tolérées. Vous n'avez que ce que vous méritez.

L'auteur du billet avait beau être trop lâche pour l'avoir signé, Simon en reconnut l'écriture : durant des années, il avait reçu d'innombrables lettres de son tuteur, rédigées de la main nerveuse de Grimston. Au début, il en avait même lu quelques-unes. Puis s'était rendu compte qu'elles remplaçaient très bien le petit-bois pour allumer le feu.

Il replia le message en souriant. Épouser Nell Aubyn aurait de nombreux avantages. Mettre Grimston hors de lui ne serait pas le moindre.

— Je ne m'en remets pas ! murmura Harcourt qui n'avait toujours pas repris ses esprits depuis qu'il avait appris la nouvelle.

— C'est compréhensible, dit Simon, non sans ironie. Ses œuvres sont très modernes. Il y a de quoi être heurté.

— Ses... Oh, tu parles de Gardner ?

En route pour le Strand, il avait accompagné Simon chez un jeune violoniste au talent prometteur, qui composait une musique aussi novatrice que dissonante et usait de son archet comme s'il voulait scier son instrument en deux.

— Certes, il est très... moderne.

— On peut dire survolté.

— Mais ce n'est pas du tout de cela dont je voulais parler.

— Ah non ? De quoi, alors ?

— De l'autre affaire.

— Mon mariage ? Doux Jésus, cela fait presque une heure que je t'ai annoncé l'heureuse nouvelle !

Harcourt secoua la tête, se passa la main sur le visage. Roux aux yeux bleus, il avait toujours eu le teint pâle, mais en cet instant il était encore plus livide que d'ordinaire.

— Écoute, tu as eu presque cinq semaines pour t'habituer à l'idée qu'elle n'était pas morte. Moi, je me rappelle cette gamine qui chancelait dans sa petite blouse, sur notre pelouse, à Hatby. Ma mère a gardé le lit pendant quinze jours après sa disparition. Elle était terrifiée dès qu'un domestique s'approchait de la nursery. Elle en a fait renvoyer plusieurs qui lui semblaient louches.

— Oui, la grande purge domestique de 1872. Toute une génération de nounous marquée à vie !

Harcourt fronça les sourcils :

— Mais... toi aussi tu dois te souvenir de cette gamine ? Tu étais à Paton Park cet été-là, non ?

— Non, pas cet été.

— Pourtant, je me rappelle les lettres que tu m'as écrites. C'était l'été où tu avais été désarçonné par un cheval durant un steeple-chase. Tu t'étais cassé la clavicule. Je n'ai pas imaginé ça, quand même ?

Simon soupira. Cet été-là, il s'ennuyait ferme et avait truffé sa correspondance de rodomontades diverses. Rushden, pour le punir d'une incartade dont il ne gardait aucun souvenir, l'avait exilé dans sa sinistre propriété écossaise. À la gare de York, il avait échappé à la surveillance de son précepteur et réussi à rejoindre le domicile de ses parents. Quand il avait compris que ceux-ci projetaient de le ramener au plus vite chez le comte, il s'était enfui de nouveau, cette fois à Londres.

Les quelques pièces au fond de sa bourse lui avaient permis de tenir quatre jours.

Le retour à Paton Park avait été déprimant, plein d'amertume. Rushden et la comtesse l'y attendaient. Comme tous les adolescents, il avait des angoisses existentielles, et tout à coup il devait admettre qu'il était incapable de se débrouiller seul, qu'il lui fallait rentrer la queue entre les jambes.

Sur le moment, il l'avait vécu comme le pire coup que la vie puisse lui infliger.

Aujourd'hui, il songeait qu'au même âge, Nell travaillait déjà à mi-temps dans une usine de cartons. C'est du moins ce qu'elle lui avait dit lors d'un petit déjeuner qu'ils avaient pris ensemble. Et il ne doutait pas qu'à sa place, il eût parfaitement su se débrouiller.

Cette pensée le tarabusta un moment. Harcourt finit par se racler la gorge et Simon dut produire un effort considérable pour s'extirper de ses ruminations :

— Oui. Le steeple-chase. J'avais oublié.

De cet été-là, il ne se rappelait pas grand-chose, hormis la rage qui l'habitait et l'avait conduit à faire un certain nombre de choses stupides, en particulier un saut impossible à cheval, qu'il ne s'était jamais pardonné. Non seulement il s'était cassé la clavicule, mais son cheval, Jupiter, avait dû être abattu.

Rushden l'avait obligé à tirer lui-même la balle qui devait abréger les souffrances de sa monture.

— Mais tu as pourtant dû la croiser, insista Harcourt.

— Oui, en de rares occasions, et très brièvement.

Il avait vu les jumelles alors qu'il séjournait à Paton Park durant les vacances. Il se souvenait avoir été incapable de les discerner l'une de l'autre. Rétrospectivement, Nell devait être celle qui lui avait réclamé un bonbon d'un ton péremptoire, et Kitty celle qui lui avait jeté sa poupée à la tête quand il avait répondu qu'il n'en avait pas.

— A-t-elle beaucoup changé ?

— Écoute, elle avait cinq ans à l'époque. Réfléchis !

— Non, ce que je veux dire, c'est… Tu m'as dit qu'elle a vécu à Bethnal Green. Est-ce que cela se voit ?

— Tu imagines que le contraire serait possible ?

— Elle a quand même reçu des principes d'éducation solides jusqu'à ses six ans. Elle ne peut quand même pas ressembler à « ces gens-là » ?

Simon se retrouva sans voix, pas tant à cause de l'absurdité du raisonnement qu'en raison de la révélation qui s'imposait à lui. Harcourt avait grandi dans un environnement privilégié, néanmoins les voyages lui avaient ouvert l'esprit. Si même lui supposait que les nobles origines de Nell lui avaient permis de traverser une enfance sordide sans en être affectée, on pouvait s'attendre à la même exigence de la part leurs pairs.

Or les cours ne se passaient pas très bien. Bien sûr, Nell avait changé d'attitude envers ses professeurs. Elle faisait des efforts louables, mais le résultat était plutôt… embarrassant. C'est qu'il y avait du chemin entre Bethnal Green et Mayfair.

De guerre lasse, Simon avait tenté de se rassurer en se disant qu'elle avait juste besoin d'éviter les pires gaffes, afin de n'offenser personne, et surtout pas ceux qui jugeraient si elle était digne d'être lady Cornelia.

Aujourd'hui, les questions de Harcourt l'obligeaient à reconsidérer la question. Il se rendait compte que récupérer son héritage ne lui garantirait pas d'être acceptée dans les milieux huppés que fréquentait Kitty Aubyn.

Comment Nell pourrait-elle trouver sa place dans cet environnement ?

« Elle ne peut quand même pas ressembler à ces gens-là ! », s'était récrié Harcourt d'un ton incrédule.

Bien sûr que si, imbécile.

Simon s'efforça de dissiper le malaise qui l'envahissait. Voyons, une fortune si colossale aplanirait la plupart des difficultés. Les membres de la haute société risquaient de lui battre froid ? De toute façon, Nell ne s'intéressait pas à ces gens. Elle savait depuis belle lurette que l'opinion de certains ne valait pas cher.

Son silence prolongé finit par énerver Harcourt :

— Bon sang, Simon, tu sais bien ce que je veux dire ! Enfin… Bethnal Green ! C'est le quartier le plus mal famé de Londres !

— Pas du tout, je crois que cet honneur revient à Whitechapel.

Le serveur fit son apparition, toussota discrètement pour attirer leur attention. Simon régla la note, sans écouter les protestations de son ami qui cherchait son portefeuille dans les poches de sa veste.

— C'est moi qui étais censé t'inviter !

— Tranquillise-toi. Ma fiancée tirée du ruisseau va bientôt me sortir de l'ornière.

Comme il posait un billet sur la table, Harcourt le regarda droit dans les yeux et, d'un ton grave, demanda :

— Alors… tu vas le faire ? Vraiment ?

Oh, bonté divine.

— Je te promets Harcourt, je ne te présenterai pas lady Cornelia avant d'être absolument certain qu'elle ne véhicule aucune maladie contagieuse.

— Non mon vieux, ce n'est pas du tout ce que je…

— À d'autres !

Simon secoua la tête, se tança intérieurement. C'était idiot de prendre la mouche comme ça. Harcourt parlait de Nell Aubyn comme d'un ultime recours, parce que c'était précisément ce qu'elle était.

— Pardonne-moi. Je suis un peu à cran, reconnut-il.

— Puis-je te demander pourquoi ? fit Harcourt après une courte hésitation.

— J'ai eu quelques contrariétés mineures. Rien de grave, assura Simon en ramassant la lettre de Grimston pour la glisser dans sa poche.

✳✳

L'escalier s'étendait devant Nell, promesse d'une longue et sinueuse descente vers le grand hall et son damier de dalles.

— Grâce et dignité, lui rappela Mme Hemple qui l'attendait au bas des marches, à côté de Saint-Maur, et dont le corsage décolleté révélait deux surprises extraordinairement généreuses.

Ce monde était décidément étrange, où l'on jugeait inconvenant d'apercevoir les chevilles d'une jeune fille, mais où une sexagénaire pouvait parfaitement dévoiler ses appas en société.

— Nous attendons, dit sèchement Saint-Maur. Le suspense est insoutenable.

Nell réprima un sourire. Elle aurait parié qu'il crevait d'ennui. C'était la cinquième fois qu'elle descendait ainsi l'escalier sous son regard las et, cette fois, elle était bien décidée à le faire sans trébucher. Le dîner avait été annoncé et son estomac grondait de faim.

Les épaules bien droites, elle posa sa main gantée sur la rampe. Ses cheveux réunis en un lourd chignon lui tiraient la tête en arrière, l'aidant à garder la tête haute, le menton pointé dans le bon angle. De sa main libre, elle retroussa discrètement ses jupes de soie d'or. Les baleines de son corset la maintenaient impitoyablement, et ses manches ajustées donnaient à ses bras la courbure idoine.

Elle descendit.

Comme elle atteignait le premier palier, Hemple pépia :

— Attention à bien prendre le tournant. Soyez légère ! Soyez mutine !

— Ce sera déjà beau si elle ne se rompt pas le cou, marmonna Saint-Maur.

— Elle doit absolument réussir, insista Mme Hemple. M. Delsarte juge le test de l'escalier excellent pour corriger le maintien.

Tous les jours, Mme Hemple avait fait répéter à Nell des exercices sortis du livre *Attitudes et Expressions*, publié par un certain Delsarte. Elles avaient ainsi étudié diverses positions, de la « flexion sinueuse » au « cassé de poignet », en passant par les variations du « mouvement de tête ».

C'était la première fois de sa vie que Nell trouvait si compliqué de descendre un escalier.

Elle négocia le virage avec aisance, puis poursuivit la descente, le pied léger et sûr, avant d'atteindre finalement le hall. Elle commençait enfin à prendre de l'assurance et à ne plus être gênée par les mètres de soie qui l'environnaient.

Comme une dame n'était pas censée avoir l'air contente d'elle-même, elle adressa son sourire à Saint-Maur. Il était normal qu'il attire le regard des filles : dans sa veste noire cintrée qui s'ouvrait sur une cravate blanche bien amidonnée, il avait beaucoup de prestance.

Il lui rendit son sourire. Mme Hemple se rembrunit.

— Un peu de tenue, milady. Ne souriez pas. Ne soyez pas trop sûre de vous.

Cette fois, Nell ignora la consigne. À en juger par l'expression de Saint-Maur, elle se débrouillait plutôt bien. Son sourire s'estompait, mais il ne la quittait pas des yeux. Elle savait que cette toilette étincelante lui allait à ravir. Pourquoi se serait-elle empêchée de sourire ? Elle avait superbement descendu l'escalier, cet homme splendide la mangeait du regard, et le dîner qui les attendait serait délicieux, comme toujours.

— Ouf, le cou est intact ! dit Saint-Maur en lui tendant son bras. Bravo, ma chère. Allons dîner.

Mme Hemple toussota :

— Votre Seigneurie, vous avez convenu que cet entraînement était bénéfique à lady Cornelia. Je vous en prie, ne faites pas fi des formalités d'usage. Vous auriez dû parler du plaisir que vous procurait sa compagnie et solliciter la permission de l'escorter à table. Auquel cas elle aurait signifié son accord verbal, avant d'accepter votre bras. C'est ainsi qu'il faut procéder, vous le savez bien.

— Oui, je sais, soupira Saint-Maur.

Il recula d'un pas, s'inclina légèrement devant elle.

— Milady, me ferez-vous l'honneur et le plaisir de vous accompagner dans la salle à manger ?

Il ne faisait que suivre le scénario établi, pourtant sa voix veloutée lui donna le frisson. Son sourire l'envoûtait. Et cette façon qu'il avait de prononcer le mot « plaisir », comme une promesse, une caresse...

— Milady ? fit Mme Hemple.

Arrachée à sa rêverie, Nell tressaillit.

— Mais bien sûr, très volontiers Votre Seigneurie, acquiesça-t-elle avant de poser gracieusement sa main sur le bras de Saint-Maur.

***

La table ressemblait à une serre miniature avec tous ces vases débordants de fleurs et de fougères. Nell avait du mal à atteindre son verre de vin. De petites lampes surmontées d'abat-jour pastel, disposées à intervalles réguliers, jetaient sur la nappe de doux halos rosés. Ce dîner était également une répétition, destinée à la préparer à ses débuts dans le grand monde. Nell n'en avait pas vu l'utilité, jusqu'au moment où elle avait découvert la table d'apparat : il n'y avait pas moins de sept couverts en argent de chaque côté des assiettes !

— Vous n'avez pas touché à vos huîtres, remarqua Saint-Maur.

Il présidait le repas en bout de table, Nell à sa droite, Mme Hemple à sa gauche.

— Elles sont crues. Ce n'est pas bon.

Tout le monde savait qu'il était bien meilleur – et moins risqué – de frire les huîtres pour les rendre croustillantes, se confortait-elle.

— Votre remarque est du dernier vulgaire, entonna Mme Hemple. Vous n'avez pas à critiquer le choix de menu de votre hôte. À présent, goûtez une huître. Puisque vous avez accepté d'être servie, vous devez prendre au moins trois bouchées du plat. Sinon, vous auriez l'air de remettre en cause sa qualité.

Nell baissa les yeux sur les petits tas irisés et glaireux. Elle n'avait pas envie de passer la nuit à vomir dans son pot de chambre. Pour se donner du courage, elle but une gorgée de vin blanc, puis une seconde… et remercia le ciel en silence lorsque le valet vint débarrasser son assiette.

— Sauvée ! chuchota Saint-Maur, trop bas pour que la rombière puisse l'entendre.

Cette dernière claqua silencieusement dans ses mains :

— Bien, faisons la conversation. Sa Seigneurie et moi-même allons vous montrer la teneur d'une discussion appropriée entre deux personnes bien élevées.

Elle s'éclaircit la voix, se tourna vers le comte :

— Aimez-vous le théâtre, milord ?

Saint-Maur prit le temps de lancer un clin d'œil à Nell avant de pivoter vers Mme Hemple :

— Certes, je m'y rends très régulièrement. Et vous, Mme Hemple ?

207

— C'est un divertissement que je prise beaucoup, répondit-elle en battant des cils comme une jeune fille. Et il se trouve que j'ai récemment eu le plaisir d'assister à la nouvelle pièce de M. Pinero. Peut-être l'avez-vous vue ? Elle s'intitule *Lavande bleue*.

— En effet. Une œuvre très spirituelle. Qui pourrait oublier une repartie telle que : « Là où il y a du thé, il y a de l'espoir » ?

Mme Hemple avisa Nell :

— Vous avez compris comment l'on procède ?

Nell se mordit les deux lèvres, avant de répondre :

— Oui. C'est passionnant. Je vibre.

Saint-Maur se mit à rire.

— Attention à ne pas paraître impertinente, réagit vivement Mme Hemple. Et je vous en prie, prenez garde à votre diction ! Maintenant, à votre tour de converser avec Sa Seigneurie.

Docile, Nell se tourna vers Saint-Maur. Renversé contre son dossier, il la considérait avec un petit sourire aux lèvres.

— Aimez-vous le théâtre, milord ?

— Non, non, pas le théâtre ! l'interrompit Mme Hemple. Vous devez à tout prix éviter les sujets qui trahiraient votre... manque d'expérience. Tant que vous n'aurez pas assisté à une pièce, gardez-vous d'aborder la question. Parlez du temps qu'il fait. C'est toujours un choix avisé. Ou bien... voyons...

— De la littérature, proposa Saint-Maur. Lady Cornelia est intarissable sur Shakespeare.

— Hum. C'est un sujet que je ne saurais recommander, milord. À notre époque, on publie de telles sottises.

— Bon, le temps alors, grinça Nell. Il fait vraiment un temps charmant aujourd'hui milord, ne trouvez-vous pas ?

— Il pleut, objecta Mme Hemple.

Nell commença à se froisser.

— Et si j'aime la pluie, moi ?

L'arrivée d'un valet lui épargna la réponse de Mme Hemple. Le domestique vint servir le consommé aux champignons qui sentait divinement bon. Il se montra hélas si parcimonieux que pour un peu on aurait aperçu le fond de l'assiette à travers le liquide onctueux.

Nell ouvrait déjà la bouche pour réclamer une portion plus conséquente lorsqu'elle surprit le froncement de sourcils de Saint-Maur. Elle s'abstint.

Une fois le potage servi, un autre valet vint apporter des petits verres de xérès. Lorsqu'il se fut retiré à son tour, Mme Hemple déclara :

— On ne demande pas à être resservi, surtout quand il s'agit de potage. Ce serait très vulgaire d'en manger une pleine assiette.

Après la première cuillerée, Nell décida que c'était là la règle la plus stupide qu'elle ait jamais entendue. Le consommé, subtil et épicé, était un délice.

— Mais, puisque ce dîner est seulement une répétition… pour une fois, nous pourrions peut-être… déroger à la règle ? suggéra-t-elle.

— C'est hors de question.

Nell tourna les yeux vers Saint-Maur. Celui-ci eut un petit haussement d'épaules et se garda de contredire Mme Hemple. Il était plus malin qu'elle, songea Nell. Devant une soupe aussi bonne, il ne perdait pas son temps à parler.

Elle avala une deuxième cuillerée.

— Milady, on ne met pas sa cuillère dans sa bouche ! On utilise le côté, jamais l'extrémité !

— La cuillère remplit sa fonction quel que soit le bout qu'on utilise, non ? rétorqua Nell avec une irritation qu'elle avait de plus en plus de mal à contenir.

Toutes ces règles idiotes commençaient à l'agacer.

— Entraînez-vous, murmura Saint-Maur. Et soyez patiente. Mme Hemple a raison. Dieu sait pourquoi il faut se servir de sa cuillère de cette façon, mais c'est la bonne.

Nell, pour sa part, avait une technique bien plus efficace pour boire sa soupe à Bethnal Green : elle portait le bol à ses lèvres. Cela avait en plus le mérite de réchauffer les mains.

Mais le regard de Saint-Maur lui rappela leur marché et sa détermination à réussir les épreuves imposées. Ravalant un soupir, elle s'efforça de finir sa maigre portion de consommé avec classe et distinction.

Ceci fait, elle but une longue gorgée de xérès.

— Il ne faut pas boire votre xérès avant qu'on ait débarrassé le consommé ! s'exclama Mme Hemple.

Nell reposa pesamment son verre sur la table.

— Et pourquoi nous a-t-on apporté du vin si ce n'est pas pour le boire ?

— Ces règles de bienséance n'ont pas de logique en soi, s'interposa Saint-Maur. Si c'était le cas, n'importe qui pourrait les appliquer. Et alors comment pourrions-nous différencier ceux que nous devons inviter à nos réceptions de ceux que nous devons snober ?

Le ton ironique amadoua Nell. Elle se carra contre son dossier, l'œil fixé sur la porte.

Saint-Maur se pencha vers elle :

— La prochaine fois que nous parlerons du temps, je vous promets d'évoquer les tempêtes et les orages. Vous voyez que je vous aime bien !

Elle eut un mince sourire.

— Votre Seigneurie ! s'indigna Mme Hemple d'un ton consterné, au moment où la porte s'ouvrait sur les deux valets qui venaient débarrasser.

Nell saisit aussitôt son verre.

— Juste une petite gorgée, milady. N'oubliez pas qu'on vous apporte un verre à chaque nouveau plat. Il ne faudrait pas être éméchée.

Seigneur, ce serait pourtant la meilleure façon de passer cet interminable repas, se désola Nell.

Elle but une grosse – très grosse – gorgée, puis se résigna à abandonner son verre.

Le plat suivant arriva. Du poisson. Voyant Nell se munir de son couteau pour ôter l'arête centrale, Mme Hemple la reprit une fois de plus :

— La fourchette, milady. Quand vous hésitez – et chaque fois que c'est possible –, choisissez toujours la fourchette. La cuillère est un instrument vulgaire, le couteau encore plus.

Soit, mais alors que faisait ce maudit couteau sur la table ?

Nell saisit sa fourchette et entreprit d'enlever les minuscules arêtes. L'une d'elles se trouva malencontreusement propulsée de l'autre côté de la table. Ni Saint-Maur ni Mme Hemple ne parurent le remarquer, bien que Nell ait cru voir frémir la bouche du comte.

Vint ensuite le plat de viande. La vue des tranches blondes et croustillantes, nappées de sauce au beurre, rendit à Nell sa bonne humeur. Nom d'un chien, elle ferait et dirait tout ce qu'on voudrait si elle pouvait manger comme ça tous les soirs ! Les cuillères étaient vulgaires ? Soit, elle n'en toucherait plus jamais une, du moment qu'on lui servait ces drôles de choses. Comment Mme Hemple appelait-elle ça, déjà ?... Ah oui, du « ridevo ».

Son assiette nettoyée, Nell reporta son intérêt sur l'accompagnement, des légumes, quand Mme Hemple intervint de nouveau :

— Non, milady, ce sont des asperges.

— Euh... oui, je vois.

Et Nell avait bien l'intention de les manger jusqu'à la dernière. Elles étaient si appétissantes, bien blanches et fumantes, sous la sauce crémeuse au citron. Non, rien ne retournerait en cuisine.

— On ne mange que l'extrémité violette, pas le pied, prévint Mme Hemple.

— Hein ? Mais c'est... stupide !

— C'est ainsi. Et on ne fait pas...

— ... de bruit avec ses couverts, oui je sais, soupira Nell. Une vraie demoiselle doit rester aussi silencieuse qu'une souris.

Mme Hemple hocha la tête, visiblement satisfaite.

Le repas se poursuivit ainsi durant une bonne demi-heure. On ne tartinait pas de beurre sur son pain. On n'utilisait pas sa cuillère, sauf quand il ne fallait pas se servir de la fourchette. Comme par exemple avec la pâtisserie. Car sinon comment déguster le coulis de groseille ?

— Ne mangez pas de fromage. Seulement un fruit, recommanda Mme Hemple.

— Avec la fourchette ? La cuillère ?

— Mon Dieu non ! Utilisez vos doigts. Vraiment milady, vous n'avez pas lu les manuels que je vous ai fournis ? Non, non... pas comme ça ! Vous ne devez pas prendre la grappe de raisin à pleine main, mais la tenir... oui, comme ça, très bien. Et laissez tomber les pépins dans votre poing fermé, pour les déposer discrètement ensuite dans votre assiette.

À la fin du repas, il n'était pas question de plier sa serviette.

— Laissez-la simplement à côté de votre assiette. Et maintenant nous allons nous retirer pour laisser Sa Seigneurie déguster son porto et fumer un cigare. Pendant ce temps, nous prendrons le café au salon en bavardant agréablement.

Nell, qui venait de laisser tomber sa serviette et se levait déjà, pila net. Non, non, *non* ! Elle s'était contentée d'un décilitre de soupe. Avait renoncé aux pieds d'asperge. Aux fromages affinés à souhait. Elle avait réussi à manger les petits pois sans les pousser de la lame de son couteau. Et elle avait bravement résisté à l'envie de boire les dernières gouttes de coulis de groseille à même l'assiette. Mais si l'on exigeait d'elle une minute de plus de ce...

— Je crois que cela suffit, intervint Saint-Maur. Merci, madame Hemple. Nous n'aurons plus besoin de vos services pour ce soir.

Il s'était également levé et vint prendre Nell par le bras. Submergée de gratitude, elle chuchota :

— Merci. Oh merci !

— Croyez-le ou non, vous vous êtes très bien débrouillée.

— Hum. Et les poules ont des dents ! Mais ce n'est pas grave. Tant que votre cuisinier continuera à faire du « ridevo », je serai heureuse de m'entraîner à devenir la reine du monde !

— Je suis enchanté de l'apprendre. Et je crois que votre zèle mérite une récompense.

— Vraiment ? fit-elle, intéressée. Du moment qu'il ne s'agit pas d'un autre traité d'étiquette…

— C'est à vous de me dire ce qui vous ferait plaisir. Comment souhaitez-vous terminer la soirée, ma chère ?

**
*

La boule blanche percuta la rouge et l'envoya droit dans le trou.

Nell se redressa avec un sourire satisfait, un cigare éteint coincé entre les dents. Elle posa sa queue de billard sur la table et se saisit du verre de whisky posé au bord.

— Alors, que dites-vous de cela, mon petit bonhomme ? dit-elle en prenant son cigare pour le pointer sur Saint-Maur.

— Je tremble.

— Vous faites bien.

Elle lui fit un clin d'œil, puis vida son verre d'un coup de poignet sec et viril qui n'avait rien de raffiné.

Le regard de Simon s'égara de la ligne de son cou au décolleté de sa robe de soie d'or. Les mouvements fluides de ses minces bras nus le fascinaient. Il regrettait que les longs gants blancs cachent l'attache délicate du poignet. Les collégiens sans imagination pouvaient bien fantasmer sur des orgies de nonnes, mais les autres rêvaient d'une femme comme elle, douée de la grâce animale d'une bohémienne, toujours surprenante, sûre d'elle, et assez rouée pour faire tomber tous ses admirateurs à ses pieds.

En général, les écoliers grandissaient et se rendaient compte que de telles femmes n'existaient que dans leurs songes.

Lui venait d'en trouver une dans sa salle de billard.

Elle déglutit bruyamment son whisky, puis fit claquer ses lèvres avant de reposer le verre. C'est lui qui l'avait invitée à ne pas se soucier du protocole ce soir et, au cours de la demi-heure qui venait de s'écouler, on pouvait dire qu'elle l'avait bien pris au mot.

Il saisit la queue de billard appuyée contre le mur, entreprit de griffer l'extrémité à l'aide d'un papier de verre.

— Nous sommes ex aequo, dit-elle avec entrain.

— Pas pour longtemps. Profitez-en tant que cela dure.

— Oh, ça ne durera pas. Je sens que vous allez rater le prochain coup.

Il ricana.

— Chère et folle prétentieuse, vous jouez contre le gagnant des compétitions Oxford-Cambridge 1875-1876. On m'a porté en triomphe.

Elle leva son verre :

— Je porte un toast à votre prochaine défaite. Et je compatis, car elle sera plus amère que votre whisky.

Riant, il échangea son papier de verre contre un morceau de craie bleue. Sous la soie et les rubans, cette fille était une vraie tigresse.

— Vous allez payer pour ces railleries, prévint-il.

— Elles sont bien insignifiantes comparées à votre arrogance, mon beau monsieur !

— Ah, vous me trouvez beau ? Il était temps de l'admettre.

Elle rougit, sans daigner baisser les yeux. S'étant débarrassée de son verre et de son cigare, elle revint vers le bout de la table. Il s'aperçut alors avec stupeur qu'elle avait retiré ses chaussures ! Ses pieds gainés de soie et ses fines chevilles apparaissaient sous l'ourlet de la robe qu'elle retroussait pour se déplacer plus aisément.

Un frais parfum de lilas l'enveloppa et lui tourna la tête lorsqu'elle parvint à sa hauteur. Elle se pencha pour déposer la boule rouge sur le feutre vert, et sa poitrine lui frôla le bras.

— Vous allez perdre, ronronna-t-elle en lui coulant un regard mutin. Dans la salle à manger, c'est vous le roi des bonnes manières, mais à cette table-là, c'est moi qui préside !

Il soutint son regard provocant. Elle n'était pas la seule à se sentir d'humeur espiègle et à vouloir mal se conduire.

— Alors, nous devrions peut-être intéresser la partie ? proposa-t-il.

11

Nell ne parut pas impressionnée par l'idée d'un pari. Haussant le sourcil, elle rétorqua :

— Bien sûr. Sauf que j'aurais un peu honte d'abuser d'un tocard comme vous.

— Chérie, vous avez le droit d'abuser de moi autant que vous voulez ! répliqua-t-il dans un rire.

Elle battit des cils, ce qui dissimula ses pensées l'espace d'un instant.

— Rappelez-vous ces paroles, Saint-Maur.

— Simon, corrigea-t-il. Si vous voulez être impudente, soyez-le jusqu'au bout.

— D'accord. Simon. À vous de jouer, dit-elle en désignant la table du menton.

— Impatiente ? Ou peut-être nerveuse. Bon, très bien. Nous étions convenus de jouer cent points et nous voici ex aequo. Ajoutons-en vingt de plus. Quels sont les enjeux ?

Elle le considéra longuement ; un sourire malicieux naissait sur ses lèvres.

— Tant de possibilités m'étourdissent. Voyons… Si je gagne, j'aurai le droit d'envoyer une de mes robes à une amie.

Cette déclaration calma les ardeurs de Simon. Ses intentions étaient beaucoup moins nobles, il fallait l'avouer.

— D'accord, mais ajoutez autre chose pour pimenter un peu les choses, pria-t-il.

— Bon, si vous êtes masochiste... j'aurai aussi le droit de dépenser vingt livres de votre poche chez un bouquiniste.

— Sapristi, c'est un pari de nonne ! Qui vous aurait cru si vertueuse ?

— Ne vous gênez surtout pas pour moi, Simon. Choisissez librement votre enjeu. De toute façon vous allez perdre. Alors cela ne fait aucune différence.

— Parfait. Dans ce cas je réclame cinq minutes de votre vertu.

Plissant les paupières, elle posa sa joue contre le bois de la queue de billard et demanda :

— Qu'est-ce que cela implique ?

— Puisque je vais perdre, cela n'a pas d'importance, pas vrai ? Je me déciderai pendant ces improbables cinq minutes.

— Que vous n'aurez pas.

— Si vous le dites.

Avec un sourire, il lui tourna le dos, s'inclina vers la table pour prendre position et viser la boule blanche. Il n'y eut pas de réponse. Apparemment, elle acceptait le défi. La première surprise passée, il se sentit plus que jamais résolu à gagner.

Il se pencha davantage. S'il réussissait à envoyer la rouge dans le trou en cueillant la blanche légèrement de côté...

— Comme c'est triste de voir quelqu'un s'y prendre aussi mal, fit la voix navrée dans son dos. J'espère que vous n'allez pas pleurer tout à l'heure, quand je serai gagnante. Je n'ai pas de mouchoir sur moi.

— Vous êtes très sûre de vous, hein ? Mme Hemple a pourtant dit que l'arrogance sied fort mal aux jeunes filles.

Néanmoins, il changea d'angle. Le coup était peut-être un peu ambitieux, en effet.

— Je n'ai jamais été très douée pour la modestie, ronronna-t-elle à son oreille.

Il tressaillit et sa main se crispa sur le bois. Son haleine lui chatouillait la tempe. Lentement, il tourna la tête. Elle ne recula pas d'un pouce. La vue de ses lèvres toutes proches, de ce sourire coquin, déclencha en lui une onde de chaleur qui lui électrisa le bas-ventre.

— Je vous distrais, peut-être ?

— Pas le moins du monde, prétendit-il.

Mais sa voix rauque le trahit. Elle éclata de rire et prévint :

— Attention, vous allez faire une faute !

Ravalant un juron, il rectifia la trajectoire.

— Et comment avez-vous cultivé ce talent pour le billard, s'il vous plaît ? Je ne pensais pas qu'il y en avait à Bethnal Green.

— Pas comme ça, reconnut-elle. Celui-ci est magnifique, en véritable ardoise et caoutchouc indien, n'est-ce pas ? Les nôtres ne sont pas si beaux, mais nous en avons quand même.

— Et vous vous êtes souvent entraînée ?

Il avait du mal à imaginer qu'on accepte si librement les jeunes filles dans les clubs de billard, même dans ces quartiers mal famés.

Elle se méprit sur le sens de la question :

— On ne fait pas que travailler, à Bethnal Green. Mes amis et moi, nous savons nous amuser. Il y a un billard au pub O'Malley, et on peut aussi jouer aux cartes. J'ai toujours adoré le poker. Bon, vous jouez ou vous préférez abandonner tout de suite ?

Riant, il se pencha de nouveau, visa avec soin.

Et la sentit s'incliner derechef vers son oreille.

— Vous espérez nous faire un Long Jenny ? Je ne sais pas si c'est à conseiller à un homme qui ne sait pas correctement se servir de sa queue.

Il releva vivement la tête. Son sourire malicieux indiquait qu'elle était parfaitement au courant du double sens de sa phrase. Les yeux pétillants, elle se redressa légèrement.

— Je sais très bien me servir de ma queue, merci, et je vous en ferai la démonstration avec joie. Maintenant, si vous voulez ? Ou préférez-vous attendre cinq minutes ?

— Ah, ah ! se gaussa-t-elle, sarcastique.

Son sourire lui montait au cerveau comme un vin capiteux.

Il secoua la tête pour se ressaisir, puis reprit la position. Sa boule alla ricocher contre celle de Nell et fonça droit dans le trou du haut.

— Cela fait trois points pour moi, annonça-t-il.

Il se tourna si vivement qu'elle n'eut pas le temps de s'écarter. Ils se retrouvèrent nez à nez et, à la soudaine dilatation de ses pupilles, il eut la preuve qu'elle non plus n'était pas immunisée contre le courant magnétique qui passait entre eux.

Finalement, elle ne ressemblait pas du tout à Kitty.

— Vous êtes faraud comme un coq, murmura-t-elle. Mais vous n'avez encore rien vu de mes talents.

— Je meurs d'impatience de vous voir à l'œuvre. J'ai terriblement envie de jouer avec vous, vous savez.

— Et vous jouez... avec beaucoup d'autres ? s'enquit-elle après une hésitation.

— Non, pas récemment.

— Ah. Comment cela se fait-il ?

— Cela ne m'intéresse plus.

Elle rougit, esquissa un sourire, puis secoua la tête en riant.

— C'est vrai qu'on ne s'ennuie pas avec vous, Simon Saint-Maur. Sauf quand vous parlez du temps qu'il fait !

Une euphorie étrange s'emparait de lui.

— Il vous plaira sans doute d'apprendre que je joue aussi au poker de temps à autre. Mais vous êtes la seule femme de ma connaissance à y jouer. Où avez-vous appris ?

Il la vit se rembrunir tout à coup et détourner la tête.

— Oh, c'est le dada de Michael. Mon beau-frère, précisa-t-elle avec un haussement d'épaules.

Elle s'était raidie. Son humeur légère semblait s'être envolée.

— C'est la première fois que vous me parlez de ce beau-frère, remarqua-t-il.

Un moment de silence passa. Puis elle répondit enfin :

— C'est parce qu'il ne me manque pas, contrairement à Hannah et à mes autres amies de l'usine.

— Mais vous viviez avec lui ?

— Est-ce que j'avais le choix ? riposta-t-elle d'un ton chargé d'amertume.

Il eut une intuition subite :

— C'est lui qui vous a frappée !

— On ne choisit pas sa famille, comme on dit.

Elle s'empara du morceau de craie et entreprit de frotter l'extrémité de son instrument, sous le regard attentif de Simon.

— Maintenant, vous savez que vous ne faites pas vraiment partie de la même famille, objecta-t-il. Même si votre prétendue mère a épousé son père.

Elle plissa les paupières. Elle était encore très chatouilleuse pour tout ce qui concernait Jane Whitby. Finalement, un peu détendue, elle déclara sur le ton de la conversation :

— Elle n'avait aucune idée de ce dans quoi elle s'engageait.

Elle venait de lui faire une confidence, ce qui était une marque de confiance. Heureux, Simon se surprit à sourire, ce qui ne se prêtait pas du tout à la conversation.

Il se ressaisit, reprit :

— Racontez-moi. Que s'est-il passé ensuite ?

— Jack Whitby n'était pas un mauvais bougre, mais il est mort au bout d'un an. Et nous avons récolté son fils, un bon à rien. Ainsi que le meublé. Ou plutôt le droit de le louer après sa mort. Sinon maman aurait eu du mal à en trouver un pour nous deux. Aucun propriétaire n'aime louer à une femme seule. Ce ne serait pas fiable.

— Parce que les femmes gagnent un salaire moindre ?

Elle fit une mimique ironique, pour dire qu'il venait d'énoncer une évidence. Après avoir posé la craie, elle prit le verre de Simon et, sans demander la permission, but une longue gorgée de whisky.

— Elles sont toujours les premières à être renvoyées quand les temps deviennent durs, poursuivit-elle. Ou bien si elles sont enceintes.

Tout cela allait de soi pour elle. Dans le monde rude où elle avait vécu, ces règles prévalaient. Mais lui ne connaissait rien à l'existence d'une ouvrière.

— Quand a-t-il commencé à vous frapper ?

Elle prit le temps de boire encore une longue lampée avant de soupirer :

— Il a toujours eu la tête près du bonnet, mais... ma mère s'interposait à chaque fois s'il menaçait de s'en prendre à moi. Plus jeune, il lui obéissait. Elle pouvait être intimidante quand elle voulait.

Il hocha la tête sans faire de commentaire. Une femme capable de kidnapper une petite fille de six ans en pleine nuit devait en effet s'y entendre pour terrifier son monde.

— Qu'est-ce qui a changé, alors ?

— Il est allé en prison.

Elle se pencha et, d'un coup précis, envoya la boule rouge claquer dans un trou. Simon retint une exclamation de surprise. Un coup de chance, certainement.

Elle reprit le fil de la conversation le plus normalement du monde :

— Cette émeute qui a eu lieu l'année dernière à Hyde Park… Michael y a participé. Il s'est fait arrêter par la police, et ensuite… il n'était plus le même.

L'accent de compassion dans sa voix l'étonna. Elle avait pitié d'un homme qui lui avait fait un œil au beurre noir.

— Je n'imaginais pas que vous aviez de l'affection pour ce type.

— Non, mais… c'est une misérable créature, vous avouerez.

L'image d'un malheureux cheval aux jambes brisées se forma dans l'esprit de Simon. Il savait comment régler ce genre de problèmes. D'un coup de pistolet entre les deux yeux.

Il se pencha, visa la boule blanche, frappa au jugé. Par le plus grand des hasards, la boule fila dans un trou.

Il se redressa :

— Vous n'avez plus à vous soucier de ce type, maintenant. Il ne vous approchera plus.

⁂

Entendre Simon parler de Michael lui donnait mal au ventre. Pourvu que ces deux-là ne se rencontrent jamais ! Michael haïrait tout chez le comte de Rushden : ses beaux habits, son rire facile, ses larges épaules et la grâce insolente de son corps musclé, bien entretenu.

Si l'arrogance de Saint-Maur était innée, chez Michael c'était la rage qui l'était. Entre eux, le sang coulerait fatalement.

Elle refoula cette funeste prémonition pour se pencher à son tour sur la table.

Il ne lui fallut qu'une seconde pour repérer sa cible et l'envoyer droit dans le trou.

Cette fois, le seigneur du château ne put retenir un grognement de dépit. S'était-il vraiment imaginé qu'il pourrait gagner ? Cette pensée l'amusa. Il ne pourrait pas se plaindre de ne pas avoir été prévenu !

Elle se redressa. Toute cette discussion sur la famille avait réveillé en elle une idée qui la turlupinait depuis des jours.

— J'aimerais rencontrer ma sœur.

— Ah.

Un court silence suivit.

— Je suis passé chez elle cet après-midi, mais elle n'était pas là. J'ai laissé un message.

— Elle sait que je vis chez vous, maintenant ?

— Je suppose, oui.

— Vous croyez... qu'elle refuse de me voir ?

— Quand elle vous aura rencontrée, elle sera sans doute moins crispée.

Nell n'arrivait pas à croire que Katherine n'éprouve pas un semblant de curiosité.

— Peut-être qu'elle n'a pas lu votre message ? À qui l'avez-vous confié ? Cette personne a peut-être oublié de le lui transmettre. Ou bien elle l'aurait caché, pour... pour la protéger du choc, vous comprenez ? Si son tuteur pense que je suis une usurpatrice...

— Il a peut-être l'habitude d'intercepter les messages. Cela ne m'étonnerait pas. Vous avez tenté de joindre votre père par courrier, n'est-ce pas ? Et vous n'avez pas eu de réponse ?

Nell lâcha la queue de billard dont le manche en bois rebondit sur le parquet, avant qu'elle ne rattrape l'instrument au vol.

— C'est lui qui gérait la correspondance du comte ? Ce Grimston... le tuteur ?

Comme il acquiesçait d'un hochement de tête, elle répéta le nom à mi-voix :

— Grimston...

Ce nom avait le goût malsain du lait tourné.

— Maintenant je sais pour qui j'aurais dû garder mes balles, dit-elle encore d'un ton durci. C'est une crapule celui-ci, hein ?

— Il aime l'argent. Et votre sœur en a. Je pense qu'il projette de l'épouser en secret, mais il préférerait qu'elle soit seule héritière de la fortune Rushden. J'ignore si elle est au courant de ses intentions la concernant.

— Quelqu'un devrait la mettre en garde.

— Elle n'est pas du genre à écouter les conseils.

— Moi, je pourrais le lui dire.

Il eut un sourire empreint de cynisme :

— Je vous en prie, ne vous gênez pas. Mais n'oubliez pas que la famille déçoit souvent. Vous avez grandi dans un monde très différent du sien et… Katherine Aubyn est la bonne fille de son père.

— Il était… si mauvais que ça ?

— Pas avec elle.

— Avec vous ?

— Bah. C'est du passé tout cela. Nous n'allons pas ressasser ces vieilles histoires par une nuit comme celle-ci.

— Si vous ne souhaitez pas en parler, c'est votre droit. Mais j'avoue que je suis curieuse. Vous comprenez, j'ai grandi dans l'idée que mon père était un fermier du Leicestershire… Enfin, vous n'êtes sans doute pas le mieux placé pour me parler du comte.

Machinalement, elle fit courir ses doigts sur le feutre vert. Simon posa sa queue de billard en travers de la table.

— Certes, j'aurais du mal à l'évoquer de manière mesurée, admit-il.

Il les resservit en whisky. Côte à côte, adossés à la table, ils contemplaient le feu dans l'âtre et savouraient l'alcool qui leur brûlait le gosier.

Les parfums boisés du feu, du cuir huilé et du whisky se mêlaient. Le silence qui les enveloppait était confortable. Elle avait presque oublié son accès de curiosité quand Simon reprit tout à coup :

— C'était un érudit. Qui appréciait de mener grand train et n'aurait jamais contrevenu aux traditions.

C'était vraiment un homme. Courageux. Ayant le sens de l'honneur. Il aurait fait un excellent soldat. Au grade de général, pas moins, car il était fait pour donner des ordres, pas les recevoir. Mais nul doute qu'il aurait marché vers l'ennemi en première ligne, sans peur des balles. Vous avez hérité de sa bravoure. Rien ne vous fait peur, j'ai l'impression.

Le compliment la prit par surprise et un sourire idiot naquit sur ses lèvres. Pour le dissimuler, elle tourna vivement la tête vers l'un des deux grands chiens de cuivre qui gardaient l'âtre.

— Votre courage et votre détermination sont différents, nuança-t-il à mi-voix. Les siens étaient… inflexibles. Rushden ne supportait pas qu'on pense autrement que lui. Cela l'exaspérait.

Elle lui jeta un coup d'œil à la dérobée. Il ne pouvait s'empêcher de critiquer son vieil ennemi, néanmoins il procédait par petites touches, pour ne pas la blesser. Par gentillesse, réalisa-t-elle soudain.

En fait, elle n'avait jamais rencontré un homme si attentionné. Elle ne savait même pas que cela existait.

Elle porta le verre à ses lèvres, sans faire mine de boire.

Elle commençait vraiment à apprécier cet homme.

Apprécier quelqu'un, ça ne voulait pas dire grand-chose, mais si on couplait cette notion avec tous les sentiments que Simon Saint-Maur éveillait en elle – de l'intérêt, de l'admiration, de l'attirance –, le tout finissait par constituer une émotion brûlante qui grandissait, l'emplissant d'une attente insupportable.

— Continuez, pria-t-elle.

— Il donnait l'impression d'être obsédé par la lâcheté, comme s'il redoutait qu'on puisse déceler en lui la moindre faiblesse. J'ignore pourquoi, mais… oui, on peut dire qu'il a lui-même fait de sa vie un enfer. Il traquait cette faiblesse, la voyait partout, dans les endroits les plus incongrus, les inclinations les plus inoffensives chez autrui, comme l'esthétisme, ou l'amour de l'art.

Elle indiqua d'un hochement de tête qu'elle comprenait.

— Je vous entends souvent jouer du piano.

À côté de la salle de bal se trouvait un petit salon de musique où étaient entreposés divers instruments dont un piano noir laqué au centre. Durant ses leçons avec M. Palmier et Mme Hemple, Nell entendait les notes assourdies s'égrener sous les doigts du maître de maison.

— Votre mère a été mon premier professeur. Elle avait beaucoup de talent.

— Vraiment ? En tout cas, vous jouez très bien vous aussi.

— Merci.

— Non, en fait… vous jouez merveilleusement, corrigea-t-elle en rougissant légèrement.

Puis, le voyant sourire, elle ajouta dans un petit rire confus :

— Je le pense vraiment !

Elle hésita. Elle ne voulait pas qu'il pense qu'elle l'espionnait, mais…

— Il y a quelques jours, juste après l'heure du dîner, je vous ai entendu jouer une mélodie tellement triste… que j'ai failli pleurer. Il y avait des notes très basses et très hautes… comme un cœur brisé qui aurait tangué sur les vagues du chagrin…

Elle pensait à sa mère ce soir-là, et elle avait eu l'impression que la musique touchait le tréfonds de son âme.

À peine eut-elle prononcé ces mots qu'elle sentit ses joues s'enflammer. « Un cœur brisé qui aurait tangué sur les vagues du chagrin. » Quelle image niaise !

Pourtant, il ne se moqua pas d'elle. Il garda le silence, si longtemps qu'elle crut que le sujet était clos. Leurs regards se nouèrent et, inexplicablement, elle ne put détourner le sien.

— Vous l'avez très bien décrit, dit-il enfin. J'avais le cœur brisé quand j'ai composé ce morceau.

Cette franchise imprévue la paralysa. Elle le dévisagea. C'est lui qui avait composé cette musique ? Dans la foulée, elle devina les raisons de son chagrin d'alors.

— À cause de cette femme dont vous m'avez parlé et que vous aimiez ?

Il retrouva son sourire facile et charmeur, en totale contradiction avec sa réponse :

— Oui. Elle était la fille d'un compositeur chez qui j'étais parti étudier en Italie. Rushden, furieux de ce qu'il considérait comme une lubie imbécile, m'avait coupé les vivres. Je pensais qu'il s'était définitivement lavé les mains de ma personne, mais j'ai vite compris mon erreur. Après l'annonce de nos fiançailles, il – ou plutôt Grimston, son mercenaire – a fait une proposition à ma fiancée italienne, lui offrant une somme rondelette pour rompre notre engagement. Ce qu'elle fit.

— Oh !

Il haussa les épaules :

— J'étais très jeune, vingt et un ans. L'âge du mélodrame. Cette étude n'a rien de remarquable, mais elle est flamboyante et mélancolique à souhait, je vous l'accorde. J'envisageais justement de…

Il s'interrompit, laissa passer quelques secondes, puis conclut avec un sourire :

— Je suis désolé si je vous ai fait pleurer.

Nell était consternée.

— C'est… terrible ! Maintenant je comprends pourquoi vous le détestez.

— Il s'est toujours ingéré dans la vie des autres. Et sans doute était-il persuadé d'être dans son bon droit. Après tout, il n'était pas n'importe qui…

Disait-il cela pour la ménager ?

— Un titre n'est rien d'autre qu'un nom ronflant. Cela ne devrait pas prévaloir sur l'amour.

— Seriez-vous idéaliste ?

Quelle drôle de question entre deux calculateurs qui s'apprêtaient à contracter un mariage d'intérêt pour mettre le grappin sur une fortune.

Nell aurait pu lui rire au nez s'il ne l'avait dévisagée avec un tel sérieux, comme s'il était suspendu à ses lèvres et que sa réponse présentait un caractère vital.

Du coup elle prit son temps avant de répondre :

— Cela dépend de ce que l'on met sous ce mot. On m'a toujours reproché de vouloir l'impossible.

Par exemple des fenêtres dans l'atelier de l'usine. Du respect de la part de la contremaîtresse et des hommes. Une maison à elle. Une sécurité. Un endroit où elle se sentirait bien. Quelqu'un à aimer. Quelqu'un qui l'aimerait, *elle*.

— Nell, si nous réussissons, plus rien ne sera impossible.

Saisie par une soudaine révélation, elle le regarda sans répondre. Involontairement, il venait de lui faire comprendre que ce qu'elle désirait le plus au monde ne s'achetait pas.

Une ombre passa sur le visage de Simon :

— Quoi ? Qu'y a-t-il ?

Elle hocha la tête, se détourna. Lorsqu'elle sentit sa main se poser sur son bras, elle ferma les yeux, déchirée entre deux réflexes : se dégager et se raccrocher à lui.

Elle avait cru ne rien risquer tant qu'ils demeuraient hors d'une chambre, mais cette complicité nouvelle était tout aussi dangereuse, voire plus encore.

En vérité, elle n'avait que faire du luxe et de la facilité qu'il lui promettait. Ce qu'elle voulait vraiment de lui, il ne le lui proposait pas. Cela ne lui aurait pas effleuré l'esprit. Elle venait d'un monde trop différent.

Mon Dieu, comme c'était bête de sa part d'être soudain si jalouse d'une femme dont elle ignorait jusqu'au nom !

— Pensez-vous...

Elle se rattrapa au dernier moment. Elle avait failli demander : « Pensez-vous que vous pourriez tomber amoureux d'une fille comme moi ? »

Fallait-il être idiote pour poser une question dont elle était sûre de ne pas aimer la réponse.

Elle reposa son verre, sourit avec effort :

— Reprenons notre partie. Je suis capable de vous battre les yeux bandés ! Vous auriez dû m'imposer un handicap.

Armée de sa queue de billard, elle se pencha sur la table, frappa d'un geste précis, efficace. Encore dans le mille.

Cette fois le coup était magistral et lui assurait d'emblée la victoire.

Lorsqu'elle lui fit face, elle lut une immense stupeur sur ses traits. Lentement, il posa son propre verre.

— Bravo, dit-il, avant de se mettre à rire doucement : Seigneur, Nell ! Je n'ai jamais rien vu de tel !

— Je me défends, admit-elle avec une fausse modestie flagrante. On ne m'a jamais portée en triomphe, mais je peux vous garantir qu'on m'a payé quelques tournées !

— Je n'en doute pas. Cela m'apprendra à vous défier. Il n'est plus question que je parie avec vous.

— Et vous avez bien de la chance que j'aie si peu exigé : une robe et vingt livres. Dire que vous insistiez pour que je pimente les enjeux ! J'aurais pu vous demander n'importe quoi... cette maison par exemple !

Le sourire de Simon s'évanouit :

— Demandez. Elle est à vous, Nell.

Une vague d'excitation la souleva. Cette façon qu'il avait de la regarder...

Elle se racla la gorge pour cacher son trouble :

— Assez de paris comme ça. Je vous ai battu à plate couture. Vous en tirerez la leçon.

— Mais comme je suis un tricheur, ce que vous savez déjà, je vais quand même réclamer mes cinq minutes.

Il s'était approché d'un mouvement souple. Sans lui laisser le temps de protester, il lui confisqua la queue de billard et l'escamota habilement.

Nell resta une seconde tétanisée. Son corps réagit avant son esprit et un frémissement la secoua. Elle eut un élan vers lui, puis des émotions contraires s'emparèrent d'elle. « Non, non, non ! », criait sa raison. Après les pensées folles qu'elle venait d'avoir, ce serait folie que de s'abandonner dans ses bras. Le monde n'aurait pas été peuplé de bâtards si une femme pouvait gagner l'amour d'un homme en lui offrant son corps.

Mais... oh, il était si beau ! Son sourire était capable de charmer les anges du paradis.

— Nous... nous étions d'accord. Vous devez respecter votre parole, argua-t-elle d'une voix qui manquait de conviction. Vous ne pouvez pas...

Il posa un doigt sur ses lèvres et, comme par miracle, tout en elle sembla s'immobiliser : sa respiration, son cœur, son cerveau. L'instant d'après ses sens se réveillèrent pour se focaliser sur cette sensation délicieuse, là où sa peau touchait la sienne.

Piégée entre lui et la table de billard, elle ne pouvait lui échapper.

Il se pencha pour presser sa joue contre la sienne et lui chuchota à l'oreille :

— Qu'est-ce que je ne peux pas faire ?

La bouche sèche, elle ne sut que répondre, mais pensa : « Faites tout ce que vous voudrez ! »

L'index toujours collé à ses lèvres, il fit remonter son autre main jusqu'à sa nuque. Sa bouche tiède se posa à cet endroit sensible, juste sous son oreille gauche.

— Ça... c'est interdit ? chuchota-t-il encore.

Le frôlement de ses lèvres dans son cou la marquait comme au fer rouge. Ce n'était pas la peur qui la faisait trembler. Une vague de chaleur la submergeait et elle se sentait fondre comme de la cire exposée à la flamme d'une bougie.

« Faites tout ce que vous voudrez. »

Il s'écarta légèrement pour pouvoir plonger son regard dans le sien. Puis, avec un curieux sourire oblique, il accentua la pression de son index sur ses lèvres pour toucher sa langue.

Une émotion fulgurante foudroya Nell, éparpillant ses pensées en tous sens. Son goût sur ses papilles avait fait exploser en elle quelque chose de plus violent et désespéré encore que la faim. Envoûtée par la magie de son regard, elle ne bougeait plus, ne respirait plus.

Lentement, il enfonça son doigt jusqu'à la deuxième phalange, puis le retira. Ses dents raclèrent doucement sa peau. Puis il recommença, avec une douceur persuasive contre laquelle elle ne pouvait rien.

Les hommes faisaient donc des choses pareilles ?

Lui, en tout cas.

Comme il inclinait la tête, elle perçut la tiédeur de son haleine sur sa joue. Sa bouche lui frôla le menton, alors que le bout de son doigt était encore glissé entre ses lèvres. Il se mit à embrasser sa lèvre inférieure, la parcourut du bout de la langue. Nell se souvint qu'elle devait respirer, mais c'est un gémissement qui, à sa grande confusion, franchit sa gorge.

Alors, il lui prit la tête pour l'incliner à sa convenance, et sa bouche réclama entièrement la sienne, la captura, juste avant que sa langue la pénètre.

Quelque chose se cassa en elle. Net. C'était si simple. La solution à ce manque torturant s'imposait : lui. Elle l'agrippa par ses manches pour l'attirer plus près. Il se pressa contre elle et tout à coup elle sentit la fraîcheur de l'air sur sa peau tandis qu'il retroussait ses jupes, de plus en plus haut.

Son genou s'immisça entre ses jambes. Ses mains glissèrent sur le haut de ses cuisses et, l'instant d'après, il la soulevait pour l'asseoir sur la table de billard.

Sa bouche soudée à la sienne, elle referma par réflexe les jambes autour de ses hanches étroites, comme si elle cherchait un solide ancrage pour plaquer la partie la plus sensible de son corps contre l'endroit où il était le plus dur.

Son baiser implacable ne lui laissait aucune échappatoire. Elle n'en demandait pas. Cambrée sous la force de son assaut, elle le retenait à elle, tandis que les mouvements circulaires de son bassin menaçaient de la rendre folle. Sa main emprisonna son sein à travers le bustier de la robe. Du pouce, il agaça le téton. Un éclair de plaisir la transperça. Inconsciemment, elle se renversa en arrière et se retrouva presque étendue sur le tapis de feutre vert.

Dans sa vision périphérique, elle eut vaguement conscience qu'une queue de bois roulait sur le rebord de la table avant de tomber sur le tapis. Son cerveau se désintéressa de ce détail. Ses mains avaient glissé dans le dos de Simon. Ses doigts s'emmêlaient aux mèches soyeuses sur sa nuque. Il émit un léger grondement, plaqua plus vigoureusement ses hanches contre les siennes, lui arrachant une exclamation sourde.

Nell n'était plus maîtresse de ses réactions. Éperdue, elle s'arc-bouta sous lui lorsque sa main trouva sa cheville, puis remonta sur son mollet, son genou, et plus haut, jusqu'à trouver l'interstice entre sa culotte et la jarretière qui retenait son bas.

Il agrippa sa cuisse d'une main ferme et elle songea : « Plus fort ! » Être tenue, maintenue, écartelée, c'était si bon. Jamais elle n'aurait cru penser ça un jour.

Elle eut un gémissement de protestation comme il s'écartait, mais c'était juste pour glisser une main entre eux. En réaction, Nell tressaillit violemment. Son corps ne lui appartenait plus.

— Oui ! souffla-t-il d'une voix enrouée.

Sa bouche brûlante quitta son cou pour descendre sur sa gorge, tandis que ses mains semblaient être partout à la fois, la caressaient, s'emparaient d'elle, comme s'il modelait un bloc de terre glaise à sa convenance.

Elles cueillaient ses seins, empoignaient ses fesses, la plaquaient contre lui. Puis tout à coup elles s'attaquèrent à son corsage. Elle perçut un bruit de tissu déchiré.

Comme par magie un sein jaillit, libéré du corset.

Il pencha la tête pour happer un téton engorgé. Elle sentit sa langue... ses dents... Seigneur, il fallait être un démon pour savoir exactement quoi faire, comment la lécher, la titiller, pour réduire sa raison à néant et faire flamber son corps dans cette folie érotique !

La main de Simon descendit, s'égara entre ses cuisses. Nell ne put retenir un cri lorsque ses doigts trouvèrent l'endroit précis où se concentrait son plaisir. Comme il la caressait, un écrin caché s'ouvrit en elle, libérant un flot d'espoir et de passion mêlés. Elle voulait cet homme. Elle voulait sentir son sexe en elle. Le tourment de ses caresses diaboliques ne lui suffisait pas.

Elle se tordit et sa bouche fondit sur la sienne. Il la saisit aux cheveux, ferma le poing, jusqu'au seuil de la douleur. Son baiser devint féroce, la main entre ses jambes adopta un rythme plus insistant, la précipitant vers un vide abyssal...

Le plaisir explosa avec une violence dévastatrice qui la fit crier. Il garda sa main plaquée contre son mont de Vénus jusqu'à ce qu'elle retombe sur le billard, pantelante, et son baiser se fit plus doux. Sa bouche quitta la sienne pour glisser sur sa mâchoire. Elle referma les bras sur lui et il enfouit son visage dans ses cheveux, la respiration lourde et bruyante.

Nell relâcha son étreinte. Ses mains glissèrent dans le dos de Simon, suivirent le tracé de la colonne vertébrale, atteignirent le renflement dur des fesses sur lesquelles elles se refermèrent dans un geste possessif.

À sa grande surprise, elle sentit son désir renaître.

Ce n'était pas comme la faim. Après avoir mangé, on était repu, satisfait. Or elle n'était pas satisfaite. Et, pour bien se faire comprendre, elle s'arqua contre lui dans une requête muette.

Son rire rauque lui réchauffa l'oreille. Elle se figea. Elle y devinait une longue expérience de l'amour physique, qu'elle était loin de partager.

— Demain, promit-il en relevant la tête pour la regarder dans les yeux. J'ai obtenu la licence de mariage. Nous nous marions demain, et alors... vous déciderez si vous préférez cette table ou mon lit.

12

La maison semblait déserte. L'heure du mariage approchait et nul doute que le fantôme du vieux Rushden enrageait. La cérémonie à venir relevait fort de la revanche.

Sans les manigances du vieux, Simon aurait été marié depuis longtemps et n'aurait jamais pu épouser sa fille, portée disparue et surgie des bas-fonds de Londres.

Il ralentit peu à peu sa marche à l'approche du grand hall. Il n'y pensait pourtant plus depuis des années, mais après l'avoir évoquée la veille, le visage de Maria s'était redessiné précisément dans sa mémoire. En général, l'amour rapportait plus sur les trottoirs que dans les salons huppés ; pour Maria, Simon avait représenté une manne providentielle.

Elle l'avait également fait passer pour un fieffé imbécile. Bien sûr qu'il s'était empressé de la rayer de sa mémoire ! Penser à elle aujourd'hui lui rappelait comme il l'avait poursuivie et implorée afin qu'elle revienne sur sa décision, même au mépris de sa propre fierté et au bénéfice d'une cuisante humiliation. Avoir été victime des brimades de Rushden durant toute son enfance l'avait laissé croire à son invulnérabilité face au dédain d'autrui... Un simple ricanement de Maria avait suffi à le mettre à terre.

Bref, l'eau avait coulé sous les ponts. Le jeune garçon pathétique qu'il avait été autrefois lui semblait aujourd'hui un simple étranger dans le miroir. En oubliant Maria et la part de lui-même qui l'avait aimée, Simon avait également cru renoncer pour toujours à une certaine vision de lui-même : celle d'un époux, chargé de famille et de responsabilités.

Là se logeait l'impression tenace d'irréalité qu'il éprouvait alors qu'il s'apprêtait à convoler en justes noces.

Il aurait bientôt des « devoirs » envers Nell.

Il se força à sourire à sa sortie du couloir qui menait au grand salon d'apparat : les ruminations moroses n'étaient pas du tout de mise. Si le tribunal finissait par débouter Nell, il demanderait l'annulation du mariage et romprait leur lien aussi aisément qu'on brise une brindille. Il n'aurait pas d'autre choix.

Au moment de franchir le seuil, il la vit patienter aux côtés du diacre, les yeux baissés, le dos bien droit. L'émotion le prit au dépourvu et le pétrifia.

Le souffle coupé, il se retrancha vivement derrière le chambranle, côté hall, hors de vue, et se mit à rire. Que lui arrivait-il ? Pourquoi se cachait-il comme un écolier pris en faute ?

Il se vit dans sa veste gris tourterelle bien brossée, avec ses boutons de manchette en diamant. Un observateur non averti l'aurait pris pour un garçon d'honneur endimanché.

Aurait-il dû prévenir Nell que ce mariage ne serait pas nécessairement permanent ?

Pour parvenir à ses fins, Rushden brandissait les pires menaces, usait sans vergogne de chantage et de mensonge. Simon, lui, avait une méthode bien différente : il plaçait les gens face aux vérités déplaisantes, jusqu'à ce que ces derniers finissent par les accepter, voire les apprécier. Ses victoires étaient ainsi beaucoup plus satisfaisantes.

Mais épouser Nell en conservant des zones d'ombre sur leur arrangement était un peu mesquin.

Elle-même était joueuse. Oh, plaquée sur une table de billard, elle était l'image même de la douce soumission. Mais une fois sur pieds… elle étudiait les termes du contrat sous tous les angles. La confiance qu'elle lui accordait était toute neuve, donc fragile.

Que leur mariage soit permanent ou pas, elle avait tout intérêt à le contracter. Si tout marchait selon leurs vœux, ils resteraient mariés. Et si les choses tournaient mal… il négocierait un compromis heureux qui assurerait à la jeune femme un avenir bien plus rose que celui qui lui était réservé jusqu'alors.

Une ouvrière, bon sang !

Il trouverait bien le moyen de la gratifier d'une somme rondelette. Même s'il devait s'endetter pour cela.

Toutefois, il n'y avait aucune raison pour qu'ils échouent. Les hommes de Daughtry s'y employaient. Maintenant, c'était à Simon de s'investir. Cette cérémonie était essentielle à leur plan, en dépit de son manque de solennité.

Dans vingt ans, il se souviendrait de ces quelques minutes passées dans le hall comme des derniers instants de son célibat.

Il desserra le nœud de sa cravate. Son valet avait été trop zélé.

Cette union ne changerait rien, bien entendu. Lui comme elle ne cherchaient que la fortune, rien d'autre. Nell était pragmatique ; elle ne réclamait rien d'autre que de l'argent et du plaisir… Qu'est-ce qu'un esprit cynique pouvait demander de plus ?

Il se sentit idiot tout à coup dans ses vêtements si élégants. Il pénétra dans le salon.

Le silence se fit aussitôt parmi l'assistance, plus lasse d'attendre que véritablement impatiente.

Après l'annonce du mariage imminent, le premier effet de surprise avait laissé place à l'ennui. Les six femmes de chambre alignées contre le mur plongèrent dans une courbette respectueuse. Le majordome s'inclina avec raideur. Les genoux de Mme Collins craquèrent au moment où elle se redressait.

Il se demanda tout à coup pourquoi il avait tant de domestiques. Il aurait pu économiser une belle somme en les renvoyant tous. D'un autre côté, c'était tout simplement impensable.

Près de la fenêtre, Nell semblait toujours étudier ses pieds. Elle releva la tête et les rayons du soleil enflammèrent ses cheveux châtains de reflets dorés. Mme Debordes lui avait livré ses nouvelles toilettes quatre jours plus tôt. Pour l'occasion, sa fiancée avait décidé de porter ce qui était sans doute la plus sobre du lot : une robe de soie gris acier ornée de brandebourgs noirs.

Cette robe était d'un gris encore plus soutenu que celui de sa veste. Ce choix lui parut significatif. Un gris plus foncé, un visage plus pâle, une expression neutre, quoique résolue. Sa camériste avait glissé sa longue frange dans une résille pour lui dégager le front. Elle paraissait bien plus calme qu'il ne l'était. Une fois de plus, elle le battait à plate couture.

Il s'approcha.

— Milady.

— Lord Rushden, répondit-elle en ployant brièvement le genou.

La révérence était parfaitement exécutée. À voir sa mine compassée, personne ne se serait douté que la veille, dans la salle de billard, la bouche et les mains de Simon s'étaient égarées dans des endroits interdits. Le souvenir de ces instants torrides l'avait pourtant tenu éveillé une bonne partie de la nuit.

L'absurde sensation de décalage s'accentua. Il songea brièvement que ses haillons et son accent faubourien n'étaient qu'un déguisement, qu'elle lui présentait en cet instant son véritable visage, serein, tranquille, que peut-être tout ceci n'était qu'une mascarade qui se jouait une fois de plus à ses dépens, conçue par le cerveau démoniaque de son ordure de père.

Quelle pensée stupide, saugrenue.

Sa gorge se serrait. Une prémonition prégnante l'assaillait, comme si planaient au-dessus de sa tête des complications imprévisibles et de lourdes conséquences, irrattrapables...

Il salua d'un signe de tête le révérend Dawkins avec sa Bible à la main. Lorsque les deux hommes s'étaient entretenus un peu plus tôt dans le bureau de Simon, Dawkins avait eu bien du mal à masquer sa curiosité. Il remplirait donc son rôle à merveille : d'ici une heure, en dépit des efforts de Grimston, tout Londres saurait que lord Rushden venait de prendre épouse.

Ce soir, les langues iraient bon train à la table des dîners mondains.

La partie avait commencé. Ils allaient devoir jouer serré.

— Votre Seigneurie, commença Dawkins, si vous voulez bien prendre les mains de votre future épouse...

Les doigts fins de Nell étaient glacés. À son contact, elle ne réagit même pas d'un battement de cils. Il résista à l'envie d'accentuer la pression pour obtenir une réaction de sa part. Elle aurait dû être plus nerveuse que lui. Elle croyait se marier pour la vie...

C'était grotesque, ce brusque sentiment de culpabilité qui l'étreignait.

Comme elle levait sur lui un regard interrogateur, il esquissa un sourire crispé qu'elle lui rendit. Mais presque aussitôt sa bouche retomba. On lui avait seriné que les dames ne devaient pas montrer leurs émotions. Elle jouait son rôle à merveille.

Cette pensée l'alarma. Quel dommage si la personnalité unique de Nell était altérée, si elle était contrainte de se couler dans le moule uniforme qu'on lui imposait.

C'est pourtant ce qu'il avait lui-même exigé d'elle.

— Le mariage est une institution sacrée, entonna Dawkins. Il ne s'envisage pas à la légère, mais après mûre réflexion, dans le respect et la crainte de Dieu...

Il prononçait les mots consacrés, et rien dans son discours ne pouvait laisser supposer que cette union n'était qu'un simulacre.

Nell avait conservé un imperceptible sourire aux lèvres, comme si elle était perdue dans de lointaines pensées. À quoi donc songeait-elle ? Imaginait-elle un avenir radieux pour leur couple ? Il n'avait pas pris la peine de discuter avec elle de ce qu'impliquerait leur union de convenance. Pas une seconde il n'avait jugé nécessaire d'aborder la question.

Le rituel se poursuivait. Au moment où Nell prononça ses vœux d'une voix claire, il se crispa. Il avait l'impression qu'il aurait détalé comme un lapin si elle ne l'avait tenu par les deux mains.

L'épouser en guenilles aurait été plus franc. Mais les témoins auraient pu se méprendre et croire qu'il s'agissait d'un mariage d'amour.

**

— Oui, je le veux, venait de déclarer Simon.

Voilà, ils étaient mariés. Le gros homme allait les prononcer « mari et femme ». Nell jeta un regard soupçonneux au diacre. Il ne s'agissait pas d'un faux, au moins ? Mais non, ce n'était pas possible, pas en présence de tous ces témoins, la brigade de domestiques au grand complet, et de ce Daughtry. Un juriste ne se serait tout de même pas commis dans une parodie de mariage ?

Sauf si Simon lui avait suffisamment graissé la patte...

Quant à ce dernier, il affichait une expression presque éberluée, tandis que le révérend concluait :

— Ceux que Dieu a unis, que personne ne les sépare.

Simon cilla, écarquilla les yeux. Sans doute arborait-elle une expression similaire. Tous deux éprouvaient une sorte de stupeur incrédule, comme si chacun s'était à demi attendu à ce que l'autre interrompe la cérémonie en soupirant : « Bon, ça va, vous avez gagné, je m'incline. Je n'ai jamais voulu aller jusque-là… »

Là, ils se retrouvaient face à la réalité.

Tandis que le révérend entamait la prière finale, un brusque accès d'angoisse obligea Nell à ravaler un rire hystérique. Après tous ces cauchemars la nuit passée – dans lesquels Simon se gaussait d'elle et la traitait de souillon avant de la laisser devant l'autel –, elle s'était éveillée convaincue qu'un cauchemar réel se produirait aujourd'hui.

Simon était gentil, certes, mais il n'était pas idiot. Il n'allait pas l'épouser alors qu'il n'était pas du tout certain qu'elle hérite de l'argent du vieux comte. La veille, il avait bien failli la culbuter sur la table de billard, et elle ne demandait pas mieux ! Aucun pair du royaume n'aurait épousé une fille comme ça.

Alors depuis qu'elle était entrée dans le salon, elle courbait le dos dans l'attente du coup de grâce. Avec sa désinvolture coutumière, il allait renvoyer promener tout le monde d'un geste de la main et d'un : « J'ai changé d'avis, j'annule tout ! »

Et il ne s'était rien passé de tel. Elle n'arrivait pas à y croire. Ils étaient bel et bien mariés.

— Vous pouvez embrasser la mariée, dit le révérend, peut-être pour achever de la convaincre, ou bien pour les faire enfin sortir de leur transe hébétée.

Ils se dévisageaient stupidement.

Un murmure parcourut l'assemblée. Quelqu'un toussota. Simon frémit.

— Oui… bien sûr.

Il parut se ressaisir. Les baisers, ça le connaissait. Il se pencha. Ses lèvres frôlèrent celles de Nell, puis il se redressa.

Elle ne put retenir un ricanement qui la stupéfia elle-même. Confuse, elle porta la main à sa bouche. Simon s'était renfrogné et la couvait d'un regard sévère, comme si elle avait offensé sa dignité.

Elle se mit à rire. Impossible de se retenir, cette fois. *Sa Seigneûûûrie* venait de lui faire un petit bécot, comme à une vieille tante ronchonne. Son rire fusa de nouveau. Il avait l'air tellement outré avec ses sourcils froncés ! Au moins, les domestiques pouvaient profiter du spectacle.

Un murmure collégial s'éleva dans son dos.

« Eh oui, que voulez-vous, la nouvelle comtesse est complètement folle ! », riait-elle.

Le révérend se gratta la gorge et, pieusement, tenta de l'aider à se reprendre :

— Milady, milord, permettez-moi de vous adresser mes meilleurs vœux de bonheur.

— Merci, répondit Simon, rigide.

Il pinça les lèvres, et un soupir sonore jaillit par ses narines.

— Oui, grand merci ! renchérit Nell, hilare.

Simon creusa soudain les joues, comme s'il les mordait de l'intérieur. Cette fois, elle était sûre d'avoir vu sa lèvre frémir.

— Donc... lady Rushden ? murmura-t-il.

— Oui, apparemment.

— Cela vous va bien. Comtesse.

Il lui sourit.

Nell retint son souffle. Comtesse. L'apparition d'un chœur d'angelots ne l'aurait pas plus sidérée.

Il l'avait fait.

Il l'avait épousée.

Cet homme splendide, magnifique, charmeur, insupportable, était désormais son « mari ».

Son visage devait refléter son émotion, car elle vit son sourire s'effacer peu à peu. Son superbe idiot, qui venait de l'embrasser comme si elle avait été sa vieille tante… Eh bien, il allait voir.

Sans se soucier des domestiques, du révérend, de Mme Hemple qui devait se trouver non loin, prête à vitupérer au moindre écart de conduite, elle s'avança vers son mari.

Elle était comtesse maintenant. Mme Hemple n'avait plus à lui adresser aucun reproche.

Les mains posées sur les épaules de son époux, elle se hissa sur la pointe des pieds pour l'embrasser à pleine bouche.

Interdit, il battit des paupières.

Il était à elle maintenant, pensa-t-elle, farouche, tandis que sa main remontait sur sa nuque. Elle ne voulait pas de petits bécots furtifs. Un mari devait faire preuve d'audace, que diable.

De sa main libre, elle l'agrippa par le coude. Le premier choc passé, il étouffa un rire sous ses lèvres, la prit par la taille pour l'attirer contre lui. Sa bouche s'anima. Il lui rendit son baiser, puis, l'écrasant entre ses bras, plongea sa langue entre ses lèvres.

Lorsqu'il la lâcha, elle était à bout de souffle. Simon souriait, réjoui.

— Voilà, dit-il.

— Oui, voilà ! haleta-t-elle.

Elle sentit qu'il la prenait par le bras. Il l'entraîna à sa suite, si vivement qu'elle faillit perdre l'équilibre.

— Puis-je vous présenter la nouvelle comtesse de Rushden ? dit-il aux témoins et spectateurs qui les considéraient, bouche bée, aussi ahuris que si Nell s'était mise à danser devant eux en sous-vêtements.

L'assemblée, consciente que lord Rushden ne sollicitait la permission de personne, comprit la question comme l'injonction qu'elle était en effet. Tous les domestiques, tête baissée, plongèrent dans une révérence obséquieuse, tandis que Nell, sa main glissée dans celle de Simon, leur adressait un sourire radieux.

— Que Dieu vous bénisse tous ! lança-t-elle.

Et qu'il bénisse la terre tout entière !

**

Comme toutes les filles, Nell avait rêvé d'un mariage où un beau gars emprunté l'aurait attendue devant l'autel de l'église de la paroisse, devant une foule d'invités bienveillants vêtus de leurs habits du dimanche.

Une fois la cérémonie célébrée, ils auraient tous été danser et vider des chopines au pub du coin, au son joyeux du violon. Au bout d'une demi-heure de festivités, son mari l'aurait prise par la main, et tous deux se seraient éclipsés par la porte arrière de l'établissement pour éviter le redouté charivari des amis du marié. Et dans la première chambre obscure qu'ils auraient trouvée, ils seraient tombés dans les bras l'un de l'autre.

Apparemment les riches procédaient autrement. Tout d'abord, on célébrait un rituel guindé dans un salon, où les domestiques buvaient à la santé de leur maître et de leur nouvelle maîtresse, après s'être vu accorder une demi-journée de congé.

Puis se déroula un repas formel, durant lequel Simon se montra d'une politesse extrême, comme si Nell était une inconnue tout juste rencontrée. Ensuite il se retira dans son bureau, laissant Nell gravir seule le grand escalier.

Elle n'était pas nerveuse, ne le fut pas plus lorsqu'elle découvrit Sylvie qui l'attendait dans sa chambre avec une scandaleuse chemise de nuit de soie blanche, au décolleté si profond qu'il fallait sans doute surveiller ses moindres mouvements pour ne pas voir jaillir un sein à l'air libre.

— Oh, ce n'est pas la peine de rougir comme ça ! lança-t-elle à Sylvie alors qu'elle enfilait la chemise, puis le déshabillé coordonné.

Cette tenue appelait un troussage en bonne et due forme, bon et après ? Toutes les mères du monde avaient survécu à cette épreuve avec succès, non ?

La camériste se retira enfin, laissant Nell seule dans la chambre plongée dans le silence dense caractéristique de cette maison.

Elle passa une minute à contempler son reflet dans le miroir. Ces dernières semaines, elle avait pris des joues. Ses bras s'étaient remplumés et les taches de tabac jaunâtres avaient disparu de ses doigts. Bientôt son corps ne porterait plus aucun stigmate de sa vie d'avant. Bien pomponnée, elle ressemblait à une jeune mariée de petite vertu, toute de blanc vêtue, avec trois fois rien sur le dos.

Puis, désœuvrée, elle passa dans le salon et se pelotonna dans le fauteuil avec un livre.

Elle ne parvint pas à se concentrer sur l'histoire – un récit fantasque qui se déroulait dans la Perse antique. Elle finit par reposer l'ouvrage, s'efforça de respirer paisiblement. Ses yeux étaient irrésistiblement attirés vers un coin, mais elle s'obligea à regarder le feu dans la cheminée, sous ce plafond qui ressemblait à un ciel d'été. Elle n'était pas du tout inquiète. Non. Pas du tout. Sereine.

Polly lui avait confirmé que la porte qui communiquait avec les appartements de sa Seigneurie était fermée.

Elle rouvrit son livre.

Et c'est seulement quand l'horloge du couloir sonna 11 heures qu'on frappa enfin à la porte.

Nell ne put s'empêcher de tressaillir. Ses mains se crispèrent sur la couverture et refusèrent de lâcher prise. Cela ne servait strictement à rien de s'émouvoir ainsi, malheureusement ses cordes vocales refusaient de fonctionner.

On frappa de nouveau.

Nell se pinça. La douleur la secoua. C'était tellement idiot, cette nervosité !

— C'est ouvert ! brailla-t-elle.

Le battant s'entrouvrit.

— Eh bien, vous en avez mis le temps ! dit Saint-Maur.

Quelle déclaration romantique ! Elle le jaugea : il était habillé comme tous les jours, à première vue. Sans cravate et son gilet anthracite était déboutonné. Le col ouvert de sa chemise révélait le haut de sa poitrine, ombrée de quelques poils bruns. Il ne portait pas de veste.

Elle entrevit derrière lui le salon de sa suite, un tapis oriental dans les tons bronze et vert bouteille, une chauffeuse tendue de velours brun. Des couleurs neutres, masculines. Un feu dansait dans la cheminée.

Elle baissa les yeux sur son livre, releva la tête. Respirer n'allait pas de soi, elle devait se concentrer. Elle ne tarda pas à comprendre la nature de l'émotion qui l'étreignait : elle était en colère.

Abandonnant le livre, elle rétorqua :

— C'est vous qui êtes en retard.

Les mains dans les poches, il appuya une épaule contre le chambranle. Il avait l'air tellement à son aise dans ce décor luxueux ! Un sentiment désagréable la saisit. Il n'était qu'à quelques mètres d'elle, pourtant il existait entre eux une distance impalpable, subtile, qui ne pourrait jamais être franchie.

Quels que soient ses efforts, elle garderait toujours une part d'ombre par-devers elle. Il ne lui viendrait jamais à l'idée qu'elle ait dû parfois chasser un rat loin d'un quignon de pain pour pouvoir le manger à son tour. Qu'elle était tombée plusieurs fois à genoux dans la boue pour saisir une pièce jetée par une dame ou un monsieur tel que lui, qui riait derrière la vitre de sa voiture.

Il ne devinerait jamais ces choses, parce que l'imagination ne suffisait pas à abolir la distance qui séparait Mayfair de Bethnal Green. S'il avait existé un pont pour les relier, l'un de ces deux mondes au moins aurait brûlé depuis longtemps.

— Veuillez me pardonner si je vous ai fait attendre, lady Rushden.

— Ce n'est pas grave.

Elle se sentait en équilibre précaire au bord d'un précipice. Encore un pas et elle émergerait en territoire inconnu. Et le pont s'effondrerait derrière elle.

— Lady Rushden, répéta-t-il en l'enveloppant d'un regard songeur.

Elle voulait faire ce pas en avant. Cela l'effrayait et l'attirait en même temps. Ils étaient mariés devant Dieu et les hommes, comme on disait. Elle voulait venir avec lui de ce côté du pont. Oublier la faim, le froid, la peur. Elle voulait rester à ses côtés toute la vie durant.

Prenant une profonde inspiration, elle se leva. Ses jambes étaient raides. Jamais il ne saurait à quoi ressemblait l'autre côté du pont. Jamais il ne saurait les rats, les nuits transies, les mains tendues. Il lui appartenait et ce soir ils scelleraient leur pacte. Plus personne ne le lui prendrait.

Mais il ne quittait toujours pas la porte.

Tête haute, elle avança. Il ne pouvait plus faire marche arrière, maintenant.

— Pouvons-nous procéder ?

Il rit.

— Seigneur, quel romantisme !

Son rire l'irrita. Elle l'avait attendu des heures durant, malade d'anxiété – elle l'admettait maintenant –, terrifiée à l'idée qu'il regrette déjà cette union, qu'il ait réuni ses hommes de loi dans son bureau pour savoir comment il pourrait obtenir l'annulation… et voilà qu'il lui riait au nez ?

De quel droit l'avait-il fait languir comme ça ?

« C'est ton mari, il a tous les droits », réalisa-t-elle dans un choc.

Maintenant qu'elle était sa femme, elle n'avait plus voix au chapitre. Il pouvait exiger d'elle ce qu'il voulait. Qu'elle franchisse le seuil de sa chambre et se dénude pour lui. Ou qu'elle patiente.

Il avait tous pouvoirs.

Ou presque.

Résolument, elle marcha vers lui. Il se redressa, sur le qui-vive. Elle concentra son attention sur la zone où ses cheveux frôlaient son col, tendit la main pour enfouir ses doigts dans ces boucles brunes, sentir la chaleur de sa peau sous sa paume.

Elle attira sa tête vers sa bouche.

C'était la deuxième fois qu'elle l'embrassait aujourd'hui. Cette fois, elle ne le prit pas par surprise. Il lui enlaça la taille des deux mains. Ses lèvres étaient fermes sous les siennes. En avançant d'un pas, elle le força à reculer. Elle avait décidé d'être une épouse différente. Elle n'attendrait pas qu'il daigne se décider.

Elle déciderait pour lui.

**

Simon était en train de se demander quelle approche privilégier. Absurde. Il passait plus de temps à réfléchir au moyen de séduire sa femme – oui, il était marié – qu'il en avait mis avec certaines maîtresses, mariées à des maris jaloux et haut placés.

Il avait déjà failli la posséder la veille sur la table de billard, et pourtant, ce soir, il lui avait paru important de faire preuve de retenue. Ou plutôt de prouver qu'il en était capable.

Il s'était tenu à l'écart de ses appartements, et surtout de la porte de communication entre leurs deux suites, tout d'abord en s'attardant auprès de son cognac post-prandial, puis en restant une bonne heure à fixer sans vraiment les voir des partitions que lui avaient envoyées de supposés artistes en quête d'un mécène.

Ensuite, s'étant décidé à gravir l'escalier, il s'était retrouvé à attendre dans un silence pesant les onze coups fatidiques de l'horloge, tel un enfant frémissant d'impatience le matin de Noël, très fier de la retenue louable dont il faisait preuve.

Onze heures, c'était l'heure parfaite pour honorer sa femme, après des jours de difficile chasteté.

Tous ces efforts lui semblaient moins nobles que gro-tesques. Qui était possédé ? Certainement pas elle. Elle venait de lui sauter dessus et dévorait sa bouche de bai-sers ardents, affamés, tout en pressant son corps menu contre le sien.

Il était consentant, ravi... et déconcerté, il fallait l'avouer. Toutefois, son désarroi ne dura guère. Il l'entraîna dans les profondeurs de sa suite, loin de la chaise sur laquelle il l'avait trouvée, un livre d'Hérodote à la main – Dieu du ciel, il s'était dégoté le seul bas-bleu de tout Bethnal Green !

Ils passèrent dans l'atmosphère moins studieuse de son salon, au son du feu de bois qui crépitait douce-ment dans l'âtre. Auparavant il avait fait monter quel-ques rafraîchissements, ainsi qu'une bouteille de champagne et un pot de chocolat chaud. Mais il était en train de s'apercevoir qu'il n'avait pas besoin de toutes ces petites attentions pour la cajoler et lui faire la cour.

Il aurait dû s'en douter dès l'instant où elle l'avait embrassé à bouche-que-veux-tu devant toute la vale-taille. Il avait dû faire preuve d'une belle maîtrise pour ne pas la pousser contre le mur et trousser sa robe de mariée, là, sous le regard ahuri de tous ces gens.

Maintenant, il n'était plus question de se contraindre. Il voulait la dévorer. L'emmener directement dans la chambre. Sauf qu'elle ne le lâchait pas ! Ses mains cramponnées à sa chemise tirèrent brusquement. Il y eut un bruit de tissu déchiré, et un bouton vola dans l'air.

Elle se figea tout à coup, honteuse de sa propre frénésie.

— Ce n'est qu'un bouton, chuchota-t-il en enfouissant les doigts dans les mèches qui s'échappaient de la résille et bouclaient derrière ses oreilles.

— Je suis désolée...

— J'ai de quoi me payer des tas de boutons.

— Oui, mais... je crois que j'ai aussi déchiré votre pantalon, avoua-t-elle, les joues cramoisies.

Enchanté, il se mit à rire.

— J'en ai d'autres !

Ce petit interlude était le bienvenu. Il avait calmé le jeu. Simon avait encore des merveilles à découvrir. La peau de Nell était souple, tiède, ses joues d'une douceur de pêche. Il fit glisser sa main dans l'échancrure du déshabillé, écarta les pans aériens d'une main impatiente pour dévoiler la chemise de nuit qui révélait ses bras minces et fuselés.

— Pliez le bras, ordonna-t-il.

Sans comprendre, elle obtempéra. Fasciné, il fit courir ses doigts sur le petit biceps rond et ferme. Elle avait une si jolie musculature, bien dessinée. Comme il en rêvait depuis des semaines, il se pencha et, doucement, enfonça ses dents dans la chair compacte. Elle tressaillit et il sentit le muscle durcir encore sous ses lèvres. Il le goûta de la langue, puis déposa là un baiser.

Celui qui avait décidé qu'une femme ne devait pas être musclée était le dernier des imbéciles, ignorant du génie de la nature. Nell était robuste et pourtant menue, d'une ossature délicate.

Il s'avisa qu'elle tremblait. Sa respiration s'était accélérée, ses lèvres entrouvertes. Il glissa un bras autour de sa taille fine, posa la main au creux de ses reins. Quel plaisir de découvrir le corps de cette femme toute en angles, courbes et méplats, alors qu'elle lui avait résisté si farouchement et s'offrait à lui maintenant, le souffle court, consentante.

Il se pencha, tandis que ses doigts descendaient le long de sa colonne, vertèbre après vertèbre. Les yeux clos, elle leva son visage vers le sien. La frange fournie de ses longs cils se découpait contre ses joues rosies. Elle offrait l'image de la jeune mariée émue, attendant le premier baiser de son époux, et il n'avait même pas envie de tourner cela en dérision.

Il lui butina la lèvre inférieure. Elle avait goût de chocolat. Elle buvait ce breuvage comme une enfant, joyeuse, avec une expression ravie, comme si chaque gorgée était meilleure que la précédente. Il pourrait lui en offrir des pots et des pots avant qu'elle ne s'en lasse.

Alors qu'il venait de reconnaître la saveur corsée sur ses lèvres, la langue de Nell vint timidement à la rencontre de la sienne. Elle lui passa les bras autour de la taille et, fermant les yeux à son tour, il lutta contre l'envie de la broyer pour l'envahir, la pénétrer. Seigneur, elle était si douce !

D'elle-même, elle se plaqua contre lui. Son baiser se fit plus profond. La main sur sa nuque, il recula, l'entraîna en travers de la pièce. Docile et gracieuse, elle le suivit, comme s'ils exécutaient les pas d'une danse compliquée qu'elle aurait maîtrisée à la perfection. Ils franchirent le seuil de la chambre, s'assirent sur le lit sans cesser de s'embrasser, avec une entière sincérité.

Il aurait embrassé cette femme des heures durant, et il se moquait bien de l'endroit où elle avait vécu les années passées.

Il se rendit compte qu'il vibrait de la tête aux pieds, brûlant de passion, avide de plaisir et pourtant hésitant, intimidé comme un garçon lors de sa première expérience.

Cette banale nuit de noces se révélait extraordinaire.

Il interrompit leur baiser, inquiet tout à coup. Elle sentait le lilas et la lavande. Ses prunelles bleu foncé, d'une profondeur abyssale, le retinrent captif. Elle leva la main avec gravité pour lui toucher le visage. Il ressentit une réaction au creux du ventre, comme un petit coup de poing, ouvrit la bouche pour parler, se ravisa en se mordant la langue. Il ne voulait pas rompre l'enchantement en prononçant des mots qu'il regretterait peut-être plus tard.

Mais le silence était trop lourd, le regard de Nell trop intense...

— Tout va bien, murmura-t-elle.

— Je sais. J'ai déjà fait ça avant, plaisanta-t-il par réflexe défensif.

Nell eut un mouvement de recul. Il se traita mentalement d'imbécile, lui prit la main pour y poser un baiser d'excuse.

Un bruissement de soie, la chaleur de sa peau et l'odeur de lilas, plus forte, puis les lèvres de Nell qui se posaient dans son cou. Il frémit, se moqua de lui-même. Un petit pied chaud pesait sur le sien, comme pour le maintenir en place. Elle se pressa langoureusement contre lui, sa poitrine appuyée contre son torse. Sa langue virevolta de son épaule à sa gorge. La réaction ne se fit pas attendre : ses parties nobles se contractèrent et le désir animal flamba en lui, faisant voler en éclats ses doutes et incertitudes.

Tout à coup, il savait exactement ce qu'il voulait : la renverser sur le lit et pénétrer son corps en la faisant gémir.

C'était si simple.

Il l'enlaça, la bascula doucement. Ses cheveux se dénouèrent et se répandirent sur les draps, tandis qu'il roulait sur elle. Sa bouche descendit dans son cou. Il la mordit légèrement et le soupir qu'elle émit hérissa les cheveux sur sa nuque. Une telle femme, à la peau veloutée, aux mains habiles et imprévisibles, qui enfonçait ses ongles dans son dos tout en se cambrant sous lui, c'était un don du Ciel, un rêve qui l'attirait, l'extirpait de l'obscurité pour le ramener vers la clarté.

Il dénoua le lien qui retenait le col de sa chemise, écarta les pans vaporeux. Dire que c'était la première fois qu'il voyait ses seins nus. Comment aurait-il pu imaginer une telle beauté ? Petits, mais parfaitement ronds, surmontés d'une pointe rose sombre, ils étaient parfaits.

Il inclina la tête pour mordiller le téton dressé et elle poussa une petite exclamation. Il la taquina alors de la langue et du bout des dents, ravi d'entendre les sons qui jaillissaient de sa gorge. Sa main glissa du buste au creux de la taille, descendit sur la plaine du ventre, avant d'atteindre le delta de boucles sombres niché au creux de ses cuisses.

Elle était brûlante, brûlante…

*
**

Nell respirait par à-coups. Simon était penché sur elle, comme un vampire en train de se repaître de son corps. Sa bouche abandonna son sein. Il releva la tête pour la contempler et, à la lumière des rayons de lune, elle vit ses narines palpiter.

Il respirait bruyamment, comme s'il avait couru longtemps avant de la rejoindre.

Il ne lui souriait pas. Son regard était même si dur tout à coup qu'elle prit peur, l'espace d'un instant. Elle était écartelée sous lui, impuissante, vulnérable…

Il referma la main sur son poignet avant qu'elle-même comprenne qu'elle avait l'intention de se redresser.

— C'est moi, dit-il à mi-voix.

Il la recouvrit de nouveau de tout son corps, pesant sur elle, son bassin arqué contre le sien. Un gémissement presque animal s'échappa de la gorge de Nell. Elle éprouvait peut-être un peu d'appréhension, mais son corps, lui, n'avait pas peur, savait quoi faire, se cambrait, s'offrait.

— Oui ! chuchota-t-il en relâchant sa prise sur son poignet.

Son autre main se referma brièvement sur sa cheville, puis remonta sur son mollet. Elle renversa la tête en arrière, les yeux rivés au plafond ; elle sentit sa vue se brouiller. En mille endroits, derrière ses genoux, à la pointe des seins, et surtout à cet endroit délicieux, entre les jambes, là où sa main venait de se plaquer de manière possessive, des pulsations battaient le rythme dans son corps.

Un son encore plus guttural lui échappa, mais elle s'en moquait bien maintenant. Il n'était plus question d'être distinguée et délicate.

Son pouce trouva la source de son plaisir, l'encercla. Le bras emprisonné entre leurs deux corps soudés, il se pencha pour lui chuchoter à l'oreille :

— Je vais vous embrasser là.

Il s'écarta et elle eut le temps d'entrevoir son sourire diabolique, avant qu'il ne plonge entre ses cuisses. Et... Oh, doux Jésus ! Il allait vraiment faire ça !

Tout d'abord, sa langue la frôla, comme pour la taquiner, l'avertir : « Oui, je vais le faire. » Puis il goûta sa chair frémissante d'une longue lampée qui la fit basculer dans un univers inconnu. Éperdue, elle lui agrippa la tête tandis qu'il s'appliquait à tenir sa promesse. Et le plaisir s'amplifiait et la torturait jusqu'à son déchaînement dans une cascade de spasmes qui lui arracha un cri.

Puis, haletante, les yeux fermés, elle entendit le chuintement d'un vêtement qui glissait. Il s'écarta brièvement. Elle était vidée, trop épuisée pour ouvrir les yeux. Son retour contre elle et la chaleur de sa peau lui procurèrent un choc, tant émotionnel que physique.

— Oui ? demanda-t-il doucement.

Son bassin pesait contre le sien et elle sentait son érection pressée contre son intimité, prête à l'envahir. Mais il lui demandait la permission et si jamais elle se refusait à lui… elle avait la conviction qu'il l'écouterait.

Cette certitude l'emplit d'une confiance qu'elle n'avait jamais éprouvée pour quiconque. Il le méritait bien. Jamais il n'avait usé de son pouvoir contre elle.

Elle chercha sa bouche, la trouva dans un baiser presque brutal et, contre ses lèvres, haleta :

— Oui. Oui !

Sa large main vint cueillir sa nuque. Il bascula les hanches et entra en elle. Tout d'abord, elle se raidit, à cause de la sensation étrange, pas vraiment agréable. Il y eut une douleur plutôt vive, qui ne dura pas. Puis il s'enfonça profondément et la brûlure s'estompa.

Prisonnière sous son corps massif, elle fit glisser ses mains sur son dos puissant, jusqu'au creux des reins et au renflement des fesses musclées, tandis qu'il bougeait en elle.

La sensation lui coupa le souffle. Il se mouvait avec régularité, douceur. C'était si étrange de se sentir ainsi possédée.

Elle arqua les hanches. Il abandonna sa bouche pour poser ses lèvres dans son cou, la mordre gentiment. Elle enfouit son nez dans ses cheveux, respira son odeur épicée, boisée, comme la brise dans la forêt un soir de pleine lune, qui aurait éveillé en elle des pulsions sauvages.

— Plus vite…

Cette voix rauque et suppliante était la sienne. Ses mains s'étaient crispées sur les fesses de Simon, comme pour diriger sa puissance virile, la concentrer sur son propre corps. Il donna un coup de reins et une décharge de plaisir la transperça. Voilà que ça recommençait.

Elle allait se dissoudre dans son lit ou bien le lacérer de ses ongles jusqu'à lui mettre le dos en sang...

Sa chair intime se contracta autour de lui. Oh, le plaisir de se sentir humaine, vulnérable ! Il releva la tête pour la regarder dans les yeux et quelque chose passa entre eux. Elle se sentit comme aspirée par un doux silence, remonta les bras pour lui entourer les épaules. Elle ne percevait plus les frontières entre leurs corps. Ils ne formaient plus qu'un et elle était chez elle.

L'expression de Simon se crispa, traduisit presque de la douleur. Elle faillit s'inquiéter, puis il frissonna et le gémissement qui franchit ses lèvres la rassura sur le genre de sensation qu'il éprouvait. Fascinée, elle observa la montée du plaisir sur ses traits tendus et l'explosion ultime dans un relâchement total. Tout à coup, il avait l'air très jeune. Sa lèvre inférieure était aussi pleine que celle d'un enfant.

La tête de Simon retomba contre son sein. Il cala son front au creux de son épaule. Sa respiration difficile résonnait dans la chambre. Elle passa doucement une main dans ses cheveux humides de transpiration. Un petit frisson le parcourut et elle s'en émerveilla. Jamais elle n'aurait cru qu'un homme pouvait être si vulnérable, ou qu'ainsi coincée sous lui elle se sentirait si forte. Elle supportait son poids sans le moindre problème. Elle n'avait pas du tout l'impression qu'il s'était servi d'elle. Elle se sentait férocement vivante, vibrante et heureuse.

*
**

Nell demeura éveillée longtemps après que Simon se fut endormi, ses bras autour d'elle. Le doux crépitement de la pluie contre le carreau la berçait. Les petits bruits nocturnes ne la faisaient pas tressaillir, mais lui donnaient l'excuse de se blottir contre lui pour mieux savourer son étreinte.

Après de longues minutes ou d'heures de silence – elle avait perdu la notion du temps –, une étrange excitation s'empara d'elle. Ils dormaient l'un contre l'autre, nus comme des vers. Pourquoi auraient-ils perdu leur temps à dormir ?

Elle se dégagea doucement, tira par petites touches successives sur le drap. À la lumière du clair de lune, elle vit son torse se dévoiler lentement. La sensation de l'air frais sur sa peau dut perturber son rêve. Il bougea. Hypnotisée, elle continua de tirer sur le drap, découvrit l'abdomen noueux parcouru d'une ligne de poils sombres qui partait se perdre dans le buisson de boucles, sur lequel gisait son sexe au repos.

Les cuisses, fuselées, puissantes, se prolongeaient jusqu'aux rotules au dessin net, carré. Tout à l'heure, lorsqu'il s'était relevé pour aller chercher un verre d'eau, elle avait pu admirer ses mollets longs et ligneux qui se contractaient à chaque pas, ainsi que les fesses rebondies qui arboraient deux fossettes.

Elle était sa femme. Avait-elle le droit de lui pincer les fesses ?

Elle se mordilla les doigts pour s'empêcher de faire des bêtises.

À plusieurs reprises il avait mentionné sa pratique régulière de la natation, à son club sportif de Kensington. Sans doute devait-il à cet exercice ce corps magnifique, tout en muscles secs et déliés.

« N'arrêtez surtout pas de nager ! », pensa-t-elle.

Elle se surprit à sourire dans la pénombre. Puis, ayant rabattu le drap sur lui, elle se blottit de nouveau, les fesses pressées contre son bas-ventre.

Son bras vint s'enrouler autour de sa taille. Une seconde, elle crut l'avoir réveillé.

— Simon ? chuchota-t-elle.

Il marmonna des mots inintelligibles, quelque chose qui ressemblait à « feuilleté de dinde ». Nell ravala un gloussement et s'obligea à fermer les yeux. « Dors, s'enjoignit-elle. Tu es juste heureuse, c'est tout. »

Ce qui tenait du miracle en soi.

C'était donc cela, le bonheur. Elle dormait au côté de son mari. Et ce bonheur et cet homme lui appartenaient. Pour de vrai.

13

Nell Saint-Maur n'était pas du matin. Simon l'éveilla d'un baiser pour la voir se rendormir aussitôt. Il lui butina l'oreille un moment, ce qui lui valut un petit grognement de contentement qui se mua en ronflement. Assis sur le lit, il resta ensuite une bonne minute à contempler son visage qui la disait si bien : la mâchoire volontaire, le menton et sa fossette impertinente, la ligne décidée des sourcils.

Il fit glisser un doigt sur sa joue veloutée. En vain : elle dormait à poings fermés.

S'il avait envie de la réveiller, c'est qu'elle lui manquait, tout simplement, comprit-il.

Il quitta le lit, il alla ouvrir les rideaux, se tourna pour la voir se protéger de la lumière du jour d'une main portée sur ses yeux. Amusé, il revint près d'elle et lui souffla sur la joue. Elle se détourna dans une protestation.

Il eut alors une idée : il alla dans la chambre de la jeune femme et y trouva la camériste qui attendait avec le pot de chocolat en train de tiédir. Elle rougit à sa vue. Non, il n'aurait pas besoin d'elle pour porter le plateau, l'informa-t-il.

Son petit rire nerveux le poursuivit tandis qu'il réintégrait ses propres appartements.

Il suffit de passer la tasse sous le nez de sa femme pour que l'arôme alléchant la ramène à la vie après quelques grognements et froncements de sourcils. La main qui recouvrait son visage glissa, elle battit des cils, inspira profondément et se redressa sur un coude.

— Chocolat, dit-elle d'une voix enrouée en saisissant la tasse.

Il sourit de la voir écarter de son visage la masse des cheveux châtains. À la première gorgée, elle ferma les yeux. Son expression extatique suffit à l'émouvoir. Ils s'étaient offerts l'un à l'autre trois fois au cours de la nuit, mais la journée qui commençait amenait une multitude de nouvelles opportunités. D'ailleurs, ils n'avaient pas quitté la chambre.

— Je crois que vous préférez le chocolat à mon humble personne, dit-il d'un ton badin.

— Non, ce n'est pas vrai, répondit-elle en baissant la tasse pour rencontrer son regard.

Ses joues s'empourprèrent, en dépit de son impudeur la nuit passée.

— Vous rougissez ?

— Pas de honte.

— Non, ce serait stupide en effet.

Ils continuaient de se regarder, avec une intensité quasi magnétique, et cependant il n'éprouvait aucun embarras. C'était peut-être ça, l'obsession. Oui, admit-il, il était obsédé, de plus en plus, par cette femme qui était devenue la sienne.

Aurait-il dû s'inquiéter ? Il y a peu encore, il s'était méfié de cette fascination grandissante, mais aujourd'hui... il ne se souvenait plus pourquoi. Chaque fois qu'il la regardait, il voyait quelque chose de nouveau.

— Buvez.

Elle obéit avec enthousiasme. Autrefois, elle mangeait en faisant du bruit. Plus maintenant. La crasse avait disparu de ses joues. Son accent s'estompait aussi, et elle ne se jetait plus sur la nourriture comme au temps de son arrivée.

Parfois, il se surprenait à oublier totalement Bethnal Green. Enfin… non, pas tout à fait. Mais, depuis quelque temps, il éprouvait pour elle une admiration grandissante qui n'avait rien à voir avec son passé.

Il n'était pas impressionné parce qu'elle était passée de la position de simple ouvrière à celle de comtesse, grâce à son intelligence, sa faculté d'adaptation et une détermination à toute épreuve.

Non, c'est elle qui le séduisait, par sa vivacité d'esprit, sa profondeur, son courage et sa générosité. Sa drôlerie.

Tout bêtement, il aimait passer du temps avec elle.

Elle bâilla et dévoila sa langue rose, avant de porter la main à sa bouche. Elle était si adorable que ses mains le démangeaient. Il saisit une mèche de ses cheveux soyeux, la laissa glisser entre ses doigts. Elle paraissait si sage, si petite, perdue dans le grand lit. Mais cette apparente fragilité était trompeuse. Face à un adversaire, elle savait se montrer aussi incisive et redoutable que l'avait été son père.

Cette pensée lui donna à réfléchir. Ce n'était peut-être pas une coïncidence si la première femme à éveiller son intérêt depuis des années se trouvait aussi être celle qui l'avait si vivement critiqué. Il n'était pas du genre à se mettre la tête dans le sable, il se doutait bien que ses sentiments pour elle contenaient un écho de sa vieille quête chimérique. Le mépris de Nell pour son existence de gandin oisif évoquait la réprobation du vieux Rushden à son égard. Il s'était mis en quatre pour satisfaire son tuteur, jusqu'au moment où il avait compris qu'il y perdrait son âme.

Le plus étrange, c'est que les remontrances de Nell avaient sur lui l'effet inverse de celles du comte. Elles lui donnaient l'envie farouche de lui plaire et de gagner sa confiance. À la hussarde, s'il le fallait.

Il devait la dévisager un peu trop fixement, car elle finit par s'étonner :

— Qu'y a-t-il ? J'ai du chocolat sur les babines ?

— Non, non. Ce n'est pas le chocolat, c'est juste... vous.

Ses pommettes rosirent, puis sa gorge. Plus bas, il ne pouvait pas voir, à cause du drap coincé sous ses bras, qui lui couvrait la poitrine. Il fit mine de le soulever et elle battit en retraite avec un petit cri.

— Qu'est-ce qui vous prend ?

— Je me demande jusqu'où vous êtes capable de rougir. J'ai le droit de savoir, non ? Je suis votre mari.

— Oh...

Elle le considéra un moment, puis, avec un sourire coquin, se débarrassa de sa tasse en la posant sur la table de chevet.

— Alors venez jeter un coup d'œil, milord...

*
*

Deux heures environ après leur réveil, Simon et sa jeune épouse quittèrent enfin la chambre dans l'intention de rejoindre la salle à manger pour prendre leur petit déjeuner.

— Je suis tout à fait sérieux ! protesta-t-il tandis qu'elle riait. Je veux vous faire franchir un seuil, quel qu'il soit. Il est proprement scandaleux que je ne vous ai pas portée dans mes bras pour vous amener dans ma chambre. J'ai vraiment été en dessous de tout, hier soir.

— Vous étiez distrait par autre chose, sans doute, rétorqua-t-elle en lui coulant un regard coquin.

Il répondit d'un rire. Il avait du mal à croire à sa chance, à la bonté inouïe du destin qui avait mis cette créature miraculeuse sur sa route.

— J'aurais pu le faire bien avant, dès la première nuit, vous jeter sur mon épaule et vous faire franchir le seuil du tribunal pour vous livrer au juge !

Heureusement, il n'en avait rien fait. Il aurait pu la perdre si facilement. Il en avait froid dans le dos.

— Vous avez de la chance que je ne me sois pas enfuie, répliqua-t-elle. Si je n'avais pas eu la bonté de m'attarder pour discuter avec vous, je me serais fait la belle, croyez-moi.

— Ah oui ? J'aimerais bien savoir comment. Je n'aurais eu qu'à crier et toute la maisonnée vous serait tombée dessus.

Ils venaient d'atteindre le palier.

— Comment ? Par exemple en utilisant ceci, ricana-t-elle en désignant la rampe luisante de l'escalier. J'aurai glissé à califourchon là-dessus jusqu'au rez-de-chaussée, sous l'œil ébaubi de votre valetaille, et je vous aurais joué ripe sans autre forme de procès, milord.

— Vous vous seriez plutôt brisé le cou.

— Vous plaisantez ? Cette rampe est parfaite !

Il ouvrit la bouche pour la contredire, mais un vieux souvenir jaillit du tréfonds de son enfance. Il se revit, galopin en culottes courtes, ayant exactement les mêmes pensées face au grand escalier.

Bien sûr, il n'avait jamais enfourché la rampe. Il n'avait pas tardé à comprendre que, dans cette maison, les rampes n'étaient pas faites pour cela, ni même pour y poser la main. Un gentleman descendait l'escalier le dos droit, avec dignité et distinction.

Une folie subite le saisit.

— Faisons-le !

Pourquoi pas ?

Un sourire incrédule naquit sur les lèvres de Nell.

— Vous n'êtes pas sérieux ?

— Seigneur, ce que vous pouvez être guindée, ma chère !

— Moi, guindée ? se récria-t-elle. Vous allez voir ! Je suis sûre que vous échouez au premier virage !

Il se pencha par-dessus la balustrade pour jauger ledit virage qui s'élevait bien à trois mètres au-dessus des dalles du grand hall. De quoi se rompre les os.

— Espérons le contraire, dans l'intérêt de la lignée Saint-Maur. Enfin, il n'y a qu'un moyen de le savoir, je pense.

D'un bond léger, il s'assit sur la rampe.

Elle sursauta dans un petit cri strident :

— Non ! Je plaisantais...

— Sérieusement ?

Et, avec le sourire, il se laissa partir.

C'était comme de voler. Il ne ressentait presque aucune friction. Ses domestiques étaient bien trop zélés, ils ciraient la rampe chaque matin et chaque soir. À l'étage du dessus, Nell criait toujours. Riant, il négocia le tournant en s'inclinant légèrement, grisé par la vitesse et l'absurdité de ce qu'il était en train de faire.

C'était si simple, si bon, de se permettre cette polissonnerie qu'il n'avait jamais osée enfant...

La dernière portion de rampe était bien droite. Il fila vers le hall à toute allure. Son corps musclé et bien entraîné le sauva d'un atterrissage catastrophique : au dernier moment, il donna un coup de reins et se rétablit deux mètres plus loin, solidement campé sur ses deux jambes. Ouf. Sa dignité était sauve.

Il se tourna. Nell se tenait sur le premier palier, les mains plaquées sur la bouche.

— Gracieux comme la brise, conclut-il.

— Je dirais plutôt fou furieux ! s'exclama-t-elle en laissant retomber ses bras.

— Quant à vous, vous êtes ce qu'on appelle une grande gueule, mais j'attends toujours des actes.

Il rit de nouveau en la voyant foncer sur la balustrade, la mine résolue. Elle voulut l'enjamber, mais bien sûr ses jupes entortillées dans ses jambes l'en empêchèrent.

Elle s'échina pourtant, sous l'œil goguenard de Simon. Tout à coup, elle réussit à se percher sur une fesse et son hilarité se mua en inquiétude.

— Non, ne faites pas ça. Je plaisantais. Vous n'êtes pas habillée pour...

Elle décolla dans un envol de jupons.

Simon ébaucha un mouvement pour se précipiter vers l'escalier, mais elle était déjà lancée et elle glissait trop vite pour qu'il puisse songer à l'intercepter. Son cerveau calcula aussitôt la meilleure position pour la réceptionner au bas des marches et la retenir si jamais elle basculait vers l'avant...

— Youhou, j'arrive ! cria-t-elle.

Son équilibre était parfait, même si elle ne maîtrisait plus sa vitesse. Il comprit qu'elle allait réussir et, soulagé, s'écarta pour lui laisser le plus d'espace possible.

Elle réalisa un atterrissage splendide, trébucha légèrement en fin de parcours à cause de son talon qui ripait sur une dalle... et termina sa course dans les bras de Simon, haletante, les joues toutes roses, les yeux brillants de plaisir.

— Je vous l'avais dit. Je me serais enfuie à votre nez et votre barbe !

— Mais je vous aurais rattrapée, comme aujourd'hui.

Son regard tomba sur sa bouche, rouge comme une cerise. Avec un petit frisson, il se rappela qu'ils étaient mariés. Il pouvait bien l'embrasser s'il en avait envie. Il était chez lui, après tout.

Il se pencha. Les yeux de Nell s'agrandirent. Elle le saisit par les coudes et, sur la pointe des pieds, se porta à sa rencontre. Leurs lèvres se frôlèrent, dans un baiser fugace qui n'était qu'un prélude à quelque chose de bien plus torride.

— Et si nous remontions ? suggéra-t-il dans un chuchotement, sa bouche contre la sienne.

Il perçut les vibrations de son rire silencieux tandis qu'il l'obligeait à reculer vers l'escalier.

— Hum-hum !

Quelqu'un venait de tousser très distinctement derrière eux. Mme Hemple. La peste soit de cette femme.

Avec un soupir, Simon fit remonter sa main de la hanche de Nell à son épaule, puis pivota face à la duègne.

— Bonjour, madame Hemple. Je vous amenais justement votre élève.

— Tant mieux, milord. C'est une journée très importante pour milady. Nous n'avons pas une minute à perdre.

— Ah ? Que se passe-t-il aujourd'hui ? s'enquit Nell, un peu sur la défensive.

Simon se mordit la lèvre. Avait-il oublié de le lui dire ? Pour se faire pardonner, il lui prit la main et la baisa.

— C'est ce soir que vous faites vos débuts dans le grand monde, annonça-t-il.

*

La journée passa dans une sorte de brouillard flou. Nell ne pensait qu'à Simon. Mme Hemple lui fit subir la routine habituelle, demanda qu'elle mime les situations les plus usuelles lors d'une réception : être présentée à une autre comtesse, à une marquise, une princesse, à un piètre baron qui méritait à peine une révérence... Car oui, il y avait maintenant des aristos qui ne lui arrivaient pas à la cheville !

Nell s'exécutait, obéissait par réflexe aux consignes maintes fois répétées, pourtant elle avait l'impression que son corps ne lui appartenait plus vraiment. Son cœur battait la chamade chaque fois qu'elle songeait à son mari.

S'habiller pour une réception n'était pas une mince affaire. Il fallut s'y prendre tout de suite après le thé. Sylvie, fébrile comme un moineau effarouché, l'emmena dans son dressing choisir une robe, ce qui était un dilemme.

Simon l'avait mise dans tous ses états en lui disant que la soirée, bien que se déroulant en petit comité, réunirait la crème de la haute société londonienne.

La robe en satin mauve était ravissante, mais sa coupe bien trop audacieuse pour une telle occasion, décréta la camériste. La toilette de velours saphir deviendrait criarde sous l'éclairage électrique des Allenton. Mieux valait la réserver aux lampes à gaz. La robe en taffetas melon ne faisait-elle pas trop... juvénile ?

En revanche, la robe de soie émeraude tissée de fils bleu paon, portée sur un épais jupon de tulle vert froufroutant, était très féminine, élégante, mystérieuse. Elle provoquerait l'admiration de l'assemblée, à n'en pas douter.

Nell ignorait que les robes pouvaient contenir tant de potentialités.

Elle approuva l'analyse pointue de Sylvie, puis se leva pour enfiler une camisole de soie avant l'incontournable laçage du corset. Comme elle ôtait son déshabillé, elle surprit Sylvie qui détournait vivement la tête en rougissant, et ne tarda pas à en comprendre la raison en apercevant son reflet dans la glace : elle avait un suçon sur le sein gauche.

Elle sentit ses joues s'enflammer à son tour. La sensation de chaleur perdurait lorsqu'elle s'assit à sa coiffeuse un quart d'heure plus tard pour que Sylvie la coiffe.

C'était donc elle ? Cette fille au regard fiévreux qui la regardait dans le miroir et dont la tête était pleine d'images interdites ?

Longtemps, elle avait cru que pour avoir la paix, il fallait aimer un homme moins qu'il ne vous aimait. Mais le vertige qu'elle éprouvait n'autorisait aucune prudence, aucune retenue.

Ils étaient mariés. Elle pouvait bien laisser libre cours à ses sentiments, maintenant.

Sylvie tressa sa chevelure en couronne, à laquelle elle entremêla une chaînette de perles d'émeraude qui scintillaient comme des étoiles vertes.

— Très distingué ! commenta-t-elle.

— Et à demi nue, ajouta Nell.

La robe était pourvue de manches étroites et d'un décolleté plongeant qui dévoilait la naissance des seins.

— Non, élégant, corrigea Sylvie. Comme il sied à une comtesse.

— Ravissant, fit une voix masculine du pas de la porte.

Simon s'avança, grand et mince dans sa redingote de soirée, un écrin de cuir à la main. Cette bouche était trop belle pour se gaspiller en flatteries. Et elle leur connaissait un bien meilleur usage.

— Merci, dit-elle d'une voix curieusement rauque.

Une dame ne contredisait jamais un monsieur qui lui adressait un compliment, lui avait dit Mme Hemple.

Il vint lui présenter l'écrin :

— Voici pour vous.

Nell s'alarma en le voyant ouvrir le boîtier, une sensation de malaise l'envahit qui disparut aussitôt à la vue du contenu, réparti dans de petits compartiments tapissés de velours noir.

Les émeraudes du collier étaient de la taille d'un œuf de rouge-gorge, et guère plus petites que celles qui ornaient le bracelet. Les joyaux captaient la lumière et semblaient prendre vie sur leur lit sombre. Nell hésita à les toucher, comme si elle craignait de se brûler tant leur éclat était vif.

Des pierres qui étaient dignes d'une reine.

— Cette parure d'émeraude a toujours été portée par les comtesses de Rushden. Votre mère l'a portée. Elle aimait en particulier le bracelet. Chaque fois que je pense à elle, je la vois...

Il n'acheva pas sa phrase. Il était impassible, elle savait qu'il était passé maître dans l'art de dissimuler ses émotions.

— Je l'aimais beaucoup, conclut-il d'un ton léger. Et maintenant cette parure vous appartient.

Les larmes piquèrent soudain les yeux de Nell, sans qu'elle sût pourquoi. Elle leva la main pour caresser la joue de son mari.

— Merci, articula-t-elle, la gorge nouée.

Dans le miroir, elle le regarda accrocher la rivière d'émeraudes autour de son cou. Il déposa un baiser sur sa nuque, qui se perdit en frissons le long de son dos. Sa main descendit lentement vers son poignet pour y attacher délicatement le bracelet.

Et cette femme dans le miroir rosit, sourit, d'un sourire étrange et sage que Nell fut surprise de reconnaître.

Ce n'était pas la cigarière qu'elle voyait dans cette glace, mais une femme élégante, au port de tête assuré, au regard empreint de sérénité.

Elle l'avait déjà vue : dans la vitrine d'un magasin qui exposait des photographies.

⁎

Le salon des Allenton, illuminé de bougies, se déployait sous un haut plafond où des dieux grecs joufflus observaient les invités fringants dans leurs habits de soie et de satin.

Le brocart d'or chatoyant de la tapisserie damassée dansait dans la lumière mouvante. Les bijoux étincelaient sur les gorges et les poignets. L'atmosphère dégageait un parfum subtil, épicé et doux.

Au murmure des conversations, s'ajoutaient les notes d'un violoniste dissimulé derrière un écran de hautes fougères.

Nell s'immobilisa avec appréhension sur le seuil. Elle allait intégrer un véritable rêve de luxe, un univers feutré, raffiné, où les gens souriaient, riaient avec une discrétion de bon aloi, sans se douter le moins du monde qu'ils étaient sur le point de rencontrer une ouvrière. Et ils allaient même lui faire la révérence !

Simon se pencha vers elle :

— Vous êtes parfaitement à votre place ici.

— Je ne suis pas nerveuse, assura-t-elle avec un sourire de requin.

Elle se savait courageuse. Un peu rassérénée, elle prit une profonde inspiration et entra.

— Lord Rushden !

Simon la guida doucement et leur hôtesse vint à leur rencontre, une petite femme dodue aux cheveux auburn, sans véritable beauté, mais d'un visage avenant.

Le sourire de la femme s'évanouit lorsque son regard se posa sur Nell.

— Je... je... Bonsoir, lady Katherine.

Simon toussota :

— Je crains qu'il y ait méprise. Lady Rushden, puis-je vous présenter lady Richard Allenton ? Lady Allenton, voici ma femme, la comtesse de Rushden.

C'était au tour de Nell de jouer son rôle. Elle tendit la main comme un automate.

Elle crut entendre la voix sévère de Mme Hemple intimer à son oreille : « De la grâce, de la grâce en toutes choses, milady ! »

Heureusement, leur hôtesse était trop stupéfaite pour remarquer sa gaucherie.

— Oh, bonté divine ! s'exclama-t-elle.

Puis, les joues cramoisies, elle saisit la main de Nell et plia légèrement le genou.

Voilà. C'était la première révérence. Elle faillit déclencher chez Nell une vague d'hilarité. Une femme, une *lady*, venait de s'incliner devant elle !

L'épaule de Simon frôla la sienne, en toute discrétion. Ah oui. Elle s'humecta les lèvres :

— Comment allez-vous ?

— Très bien, haleta lady Allenton. Mais j'ignorais totalement... Je vous adresse mes meilleurs vœux de bonheur, Kitty. Je veux dire... lady Rushden.

— Lady Allenton, je crois que vous confondez ma femme avec sa sœur, intervint Simon.

La main de lady Allenton se crispa sur celle de Nell. Puis, les yeux exorbités, elle recula d'un pas, secoua la tête, gloussa faiblement :

— Je... ai-je mal compris ? Je ne...

— Pardonnez-moi, poursuivit Simon, de vous asséner la nouvelle de manière si brutale.

Bouche bée, lady Allenton secoua la tête. Une petite veine battait sur son front. Allait-elle les jeter dehors ? Appeler ses valets ?

— Eh bien... vous êtes un petit taquin, milord, finit-elle par lâcher avec un regard de connivence à Simon.

— Vous m'avez démasqué, j'en ai peur, acquiesça-t-il, tandis qu'une fossette se creusait dans sa joue.

Lady Allenton reporta son attention sur Nell :

— Ma foi... quelle heureuse surprise, milady ! Je suppose que vous ne vous souvenez pas... Oh, j'ai bien connu votre mère, mais vous étiez si jeune à l'époque... Et ensuite... quel malheur ! Nous étions tous effondrés...

Les mots arrivaient en désordre. Finalement, la curiosité prit le pas sur toute autre considération et elle balbutia :

— Où étiez-vous donc toutes ces années ?

— Ah, te voici ! s'exclama un rouquin à la tête sympathique qui venait de claquer amicalement l'épaule de Simon. Et... lady Rushden, je présume ?

Simon procéda de nouveau aux présentations :

— Lady Rushden, voici lord Reginald Harcourt, un vieil ami.

Nell voulut tendre la main, mais le rouquin s'inclinait déjà devant elle.

— Je suis ravi de faire votre connaissance, milady !

Elle connaissait ce genre de type : jovial, ouvert, généreux, qui aimait passer du temps au pub et n'hésitait pas à entonner des chants de marins au bar avec des gars qui se bagarraient au bout de la cinq ou sixième chopine.

— Ainsi donc, vous êtes venue semer la zizanie chez nous ce soir ? Et vous avez fait votre première victime, s'esclaffa-t-il en désignant lady Allenton qui n'était manifestement pas remise de sa stupeur.

— Je vais... ravie, bafouilla celle-ci.

— Je m'en doute, votre réception est déjà le clou de la saison ! Grâce à Simon.

Ces paroles firent mouche. Lady Allenton se rengorgea aussitôt.

— C'est vrai. Mais quel honneur ! s'exclama-t-elle. Quel honneur que vous ayez choisi ma petite fête pour annoncer ce... ce prodige ! Oh, lady Rushden, laissez-moi vous présenter mes invités.

Ainsi, dans le sillage de leur hôtesse, ils se mirent à circuler de groupe en groupe.

Les invités, sidérés et choqués, saluaient Nell en bégayant. Bientôt la salle se mit à bourdonner de murmures incrédules qui couvraient les notes du violon à mesure que la nouvelle se diffusait. L'atmosphère se modifia peu à peu et une vague d'excitation s'empara de l'assistance.

On chuchotait : « Cornelia Aubyn ! Cornelia Aubyn ! »

À sa propre surprise, Nell se détendit alors et commença à vraiment s'amuser. Mme Hemple considérait cette soirée comme une épreuve, mais c'est Simon qui avait raison : il s'agissait surtout d'un spectacle qui se jouait essentiellement sans répliques.

Chaque fois qu'on lui présentait une nouvelle personne, elle tendait la main, s'inclinait légèrement et savourait la palette d'expressions qu'on lui servait : stupéfaction, incrédulité, curiosité dévorante... Il fallait ensuite déjouer les questions des plus audacieux qui cherchaient à savoir où elle avait disparu pendant si longtemps, puis s'en tirer d'une pirouette sans paraître embarrassée. Elle riait aux traits d'esprit, éludait les difficultés et passait le relais à Simon si nécessaire.

Non, elle n'aimait pas particulièrement la chasse à courre, mais n'en appréciait pas moins l'invitation. Oui, cette robe était de Worth, mais modifiée par Mme Poitiers qui avait un don pour adoucir les coupes françaises un peu strictes. Non, ils en avaient justement discuté hier, elle n'avait pas encore choisi son favori, mais elle parierait sûrement sur la pouliche de Hunsdown...

Quelques ingénieuses sottises débitées par Simon de sa voix ferme, bien timbrée. Il n'avait pas son pareil pour manier ces gens avec son bagou et son irrésistible charme. On recherchait sa faveur qu'il accordait bien volontiers, flirtant avec les dames, gratifiant les messieurs d'amicales tapes dans le dos.

Les invités gravitaient autour de lui tels des satellites autour d'un astre.

Sous cette influence, la curiosité avide se mua bientôt en sympathie. On la regardait d'un œil neuf, non plus comme une anomalie, mais comme une merveilleuse découverte.

La dernière découverte de Rushden. Phénoménale.

Quelqu'un déposa une flûte de champagne dans sa main. Elle la leva en direction de Simon pour le féliciter silencieusement de son habileté. Ses yeux riaient. Il se pencha pour lui chuchoter à l'oreille :

— Continuez, vous vous débrouillez très bien.

Elle rougit sous le compliment, qu'elle ne pensait pas vraiment mériter. Au milieu de ce tohu-bohu, personne ne remarquait que, de temps à autre, elle appuyait un peu trop ses voyelles ou écourtait certaines syllabes. Comble d'ironie, ses élégants interlocuteurs bégayaient sous le coup de la surprise lorsqu'on prononçait son nom.

Lady Unetelle était en train de honnir la terrible injustice qui avait frappé Nell. Celle-ci acquiesça en lui tapotant la main. En même temps elle pensait : « Ne prends pas cette voix stridente, cocotte, et recule un peu quand tu me parles, ça ne se fait pas de postillonner dans la figure des comtesses. »

Lorsque la dame s'éloigna, une autre vint prendre sa place. Vêtue d'une robe écarlate, elle avait un visage en forme de cœur. Nell remarqua tout de suite l'infime hésitation de Simon avant de la saluer. C'était la vicomtesse Swanby. Grande, tout en courbes sensuelles, elle avait des yeux d'un bleu perçant qui brillaient comme des billes de verre.

Elle apprit la résurrection de Nell avec un stoïcisme étonnant : elle la salua d'un simple signe de tête, puis demanda à Simon s'il avait bien reçu son invitation au prochain récital d'un fabuleux pianiste hongrois.

— Oui, merci, répondit-il.

Mme Hemple avait enseigné à Nell qu'on ne faisait jamais allusion aux invitations en public, afin d'éviter que certaines personnes découvrent qu'elles n'étaient pas conviées.

Mais la grande blonde ne sembla pas s'apercevoir de sa gaffe.

— Il faut absolument que vous veniez. Il est fantastique ! Et quelle maîtrise du contrepoint !

Nell jeta un regard incertain à Simon. La conversation devenait un peu technique pour elle.

— Vous avez raison, c'est un virtuose, acquiesça Simon.

— Son doigté est extraordinaire, tellement sensuel... On dirait que ses notes vous caressent la peau et cela donne des frissons. Je n'ai encore jamais éprouvé de telles émotions.

— Vraiment ? Si vous le dites, rétorqua Simon d'un ton bizarrement sec chez celui qui avait été le plus civil des hommes jusque-là.

— Enfin, ce n'est pas tout à fait vrai. Cela m'est arrivé une fois, en fait. Et je n'ai jamais pu oublier cette expérience. Depuis, je vis dans la nostalgie de ces sensations.

Le ton était très suggestif. Le regard bleu s'était posé sur les mains de Simon qui se renfrogna radicalement.

Nell n'avait pas besoin d'en entendre plus pour comprendre de quoi il retournait. Il y avait un sous-entendu derrière chaque phrase que prononçait cette femme !

— Ce sera sans doute plus compliqué que vous ne le pensez, intervint-elle. De telles performances ne s'improvisent pas, vous comprenez.

Le biceps de Simon se banda sous ses doigts. « Eh non, je ne suis pas une cruche ! », songea-t-elle.

La vicomtesse lui jeta un regard indifférent avant de remarquer :

— Tiens, j'ignorais que lady Rushden s'intéressait à l'art.

— Elle a pourtant un instinct très sûr, répondit Simon. Dans ce domaine, je m'en remets entièrement à elle.

La vicomtesse demeura silencieuse quelques secondes. Puis ses sourcils s'arquèrent au-dessus de son regard bleu. Comme elle toisait Nell, sa belle bouche prit un pli dédaigneux :

— Comme c'est charmant ! Bien sûr, en matière d'art, il faut de la diversité si l'on ne veut pas que le plaisir s'émousse, n'est-ce pas ?

L'air parut crépiter entre elles. Nell inspira profondément. À ce stade des hostilités, deux rivales de Bethnal Green en seraient déjà venues aux mains. Et l'époux aurait battu en retraite, pour peu qu'il ait deux sous de raison. Personne n'aurait toléré ces attaques à peine mouchetées.

— Plus que de diversité, un mélomane doit faire preuve de discernement, de bon goût, et ne pas s'éparpiller dans de médiocres prestations, dit Simon en posant sa main sur la taille de Nell. Maintenant si vous voulez bien nous excuser, lady Swanby...

Il voulut l'entraîner, mais Nell résista. La vicomtesse ouvrait déjà la bouche pour riposter, et on ne tourne pas le dos à un serpent sur le point de mordre.

— Mais il me faut absolument votre opinion, comtesse. Lord Rushden et moi, nous nous sommes chamaillés l'autre jour à propos de la couleur des exécutions d'Andreasson. À mon sens, sa technique convient tout particulièrement aux fugues de Bach, mais peut-être n'êtes-vous pas d'accord ?

Le ton était agréable, mais ses yeux la transperçaient telles des dagues acérées, comme si elle savait avec certitude que Nell n'y entendait rien.

— Je doute que mon épouse ait un avis là-dessus, intervint Simon. Ces styles affectés sont des modes qui passent vite, en général. Il ne faut pas leur accorder plus d'importance qu'ils n'en ont.

L'eût-il giflé, l'effet produit aurait été exactement le même : elle avait rougi violemment et reculé d'un pas.

— Oui, je comprends. Oh seigneur, est-ce Marconi que j'aperçois là-bas ? Il faut absolument que j'aille le saluer. Si vous voulez bien me pardonner...

— Loin de nous l'idée de vous retenir.

La vicomtesse tourna les talons. Nell la regarda s'éloigner, une sensation de nausée au creux de l'estomac. Peut-être avait-elle abusé du champagne ?

— Qu'est-ce qu'un contrepoint ? demanda-t-elle.

— Un terme musical, c'est tout.

— Êtes-vous... une sorte d'expert en musique ?

Il haussa les épaules :

— On me reconnaît un certain flair pour découvrir de nouveaux talents. Mais il faut dire que la plupart des gens n'y connaissent rien.

— Vous composez également, n'est-ce pas ? Et vous jouez du piano tous les jours.

Cela laissait supposer que la musique était bien plus pour lui qu'un simple passe-temps.

Une ride apparut sur le front de Simon.

— Oui, et alors ? Cela vous contrarie ?

— Pas du tout. C'est juste que…

Elle s'interrompit. Elle était nulle, inculte, incapable d'analyser la moindre ritournelle. La vicomtesse avait manifestement été la maîtresse de Simon, et ils avaient comme point commun la passion de la musique. Mais avec Nell, jamais il ne pourrait parler de toutes ces choses auxquelles elle ne comprenait goutte : la couleur, le contrepoint, les fugues de Bach…

— Nell ?

Perdue dans ses pensées moroses, elle ne réagit pas.

— Voyons, Nell, il n'y a aucune raison pour que vous vous laissiez troubler par cette harpie.

Elle sentit sa gorge se contracter. Bien sûr, il lui disait cela maintenant, mais dans trois mois, ou six, quand la passion se serait affadie, il s'agacerait de son ignorance.

Un baron ventripotent et chauve se matérialisa à leur côté avec trois flûtes de champagne.

— Portons un toast ! s'exclama-t-il. À la dernière trouvaille de Rushden ! Vous êtes vraiment un petit génie, mon vieux Rush !

Nell accepta une coupe avec un sourire contraint. Les gens se pressaient autour d'eux dans une joyeuse bousculade et le liquide doré déborda. À son tour, Simon leva son verre et lança une plaisanterie qui provoqua l'hilarité générale. Voilà qu'il était le centre de l'attention.

Les yeux baissés sur son champagne, elle se mit à fixer les petites bulles qui remontaient à la surface. Il lui était impossible d'épouser une riche héritière de l'aristocratie à cause de sa mauvaise réputation, lui avait dit Simon. Ce n'était pas franchement flagrant quand on le voyait en cet instant. Toute la fête tournait autour de lui. Il avait tant de charisme que ses pairs devaient à peu près tout lui pardonner. Oh, sans doute ne lui avait-il pas sciemment menti. Il devait plutôt se mentir à lui-même.

Comment expliquer qu'il ait une vision si sombre de sa personne ?

Il se tenait en si piètre estime qu'il n'avait pas hésité à épouser une va-nu-pieds...

Elle vida sa flûte d'une seule traite.

***

Une heure plus tard, la salle vrombissait encore des conversations animées quand un homme en queue-de-pie alla s'installa au piano.

— Ah, Andreasson daigne faire son apparition, commenta lady Allenton en jetant un regard ravi à Simon. Cher lord Rushden, vos découvertes ne cessent de nous enchanter. Je trouve son style tout simplement solaire !

Nell soupira. Depuis un petit moment, elle avait retrouvé sa bonne humeur. C'était trop bête de se gâcher la soirée, elle devait profiter de l'instant présent. Hélas, les gens allaient recommencer à parler musique. Il lui fallait un autre verre pour se donner du courage. Deux.

Le pianiste plaqua quelques accords sur le clavier pour se chauffer les doigts. La foule fit peu à peu silence et tous les regards se tournèrent vers le piano. Simon en profita pour attirer Nell contre lui et mettre un peu de distance entre eux et leur hôtesse.

— Comment vous sentez-vous ? s'enquit-il à mi-voix.

— Très bien, répondit-elle avec sincérité.

— Qu'avez-vous pensé de cette réception ?

Nell était un peu étourdie. Elle avait l'impression d'avoir traversé un nuage de papillons qui auraient agité leurs ailes sous son nez toute la soirée pour se faire remarquer. La plupart étaient inoffensifs et amusants.

— Tous ces gens sont plutôt gentils, dit-elle enfin.

Sans oser ajouter : « Mais c'est uniquement grâce à vous qu'ils m'ont bien traitée. »

Une suite d'arpèges se fit entendre, avant une courte pause censée aiguiser l'attention du public. Puis Andreasson plaqua de vigoureux accords sur son clavier, dans une sorte de frénésie emphatique qui déconcerta d'emblée Nell.

Ce genre de musique finissait immanquablement par vous donner la migraine. Les invités de lady Allenton semblaient l'apprécier, eux. On hochait la tête, la mine approbatrice, ou bien l'air inspiré, ou songeur.

Nell se mordit la lèvre. Elle n'avait pas besoin de Mme Hemple pour savoir qu'il aurait été très déplacé de laisser libre cours à son hilarité.

— Alors, qu'en pensez-vous ? s'enquit Simon.

— Qu'il ne joue pas aussi bien que vous.

— Faux. Mais toute technique mise à part, ses œuvres sont vraiment originales. En son genre, c'est un virtuose de la dissonance.

Le ton snobinard la hérissa. Il n'était pas en train de s'adresser à la vicomtesse de Swanby.

— Si vous voulez, je peux vous faire un petit concert en tapant sur des bidons de lait avec des louches, proposa-t-elle. On dira sûrement que c'est original si je m'installe dans un salon.

Il eut un rire étouffé. Quelques têtes se tournèrent dans leur direction.

— Vous allez ruiner ma réputation avec de tels commentaires !

— Si ce pianiste ne l'a pas déjà fait, alors elle est indestructible.

Son sourire s'estompa. Il l'enveloppa d'un regard pénétrant, comme il l'avait fait le matin même en lui apportant son petit déjeuner au lit.

— Vous n'avez toujours pas appris à mentir, Nell. Et j'espère que cela ne changera jamais.

Elle le dévisageait, hypnotisée par son regard plein de désir, mais également d'une émotion tout autre qui ressemblait à de la tendresse.

Sous ce regard à la fois doux et brûlant, des zones secrètes de son corps prenaient vie, se mettaient à irradier. « Je veux que vous me regardiez toujours de cette façon », pensa-t-elle. Et pour cela, elle voulait bien digérer des dizaines de manuels de musicologie.

Une pensée plus sombre fit intrusion dans son esprit : s'il la pensait vraiment incapable de mentir, alors la femme qu'il regardait en cet instant n'existait que dans son imagination. Nell pouvait mentir comme un arracheur de dents, à longueur de journée. Elle pourrait déclarer sans ciller : « Désolée, Michael, je n'ai gagné que quatorze shillings cette semaine. Hannah, ces gants sont très jolis. Simon, je me moque de ce que vous avez bien pu faire avec cette vicomtesse ; notre mariage est une association à but lucratif, rien de plus. Si je vous quittais aujourd'hui, je n'en éprouverais aucun regret. »

Le pianiste fou attaqua un deuxième morceau. Dès les premières notes, Nell reconnut la mélodie que son mari avait composée lorsque cette Italienne vénale lui avait brisé le cœur.

Sur ces entrefaites, lady Allenton s'approcha d'eux.

— Avez-vous eu l'occasion d'écouter M. Andreasson, lady Rushden ? J'espère, milord, que vous faites profiter votre épouse des talents de votre petite coterie artistique ?

— Non, pas encore, répondit Simon. Mais je pense à un peintre de ma connaissance pour exécuter notre portrait de mariage. Un artiste de talent, au style très particulier, d'une apparente simplicité, mais sa patte est extraordinaire.

— Vraiment ? De qui s'agit-il donc ? s'enquit lady Allenton avec intérêt.

Nell s'efforça d'occulter leur conversation. Les notes de musique s'égrenaient, douloureuses, pleines d'une sourde mélancolie, pareilles à un crépuscule d'automne. C'était vraiment trop triste. Écouter ce morceau déclenchait un plaisir doux-amer, comme lorsqu'on approchait du feu sa main engourdie après une longue marche dans la froidure.

Malheureusement, lady Allenton entendait inclure Nell dans la discussion :

— Ah, c'est mon morceau préféré ! Remarquable, n'est-ce pas milady ?

— En effet, répondit Nell du bout des lèvres.

— Cet Argos, il est étonnant. Certaines personnes le jugent misanthrope. Mais peut-être a-t-il une excellente raison qui l'oblige à vivre en reclus. Peut-être est-il malade ? Un musicien aussi doué doit avoir un très grand cœur, ne croyez-vous pas ? On ne peut pas composer des musiques si belles et mépriser le monde.

— Pardon ? De qui parlez-vous ? balbutia Nell.

— Argos. L'artiste qui a composé ce morceau.

— Mais c'est...

— Vous avez vraiment un goût exquis, lady Allenton, coupa Simon en lançant à Nell un regard d'avertissement.

La matrone rosit de plaisir.

— Ma foi, j'ai passé une bonne partie de l'hiver à Paris, comme vous le savez certainement. Et pour ce qui est des arts, c'est une ville incomparable. On y apprend beaucoup.

Nell dévisageait Simon, stupéfaite. Il faisait donc croire à tout le monde que quelqu'un d'autre avait composé cette musique ? Il ne lui était pourtant pas apparu comme quelqu'un de modeste, encore moins timide.

Le pianiste plaqua son dernier accord. Quelques secondes révérencieuses s'écoulèrent avant que les premiers applaudissements ne s'élèvent, hésitants, puis se déchaînent dans un crépitement enthousiaste. On entendait dans les applaudissements les cliquetis de leurs éventails, de leurs bagues ou de leurs bracelets de pierreries.

Sous les acclamations, Andreasson se leva et salua son public, la mine revêche.

— Oh mon Dieu, avons-nous raté le récital ? s'exclama une voix douce dans le dos de Nell.

Elle sentit la main de Simon se refermer sur son bras, comme pour la soutenir. Lentement, elle pivota.

Tout d'abord, elle ne vit rien d'autre que la haute silhouette d'un homme à la minceur ascétique, qui la fixait d'un air horrifié.

Puis son attention se porta sur la jeune femme qui l'accompagnait et tendait la main pour saluer lady Allenton.

Le sourire de lady Katherine s'évapora en une seconde lorsque son regard croisa celui de Nell.

— Ah, merveilleux ! pépia lady Allenton. J'espérais tellement que vous pourriez vous joindre à nous !

14

Elle était là. En chair et en os. Nell aurait pu passer le reste de sa vie à dévorer des yeux Katherine Aubyn. La regarder bouger, agiter les mains et parler, avec cette petite intonation aiguë dans la voix.

— Mais ce n'est pas possible ! bredouillait lady Katherine. Quelle est cette farce ?

Elle arpentait la bibliothèque de lady Allenton à petits pas furieux qui soulevaient sa jupe couleur feuille morte.

Leur hôtesse, pleine de sollicitude, avait bien volontiers mis à leur disposition cette pièce afin qu'ils puissent profiter en toute intimité de ces « retrouvailles historiques », comme elle les nommait.

Nell, pour sa part, se tenait à l'écart derrière le dossier d'une chaise dans une pose raide. Elle avait un peu l'impression que quelqu'un venait de l'assommer avec une poêle en fonte.

Elle avait beau tenter de mettre de l'ordre dans ses pensées chaotiques, un seul constat s'imposait : sa sœur était là, face à elle, bien réelle. Oui, bien sûr qu'elle était réelle. En aurait-elle jamais douté ?

Le portrait aperçu dans la devanture du magasin n'avait pas su rendre justice à son sujet car celle qui faisait les cent pas devant la cheminée en ce moment était vraiment le parfait sosie de Nell.

Fascinée, elle était incapable de voir quoi que ce soit d'autre, bien qu'elle-même soit l'objet de tous les regards : le chaperon de Katherine, une dame replète, la fixait de ses yeux globuleux, et le tuteur, cet homme chauve et mince à l'accent nasillard qui se nommait Grimston, lui jetait lançait de temps à autre un regard noir tout en s'entretenant avec Simon dans un échange plutôt tendu.

Les mains calées sur les hanches, lady Katherine se tourna brusquement :

— Mais qui êtes-vous ? s'écria-t-elle.

Grimston s'interposa :

— Katherine, nous ferions mieux de...

— Non !

Frémissante, le teint livide et le regard farouche, Katherine marcha droit vers Nell. Ses diamants étincelaient autour de son cou.

— Vous ne pouvez pas être... Non, c'est impossible ! Vous...

L'air désemparé, elle leva la main comme pour frôler la joue de Nell, mais retira son bras au dernier moment.

De nouveau elle bredouilla :

— Vous êtes ma...

— Oui, je le pense, murmura Nell.

— Ça suffit, intervint Grimston. Kitty, vous ne comprenez donc pas que c'est un coup monté ?

— Un coup monté ? répéta Katherine d'une voix blanche, sans quitter Nell des yeux. Vous portez le bracelet de ma mère. Et son collier. S'agit-il d'une mascarade ?

Nell baissa les yeux sur le bijou qui ornait son poignet et les gants de satin blancs qui cachaient ses paumes calleuses.

— Non, je ne crois pas, répondit-elle.

Katherine ouvrit la bouche. Secoua la tête en silence. Les mots refusaient de sortir.

Nell comprenait ce qu'elle ressentait. Dans un élan de sympathie irraisonné, elle saisit la main de Katherine.

Elles se dévisagèrent. Cette ressemblance affolante… Cette jeune femme magnifique, parée de joyaux sublimes, était du même sang qu'elle.

Sa sœur jumelle.

Katherine cilla pour retenir ses larmes.

— Où étais-tu toutes ces années ? Pourquoi n'es-tu pas revenue vers moi ?

— Je ne savais pas. Je ne me souvenais pas.

— Oh… Est-ce que… est-ce qu'elle était cruelle avec toi ? balbutia encore Katherine, dont la main s'était crispée sur celle de Nell.

— Non. Je croyais qu'elle était… ma mère.

Katherine la lâcha brusquement et recula d'un pas.

— Ta mère ? Ce monstre ?

— Je ne savais pas ! répéta Nell. Comment aurais-je pu ?

— Mais… tu devais bien le sentir ! Voyons… ne t'ai-je donc pas manqué ? reprit Katherine d'une voix implorante. Tu n'as pas pu oublier ta sœur du jour au lendemain. Il ne s'est pas passé une nuit, un jour, sans que je me languisse de ta présence ou prie pour ton retour…

Misérable, Nell secoua la tête.

— Je suis désolée, chuchota-t-elle.

Aujourd'hui, face au désarroi de Katherine, elle aussi se demandait comment elle avait pu chasser de sa mémoire les souvenirs de sa première vie.

Comment ne s'était-elle pas rendu compte qu'il lui manquait la moitié d'elle-même ?

— Mais où étais-tu ? insista Katherine dans un sanglot. Notre père t'a cherchée partout… partout. Elle t'a cachée à la campagne, c'est ça ?

— Non, j'étais ici, à Londres. Tout près. À Bethnal Green.

— À Bethnal Gr... Mais c'est... l'East End ! Oh seigneur... Tu as vécu dans cet enfer ? Mon Dieu, mais comment as-tu fait pour survivre ?

— J'ai travaillé.

Nell se rendit compte trop tard que la question était de pure forme et n'appelait pas de réponse. Surtout celle-là.

Une expression horrifiée s'était peinte sur les traits de sa sœur.

— J'ai travaillé honnêtement, s'empressa-t-elle d'ajouter. À l'usine. J'étais cigarière.

Mais ces informations n'apaisèrent en rien lady Katherine qui éclata tout à coup d'un rire hystérique. Une main tremblante sur sa bouche, elle se tourna vers Grimston.

— Mon Dieu ! souffla-t-elle. Une cigarière ?

— C'est parfaitement grotesque, laissa tomber son tuteur.

Katherine fit volte-face vers Nell :

— Tu imagines... ce que vont dire les gens ?

— Calmez-vous, reprit Grimston. Rien n'a encore été prouvé.

— Elle me ressemble tellement... Mais... Tu dis que tu ne te souvenais pas de moi ?

— Je... je ne peux pas l'expliquer, avoua Nell, mais...

— Comment as-tu pu m'oublier ?

— Je...

— Tu étais ici même, à Londres, et jamais tu n'as tenté de revenir à la maison ?

Katherine recula encore en secouant la tête.

— Non, ce n'est pas elle, dit-elle d'une voix rauque. Cornelia serait revenue. Tu... Vous n'êtes pas Cornelia ! Moi je n'ai jamais oublié ! Et je suis sûre que ma sœur se souviendrait de moi !

Nell frémit. Ces mots lui lacéraient le cœur. Un bourdonnement s'amplifiait dans ses oreilles. Être rejetée si vite, avec tant de violence. Cette fille ne voyait donc pas clair ?

Mais si, elle voyait très bien. Et elle regardait à présent Nell la mine dégoûtée, comme en présence d'un insecte répugnant.

La colère la soulagea du chagrin corrosif qui menaçait de la terrasser. De quel droit cette fille la condamnait-elle ?

Bien sûr que lady Katherine n'avait pas perdu la mémoire ! Son entourage lui rappelait chaque jour sa sœur perdue. On l'avait consolée et cajolée quand elle avait pleuré. Et elle n'avait jamais eu à lever le petit doigt de toute sa vie.

Comment osait-elle la juger ?

Furieuse de se sentir blessée, Nell articula d'une voix cassante :

— Maintenant, vous êtes sûre que je ne suis pas votre sœur ! C'est drôle comme vous avez changé d'avis quand vous avez su que j'avais travaillé de mes mains ! J'imagine que vous seriez plus contente si j'étais restée enfermée dans une boîte durant toutes ces années ?

— Co… comment osez-vous ?

Furieuse, Katherine interrogea Grimston. Tête haute, elle déclara :

— Cette personne n'est pas ma sœur. Ma sœur… est morte !

Tout à coup, Simon était près de Nell. Sa main tiède, apaisante, se posa dans son dos.

— Étrange, commenta-t-il. Vous juriez pourtant le contraire au tribunal, l'automne dernier.

— Ça suffit ! s'emporta Grimston. C'est vraiment odieux de votre part, Saint-Maur.

— Rushden, corrigea Simon à mi-voix.

— Amener cette personne ici, l'imposer à tous ces gens que vous trompez ! Et vous, ma petite, poursuivit Grimston en se tournant vers Nell, vous êtes soit une grande comédienne…

— Certes, coupa-t-elle, sarcastique, il faut avoir un sacré talent pour se fabriquer cette figure ! D'ailleurs, je me demande bien pourquoi je ne l'ai pas choisie un peu plus jolie.

Katherine lui jeta un regard ulcéré.

— Que vous soyez la bâtarde de feu le comte, je n'en doute pas, railla Grimston. Ce que j'ignore, c'est si vous êtes complice du petit jeu indigne de Saint-Maur, ou une simple marionnette. Quoi qu'il en soit, sachez que vous nagez en eaux troubles avec ce triste sire. Nous allons vous traîner en justice pour tromperie et tentative d'extorsion.

— Je retrouve la famille Aubyn ! s'amusa Simon. Cette atmosphère si familiale, si chaleureuse.

— Pensiez-vous si facilement nous abuser et vous faire accueillir à bras ouverts ? Quelle insulte ! Quelle impudence ! s'étrangla Grimston. Nous aurons beau jeu de vous démasquer. Il existe des preuves physiques dont vous n'avez jamais entendu parler, et qui révéleront tous vos mensonges !

— Apparemment lady Katherine ne les connaît pas non plus, remarqua Simon en désignant la mine ahurie de sa pupille.

Katherine se ressaisit et répliqua d'une voix cinglante :

— Vous êtes un malotru, un grossier personnage ! Vous avez peut-être l'apparence d'un gentleman, mais sous vos beaux habits, vous n'êtes qu'une fripouille. Votre conduite éhontée a déjà poussé mon pauvre père dans la tombe.

— Quel mélodrame ! laissa tomber Nell.

— Bon, nous en avons assez entendu, décida Grimston qui, redressé de toute sa taille, se tourna vers le chaperon de Katherine pour claquer dans ses doigts, comme s'il appelait un chien. Vous vous adresserez désormais à nos avocats. Saint-Maur, soyez sûr d'avoir bientôt de mes nouvelles.

— J'y compte bien, rétorqua Simon. Vous allez devoir reverser à ma femme une grosse somme d'argent, quelque chose comme neuf cent mille livres, non ?

Katherine émit un bruit étranglé qui traduisait son indignation :

— Vous tombez dans le tréfonds de la vulgarité ! Quand je pense que le titre de mon père est revenu à un misérable tel que vous, capable d'organiser une mise en scène aussi cruelle et répugnante, alors que depuis tant d'années je me désespère de... Oh, je ne peux pas supporter ça !

Le visage plongé dans ses mains, Katherine s'enfuit, bientôt suivie de Grimston et du chaperon. La porte claqua derrière eux.

Encore sous le choc, Nell demeura immobile à fixer le battant. La main de Simon se posa sur son épaule.

— Je suis désolé. Je pensais... Mais non, je n'ai pas réfléchi, rectifia-t-il avec un petit rire sans joie. La vérité, c'est que je ne m'attendais pas à les voir ce soir. C'était une erreur, nous aurions dû prévoir la confrontation.

Elle secoua la tête :

— Quelle furie ! Je ne m'étonne plus que ma mère ait voulu m'emmener au loin ! Enfin, je veux dire mon autre mère.

— Vous êtes folle. C'était un crime terrible, et vous méritiez bien mieux.

Son index recourbé remonta doucement sur la joue de Nell qui s'aperçut tout à coup qu'elle pleurait.

— C'est vrai ? Vous le pensez réellement ? chuchota-t-elle.

« Il ne s'est pas passé une nuit, un jour, sans que je me languisse de ta présence », avait dit Katherine.

Mais dans la foulée, elle avait fait marche arrière. Ces mots n'étaient pas destinés à Nell, finalement.

Les larmes coulaient, comme le pus qui jaillit d'une blessure infectée. Elle se sentait sale, contaminée par cette certitude : c'était elle, l'enfant perdue. Et, aujourd'hui, personne ne se souciait d'elle.

**
*

Le cabriolet était spacieux. À l'aller, Simon s'était assis sur la banquette opposée pour éviter de froisser les jupes de Nell. À présent il était installé à côté d'elle, sans se soucier d'écraser la précieuse soie et ses multiples jupons.

— J'aurais dû gérer les choses très différemment, confessa-t-il, alors que la voiture s'ébranlait sur un claquement de fouet du cocher. J'aurais dû insister, repasser chez elle. Elle n'aurait pas subi un si grand choc et aurait sans doute mieux réagi.

Nell haussa les épaules. Sa langue semblait engourdie dans sa bouche. Maintenant que ses larmes avaient séché, elle en avait honte. En pleurant, elle s'était trahie elle-même.

Elle avait nourri tant de rêves stupides sur ses retrouvailles avec sa sœur. Quelle plaisanterie !

Qu'importe après tout si cette garce la repoussait. Maintenant Nell n'avait plus le moindre doute. Katherine était bel et bien sa jumelle. En la regardant dans les yeux ce soir, elle avait éprouvé un indicible émerveillement. « Tu me connais. Tu es de mon sang. »

Sauf que Katherine Aubyn l'avait rejetée ensuite.

— Au bout du compte ça ne change rien, disait Simon. Il aurait mieux valu obtenir son soutien, c'est sûr, mais enfin une soixantaine de personnes parmi les plus importantes de Londres vous ont reconnue ce soir comme étant lady Cornelia. On peut appeler ça un triomphe ! Demain, toutes les gazettes proclameront votre retour.

Le ton était engageant. Il essayait de lui réchauffer le cœur, de lui faire voir les choses de son propre point de vue, de la charmer, comme il avait charmé les invités de lady Allenton.

Émue, elle chercha sa main à tâtons, entrecroisa leurs doigts, sans le regarder. Sa tristesse ne pouvait s'effacer de quelques mots raisonnables. Elle la submergeait, débordait.

Mon Dieu, qu'as-tu fait, maman ?

Jane Whitby l'avait séparée du monde auquel elle appartenait, de ceux qui auraient dû la combler de leur amour, sa mère, son père, sa sœur.

— Il ne faut pas vous inquiéter, lui dit Simon en lui pressant la main. Me faites-vous confiance ?

Hochant la tête, elle se blottit contre lui. Il s'y connaissait bien mieux qu'elle en matière de loi, de toute façon.

— Vous vous en êtes très bien tirée. Je vous félicite, dit-il encore.

Ces mots la transpercèrent. Tout cela n'avait été qu'une prestation scénique. Au début elle s'était amusée, comme une petite fille qui joue une bonne farce. Mais Katherine avait tout de suite vu à travers elle. « Une ouvrière ! », s'était-elle récriée.

Et avec quel mépris !

La vicomtesse n'avait sûrement pas été dupe non plus. Ce n'était pas la jalousie qui l'avait rendue si hautaine, au fond.

— Avez-vous couché avec lady Swanby ? demanda-t-elle tout à coup.

Il se raidit et, après un long silence, admit :

— Oui. C'était bien avant de vous connaître.

— Et maintenant ?

Il lui saisit le menton pour plonger son regard dans le sien :

— Maintenant, je suis marié.

À cet instant, le cabriolet marqua un arrêt à une inter-section. Nell se dégagea sous prétexte de regarder par la fenêtre.

Dans la lumière jaunâtre des becs de gaz, une foule de piétons paradait en habits de soirée. Les hommes tenaient des cannes à pommeau doré, les dames arbo-raient des aigrettes sur leur chapeau.

— Je serai toujours d'une ignorance crasse par rap-port à elle, murmura-t-elle, les yeux fixés sur cette scène urbaine.

— Katherine ?

— Pareil pour elle.

Il soupira :

— Je crois que vous vous méprenez sur l'importance de la vicomtesse dans ma vie. Ce fut une relation très éphémère.

— Peu importe. Je ne connais rien à la musique, Simon. Je ne sais pas parler du doigté d'un pianiste. Je sais juste quand il fait une fausse note. Et encore... Il paraît que certains aiment ça.

— En contrepartie, vous savez faire des tas de choses qui m'échappent totalement. Mais nous pouvons cha-cun profiter de l'enseignement de l'autre, Nell.

Elle secoua la tête. Il lui disait exactement ce qu'elle avait envie d'entendre. C'était un beau parleur, cela fai-sait partie de ses atouts. Son intonation solennelle lui disait qu'il était sincère, mais... pour combien de temps ?

Yeux clos, elle pressa son visage contre son plastron, huma l'odeur d'amidon, de Cologne, et le parfum de sa peau. Elle avait tellement envie de le croire ! Elle en avait besoin.

Il l'entoura de ses bras et elle en éprouva un bien-être inouï. À présent elle savait pourquoi Dieu avait donné des bras aux hommes.

À quoi bon s'évertuer à protéger son cœur ? Il y avait beau temps qu'elle l'avait perdu.

Un tapotement à la vitre vint perturber le silence de l'habitacle. Les cheveux de Simon lui effleurèrent la tempe comme il tournait la tête. Nell se mordit la lèvre. Elle savait qui tapait au carreau.

Quelqu'un dehors qui avait faim. Et froid.

— Donnez-lui une pièce, murmura-t-elle.

— Je n'en ai pas sur moi.

Elle rouvrit les yeux.

Sa colère flamba si vite qu'elle comprit qu'elle avait toujours été là, tapie, à fleur de peau, n'attendant que la première occasion pour jaillir.

Il était plus facile d'être en colère que d'espérer.

D'un mouvement brutal, elle se dégagea, se saisit du réticule qu'elle avait abandonné sur la banquette opposée.

Une dame n'était pas censée emporter autre chose qu'un mouchoir, un flacon de sels, et à la rigueur une bouteille de parfum. Elle glissa la main à l'intérieur, chercha à tâtons les pièces que Simon lui avait données en riant après leur partie de billard.

Puis, sans croiser son regard, elle abaissa la vitre d'un coup sec et tendit la main au-dehors.

La mendiante avait les cheveux gris et une face sillonnée de rides profondes. Un châle usé jusqu'à la trame enserrait ses épaules osseuses.

Elle attrapa la pièce que lui tendait Nell. Puis, comme la voiture repartait dans une secousse, son visage disparut de son champ de vision.

Sans doute était-elle tombée à genoux dans la boue pour récupérer le trésor échappé à ses doigts malhabiles.

Nell se rassit sur la banquette où elle avait récupéré le réticule, face à Simon qui la regardait d'un air étonné.

— Vous avez de l'argent dans votre réticule ?

« Oui, et moi aussi j'ai rampé dans la boue ! », songea-t-elle avec amertume.

Il y avait tant de choses qu'il ignorait d'elle et qu'elle ne lui dirait jamais. Comme par exemple qu'elle n'avait absolument rien à lui apprendre, rien qui puisse l'intéresser en tout cas.

Elle savait allonger une soupe d'eau tiède. Combler une fissure dans un meuble avec de la cire fondue. Elle savait à quelle heure aller chez le boucher pour payer moins cher. Et quelle route il fallait emprunter le soir pour rentrer chez soi dans une sécurité relative.

Tout ce qu'elle put répondre fut :

— Je n'ai pas honte.

— Non, il n'y a aucune raison ! Mon Dieu, Nell, de quoi auriez-vous honte ? Katherine Aubyn est une enfant gâtée capricieuse, la vicomtesse une snob superficielle. Qui se soucie de leur opinion ?

Elle tenta un sourire.

Dans ce mariage, elle avait le beau rôle : elle avait vu les deux côtés du monde, tandis que lui n'en connaissait qu'un seul.

Elle ne pourrait jamais lui apprendre la sensation de la boue qui glisse entre les doigts, ni le choc de ses genoux contre le sol rugueux. Et comment aurait-il pu se douter qu'après tous ces repas merveilleux qu'ils avaient savourés ensemble, le souvenir de la faim résonnait encore dans ses os ?

Elle ne voulait rien lui dire de tout ça. Elle préférait qu'il ne voie pas ses faiblesses, ses peurs, cette petite part de lâcheté qui faisait qu'au fond elle ne se sentait jamais vraiment en sûreté. Sinon il l'aurait considérée différemment. Et elle aimait trop la façon dont il la regardait à présent.

— Qu'est-ce qui vous trouble donc ? demanda-t-il.

— Je ne ferai jamais partie de votre monde, Simon. Même au bout de vingt ans. Même au bout de quarante.

Le souvenir de la faim ne s'effacerait jamais. Il l'empêcherait toujours de croire que les meilleures choses allaient de soi.

— Mais personne n'appartient à ce monde, Nell. Ces gens sont tous en train de s'épier les uns les autres, de guetter les rires et les regards en se demandant s'ils ne sont pas la cible des quolibets ou des critiques.

Elle se mordit la lèvre. De toute évidence, il pensait qu'elle craignait le jugement d'autrui. Il ne lui venait pas à l'esprit qu'elle puisse se juger elle-même face à l'ampleur de ses lacunes.

— Ils ne sont pas comme ça avec vous, objecta-t-elle. Vous savez leur plaire et ils sont tous acquis à votre cause.

— Pas entièrement. Tout n'est qu'apparence dans ce monde-là. Personne ne se sent autorisé à être vraiment soi-même.

— Est-ce pour cette raison que vous ne revendiquez pas la paternité de vos œuvres musicales ? Vous avez peur des critiques, des railleries ?

Il se renfrogna.

— Non, je n'ai pas peur. Je ne cherche l'approbation de personne. Pas dans ces cercles-là, en tout cas.

— Vous ne pensez donc pas que votre travail mérite quelques louanges ?

— Peut-être. Cela ne m'importe pas beaucoup.

Elle baissa les yeux. Dans des instants comme celui-ci, elle mesurait l'infinie distance qui les séparait.

Il évoquait sa propre indifférence comme s'il s'agissait d'un style qu'il aurait choisi, mais elle savait que l'indifférence était un luxe que seuls les privilégiés pouvaient se permettre. Au moment où elle tombait à genoux dans la boue pour ramasser une pièce, la lubie de l'élégante qui l'avait jetée lui apparaissait comme un véritable miracle.

Avec un petit soupir impatient, il changea de place pour venir s'asseoir auprès d'elle, lui prit fermement le visage entre ses mains :

— Racontez-moi.

Elle déglutit, secoua la tête :

— Je ne peux pas expliquer...

— Mais si. Si ce n'est pas Katherine alors c'est l'injustice qui vous trouble ? Cette mendiante, tout à l'heure ? Maintenant vous avez le pouvoir de changer cela, vous vous en rendez compte, n'est-ce pas ?

Certes. Mais elle était égoïste. En réalité, c'est lui qui la troublait le plus. Et la douleur sourde qu'il éveillait dans son cœur, terrible mais si douce

Des souvenirs de la nuit passée défilaient dans sa mémoire. Elle leva la main pour lui caresser la joue.

Lui-même se décrivait comme un bon à rien cupide, égocentrique. Mensonges. Elle le savait attentionné, généreux, terriblement intelligent, drôle et – même s'il l'aurait nié un pistolet sur la tempe – sensible et humain.

L'opinion des autres comptait pour lui, sinon il ne se serait pas tant échiné à masquer son véritable visage et à cacher son œuvre musicale au monde.

— Vous êtes une belle personne, savez-vous ?

Il se méprit sur la signification de ces paroles :

— Vous avez raison de vous révolter contre la misère et l'injustice. Nous ne devrions pas y être indifférents. Et ces soi-disant bons samaritains qui ne font rien. Là encore, vous pourriez changer les choses. Comme je vous l'ai dit, tout est possible pour vous dorénavant.

Cette fois, elle sourit vraiment.

— Ah, c'est mieux ! se réjouit-il.

Tendue vers lui, elle réclamait ses lèvres et le goût de sa bouche. Il y répondit aussitôt par un mouvement fougueux, la renversa contre le dossier, l'embrassa et effaça ses peurs à la façon dont la lumière dissipe les pires cauchemars.

La main dans ses cheveux, elle l'agrippa avec une même ardeur.

Ils se ressemblaient beaucoup sous certains aspects.

Cette pensée traversa son esprit aussi vivement que les éclats d'un feu d'artifice éclairent la nuit noire.

La même dureté profonde, résistante comme un diamant, les liait indéfectiblement. Elle avait confiance :

main dans la main, ils affronteraient les épreuves à venir. Katherine l'avait peut-être rejetée, mais lui l'avait épousée et la garderait près de lui.

Elle retroussa jupes et jupons de soie et de dentelle. D'un coup de reins, elle inversa leur position, le plaqua contre le dossier et s'assit sur lui à califourchon. Il encercla sa taille fermement.

Une fois de plus elle s'extasia de sa force physique et de sa beauté virile. Il était la réponse à toutes les questions qu'elle s'était posées, la promesse de mille surprises. Jamais il ne la décevrait, croyait-elle.

Il écarta brusquement les pans de son manteau ; il arracha le petit fichu de dentelle noué autour des épaules de Nell pour ménager sa pudeur et combler l'échancrure du décolleté.

La seconde suivante, ses lèvres gourmandes dégustèrent le renflement de chair, à la limite du bustier, dans une étrange passion révérencieuse.

Un rire joyeux monta dans la gorge de Nell : si cet homme la désirait, elle avait forcément de la valeur. Dans ses bras, elle se sentait précieuse, presque toute-puissante.

Elle glissa une main entre eux, et son exploration fébrile l'amena à la protubérance rigide qu'elle brûlait de prendre en elle.

Il émit un grondement sourd, roula des hanches de manière instinctive pour presser son érection contre sa paume. Elle fit sauter le bouton du pantalon et son sexe se dressa d'un coup à la rencontre de ses doigts.

Elle le guida en elle, haletant jusqu'à ce qu'un long soupir lui échappe finalement.

Elle était comblée.

Déjà le feu de la passion lui vrillait les reins et l'entraînait dans une danse langoureuse et éternelle.

« À moi. Il est à moi », se promit-elle.

Il lui appartenait et jamais elle ne le laisserait s'éloigner d'elle.

Dans les jours qui suivirent, quelque chose changea profondément en elle si bien qu'elle ressentait en permanence un déséquilibre léger.

L'axe du monde avait basculé et lui révélait des bonheurs jusqu'alors insoupçonnés.

Elle passait ses matinées au lit avec Simon. L'après-midi, ils se rendaient dans la bibliothèque pour se faire la lecture à tour de rôle, ou s'en allaient se promener dans le parc.

Ils allaient au musée, échangeaient leurs points de vue sur la peinture. Ils regagnaient leurs pénates par les écuries, pour ne pas attirer l'attention des journalistes qui avaient pris l'habitude de les attendre devant la grande porte en dépit des policiers chargés de les chasser.

De retour à la maison, ils ne cessaient de se toucher, se caresser.

Le soir, Simon jouait du piano. Sa musique envoûtait Nell. Ensuite il traduisait le mystère des notes en mots, lui expliquait que la musique était tout autant une science qu'un art.

Elle comprenait mieux à présent les propos tenus par lady Swanby le soir du bal. Et lorsqu'elle-même enfonçait les touches d'ivoire, riant, elle se laissait guider par Simon pour s'essayer à des gammes basiques. Il l'embrassait alors au creux de l'épaule et lui soufflait qu'elle avait de la magie dans les doigts.

Elle pivotait sur le tabouret, se levait et l'entraînait à sa suite dans leur chambre, pour lui prouver que ses doigts pouvaient être plus magiques encore.

Ils dînaient ensemble. Lisaient côte à côte devant une bonne flambée, comme mari et femme. Elle lui parlait en toute franchise et parfois, dans un sursaut de lucidité tardif, elle se disait qu'elle aurait peut-être dû se montrer plus prudente, comme le lui avait appris son passé.

Un beau matin ensoleillé, après le petit déjeuner, arriva un message qui lui rappela combien ce bonheur était fragile.

Gribouillé de la main de Hannah, le message réclamait la visite de Nell et laissait entendre que son amie avait des nouvelles de Michael à lui communiquer.

Hannah avait beau lui manquer, Nell ne put s'empêcher d'éprouver un vent de panique.

Elle leva les yeux sur le valet qui venait de lui remettre le pli, un jeune gars mince au visage anguleux, qui se borna à lui demander :

— Dois-je attendre votre réponse pour la transmettre au garçon de course, milady ?

À la lueur dans ses yeux, elle comprit que rien ne lui avait échappé : ni l'écriture malhabile sur l'enveloppe, ni l'adresse mal orthographiée, ni l'absence de cachet, ni le papier de mauvaise qualité.

— Non merci, ce sera tout, répondit-elle.

Comme il s'éloignait, elle le suivit dans le couloir, le message chiffonné au creux de sa paume moite, les doigts déjà tachés d'encre. Ce n'est qu'une fois dans le hall qu'elle comprit ce qu'elle cherchait : une cheminée ou une flamme quelconque pour brûler cette lettre. Comme si l'amitié de Hannah était quelque chose de sale qu'il fallait absolument anéantir.

La honte la submergea.

Elle s'arrêta brusquement. Elle adorait Hannah, elle mourait d'envie de la revoir, mais si elle acceptait l'invitation, Simon exigerait de l'accompagner.

Il était si curieux de son passé ! Il lui posait tant de questions ! Et si elle lui répondait volontiers, c'est qu'elle savait qu'il n'aurait jamais l'idée de lui poser les questions qu'elle redoutait le plus.

Elle n'aurait pas dû avoir honte. Oui, elle avait grandi dans un bouge. Au milieu de la misère, des excréments, de la maladie. Et après ? Mais sa colère des premiers temps s'était estompée. À présent, qu'elle le veuille ou non, l'opinion de Simon comptait plus que tout pour elle.

S'il la voyait à Bethnal Green de ses propres yeux, son imagination se mettrait en branle, l'entraînerait vers des venelles bien plus sombres. Et au lieu de la questionner sur le poste qu'elle occupait à l'usine, il risquerait de lui demander : « Comment rentriez-vous le soir ? Comment réussissiez-vous à vous laver sans eau courante ? »

Il n'était pas facile d'aimer une femme quand on l'imaginait pelotée par des ivrognes, ou bien se grattant jusqu'au sang dans son lit à cause de la vermine.

S'il la voyait dans cet environnement sordide, il se rendrait compte que sous les beaux habits, sous la soie et le satin, se trouvait une fille qu'un homme tel que lui n'aurait jamais regardée deux fois dans la rue, si d'aventure il l'avait croisée en d'autres circonstances.

Elle ferma les yeux. Elle détestait ces pensées. Elle se détestait de le croire capable d'une telle étroitesse d'esprit.

La voix de Simon, dans une pièce non loin attira son attention. Ce son familier inscrit immédiatement sur ses lèvres un sourire apaisé. Lorsqu'elle rouvrit les yeux, elle ne doutait plus de lui.

Qu'il vienne donc avec elle. Il ne la jugerait pas. Il ne la traiterait pas différemment ensuite. Et alors elle aurait une foi aveugle en lui.

Sa voix provenait du bureau. Elle se dirigea vers cette pièce, tout en lissant la lettre de Hannah, le cœur battant la chamade.

« Hannah a quelque chose à me dire concernant Michael, lui annoncerait-elle. Je vais aller lui rendre visite et, puisque vous sembliez curieux de connaître le Green, vous pourriez m'accompagner. »

Elle s'apprêtait à toquer quand les propos de la conversation arrivèrent à sa conscience. C'était la voix de Daughtry.

— Coup de Jarnac. Il fallait s'y attendre de la part de Grimston. Il était logique qu'il se serve de la presse.

Depuis l'apparition de Nell chez lady Allenton, les gazettes se livraient à mille spéculations sur la nouvelle comtesse de Rushden. Ce matin encore, elle et Simon avaient discuté de la possibilité de donner une interview à un journaliste de ses amis.

— J'en ai bien conscience, répliqua Simon d'une voix tendue. Mais cet article est vraiment plein de fiel.

— Je comprends que vous souhaitiez le contester, néanmoins, au risque d'insister, je vous conseille instamment d'ignorer ces allégations. Sinon on pourrait croire que vous étiez au courant d'une possible supercherie. Il serait alors plus difficile de faire annuler le mariage.

« Faire annuler le mariage ? » se répéta Nell frappée d'écholalie.

— Quelle importance ? Ce n'est pas ce que je cherche, rétorqua Simon.

— Certes, mais il me paraît raisonnable que toutes les options restent ouvertes. Vous êtes sûrement d'accord avec moi ?

« Toutes les options ? »

Nell se détourna, balaya d'un regard aveugle le couloir désert lambrissé de bois exotique, et les bustes de marbre à la mine hautaine qui reposaient sur leurs socles. Tout cela lui paraissait bizarrement étranger à présent. Comme si elle n'avait rien à faire ici. Elle n'arrivait pas à reprendre son souffle et haletait tel un animal acculé au fond d'une cage.

« Annuler le mariage. »

La cérémonie… Elle avait bien pensé, sur le moment, qu'il pouvait s'agir d'un simulacre célébré par un faux prêtre. Alors qu'en réalité c'est celui qu'elle épousait qui s'était moqué d'elle.

Depuis le début, Simon savait qu'il existait une échappatoire à ce mariage.

Elle se retrouva dans le hall, sans trop savoir comment. Où allait-elle ? Idiote. Ses talons cliquetaient sur les dalles. Idiote, idiote, idiote. Il s'était ménagé une porte de sortie au cas où le tribunal ne la réintégrerait pas dans ses droits.

Seigneur ! Cet escalier n'en finissait pas, elle gravissait les marches et ses pieds devenaient de plus en plus lourds, ses os craquaient, ses articulations l'élançaient

Mal, elle avait si mal !

Elle n'avançait pas assez vite. Simon et Daughtry avaient terminé leur entretien et étaient sortis du bureau. Elle entendit Simon l'appeler. La main crispée sur la rampe, elle poursuivit son ascension. Son corps entier la meurtrissait, comme si on l'avait précipitée contre un mur. Pourquoi avait-elle si mal ?

La rampe était douce et lisse sous ses doigts. Il l'avait dévalée en riant comme un collégien, insouciant, indifférent aux mensonges proférés. Et elle l'avait suivi, éclatant de bonheur, avec l'impression de voler.

Cette maudite maison ! Elle aurait dû pressentir dès la première nuit qu'elle bouleverserait sa vie et ferait son malheur.

Les larmes vinrent enfin, un flot brûlant de chagrin intarissable. Elle haussa rageusement les épaules. Quelle idiote avec ses stupides rêves ! Elle avait fait confiance à sa mère. Elle avait fait confiance à Simon. À présent, il était clair qu'elle ne pouvait même pas se fier à elle-même.

Dire qu'elle avait failli lui demander de l'accompagner à Bethnal Green ! Un rire rauque lui déchira la gorge.

— Nell ?

Son bras fort s'enroula autour de sa taille, la prenant par surprise. Il l'attira à lui.

À la vue de son visage, il pâlit :

— Qu'y a-t-il ?

Elle s'humecta les lèvres. « Je vous ai entendu. »

Aucun son n'était sorti de sa gorge. Son instinct lui dictait de garder le silence. Il pouvait se débarrasser d'elle à sa guise. Il valait mieux ne pas l'attaquer de front.

« Mon Dieu, pensa-t-elle, une fois encore je dois faire plaisir à un maître pour ne pas en subir les conséquences ! »

— Nell, que se passe-t-il ?

Il l'enveloppa d'un regard inquiet, mais ne put bien sûr rien voir des blessures qui lui lacéraient le cœur.

Le regard de Simon tomba sur sa main. Il lui prit le feuillet, le parcourut rapidement.

— Il est arrivé quelque chose à Hannah ? Je ne comprends pas. Elle mentionne votre beau-frère, mais elle n'a pas l'air catastrophée.

Dieu la pardonne d'avoir hésité à rencontrer Hannah par peur de ce qu'il aurait pu penser ! Hannah le valait dix fois. Elle l'avait toujours soutenue, tandis que lui avait toujours eu dans l'idée de l'abandonner si jamais la chance ne tournait pas en sa faveur.

Elle lut la perplexité sur son visage et en éprouva un plaisir malsain. Tout avait toujours été facile pour lui. Et il s'était préparé à l'éliminer de sa route comme n'importe quel autre obstacle. Elle ne lui devait aucune explication. Elle ne lui devait rien.

Elle n'était pas capable de le regarder en cet instant, encore moins de lui parler.

— Je vais voir Hannah, jeta-t-elle par-dessus son épaule, d'une basse, étranglée qui ne semblait pas être la sienne.

Pourquoi est-ce que cela faisait aussi mal ? Elle ne pouvait pas rester comme ça. Elle devait réagir, se protéger.

— Oui, bien sûr. Je vais faire préparer la voiture.

Elle le vit descendre les marches avec une grâce athlétique, la mine affairée.

Il jouait un rôle, comme d'habitude.

Pourquoi lui avait-il menti ? Ils s'étaient mariés dans l'espoir de récolter une fortune. Il aurait pu lui dire qu'il n'avait pas l'intention de rester son époux si jamais le tribunal la déboutait. Il n'avait rien à perdre en se montrant honnête jusqu'au bout.

Elle posa son poing sur sa poitrine oppressée, comme écrasée par un lourd fardeau.

Qu'avait-il gagné en lui mentant ?

Il l'avait emmenée dans son lit.

Consciente que leur union risquait d'être dissoute, elle n'aurait jamais pris le risque d'être enceinte.

Une brusque nausée la terrassa. Dieu la préserve d'un tel malheur ! Elle ne voulait surtout pas mettre au monde une créature pitoyable et tremblante soumise aux caprices des riches !

— D'ici cinq minutes, annonça-t-il en remontant quelques marches.

Le cerveau engourdi de Nell nota qu'il venait de tirer ses gants de sa poche pour les enfiler.

— Vous venez ?

— Bien entendu, répondit-il avec un regard surpris. Je ne vais pas vous laisser y aller seule.

— Bien entendu, répéta-t-elle abasourdie.

Il jouait à merveille les maris galants. Quel talent de comédien. Il façonnait le monde à sa guise et mentait quand cela l'arrangeait. Pour son petit confort. Normal. N'affichait-il pas une inébranlable assurance en toutes circonstances ?

Mais pas à Bethnal Green. Là-bas, elle était chez elle, dans son monde. Il ne s'y sentirait pas à l'aise.

— Est-ce l'idée de revoir votre beau-frère qui vous inquiète ? Dans ce cas rassurez-vous, je...

— Non, ce n'est rien.

Rien d'autre que lui, et cela ne durerait pas. Peu lui importait maintenant qu'il la juge, qu'il ait ou non une bonne opinion d'elle. Elle avait appris sa leçon. Toute cette aventure avait ressemblé à un conte de fées, précisément parce qu'elle était fausse, du début à la fin. Maintenant, elle voyait la réalité s'ébaucher.

Les jugements de Simon étaient aussi pourris que son monde, aussi creux et superficiels.

Sa colère se mua en détermination et en mépris. Qu'il voie donc la réalité, lui aussi ! Qu'il découvre le monde tel qu'il était vraiment !

Qu'il essaie un peu de charmer la maladie et la pauvreté. Serait-il aussi à l'aise dans une ruelle jonchée de détritus ? À Bethnal Green, sa bonne mine et sa faconde ne lui rapporteraient rien.

À voix haute, elle déclara :

— Vous devriez vous changer. Si vous m'accompagnez au Green, je vous conseille d'enfiler votre plus vieux manteau.

15

Sur l'avenue, le soleil brillait gaiement. Dans cette ruelle boueuse trop étroite pour que le cabriolet de Simon puisse y circuler, les rayons lumineux perçaient à peine.

La chaussée était bordée d'immeubles en état de délabrement avancé. Les fenêtres vaguement réparées à l'aide de chiffons et de papier journal laissaient échapper les bruits ordinaires de la misère : pleurs d'enfant, vitupérations, rires de femme saoule.

De temps en temps, les notes fugaces d'un violon perçaient le brouhaha de la rue pour s'évaporer aussitôt, comme des fantômes.

Simon notait ces détails distraitement. Son attention était toute à celle qui marchait à ses côtés. Elle trébucha, et lorsqu'il la retint par le bras, elle se dégagea d'un geste vif pour reprendre son avancée d'un pas encore plus rapide.

Perplexe et irrité, il fourra sa main dans sa poche, serra le poing. Quelle mouche la piquait ? Durant le trajet, elle avait prétendu que tout allait bien, mais le message envoyé par Hannah Crowley l'avait à l'évidence mise de fort méchante humeur.

Peut-être s'angoissait-elle à l'idée de lui montrer le monde dont elle était issue ? Il ne voulait pas la harceler de questions pour l'instant, mais tout à l'heure, quand ils remonteraient dans le cabriolet, il comptait bien lui demander quelques explications.

— Attention à vos pieds, prévint-elle par-dessus son épaule, la capuche de sa pelisse masquant à demi son visage. Les égouts refoulent, par ici.

Il n'avait pas besoin de regarder pour le savoir. L'odeur qui se dégageait – mélange d'excréments de porc et de légumes pourris – était suffocante. Des tessons de verre crissaient sous la semelle de ses bottes. Mais c'était surtout toute cette fange qui le sidérait.

— Il n'a pourtant pas plu hier soir, remarqua-t-il.

— La canalisation est cassée.

— La canalisation ? Elle devait être énorme, alors. Toute cette boue...

— Ça vous surprend ? coupa-t-elle, une intonation de colère dans la voix.

— Quoi donc ? Qu'elle soit énorme ? Ou rompue ?

Elle soupira avec impatience :

— Oh, peu importe ! La boue est utile, cela amortit le choc quand on s'agenouille.

Il fronça les sourcils. Qu'était-il censé comprendre ? Pourquoi s'agenouiller dans la boue ? Le visage figé de Nell ne lui livrait aucun indice.

— Un problème dans Mile End Way, peut-être, supputa-t-elle. Ça me rappelle un jour où quelqu'un de la haute, comme vous, m'a jeté une pièce et qu'il a fallu que je fouille dans la boue pour la retrouver.

— Je vois.

Cela expliquait sans doute la réaction qu'elle avait eue face à la mendiante, après la soirée passée chez lady Allenton.

— Voilà pourquoi nous apprécions que les riches se donnent le mal d'emporter quelques pièces, ajouta-t-elle d'un air de défi, comme si c'était lui qui l'avait obligée à ramper dans la gadoue et les détritus.

— Mais maintenant que vous m'avez rencontré, vous n'avez plus à faire ça.

— Oh, vous espérez de la gratitude, c'est ça ?

— Pas du tout…

La moutarde commençait à lui monter sérieusement au nez. Quoi qu'elle lui reproche, il aurait aimé qu'elle ait la bonté de le lui signifier.

Il n'était pas son ennemi, tout de même !

— Je pense que vous attendez néanmoins de la reconnaissance de ma part, persista-t-elle. Avant de vous épouser, figurez-vous que je devais disputer ma nourriture aux rats ! J'ai même parfois songé à en faire rôtir un ou deux, mais Suzie a dit que je risquais d'attraper la peste. Alors, que dites-vous de cela ?

Il s'immobilisa brusquement :

— Mais enfin, que se passe-t-il, Nell ?

— Ce qui se passe ? répéta-t-elle dans un rire aigu. Vous aimeriez le savoir, n'est-ce pas ? Vous n'auriez jamais pensé épouser une femme qui aurait pu manger un ragoût de rat, pas vrai ? Et bien, des histoires comme ça, j'en ai plein ma musette, Votre Seigneurie ! Comme la fois où mon beau-frère s'est pissé dessus pour se tenir chaud, en plein hiver. J'étais jalouse, je n'avais pas d'instrument directionnel, moi. Alors, qu'est-ce que cela vous inspire ?

Sans attendre la réponse, elle se dirigea vers l'entrée d'un immeuble et s'engagea dans l'escalier, ne lui laissant d'autre choix que de lui emboîter le pas, bien qu'il ne soit pas remis de la stupeur que ses propos avaient déclenchée.

— Nell !

Il la rattrapa. Elle ouvrit une porte d'un simple coup d'épaule. Ils se retrouvèrent dans un couloir étroit et crasseux, au bout duquel se trouvait un autre escalier. Celui-ci semblait tout vermoulu. En temps normal, Simon n'aurait pas osé en éprouver la solidité. Mais

Nell gravissait déjà les marches branlantes, aussi la suivit-il.

Au premier palier, il commit l'erreur de poser la main sur la rampe. L'ensemble se mit à trembler dangereusement, tandis que les barreaux descellés grinçaient.

Nell se tourna pour le toiser d'un œil dur :

— Si vous tombez, aucun médecin ne viendra à votre secours. Il a fallu que je vole pendant un mois pour graisser la patte de celui qui a enfin daigné voir ma mère.

Non, il n'avait pas mérité pareil traitement.

— Ne vous inquiétez pas, pour le comte de Rushden, le médecin viendra ! Ça vous énerve encore plus, je suppose ?

Elle blêmit, poursuivit son ascension dans l'escalier. Au palier suivant, elle cogna du poing contre la première porte, qui s'ouvrit quelques secondes plus tard.

Une femme courtaude aux rares cheveux argentés apparut, souriante :

— Nell ! Quelle bonne surprise !

Simon s'arrêta sur la dernière marche en voyant sa femme se jeter dans les bras de la vieille dame pour enfouir son visage contre son ample poitrine.

Il éprouva un pincement au cœur. Elle avait l'air si ravagée…

Il comprit alors que ce qui la bouleversait n'avait rien à voir avec cette visite à Bethnal Green. Il ignorait encore pourquoi, mais cela le concernait directement.

Il fit un pas en avant. La vieille lui jeta un regard inquisiteur.

— Qui c'est, lui ?

Nell se dégagea et se tourna à demi, la mine sombre, hostile. Il sentit sa gorge se nouer. Cela faisait des années qu'il n'avait pas éprouvé ce détestable sentiment d'impuissance, de vulnérabilité face à autrui. Ici, dans ce couloir miteux, il se rappelait soudain de manière viscérale ce que cela provoquait d'être critiqué, repoussé, humilié.

Mais qu'avait-il donc fait ?

— C'est mon mari, grogna Nell, avant de pénétrer dans l'appartement des Crowley.

***

Hannah posa ses aiguilles à tricoter et se leva du rocking-chair pour aller serrer Nell dans ses bras.

En la relâchant, Nell glissa un regard en direction du siège. Deux mois plus tôt, elle était assise là, à se balancer – pas trop fort, un des pieds était cassé.

Aujourd'hui, elle était complètement perturbée. Comme si sa peau ne pouvait plus contenir son corps devenu trop grand.

Simon avait saisi la main de Hannah et lui débitait quelque flatterie creuse et stupide. Nell croisa nerveusement les bras sur sa poitrine. Elle ne s'était jamais autorisée à désirer des choses impossibles, et maintenant qu'elle savait que cet homme ne lui appartiendrait jamais, sa simple vue la blessait.

Si seulement il n'avait pas été si beau, si grand, et plein d'allure, même dans son vieux manteau râpé.

Mme Crowley avait vu au premier coup d'œil qu'il n'était pas de leur monde. Sa prestance naturelle le trahissait. Pour ceux qui étaient nés ici, il était évident que Simon était quelqu'un d'importance, dont il fallait se méfier.

Nell s'assit pesamment sur une chaise. Sa propre stupidité l'étouffait. Seigneur, dire qu'elle s'était posée comme son égale ! Elle avait cru son destin uni au sien pour le reste de leurs jours. Quelle naïveté ! Comment avait-elle pu oublier à ce point toute prudence ?

Dans son monde à lui, tout fonctionnait différemment.

Elle savait pourtant que tout cela était trop beau pour être vrai. Elle ne pouvait s'en prendre qu'à elle-même si elle avait le cœur brisé.

Hannah était en train d'essayer de convaincre Simon de prendre le rocking-chair.

— Garde-le pour toi, rétorqua Nell, d'une voix si dure que tous les autres lui jetèrent un regard surpris.

— Mais c'est notre siège le plus confortable. Et M. le comte m'a quand même fait sortir de prison ! s'exclama Hannah.

— Oh mon Dieu, mais je comprends ! s'écria Mme Crowley, dont le visage venait de s'éclairer. J'aurais dû m'en douter dès que je vous ai vu, mon ami. Venez que je vous embrasse !

Par-dessus l'épaule de la vieille femme, Simon adressa un clin d'œil à Nell. Il aurait tout aussi bien pu s'adresser à une pierre. Il n'avait pas l'habitude qu'on lui tienne tête. Au bout du compte, tout le monde finissait par plier devant lui. Mais pas elle.

« Mon père ne pliait pas », se renforça-t-elle.

Désormais, elle lui opposerait la résistance de la pierre. Qu'il fasse donc à sa guise. Qu'il pense ce qu'il voulait. Qu'il ricane, qu'il la toise avec dédain. Elle s'en moquait.

Simon finit par s'asseoir dans le rocking-chair, puis inspecta la pièce d'un regard circulaire, un peu comme ces matrones charitables qui rendaient visite à leurs pauvres.

Mais les Crowley n'avait que faire de sa pitié. L'appartement disposait de trois pièces correctement aérées, propres et bien entretenues. Nell avait toujours aimé passer du temps ici, dans cette famille aimante et soudée.

Pourtant, elle ne put s'empêcher de se mettre à la place de Simon et, tout à coup, sa vision des choses lui parut distordue. Pour la première fois, elle remarqua la vétusté des lattes de bois disjointes du plancher, le lambris écaillé et jaunissant des murs, les assiettes ébréchées sur lesquelles Mme Crowley venait de poser quelques biscuits.

À Mayfair, de telles conditions de vie étaient considérées comme sordides.

Elle tourna son attention vers Simon. Qu'il la juge tant qu'il voulait. Mais s'il faisait honte à ses amies d'un regard ou d'un mot, elle était capable de lui arracher le cœur avec une petite cuillère !

Il semblait avoir décidé de l'ignorer.

Avec un sourire, il accepta un gâteau que lui proposait Mme Crowley. Ses remerciements firent rougir la vieille femme. Puis il se renfonça contre son dossier et fit rire Hannah d'une remarque spirituelle.

— Ma mère avait un fauteuil comme celui-ci, déclara soudain Nell. Mais nous avons dû le brûler un soir d'hiver pour nourrir le feu, sinon nous aurions gelé sur place.

Du coin de l'œil, elle surprit l'expression interloquée de Hannah. D'un ton neutre, Simon rétorqua :

— Je suppose que c'était l'année où Michael s'est pissé dessus pour se tenir chaud ?

Mme Crowley s'étrangla avec son thé et se mit à tousser, tandis que Nell s'empourprait violemment.

— Michael se pissait dessus pour avoir chaud ? s'exclama Hannah, les yeux écarquillés.

Mme Crowley intervint :

— Chérie, tu devrais donner des nouvelles du quartier à Nell et à Sa Seigneurie.

— Oh, c'est vrai ! Ton beau-frère est passé ici, Nell. Il a laissé quelque chose pour toi.

Après un temps d'hésitation, Nell saisit le petit baluchon que Hannah venait de déposer sur la table.

Ça ne ressemblait pas à Michael de faire des cadeaux.

— Qu'est-ce que c'est ? Du poison ? marmonna-t-elle.

— Ouvre-le. Nous pensions la même chose au début, puis il nous a montré. Oh, ouvre vite, Nell !

— Je vous conseille cependant de retenir votre respiration, intervint Simon, pince-sans-rire.

Nell lui retourna un regard noir.

Les mains légèrement tremblantes, elle dénoua le tissu et découvrit une ravissante cuillère en argent qui luisait doucement dans son nid crasseux.

— Une cuillère ? Qu'est-ce que cela veut dire ?

Elle saisit l'objet, le retourna, aperçut des initiales gravées sur le manche : CRA.

Simon tendit la main :

— Puis-je ?

À contrecœur, elle lui confia la cuillère. Il l'examina et, dans la foulée, déclara :

— C'est une cuillère de baptême. CRA : Cornelia Rose Aubyn. Comme c'est intéressant !

— Mais comment diable Michael est-il entré en possession de cet objet ?

— Il a dit que cette cuillère appartenait à ta mère, expliqua Hannah. Il l'a trouvée cachée sous une latte de plancher, avec une bible. Et ça, je suis bien sûre qu'il n'a pas su quoi en faire ! ajouta-t-elle avec une grimace. Elle doit être à la poubelle à l'heure qu'il est.

Non, pensa Nell, Michael avait certainement revendu le livre.

— Je m'étonne qu'il n'ait pas mis la cuillère au mont-de-piété. Que t'a-t-il dit à ce propos ? demanda-t-elle.

Mal à l'aise, Hannah se mit à gigoter sur son siège :

— En fait, il ne l'a pas laissée gratuitement. Ces dix livres que tu m'avais données.

— Ne me dis pas que tu les lui as données ? Enfin Hannah, cet argent était pour toi ! Je t'avais dit que si je ne rentrais pas…

— Calme-toi, Nellie. Je n'ai pas vraiment eu le choix. Il voulait que je te persuade de racheter la cuillère. Il pensait faire une meilleure affaire qu'en allant chez Brennan. Et tu connais Michael : si j'avais attendu, il serait parti se saouler et se la serait fait voler. Ou bien il l'aurait perdue au jeu. Je ne pouvais tout de même pas laisser faire ça, pas vrai ? C'est une preuve ! Cette cuillère est sûrement la tienne !

— Vous avez très bien fait, approuva Simon avec le paternalisme d'un hobereau face à ses serfs. Et bien sûr nous allons vous dédommager. Avec intérêts, cela va de soi. Vous avez vraiment fait preuve d'une grande présence d'esprit, félicitations, ajouta-t-il sans écouter les protestations de Hannah.

— Moi, je n'avale pas cette histoire, déclara Nell. Si cette cuillère appartenait réellement à ma mère, Michael aurait été tout à fait conscient de sa valeur, et il aurait tenté de m'extorquer beaucoup plus d'argent.

Hannah ouvrit la bouche, la referma. Elle garda le silence quelques secondes, puis, d'une voix hésitante, fit remarquer :

— Dix livres, Nell, c'est quand même une sacrée somme !

Désarçonnée, Nell bredouilla :

— Bien sûr.

Elle glissa un regard honteux en direction de Simon, certaine de le surprendre un sourire ironique aux lèvres. Mais c'est une tout autre expression qu'elle surprit sur son visage. Elle baissa les yeux sur ses mains crispées dans son giron, les joues en feu.

La compréhension qu'elle avait lue dans son regard était encore plus dure à supporter que ses sarcasmes.

Elle se sentit tout à coup exposée, mise à nu, et complètement déstabilisée par l'idée qu'il la comprenait bien mieux qu'elle ne le croyait possible.

Non, cela ne changeait rien. S'il l'avait réellement comprise, il ne lui aurait jamais menti. Il aurait joué franc-jeu avec elle au lieu de l'attirer dans son lit par la ruse.

— Puis-je conserver cet objet par-devers moi ? s'enquit-il d'une voix tranquille, en empochant la cuillère dans la foulée.

Nell réalisa dans un sursaut que la question s'adressait à elle.

Toujours aussi autoritaire.

— Je vous en prie, acquiesça-t-elle avec raideur.

Le sourire hésitant qu'il lui renvoya lui fit l'effet d'un coup de poignard. Son cœur perfide se mit à saigner. Comme le monde lui avait paru parfait à l'époque où elle croyait s'y promener avec lui main dans la main ! Comme elle était faible !

L'idée de retourner dans le cabriolet avec lui la saisit d'effroi.

Il la presserait de questions, voudrait savoir ce qui n'allait pas, et cette fois elle avait peur de craquer.

Elle avait été si près de lui donner tout son amour. Elle avait ravalé ses sentiments, mais ils ne demandaient qu'à jaillir, et elle avait peur qu'à la moindre secousse, la digue se rompe avec fracas.

**

Une fois la question de la cuillère réglée, les dames burent leur thé tout en bavardant, comme lors de n'importe quelle réunion féminine l'après-midi. Pendant ce temps, Simon se surprit à les écouter avec un sentiment d'incrédulité croissant.

Harry Connor avait perdu un doigt à l'usine. David O'Riordan s'était fait ramasser par la police alors qu'il gisait ivre mort dans la rue ; sa femme avait dû « se débrouiller » pour lui envoyer de quoi payer sa caution. Un tisserand avait surpris la main dans le sac un de ses apprentis qui le volait ; il l'avait chassé dans la rue à coups de fouet et avait continué quand le sang s'était mis à couler. Mais l'apprenti avait juré de se venger et l'avait attendu le soir dans la rue qui jouxtait l'atelier.

Des crises, des solutions, la justice de la rue et la cruauté ordinaire.

Il observait son épouse qui souriait, hochait la tête pour montrer qu'elle écoutait et évitait soigneusement de croiser son regard. Elle avait grandi dans cet endroit rude, évité les coups de poing de son beau-frère, travaillé dans cet atelier où des hommes perdaient leurs doigts pour nourrir leur famille. Et, au milieu de tout ça, elle était devenue la personne qu'elle était : une femme forte, honnête, intelligente.

Sa colère s'était évaporée comme neige au soleil, le laissant étrangement vide.

Une demi-heure plus tard, la conversation retomba et sa femme parut enfin se souvenir de sa présence. Elle se leva et il l'imita.

— Je vais passer la nuit ici, décréta-t-elle.

Ces paroles semblèrent surprendre tout le monde, lui, Hannah, sa mère, et Nell la première.

— Non, protesta-t-il.

— Juste pour une nuit.

En trois enjambées, il la rejoignit, la prit par le bras.

— Merci de votre hospitalité, mesdames.

Et sans plus attendre, il entraîna Nell à sa suite.

Une fois la porte franchie, elle se dégagea. Ils descendirent l'escalier en silence. Puis, comme ils débouchaient dans la rue, il déclara :

— Si vous voulez passer plus de temps avec vos amies, vous n'avez qu'à les inviter à la maison.

— Bien sûr, répliqua-t-elle d'une voix atone. Jusqu'à ce que mon argent se retrouve sur votre compte en banque, il serait trop risqué de me laisser retourner au Green.

Il exhala un soupir sonore. Dieu sait que ces rues avaient dû voir leur compte de disputes conjugales. Les gens d'ici seraient peut-être surpris d'apprendre qu'il ne fallait pas nécessairement régler tous les conflits à coups de fouet. Mais Simon ne se querellait jamais en public.

Nell, qui voyait bien qu'il se retenait d'exploser, lui lança un regard moqueur.

— Que diraient vos précieux amis s'ils vous voyaient en ce moment fouler le pavé de Bethnal Green avec une pauvresse !

— Avec ma femme, corrigea-t-il.

— Oui. Pour combien de temps ? répliqua-t-elle avec un rire déplaisant.

Il allongea le pas. Le cabriolet était stationné un peu plus loin, après le virage.

La voix de Nell s'éleva dans son dos :

— Je vous ai entendu !

Il pila net. Se retourna.

— Vous m'avez entendu ? Que voulez-vous dire ?

Elle le fixa sans ciller un moment, puis le dépassa et poursuivit sa route sans répondre.

Ils trouvèrent la voiture à l'endroit où ils l'avaient laissée. La vue du véhicule en plein soleil et du valet qui se précipitait pour ouvrir la portière lui donna l'impression de s'éveiller d'un mauvais rêve.

Hélas ! les prochaines paroles de Nell le replongèrent vite dans son cauchemar.

— Je vous ai entendu parler avec Daughtry.

Simon s'immobilisa, une jambe sur le marchepied. Pendant une seconde, la phrase de Nell demeura confuse dans son esprit. Il s'était entretenu avec Daughtry le matin même pour évoquer un article malveillant rédigé par un soi-disant journaliste, sans nul doute payé par Grimston. Celui-ci insinuait que Nell était une actrice qui, avec la complicité du comte de Rushden, tentait de s'approprier la moitié de la fortune de lady Katherine.

Simon était décidé à engager des poursuites contre le journal. Il n'y avait rien de répréhensible là-dedans et... soudain il se remémora les objections de Daughtry.

Il grimpa à bord du cabriolet.

Nell s'assit à l'extrémité de la banquette. La voiture s'ébranla.

— Alors ? dit-elle.

— Avant de vous connaître... de vraiment vous connaître, j'ai demandé conseil à Daughtry.

— Et il vous a donné un bon tuyau. Annuler le mariage en cas de problème.

— Je n'ai pas du tout l'intention de faire ça ! N'avez-vous pas entendu ce que je lui ai répondu ?

— Si.

Le ton n'augurait rien de bon. Elle avait l'air d'une survivante, de quelqu'un qui sortait d'une terrible maladie qui aurait pu la tuer et qui n'avait plus peur de rien.

— Mais que se passera-t-il si le juge me désavoue, en dépit de ma ressemblance avec Katherine et de la cuillère d'argent ?

— Nous sommes mari et femme.

— Oh. Vous vous résigneriez à vivre dans le dénuement pour mes beaux yeux ?

— Oui !

Il fut lui-même surpris par la fermeté de son affirmation. Nell elle-même parut décontenancée. Puis ses traits se durcirent.

— Vous avez la langue bien pendue, de cela je n'ai jamais douté !

— Mais vous ne me croyez pas ?

— Vous n'avez aucune idée de ce qu'implique la pauvreté. N'avoir pas un penny en poche. Je vous garantis que votre *affection* serait la première chose à voler en éclats. Pour ce qu'elle vaut, de toute façon !

Choqué, il retomba contre le dossier de la banquette.

— Vous avez peut-être raison, murmura-t-il au bout d'un moment. Je ne connais pas la pauvreté.

Dieu sait qu'il appréciait l'aisance matérielle. Et il ne voyait vraiment pas comment il aurait pu subvenir à leurs besoins. L'idée d'enseigner le piano à des demoiselles de la bonne bourgeoisie était risible, mais…

— Je pourrai toujours trouver une solution, reprit-il. S'il fallait vraiment en venir là… oui, je me débrouillerai. Vous et moi…

Il n'acheva pas, incapable de trouver les mots qu'il fallait pour la convaincre qu'il voyait en elle une bonne centaine de raisons d'espérer, et un bon millier de croire à leur avenir commun.

Ces pensées étaient nouvelles pour lui et le surprenaient autant qu'elles auraient pu surprendre Nell. Mais il éprouvait comme une révélation. C'était la première fois qu'il considérait un éventuel futur avec joie. Auparavant, il avait toujours vécu dans l'instant présent, pour s'adonner aux plaisirs immédiats.

Nell avait introduit en lui une nouvelle notion du temps. Il pensait aux lendemains. Quand il s'installait au piano, il ne jouait plus pour passer le temps. Il jouait pour elle, pour qu'elle s'approche en l'écoutant.

Depuis qu'elle était entrée dans sa vie, il ne se sentait plus seul.

— Je trouverai, répéta-t-il d'une voix affermie. Mais nous n'en viendrons pas là, Nell. Daughtry est sûr que nous aurons gain de cause au tribunal.

De toute évidence, cela ne changeait rien pour elle. Elle avait seulement entendu qu'il ne croyait pas devoir affronter la misère sous peu.

Il tenta une approche différente :

— Une annulation est un outil juridique. Je ne complotais pas contre vous. Réfléchissez, Nell. Vous avez commencé par menacer de me tuer. Je ne savais rien de vous, hormis que vous vouliez ma perte et que vous ressembliez comme deux gouttes d'eau à une personne que je n'apprécie guère. Évidemment que j'ai pris des garanties contre vous ! Il n'était pas assuré que nous nous entendions. Je pensais que vous…

Il retint son souffle. Son regard brillait étrangement. Étaient-ce des larmes dans ses yeux ?

— Vous me preniez pour un animal ! siffla-t-elle.

Le besoin de l'enlacer était quasi insurmontable. Il ne le faisait pas parce qu'il était certain qu'elle le repousserait.

— Écoutez-moi, Nell. J'aurais dû vous prévenir que le mariage était susceptible d'être dissous. J'avoue que j'ai péché par lâcheté et je vous supplie de m'accorder votre pardon. Mais avouez que cela n'a rien à voir avec ce que nous vivons aujourd'hui.

— Dites-moi pourquoi je devrais vous croire, alors que vous m'avez menti auparavant ? Que vous affirmez vous moquer de l'opinion d'autrui ? C'est si glorieux, n'est-ce pas, Saint-Maur ?

Elle le touchait au vif et le mépris qui vibrait dans sa voix le lacéra comme une lame.

— Qu'avez-vous donc pensé ? demanda-t-il d'une voix rauque. Que je vous renverrais illico à Bethnal Green ? Vous m'avez vraiment cru capable de ça ?

Elle haussa une épaule :

— Je crois que vous avez menti parce que c'était bien commode, parce que vous saviez que sinon je refuserais de partager votre lit.

Il poussa une exclamation indignée :

— C'est la chose la plus insultante, la plus...

— Vous avez une autre explication, peut-être ?

Frustré, il rejeta ses cheveux en arrière.

La voiture ralentit et les roues se mirent à tourner plus régulièrement alors qu'ils s'engageaient sur l'allée dallée de sa propriété.

— Je vais récupérer mon argent, dit-elle enfin. Et alors... nous verrons qui demandera l'annulation du mariage. Cela fonctionne aussi pour la femme, je suppose. Je demanderai peut-être conseil à Daughtry pour me débarrasser de vous !

Un rire froid lui échappa. Quel étrange revirement. Moins de six heures plus tôt, elle riait dans son cou. Et voilà qu' elle envisageait très sérieusement de le quitter.

— Il ne vous conseillera jamais rien de tel.

— Ne croyez pas que vous pourrez m'en empêcher, rétorqua-t-elle, glaciale, la main posée sur la poignée de la portière. Pour qui vous prenez-vous ?

— Pour votre époux, le comte de Rushden !

Il s'était penché pour lui barrer le passage. Sa voix avait claqué. Il était plus facile de se mettre en colère, finalement. Ainsi, ils étaient à égalité.

— Et moi, je suis comtesse, répliqua-t-elle, d'une voix cependant moins assurée.

— Certes, et cela quelle que soit la décision du tribunal concernant votre identité. Vous êtes ma femme, et si vous vous imaginez que cela ne me donne pas de droits sur vous, vous êtes encore plus naïve que je ne le pensais.

— Je ne suis pas naïve, se rebiffa-t-elle. Et je lis à travers vous désormais.

— Vraiment ? Et vous pensez ne pas pouvoir me faire confiance ? Pourtant, dès l'instant où vous êtes entrée chez moi, j'aurais pu faire maintes choses contre vous, bien pire que de vous épouser, il me semble. Il aurait été si facile, Nell, si facile de profiter de vous ! Vous n'étiez personne, et vous menaciez de vous en prendre à un pair du royaume. Mes domestiques ne vous auraient pas prêté main-forte. La loi n'aurait pas été de votre côté. Vous le saviez autrefois. Vous n'étiez pas si sotte. Pourtant, vous êtes restée. Pourquoi ? Parce que vous me faisiez confiance. Vous saviez que je n'abuserais pas de votre faiblesse. Et vous ai-je trahie ? Ai-je abusé de vous ? Exercé mon pouvoir de manière injuste ?

— Je serais censée vous vouer une admiration éternelle parce que vous ne vous êtes pas comporté en ordure ?

— Non ! s'exclama-t-il, exaspéré. Vous ne m'avez jamais admiré. Mais vous saviez pouvoir vous appuyer sur moi, et c'est ce que vous faites en ce moment même. Cette voiture, la maison, la serrure sur la porte de votre chambre, les vêtements que vous portez... Tout cela m'appartient. Je pourrais vous les reprendre, ou bien m'en servir contre vous. Je pourrais verrouiller les portes et ordonner aux domestiques d'oublier votre existence. Je peux agir à ma guise. Et, pourtant, je ne vous vois pas trembler de peur.

— C'est peut-être une erreur de ma part, chuchota-t-elle.

— Alors décidez-vous ! Suis-je un salaud capable du pire ? Ou bien est-ce vous qui, par lâcheté, refusez d'admettre vos sentiments ?

La voiture s'arrêta dans un cahot. Le silence retomba dans l'habitacle.

— Alors ? insista-t-il.

Nell restait muette, une expression rebelle sur les traits. Il retomba sur son siège.

— Très bien. Laissez-moi vous débarrasser du fardeau de la lâcheté. J'embrasse volontiers le rôle de l'ordure. Vous ne me quitterez pas, Cornelia Saint-Maur. Je vais vous garder, que vous le vouliez ou non.

La portière s'ouvrit. Elle le regardait toujours, sans bouger. Puis, tout à coup, elle sauta sur ses pieds et descendit de voiture, ignorant la main que lui tendait le valet pour l'aider.

La rage de Simon s'évapora. Une vague de dégoût l'assaillit. Jamais il ne s'était senti plus proche de ses ancêtres. « Que vous le vouliez ou non » : ces mots auraient pu sortir de la bouche du vieux comte.

Avait-il raison de la brusquer ? Nell avait une longue expérience des petites brutes. Peut-être prendrait-elle ses menaces plus au sérieux que ses excuses ? Valait-il mieux ne jamais parler d'amour, seulement de désir et de possessivité ?

Que Dieu lui vienne en aide, car il l'aimait. Et si elle l'avait écouté, elle le savait.

Jamais il n'aurait renoncé à une fortune pareille pour quelqu'un qu'il n'aurait pas aimé…

Son sourire sans joie s'évanouit et il ferma les yeux. Nell était sa femme. Qu'elle le croie ou non ne faisait aucune différence. Il la garderait, quoi qu'il advienne.

Et tant pis si cela faisait de lui un tyran comme le vieux Rushden.

*
**

Cette nuit-là, Nell fut réveillée par le son du piano.

Quelqu'un jouait une mélodie nostalgique, poignante. Au début elle crut que cette musique faisait partie de son rêve. Elle dressa l'oreille, bientôt saisie par la tristesse.

Au bout de quelques minutes, elle n'y tint plus. Il fallait qu'elle voie le visage de Simon pendant qu'il jouait.

Elle se glissa hors de la chambre.

Par la fenêtre, au bout du couloir, elle aperçut le disque plein de la lune dans un ciel sombre, moutonneux. Les bustes de marbre, avec leur profil de trois quarts, leur nez osseux et leur chevelure sculptée, jetaient des ombres étranges sur le tapis.

Les notes de musique flottaient dans l'air. Au regard de la loi, elle était la maîtresse de maison. Pourtant, elle avait l'impression de s'être introduite dans une demeure inconnue. Dans la pénombre, chaque forme la faisait tressaillir. Elle haletait, le cœur battant.

Elle s'aventura jusqu'à la dernière porte, jeta un coup d'œil par l'embrasure et vit Simon, assis au piano. Ses mains pâles glissaient sur le clavier éclairé par les rayons de lune. Il n'y avait nulle autre source lumineuse dans la pièce.

Il lui tournait le dos. Elle ne pouvait pas voir son visage, mais à son attitude, on sentait qu'il était perdu corps et âme dans cette musique d'une infinie mélancolie.

C'était la première fois que Nell entendait ce morceau. Il lui donnait envie de se cacher quelque part pour laisser libre cours à ses larmes. Il lui disait aussi quelque chose qu'elle aurait préféré ignorer.

Mieux que des mots, la musique traduisait la souffrance de Simon.

326

Une souffrance au moins aussi intense que la sienne.

Qu'allait-elle faire maintenant qu'elle savait ? Elle ne se sentait pas mieux pour autant. Au contraire, sa douleur s'accentuait. Elle avait été si près de tout lui donner, de le suivre aveuglément. Lui avait toujours eu la possibilité de retomber sur ses pieds.

Quel marché de dupes elle avait fait !

Simon prétendait ne pas vouloir la quitter. Et affirmait mériter sa confiance. Mais c'est elle qui avait tout à perdre.

Rester ici, se languir de lui, continuer d'espérer alors qu'elle savait avec quel froid pragmatisme il avait organisé leur future séparation. Oh, elle en mourrait !

Lorsque la première larme tomba, elle inspira profondément, puis souleva ses jupes pour rebrousser chemin et retourner dans sa chambre. Seule.

16

Le lendemain, Nell s'éveilla avec une migraine qui s'intensifiait à mesure que le jour se levait. Elle demanda que son petit déjeuner lui soit monté et y toucha à peine.

Sylvie proposa de l'accompagner pour une petite promenade. De crainte d'être pourchassée par les journalistes, Nell déclina la proposition. Elle ne voulait voir personne. Elle avait trop peur d'éclater en sanglots à la première occasion.

En quête de distraction, elle échoua finalement à la bibliothèque. Elle redoutait d'y trouver Simon. L'endroit était désert. Le temps nuageux plongeait la pièce dans une semi-obscurité. Une odeur de papier et de vieux cuir flottait dans l'air.

Nell longea les rayonnages dans le silence qui semblait s'épaissir à chacun de ses pas. Elle se prit à penser à tous ces mots qui l'entouraient, fruits de la pensée d'hommes qui, pour la plupart, étaient morts depuis longtemps, mais qui n'en quémandaient pas moins l'attention des vivants…

— N'importe lequel fera l'affaire.

Retenant une exclamation, elle découvrit Simon installé dans un fauteuil à oreilles, à l'autre bout de la pièce. Seule sa cravate blanche captait le peu de luminosité et se détachait sur sa silhouette grise et imprécise.

Elle sentit sa bouche devenir sèche.

— J'espère que je ne vous dérange pas ?

Il glissa un marque-page à l'intérieur de son livre, saisit le verre posé sur le guéridon. Quelque chose dans son mouvement, une espèce d'efficacité détachée, fit battre son cœur un peu plus vite.

— Ma femme a peur de me déranger. Plutôt singulier, non ?

Quand il parlait ainsi, elle avait vraiment l'impression de parler à un étranger. Un bel étranger qui n'avait que faire d'elle.

— Je voulais juste être polie.

— N'ayez crainte, c'était très délicat de votre part. Nous autres aristocrates veillons scrupuleusement à ne jamais être grossiers envers nos conjoints.

Il y avait dans ces paroles, prononcées d'un ton doucereux, bien plus que du sarcasme. Elle décida brusquement de revenir plus tard, quand il serait parti. Mais, comme elle se détournait, un livre posé sur la table attira son attention.

Au premier coup d'œil, on voyait qu'il était très ancien. Elle effleura la couverture du bout des doigts. Le cuir était doux. Sans doute y avait-il deux catégories de vieilles choses : les saletés usées, trouées, inutiles, pour les pauvres, et les objets qui embellissaient et prenaient de la valeur au fil des ans, pour les riches.

Ici par exemple, de nombreux tapis étaient élimés jusqu'à la trame. Mais personne n'aurait songé à les jeter. « Il date du XVIIᵉ siècle », avait dit Polly en parlant de l'un d'eux. Ce n'était pourtant pas l'argent qui manquait pour en acheter un neuf.

Ce livre appartenait manifestement à la catégorie des vieilleries précieuses. Toutefois lorsqu'elle l'ouvrit, elle s'aperçut qu'elle avait eu tort de le comparer à un vieux tapis.

Il était splendide, décoré d'illustrations représentant le martyre des saints, dans des couleurs vives, frappantes.

— Il appartenait à votre mère, déclara Simon, tandis qu'elle tournait les pages.

— Je croyais que ses livres avaient tous été vendus ?

Au lieu de répondre, il but une gorgée de son verre.

— Vous l'avez racheté ?

— Oui.

— Lui et d'autres aussi ?

— Tous ceux que j'ai pu.

Cet aveu fit naître une étrange douleur qui se répandit dans la poitrine de Nell. Il lui en avait assez dit sur lui-même pour qu'elle comprenne à quel point la bonté de la comtesse lui avait été vitale. Aujourd'hui il la remerciait à sa façon, en rachetant ses livres tombés aux mains d'inconnus.

Cette pensée dénoua quelque chose de serré dans le cœur de Nell. Comme elle, Simon avait souffert. Sa vraie famille l'avait abandonné aux mains d'un étranger insensible. Elle-même avait perdu ses parents et sa sœur, avant d'être repoussée par cette dernière au moment des retrouvailles.

Comme elle, il était marqué à vie.

— Vous pouvez l'emprunter, si vous voulez, proposa-t-il.

Le volume pressé contre sa poitrine, elle s'éclipsa d'un pas vif, regagna l'étage. De retour dans sa suite, elle se pelotonna dans un fauteuil, les yeux rivés à la couverture du livre.

Simon s'était démené pour retrouver cet ouvrage, bien qu'il n'en ait retiré aucun bénéfice personnel. Il avait juste agi par loyauté envers la comtesse, qu'il avait continué de chérir par-delà la mort.

Il n'avait pas renoncé à cet amour par facilité ou pingrerie.

Elle chassa cette pensée, se mit à lire, mais les mots se brouillaient et sa main qui tournait les pages tremblait.

Hier, la colère l'aveuglait encore. Mais, au cours de la nuit, les notes du piano avaient brisé la gangue de glace sous laquelle elle tentait d'étouffer ses sentiments.

Elle avait désespérément besoin de Simon, même si sa rancœur persistait.

Peut-être sa peur déformait-elle sa vision des choses ? Peut-être Simon avait-il raison, peut-être était-elle lâche ?

Elle avait tellement envie de le voir que son cœur fit un bond dans sa poitrine au moment où la porte de la chambre s'ouvrait.

Ce n'était que Polly, qui exécuta une petite révérence sur le seuil :

— Lady Aubyn est venue vous rendre visite, milady. Dois-je lui annoncer que vous allez la recevoir ?

L'espace d'un instant, Nell ne sut que répondre. Finalement, elle bredouilla :

— Qu'en dit Sa Seigneurie ?

— Sa Seigneurie vient de sortir. Mais lady Katherine a précisé que c'était vous qu'elle venait voir, milady.

*
**

Lady Katherine attendait dans le salon rose en regardant la rue humide par la fenêtre.

Quand Nell entra, elle fit volte-face aussi vivement qu'un enfant qu'on vient de surprendre à faire une bêtise. Pour toute défense, elle serra ses mains gantées.

— Bonjour, dit-elle avec raideur.

Elle portait une robe d'un bleu marine sobre, assortie à sa capote sur laquelle deux petites cailles empaillées levaient leurs ailes, comme prêtes à décoller.

Sans l'instruction scrupuleuse que lui avait dispensée Mme Hemple, Nell n'aurait pas prêté attention au fait que Katherine avait gardé ses gants. Aujourd'hui elle savait reconnaître l'insulte. Il ne s'agissait pas d'une visite de courtoisie, et Katherine ne comptait pas s'éterniser.

Nell s'attendait donc au pire. Elle referma la porte lentement.

— Bonjour, répondit-elle.

Katherine s'approcha d'un fauteuil en brocart, parut se raviser et resta finalement debout.

— J'espérais discuter avec vous, dit-elle d'une voix hésitante.

C'était une façon de l'inviter à s'asseoir, afin de pouvoir l'imiter. Pendant un long moment, Nell garda la main sur la poignée de la porte, prête à fuir l'entrevue sans autre forme de procès.

Dans ce cas, elle serait alors de nouveau la proie des questions qu'elle ressassait et de sa terrible bataille intérieure à propos de Simon. En définitive, elle n'était pas mécontente que cette visite fasse diversion à sa morosité. Et maintenant que Katherine était là, sa curiosité s'éveillait.

Sa sœur jumelle se dandinait d'un pied sur l'autre, comme une écolière nerveuse. On devinait combien cette démarche lui était difficile. Alors pourquoi était-elle venue ?

Nell s'exhorta silencieusement à la méfiance. Elle lâcha la poignée et alla prendre place dans un fauteuil.

— Je suis très mal à l'aise, avoua lady Katherine en s'installant sur l'autre siège. Je m'attendais à vous croiser de nouveau lors d'une réception quelconque, mais depuis la soirée chez les Allenton, je ne vous ai vue nulle part.

Nell haussa les épaules :

— Je vous écoute.

— Oui. Sir Grimston s'est entretenu ce matin avec les hommes de loi du comte de Rushden. Je crois qu'ils ont produit une autre preuve de votre identité ?

Nell songea à la cuillère en argent.

— Quoi qu'il en soit, reprit Katherine, sir Grimston m'a annoncé sa décision de ne pas contester vos revendications. Il vous reconnaît comme ma sœur.

Quelques secondes passèrent avant que Nell, sous l'effet de la surprise, puisse demander :

— Et vous ? Allez-vous me reconnaître ?

Katherine baissa les yeux sur ses mains gantées posées sur ses genoux et murmura :

— Je me range à l'avis de mon tuteur.

Ce type maigre comme un coucou, qui ne savait que japper et aboyer ?

— Il m'a semblé que ce n'était pas une position très confortable, rétorqua Nell, acide.

— Sir Grimston agit toujours dans mon intérêt, objecta Katherine d'un air étonné.

Et par un heureux hasard, ce qui était dans l'intérêt de sa filleule lui emplissait également les poches. Très commode.

Nell faillit de nouveau hausser les épaules. Tout cela ne la regardait pas.

Katherine toussota :

— Venons-en au fait. J'ai eu tort de vous parler comme je l'ai fait. Comprenez que j'ai reçu un grand choc et je me suis laissé submerger par mes émotions.

— Je comprends tout à fait.

Katherine était tout à fait maîtresse d'elle-même maintenant. Qu'elle soit encore persuadée que Nell était une usurpatrice aurait expliqué son attitude empruntée.

— C'est très généreux de votre part, dit Katherine sans émotion.

Effectivement, Katherine ne pensait pas qu'elle était sa sœur. La cuillère de baptême ne l'avait pas convaincue. Sachant que le tribunal risquait de donner raison à Nell, elle n'avait d'autre choix que de faire bonne figure, pour sauvegarder les apparences.

— Je souhaite me racheter, ajouta Katherine avec effort, et je me demandais si vous accepteriez de vous joindre à moi pour une promenade au parc ?

— Une promenade ?

— Oui. Par ce temps...

Nell fronça les sourcils en reportant son attention sur la fenêtre : dehors le ciel était couvert et il n'allait pas tarder à bruiner.

Katherine eut un petit rire confus :

— C'est vrai, il fait mauvais. Mais il y a toujours du monde au parc, à cette heure de la journée. Et s'il faut être tout à fait honnête, dans la mesure où nous allons fréquenter les mêmes cercles sociaux, je crois qu'il vaudrait mieux nous montrer ensemble aussi vite que possible. Si nous voulons éviter que les gens nous épient et jasent dans notre dos. Ainsi, nous mettrons un terme aux spéculations. Je ne supporterais pas d'être l'objet des commérages, vous comprenez... Et bien sûr, ajouta-t-elle précipitamment, je ne veux pas non plus que cela vous arrive ! .

Nell ne put retenir un sourire :

— J'ai l'habitude. Vous n'avez pas remarqué le troupeau de journalistes ?

— C'est vrai. Je devrais peut-être donner l'ordre à mon cocher de nous retrouver aux écuries ?

Nell hésita. Le souvenir de leur précédente rencontre ne l'engageait pas à accepter l'invitation, mais le pardon était parfois salutaire.

Dans des circonstances particulières, complexes, les gens commettaient des erreurs, réagissaient de manière instinctive, sans réfléchir aux conséquences. Exactement comme Simon quand il avait cherché une échappatoire éventuelle à leur mariage, alors qu'il ne l'avait pas complètement cernée.

Rien n'avait préparé Katherine à retrouver sa sœur disparue ce soir-là chez lady Allenton.

Nell leva les yeux vers ce visage si semblable au sien. Bien sûr qu'elle avait envie de mieux la connaître. Et la réciproque était sûrement vraie.

— D'accord, acquiesça-t-elle.

Qui sait, c'était peut-être un commencement pour elles deux ? se prit-elle à espérer.

*
**

Dans la voiture, elles gardèrent le silence. Il fallut passer devant le groupe de journalistes, et le martèlement des sabots sur le bitume fut presque couvert par les questions qui fusaient de tous côtés :

— Lady Rushden, juste une question !

— Un certain M. Norton prétend que vous avez travaillé comme ouvrière chez lui, dans son usine de Bethnal Green. Qu'avez-vous à répondre ?

— Lady Katherine, pouvez-vous confirmer que cette personne est votre sœur ?

Katherine feignit d'ajuster sur sa tête son chapeau ridicule .

— Je crois qu'ils m'ont photographiée, dit-elle avec une grimace. J'ai vu l'un d'eux brandir son appareil à travers la grille.

— Ne vous inquiétez pas, votre chapeau est droit.

— Oh, mais il ne faut pas ! Il se porte incliné sur le front.

— Ah...

Hannah aurait été au fait d'un tel détail. Sans réfléchir, Nell se leva à demi pour rectifier l'inclinaison du couvre-chef. Katherine ne protesta pas et la regarda se rasseoir, les yeux écarquillés, visiblement perturbée.

— Alors, vous n'y croyez vraiment pas ? ne put s'empêcher de lui demander Nell.

Katherine frémit et détourna vivement la tête ; elle reporta son attention sur le volet qui occultait la vitre et se battit avec la manette qui permettait de le relever.

— Je suis désolée de ne pas avoir de souvenirs, chuchota Nell. Je regrette tant !

En guise de réponse, elle n'obtint qu'un bref coup d'œil. Katherine avait apparemment décidé de ne pas la regarder trop longtemps dans les yeux. Nell se mordit l'intérieur de la joue. Par instinct, ou peut-être parce qu'elle avait développé une méfiance naturelle après toutes ces années difficiles, elle ne rendait plus jamais que ce qu'on lui donnait. Pas question pourtant de rendre les armes tout de suite : elle était curieuse d'en apprendre plus sur sa sœur.

— J'étais vraiment bouleversée quand je vous ai vue chez lady Allenton, reprit-elle.

— Non, je vous en prie, taisez-vous ! supplia Katherine d'une voix étranglée.

— Mais pourquoi ? C'est bien pour me parler que vous êtes venue me voir, non ? Pour obtenir des réponses à vos questions ? Si vous vouliez seulement vous montrer en ma compagnie, vous seriez venue en calèche ouverte, pas dans un coupé aux volets clos !

Katherine secoua la tête en se mordant la lèvre, le front plissé dans une mimique anxieuse. Tout à coup elle se tourna pour cogner du poing contre le panneau arrière.

— Vous avez raison, il fait trop mauvais pour sortir ! Qu'on nous ramène tout de suite à Rushden House, ajouta-t-elle à l'intention du laquais qui venait de pointer la tête après avoir fait coulisser la paroi.

Nell sentit sa gorge se serrer :

— Vous ne voulez plus que nous allions nous promener, alors ?

— Non. J'ai eu tort. Je ne voudrais pas vous mettre mal à l'aise. Vous n'êtes pas prête pour une apparition publique et votre mari ne vous en a pas donné la permission.

— Je n'en ai pas besoin ! Quant à Grimston, il me semble bien autoritaire. Est-il votre tuteur ou votre gardien ?

— Vous... vous ne comprenez pas. À l'avenir, je vous en conjure, ne sortez plus de chez vous sans votre époux !

La voix de Katherine avait pris une intonation suppliante. Elle se tordait les mains. À cet instant, la voiture ralentit, puis s'arrêta totalement. Surprise, Nell jeta un coup d'œil par la fenêtre dont Katherine venait de relever le volet.

— Nous ne sommes quand même pas déjà arrivées ?

— Oh seigneur ! gémit Katherine, qui se saisit soudain de la poignée pour la bloquer et pesa de tout son poids contre la portière. Allez-vous-en ! Allez-vous-en !

— Mais que faites-vous ?

Une voix étouffée s'éleva au-dehors :

— Katherine, est-ce que tout va bien ?

— Allez-vous-en ! répéta Katherine, hystérique. J'ai changé d'avis !

Avant que Nell puisse identifier la peur qui s'infiltrait en elle, la portière s'ouvrit brusquement. Deux policiers en uniforme apparurent. À leur vue, elle sentit son cœur se mettre à cogner dans sa poitrine.

— Katherine, qu'avez-vous fait ? murmura-t-elle en dévisageant sa sœur livide.

— Je... je ne sais pas ! Je ne voulais pas... J'étais tellement perdue !

Une main osseuse jaillit par l'ouverture et se referma sur le bras de Katherine pour la tirer rudement à l'extérieur. Elle tomba presque dans les bras de Grimston, dont le regard dur se posa sur Nell.

— C'est elle ! jeta-t-il en la désignant aux policiers.

Ceux-ci s'approchèrent avec une mine qu'elle ne connaissait que trop bien : le sourire et le regard arrogant de ceux qui ont le pouvoir sur les autres.

— Allez, viens sans faire d'histoires, comme une bonne fille, lui dit le plus proche.

Grimston retenait toujours Katherine par le bras. Celle-ci tenta en vain de se dégager et cria :

— Laissez-la tranquille !

Nell se réfugia à l'extrémité de la banquette, mais il n'y avait pas de fuite possible. Le policier grimpa sur le marchepied, la main tendue.

— Laissez-moi ! Vous ne pouvez pas m'emmener ! Je suis la comtesse de Rushden ! cria-t-elle.

Avec terreur, elle aperçut une lourde matraque dans la main du deuxième policier qui ricanait. Son acolyte l'attrapa par le poignet et gronda :

— Tout ce que je sais, ma petite, c'est que tu vas venir avec nous.

*
**

L'inspecteur de police, M. Hunslow, était un petit homme chauve au teint cireux. Toutes les dix secondes, il humectait de la langue ses lèvres parcheminées.

— Le magistrat ne sera pas de retour avant demain matin 10 heures, annonça-t-il. Vous feriez mieux de parler franchement avant que la situation ne devienne trop inconfortable pour vous.

Nell savait reconnaître une menace. Dans cette pièce exiguë à l'air vicié, seul le petit soupirail en hauteur attestait de l'existence du monde extérieur. Ils n'étaient pas dans les locaux où l'on interrogeait d'ordinaire les prisonniers.

Elle avait du mal à croire à la réalité de toute cette scène, du mal à croire à sa propre naïveté.

— Je vous l'ai déjà dit : je n'ai pas volé cette cuillère. Je la tiens d'un homme nommé Michael Whitby.

Elle ne voulait pas évoquer leur lien familial. À ses yeux Michael n'était plus rien. Et elle ne voulait plus penser à Katherine comme à sa sœur. Jamais plus elle n'accorderait une pensée à cette garce.

Hunslow faisait jouer sa mâchoire de gauche à droite, au risque de la déboîter. Au-delà des murs nus, blanchis à la chaux, s'élevaient les bruits de la justice ordinaire qu'on administrait : des gémissements, des pleurs d'un bébé, des vociférations occasionnelles.

Il était bien ennuyé, cet inspecteur. Il la prenait pour une menteuse, une voleuse. Il savait de quelle partie de la ville elle venait et lui avait dit sans détour qu'il connaissait les gens de son espèce. Il avait lu la presse, avait-il ajouté avec un sourire entendu.

Seulement, il la savait aussi mariée à un aristocrate. Il ne se sentait donc ni autorisé à lever la main sur elle ni à hausser le ton. Privé de ses tactiques d'interrogatoire habituelles, il se demandait comment prendre l'ascendant sur elle.

Elle le considéra sans ciller, jusqu'à ce qu'il laisse échapper un soupir sifflant :

— Soit. Nous allons faire rechercher cet homme. Mais ne vous y trompez pas, si nous n'arrivons pas à le localiser, ce mensonge vous fera plus de mal que de bien.

Sur ces entrefaites, quelqu'un frappa à la porte. Hunslow tira sur les pans de sa veste noire et alla ouvrir. Nell concentra toute son attention sur une fissure dans le mur, cela lui semblait vital. Après la vague de panique qu'il l'avait assaillie quand les policiers s'étaient emparés d'elle – et le dégoût que lui avait inspiré le visage larmoyant de Katherine –, elle était retombée dans une sorte d'hébétude qui avait émoussé sa colère et son indignation.

Elle ne voulait pas sortir de cet engourdissement confortable pour réfléchir à la situation en toute lucidité et se dire, par exemple, que Simon n'avait peut-être aucune idée de l'endroit où elle se trouvait.

Non, elle préférait se focaliser entièrement sur cette crevasse.

— Parfait ! déclara Hunslow, une note de triomphe dans la voix.

Les murs auraient eu bien besoin d'une couche de peinture fraîche. L'ancienne s'écaillait, tombait par plaques le long des plinthes. C'était le genre de murs qui laissait de grosses traces blanches sur les vêtements quand on faisait l'erreur de s'y appuyer.

La porte se referma. Nell releva la tête. Au lieu de se retrouver face à Hunslow, elle découvrit Sir Grimston, dont la haute silhouette sombre se détachait contre le battant.

Un léger sourire aux lèvres, il prit place sur la chaise qu'avait occupée l'inspecteur l'instant d'avant, dans un mouvement plein de raideur, comme si c'était la toute première fois qu'il pliait ses membres dégingandés.

— Au moins, ici, vous avez l'air dans votre élément, commenta-t-il d'un air pensif.

Comme il était maigre. Il y avait quelque chose de fascinant et de terrible dans ce visage émacié dont on discernait toute la structure osseuse sous la peau fripée. Sa pomme d'Adam formait une protubérance incongrue dans sa gorge.

Qu'un homme aussi laid envisage d'épouser lady Katherine dénotait une arrogance inouïe. Ce type se croyait tout permis.

— J'imagine que c'est vous qui avez donné cette cuillère à Michael ? supputa-t-elle.

— Voyons, ce ne sont que des allégations, rétorqua-t-il en croisant les jambes. Je ne vois pas comment vous pourriez le prouver. Les serviteurs de la loi découvriront que la personne à qui vous faites allusion était en villégiature à Ramsgate le jour où a eu lieu le vol. Ses amis, un aubergiste et une serveuse, pourront en attester si besoin.

Nell soutenait son regard sans broncher. Il avait de petits yeux sombres, profondément enfoncés dans leurs orbites. Des yeux cruels, comme ceux d'une belette qui passerait à l'attaque si jamais on avait le malheur de cesser de la surveiller.

— Vous avez eu tort de miser sur un ivrogne aux mains crochues, rétorqua-t-elle. Cette cuillère m'est parvenue par l'intermédiaire de quelqu'un qui pourra jurer que c'est bien Michael qui l'avait en sa possession avant même que je la voie.

Le rire de Grimston ressemblait au froissement d'une poignée de feuilles mortes. Elle en eut la chair de poule.

— Vous voulez sans doute parler de Mlle Hannah Crowley ? Mais oui, je vous en prie, dites à l'inspecteur Hunslow quel rôle elle a tenu dans cette affaire. Une femme qui devrait actuellement être enfermée à Newgate pour vol. Et qui a été libérée non pas sur ordre du tribunal, mais grâce à un pot-de-vin. Les autorités seront certainement très intéressées d'apprendre qu'elle se trouve mêlée à un autre vol.

Il était bien renseigné. Et il avait raison : il ne fallait surtout pas que Nell implique Hannah dans tout cela.

La gorge nouée, elle demanda :

— Que voulez-vous ?

— Ah. Rien de bien terrible. Je veux juste que vous disparaissiez de la circulation, mademoiselle Whitby. Je ne désire pas forcément vous faire jeter en prison. Comprenez cependant que cette histoire de cuillère vient entacher une réputation déjà douteuse. Mes hommes se sont renseignés, et partout dans votre sillage on trouve des larcins à droite, à gauche. Vous ne vous en cachiez même pas, vous avez même commis l'imprudence de le crier sur les toits. Pourquoi ? Ça, c'est un mystère.

Son sourire cauteleux s'accentua. Nell serra les dents. Il avait parlé aux femmes de l'Amicale des Jeunes Travailleuses, qui lui avaient raconté comment elle s'était accusée le jour où Hannah avait été arrêtée.

Grimston l'étudiait avec curiosité :

— Je constate que vous n'avez rien à dire pour votre défense. Ce qui serait bien embêtant si jamais je décidais de vous poursuivre en justice pour vol.

— Venons-en au fait.

— Fort bien. Vous devez renoncer à l'héritage de lady Cornelia. Si je porte plainte contre vous, vous serez jugée, condamnée, et aucun juge ne sera disposé à croire que vous puissiez être la sœur de lady Katherine. Vous passerez pour une aventurière, coupable de tentative d'escroquerie et d'usurpation d'identité, des crimes lourdement punis par la loi.

Elle ne put s'empêcher de frissonner. Elle savait quelle existence misérable menaient les prisonniers au pénitencier. Michael en avait fait les frais.

Mais Simon empêcherait cela, n'est-ce pas ? Il ne la laisserait pas croupir dans une geôle.

Où était-il ?

Il allait venir. Une intervention de sa part, et elle repartirait libre comme l'air. C'était facile pour lui. Ne l'avait-il pas fait pour Hannah ?

Sauf que Hannah n'avait pas un ennemi aussi puissant que Grimston à ses trousses.

L'air lui manqua tout à coup. Cette fois, Simon ne pourrait pas aplanir les difficultés d'un claquement de doigts. Toutes ces leçons de maintien, d'élocution, toutes ces belles robes... De l'argent dépensé pour rien. Sur les quais de la Tamise, personne ne reconnaissait une comtesse à sa bonne mine. On ne verrait qu'une humble ouvrière qui avait volé une maudite cuillère.

Elle articula d'une voix sans timbre :

— Et si vous choisissiez de ne pas porter plainte ?

— Vous avez l'esprit vif, ironisa Grimston. Ou peut-être est-ce juste l'instinct de survie ? Je ne suis pas un monstre, mademoiselle Whitby. Je sais que vous provenez d'un milieu difficile, où les perspectives d'avenir sont plutôt limitées. Je serais malvenu de vous demander de renoncer à la seule opportunité qui se soit présentée à vous. Mais justement, j'ai l'intention de vous proposer une alternative. Je suis prêt à vous donner une somme d'argent substantielle qui vous permettra de vivre dans le confort. Mais il faudra retourner à Bethnal Green, ne jamais remettre les pieds dans la bonne société. De même, vous admettrez publiquement être Nell Whitby et personne d'autre. Vous reconnaîtrez n'avoir rien à voir avec la fille disparue du comte de Rushden.

— Ce serait avouer avoir menti dans le but de tromper, objecta-t-elle dans un souffle.

— Vous mettrez cela sur le compte de la confusion, de l'émoi. Vous êtes une faible femme. Ignorante, sans éducation. Vous vous êtes fait manipuler. Vous êtes tombée sous l'influence d'un homme malveillant. Tout le monde sait que lord Rushden a un charme et un talent de persuasion hors du commun, ajouta-t-il avec un sourire acide. C'est un jeu d'enfant pour lui d'embobiner une petite ouvrière candide. Personne ne s'en étonnera, croyez-moi.

Nell se cabra soudain :

— Non, je ne ferai pas cela ! Si vous cherchez à lui nuire, vous devrez trouver quelqu'un d'autre !

— Ne soyez pas stupide. Vous n'allez tout de même pas me dire que vous tenez à ce type ?

Elle ne répondit pas.

Les lèvres de Grimston s'étirèrent pour ne plus former qu'une mince ligne dans son visage étique. Il soupira par le nez, haussa les épaules d'un mouvement saccadé.

— Comme vous voudrez. Si vous préférez, dites que vous avez été victime d'un accès de folie. Peu importe, du moment que vous reconnaissez n'être personne d'autre que Nell Whitby. Compris ? Dans ce cas je ne porterai pas plainte, et pour vous dédommager, je vous octroierai une somme de mille livres, que vous pourrez dépenser comme bon vous semble. Qu'en dites-vous ?

« Mille livres » songea-t-elle.

C'était une somme.

Incapable de répondre, elle s'humecta les lèvres.

Conscient de sa stupeur, il se pencha en avant et insista :

— Mille livres, pas un sou de moins. Ou bien la prison et la misère. Je crois que le choix est vite fait, non ?

Nell s'efforçait de voir clair dans ses pensées chaotiques. Cet homme avait la langue fourchue du diable, et tout son être se révoltait contre ses paroles venimeuses.

« Simon te sauvera ! », criait son cœur.

Son cœur ! Quelle sage décision avait-il jamais prise, celui-là ? Si elle était bien sûre d'une chose dans la vie, c'était que les idées romantiques menaient les femmes à leur perte. Elle s'estimait au-dessus de cela et elle avait refusé de faire le trottoir. Résultat ? C'est Hannah qui en avait pâti. Et sa mère était morte, de toute façon.

Au lieu de se taire, à l'usine, elle avait réclamé des améliorations et avait été renvoyée. Puis Simon était arrivé, un miracle incarné, et en deux temps trois mouvements, sa vie avait été métamorphosée. Ses rêves les plus fous étaient devenus réalité.

Jusqu'au jour où elle avait surpris la conversation entre lui et Daughtry.

La vie vous apprenait de dures leçons. Comment s'étonner qu'une fois de plus ses illusions volent en éclats ?

Vainement, elle chercha un argument valable pour refuser. Elle n'allait pas invoquer l'espoir ou la confiance aveugle.

— C'est mon mari, déclara-t-elle soudain. Même si l'on ne me reconnaît pas comme étant lady Cornelia, je ne peux pas retourner d'où je viens. Je l'ai épousé.

Grimston éclata de rire. Sa surprise était bien la première émotion sincère qu'elle voyait s'inscrire sur ses traits depuis son entrée dans la pièce.

— Pauvre fille ! lâcha-t-il avec un mépris cinglant. De nos jours, il est très facile d'annuler un mariage. Mais vous êtes au courant, apparemment.

Elle n'avait pu s'empêcher de trahir sa réaction. Il appuyait sur une meurtrissure qui ne guérissait pas, qui devenait au contraire de plus en plus douloureuse au fil des heures.

— Vous devriez partir, dit-elle.

— Cinq mille livres. Ce sera ma dernière offre, mademoiselle Whitby. Vous avez une minute pour vous décider.

« Cinq mille livres... »

Le goût âcre de la bile lui vint dans la bouche. Elle tourna la tête, de peur que Grimston ne lise son expression. Par le soupirail, elle aperçut un bout de ciel gris qui s'assombrissait. La nuit tombait et Simon n'était toujours pas là.

S'il était au courant de ce qui se tramait, il devait être horrifié. Ses espoirs de mettre la main sur l'héritage s'envolaient. Bien sûr, il la savait innocente, mais quelle différence cela ferait-il ? Il avait affirmé que l'argent ne comptait pas. Qu'il la garderait, quoi qu'il advienne. Si elle était déboutée par le tribunal, elle ne serait plus à ses yeux qu'une terrible erreur qu'il passerait le reste de sa vie à regretter.

Et maintenant, pour couronner le tout, elle allait être jetée en prison.

Elle ferma les yeux, assaillie par le désespoir.

Il fallait regarder la vérité en face. Simon n'avait pas besoin d'une femme pauvre et emprisonnée.

En revanche, si elle prenait l'argent que Grimston lui proposait, elle serait tirée d'affaire, libre de s'en aller sans plus se soucier des juges et de la haute société. Elle n'aurait plus à faire semblant d'être quelqu'un qu'elle n'était pas, elle ne serait plus tenaillée par la peur de décevoir.

Et, en toute objectivité, elle rendrait service à Simon.

D'un autre côté, en acceptant l'argent et en le quittant, elle ferait exactement comme cette femme qui l'avait abandonné des années plus tôt et lui avait brisé le cœur.

Une nausée lui retourna l'estomac. Ses yeux la piquaient. Elle se mordit la lèvre, luttant contre les larmes.

— Votre temps est écoulé, mademoiselle Whitby.

Elle ouvrit les yeux. Grimston la dévisageait. Il aurait fallu être folle pour ne pas prendre les cinq mille livres.

Si elle laissait passer cette occasion, elle s'en voudrait peut-être toute sa vie.

— D'accord. J'accepte.

— Je vous félicite d'avoir écouté la voix de la sagesse, commenta-t-il avec un large sourire.

Il se leva en soulevant les pans de sa redingote, lui fit signe de le suivre. Elle joua son rôle, lui emboîta le pas, tête basse.

Elle avait le vertige. Cinq mille livres. Une fortune. Et elle était libre, en plus !

Mais Simon. Certes, il lui avait menti. Mais ensuite il lui avait promis de la garder. Elle ne pensait plus qu'à lui, au choc que lui causerait cette trahison si semblable à celle qui l'avait anéanti des années plus tôt.

Mon Dieu. Elle était piégée. Incapable d'endurer la prison, incapable de payer sa liberté au prix fort, celui de son âme.

— Où allons-nous ? demanda-t-elle comme la voiture s'ébranlait.

Un rire hystérique lui montait dans la gorge. Elle osait à peine croire à ce qu'elle s'apprêtait à faire.

— Je vous conduis à mon cabinet juridique. Vous signerez un document stipulant que vous renoncez à vos revendications, et en échange vous recevrez un chèque.

Les larmes lui brûlaient les paupières. Elle n'en revenait pas. Simon avait raison, au bout du compte : elle l'aimait. Il n'y avait pas d'autre explication. Mais elle avait préféré se défier de lui, le dénigrer, car c'était plus facile que de céder à ces sentiments dangereux.

Elle avait vu tant de femmes pâtir de l'amour qu'elles vouaient à leur homme. Et voilà qu'elle-même se laissait prendre ! Nul doute que dans vingt ans elle se maudirait pour son indécrottable stupidité !

Elle eut un petit hoquet et porta la main à sa gorge.

— Que se passe-t-il ? s'inquiéta Grimston.

— Je ne me sens pas très bien. C'est sans doute l'émotion.

Un haut-le-cœur la secoua. Grimston s'affola en la voyant plaquer la main sur sa bouche :

— Vous n'allez quand même pas être malade ?

D'un poing nerveux, il cogna contre la paroi :

— Stoppez la voiture !

Une bouffée d'air frais envahit l'habitacle lorsqu'un valet vint ouvrir la portière. Nell s'était recroquevillée sur elle-même. Deux mains solides la prirent par la taille pour la soulever et la déposer sur le trottoir.

Elle se courba, comme si elle allait vomir, puis décocha un brutal coup de coude dans l'entrejambe du valet.

L'homme poussa un cri de douleur et la lâcha pour se plier en deux. Nell rassembla ses jupes d'une main et prit ses jambes à son cou.

Au moment où elle allait tourner à l'angle de la rue, la voix de Grimston retentit dans son dos :

— Vous faites une immense erreur, ma petite !

Elle ne gaspilla pas son souffle à lui répondre.

*
**

Simon repéra Nell dans la rue alors qu'elle agitait la main en direction de sa voiture, comme si elle craignait qu'il ne s'arrête pas.

La rage bouillonnait en lui et il cogna plus férocement que prévu sur le toit du véhicule. Sans attendre que le cocher immobilise ses bêtes, il ouvrit la portière, sauta sur le trottoir.

Il rattrapa Nell par les coudes au moment où elle s'effondrait contre lui. La sensation de son corps contre le sien, de son souffle sur sa joue, lui procura un soulagement immense.

— Nell, comment vous sentez-vous ?

Elle tremblait d'épuisement, le corps en nage, hors d'haleine. Il pressa ses lèvres contre son front, sans trop la serrer, de peur de lui faire mal si jamais elle était blessée.

— Je vais bien, haleta-t-elle. Je vous en prie, partons ! Il me suit !

— Grimston ?

Elle répondit d'un hochement de tête.

Il allait écarteler cet homme, lui arracher le cœur et le jeter aux cochons.

Après avoir soulevé Nell dans ses bras, il l'installa sur la banquette.

— Ramenez-la à la maison, ordonna-t-il au cocher.

— Mais vous ne venez pas avec moi ? se récria-t-elle.

— Grimston. J'ai deux mots à lui dire.

— Non, pas maintenant ! Simon, je vous en supplie.

Sa voix se brisa. Il retint son souffle. Elle avait été arrêtée. Katherine lui avait envoyé un message, un satané bout de papier qui était resté dans le hall, sur la maudite pile d'invitations, pendant Dieu sait combien de temps.

— Je vous en supplie, répéta-t-elle.

Il capitula, bondit dans le véhicule et claqua la portière. Ses bras se refermèrent sur Nell alors que le cocher faisait claquer son fouet. Il lui fallut un long moment avant de se décider à relâcher son étreinte.

— Mon Dieu, Nell ! Combien de temps êtes-vous restée là-bas ?

— Quelques heures.

Il serra les dents. Il tuerait Grimston de ses propres mains. Cette canaille ne méritait pas de jugement ni de sentence publique ; il allait l'exterminer comme la vermine qu'il était, au fond d'une venelle sombre.

La fureur et la honte le rongeaient. Il avait failli à sa femme, l'avait laissée seule, entourée d'ennemis, des heures durant.

— Nell, je ne savais pas. Je vous le jure ! Je suis venu dès que j'ai été au courant. Heureusement, la voiture était prête. Mais si je n'avais pas pensé à jeter un coup d'œil au courrier, je me serais rendu dans la direction opposée, à Bethnal Green.

— Ça va, maintenant, assura-t-elle.

La vue de ses grands yeux bleu sombre l'apaisa un peu. Il poussa un long soupir :

— Sous quel prétexte vous a-t-il fait appréhender ?

— La cuillère. Il a prétendu que je l'avais volée.

— Est-ce que quelqu'un a osé porter la main sur vous ?

— Non. Je vais bien, vous dis-je.

— Bon sang Nell, c'est toujours ce que vous répondez ! Comment allez-vous vraiment ?

— Bien, je vous le jure.

— Quand j'ai lu le message de Katherine...

— Il m'a offert de l'argent pour vous quitter.

Il ricana. Bien sûr. L'histoire se répétait. C'était déjà Grimston qui avait été dépêché des années plus tôt pour payer Maria.

Mais contrairement à cette dernière, Nell avait refusé.

— Qu'allons-nous faire ? chuchota-t-elle, éperdue.

Nous. Aucun mot ne lui avait paru plus doux à entendre.

— L'accusation ne tient pas debout. C'est Michael qui vous a fait parvenir la cuillère.

— Il s'est forgé un alibi avec des complices. Et je ne peux pas demander aux Crowley de témoigner en ma faveur.

Tout cela n'intéressait pas Simon. Il voulait rentrer à la maison avec elle, s'enfermer dans leur chambre, la garder dans ses bras comme un objet précieux.

— Nous en discuterons plus tard, décréta-t-il.

— Il va porter plainte et je n'ai aucun moyen de me disculper !

— Je trouverai quelque chose. Je vous le promets.

Il ne savait pas encore comment, mais s'il y mettait toute son énergie, toute son intelligence, il y arriverait.

Nell l'observait, les yeux agrandis par la peur. Elle ouvrit la bouche comme pour répliquer, capitula dans un soupir et, tout à son abandon, posa la tête sur son épaule.

17

Cette fois, Nell tint à assister à l'entretien avec Daughtry. Simon tenta de la renvoyer dans sa chambre à l'arrivée du juriste, mais en vain.

Daughtry alla droit au but :

— Pour parler franchement, la situation n'est pas bonne du tout. Je suis même très inquiet.

Simon perdit patience, bien que Daughtry n'ait pas mérité de servir de bouc émissaire. Nell le laissa exprimer sa colère. Ses manières étaient bien différentes de celles de Michael : il n'usait pas de ses poings ; sa froideur était bien plus dangereuse que la violence explicite de son beau-frère. Tout à coup, elle se rendait compte que Simon n'avait jamais voulu lui nuire.

Daughtry se défendit et, aux regards obliques qu'il lui jetait de temps à autre, elle comprit ce qu'il se retenait de dire devant elle : « Faites annuler le mariage, ce sera la meilleure solution. »

— Je me dois de vous rappeler la discussion que nous avons déjà eue au cas où les choses tourneraient mal, se borna-t-il à dire.

— Il n'en est pas question, gronda Simon entre ses dents.

En vérité, ils en étaient bien réduits à cette extrémité, admit Nell.

Elle s'éclipsa. Simon la rattrapa dans l'escalier. Elle lui fit face.

— Daughtry a raison, dit-elle avec calme. Notre cause est perdue.

— Vous n'allez quand même pas vous résigner !

— Il ne s'agit pas de résignation, plutôt de stratégie.

D'une voix sourde, il répliqua :

— Bonté divine, Nell, vous ne comprenez donc pas que je vous aime ?

Elle le dévisagea comme si elle n'avait pas entendu ces mots qui compliquaient la situation.

— Eh bien, c'est regrettable, articula-t-elle, avant de gravir rapidement les marches restantes.

Le piétinement derrière elle l'avertit que Simon la suivait. Elle poursuivit sans se retourner.

Comme elle pénétrait dans le salon, la porte claqua dans son dos. Lentement, elle se tourna vers lui.

Il avait l'air anéanti. Épuisé.

— Jamais je ne vous laisserai partir, dit-il. Vous n'avez donc pas compris ?

Il s'approcha d'elle et, d'une main, lui prit la joue, glissa les doigts dans ses cheveux, sans crainte de la décoiffer. Nell le considéra sans mot dire. L'amour faisait donc partie de l'équation, alors qu'ils étaient sur le point de tout perdre et qu'elle était devenue une criminelle.

— C'est l'argent que vous vouliez, Simon, lui rappela-t-elle, bien que chaque mot lui coûtât.

Il l'aimait. Et elle aussi l'aimait. Elle allait devoir garder le secret, car demain, après-demain ou plus tard, il s'en irait. Il n'y aurait rien pour le retenir lorsque, dans un sursaut de lucidité, il se découvrirait pauvre comme Job.

Pour le moment, il s'en défendait. Mais que connaissait-il de la misère, de ce qu'elle impliquait ? Il vivait à crédit, mais ses créanciers ne l'entretiendraient pas éternellement. La vie deviendrait plus difficile. Et plus de piano pour l'adoucir.

Avait-il songé à cela ?

— Oui, l'argent, soupira-t-il. C'est ce que nous voulions tous les deux. Mais il n'est pas encore temps de s'avouer vaincu.

Elle retint un rire amer. Il n'avait pas encore l'habitude de se heurter aux dures réalités. Daughtry avait plus les pieds sur terre que lui. Elle-même n'avait jamais perdu de vue que cette aventure était un pari fou. Et un bon joueur sait toujours quand se retirer de la partie.

S'il la retenait ici, elle irait en prison et il devrait faire face à la banqueroute. Tous deux souffriraient et se dégraderaient petit à petit, pour des raisons différentes.

L'un d'eux au moins devait se montrer raisonnable. Celui des deux qui avait le plus à perdre : elle.

Elle se remémora la conversation qu'elle avait eue avec Hannah dans la voiture, il y avait une éternité, lui semblait-il. Les robes. Elle avait promis d'emporter les robes.

— Nell, regardez-moi.

Elle fixait un point invisible, au-dessus de son épaule droite. Cette certitude que les choses tourneraient finalement en leur faveur lui paraissait arrogante. L'amour ne suffisait pas. Pas pour ceux de Bethnal Green, pas lorsque leur futur était en jeu.

— Bon Dieu, vous êtes vraiment lâche ! s'emporta-t-il.

Lâche ? Peut-être, admit-elle. Elle ne pouvait supporter l'idée que la loi les séparerait de toute façon. Avec ou sans amour, leur destin était maudit.

Tout à coup il posa sa bouche sur la sienne. Elle émit un petit son étouffé, mais, d'un geste automatique, referma les bras sur lui pour se suspendre à son cou.

La douleur qu'elle avait tant de mal à contenir explosa dans sa poitrine. Elle l'embrassa avec toute l'intensité de son désespoir. Sans savoir comment, elle se retrouva étendue sur le lit. Il l'embrassait avec fièvre, ses mains parcouraient son corps, et elle se cramponnait à lui, comme si elle craignait qu'il ne s'évapore.

Une voix stridente – peut-être son instinct de survie – hurlait en elle comme pour la mettre en garde. Si un enfant naissait de cette union, la route semée d'embûches qui l'attendait se révélerait plus dure encore.

Elle s'en moquait : la vie lui avait dénié un million de choses, le bonheur de connaître sa vraie famille n'étant pas la moindre. À présent, elle allait bientôt lui enlever Simon. La vie était cruelle et impitoyable.

Elle lui donna un coup de poing dans le dos. Il comprit sa frustration, sa révolte, la regarda dans les yeux. Elle lui arracha sa veste, la jeta par terre, lui déchira sa chemise par impatience, planta ses dents dans le muscle solide du bras. Cette peau lisse, souple, dorée, manquait de marques et de cicatrices. Elle y enfonça ses ongles et le sentit tressaillir, fouaillé par le désir.

Tandis qu'elle lui embrassait la poitrine, le goûtait de la langue, il retroussa ses jupes d'une main fébrile, déchira quelques ourlets dans sa hâte.

Ils roulèrent sur le lit, bras et jambes emmêlés, dans un combat qui les menait tous deux vers le même assouvissement.

Lorsqu'il entra en elle, elle se cabra dans un éblouissement et, faisant taire la voix dans sa tête, s'efforça de ne plus penser qu'à l'instant présent. Et au plaisir.

Mais le plaisir faisait mal, devenait insupportable dans son crescendo ; son courage l'abandonna tout à coup et, comme un frémissement le secouait, elle cacha son visage contre son torse pour qu'il ne voie pas couler ses larmes.

**

Lorsque Simon s'éveilla au matin, elle était partie.

Il avait mal dormi, s'était réveillé à plusieurs reprises, soulagé à chaque fois de la trouver pelotonnée contre lui. Quand s'était-elle glissée hors des draps ?

Il ne la trouva pas dans ses appartements.

Dans la salle à manger, un succulent petit déjeuner les attendait comme d'habitude, mais la pièce était déserte.

Elle n'était pas non plus dans la bibliothèque.

Alors qu'il regagnait l'étage pour entreprendre des recherches plus approfondies, il croisa la camériste qui se lamentait :

— Les robes de milady ! Elles ont toutes disparu !

Simon dévala les marches comme un tourbillon sans direction. Ses pas le ramenèrent dans la bibliothèque. Il vit tout de suite le livre abandonné sur la table de lecture : *La Tempête*, de William Shakespeare.

Quelques jours plus tôt, ils avaient eu à propos de cette pièce un échange passionné. Il s'approcha, saisit le volume relié, l'ouvrit à l'endroit où était glissé le marque-page.

Un passage lui sauta aussitôt aux yeux.

Vous m'avez appris un langage, et le profit que j'en retire c'est de savoir maudire. Que l'érésipèle vous ronge, pour m'avoir appris votre langage[1] !

Cet extrait sortait de la bouche du monstrueux Caliban, l'esclave que Prospero avait espéré dresser et soumettre aux règles hypocrites de sa civilisation.

Sa main se mit à trembler. Nell s'était comparée à la pauvre créature incapable de s'extraire de sa vile condition alors que c'était lui, Simon, comte de Rushden, qui avait appris un nouveau langage.

---

1. *La Tempête*, William Shakespeare. *(N.d.T.)*

Il savait bien où elle était partie. Elle n'était pas la première femme qu'il aimait à l'abandonner pour un avenir meilleur. Il ne pouvait pas le lui reprocher. Hier, leur situation semblait désespérée.

Il frappa du poing la couverture en cuir. Il s'attendait à éprouver la morsure brûlante de l'humiliation qui l'avait tenaillé à l'époque où Maria l'avait trahi, et des années durant.

« Pas assez bon pour elle. Minable », se souvenait-il.

Curieusement il ne ressentait rien de tel. Il était juste submergé par une immense tristesse.

Il comprenait. Peut-être l'avait-elle aimé, mais cet amour ne constituait pas une garantie suffisante à ses yeux. Dès qu'elle avait su qu'il gardait en option l'annulation de leur mariage, elle avait compris ce que valait sa parole.

Comment faire confiance à un tricheur, même s'il a promis de vous aimer pour le pire et le meilleur ?

Tout cela ne pouvait rivaliser avec la proposition de Grimston.

Pourtant, elle avait tort de faire confiance à cet homme. Nell était maligne, mais elle n'avait pas le cœur assez noir pour imaginer les surprises qu'il lui réservait peut-être.

Il devait la retrouver. Coûte que coûte.

Une certaine agitation en provenance du couloir lui fit relever la tête. La porte de la bibliothèque s'ouvrit brusquement. L'espace d'un instant, assailli par un flot d'émotions entremêlées – la joie, le soulagement, la colère, et une bouffée d'amour –, il demeura paralysé, à regarder ce visage marbré de larmes, ces lèvres tremblantes.

— Nell ! J'étais sur le point de…

Il s'interrompit. Une chape de plomb retomba sur ses épaules. Défait, il murmura :

— Katherine ! Que faites-vous là ?

Elle accourut vers lui, l'air affolé :

— Écoutez-moi. Je... je sais que j'ai eu tort, mais vous ne pouvez pas comprendre. Cela fait si longtemps qu'il me harcèle ! Je ne veux pas l'épouser, il n'y a que l'argent qui l'intéresse. Il m'a dit que je pourrais vivre tranquille, où bon me semble si je niais qu'elle était ma sœur. Et je ne savais pas. Je n'étais pas absolument certaine jusqu'à ce que...

— Ne vous tracassez pas, j'ai des projets concernant votre tuteur, coupa-t-il d'un ton bref.

Elle pâlit :

— Oh. Mais je crois que lui a des projets pour elle. Vous comprenez, je me suis rebellée, je lui ai dit que j'allais la reconnaître comme ma sœur, qu'il s'agissait vraiment de Cornelia. Il sait donc qu'il a perdu la partie et... Oh ! Simon, je crois qu'elle est en grand danger !

⁂

Nell laissa deux robes chez Hannah – dont la violette. Elle glissa les autres dans un grand sac qu'elle emprunta à son amie. L'élégante malle qu'elle avait ramenée de Mayfair aurait trop attiré l'attention.

Hannah avait proposé de l'accompagner chez Brennan, mais Nell n'était pas d'humeur à parler pour l'instant. Elle n'avait pas la force de s'expliquer, de trouver les mots pour justifier ce qu'elle venait de faire : trancher sa vie en deux pour retomber du côté sombre où elle saignerait sûrement jusqu'à la mort.

Jamais plus elle ne le reverrait.

Jamais plus elle ne le toucherait ni n'entendrait sa voix.

Elle prit une profonde inspiration avant de traverser la rue, l'esprit engourdi, les gestes mécaniques. Celui-ci bondit en arrière au moment où passait une voiture à vive allure. Le cocher l'insulta. Elle tenta d'enjamber une flaque boueuse sans même sentir l'humidité qui imprégnait ses bottines. De toute façon, elle n'aurait plus de jolies chaussures bien propres. Elle appartenait à ces rues jonchées d'ordures et de tessons de verre, peuplées de mauvais garçons et des femmes qui parlaient trop fort.

Pour la première fois, elle pensa à Jane Whitby sans éprouver de chagrin. Toutes deux avaient délibérément fui le monde douillet et parfumé de Mayfair pour se réfugier dans ces ruelles sales et grises. Par désespoir.

— Eh, te voilà revenue ? s'exclama Brennan en la voyant entrer dans sa boutique. Je croyais que tu t'étais mariée ?

— J'ai quelque chose pour vous, répliqua-t-elle en hissant le lourd sac sur le comptoir.

— J'ai lu les journaux, comme tout le monde, ajouta-t-il en l'observant à travers le filet de fumée qui s'échappait de sa pipe, coincée entre ses dents. Tu es toute seule ? Tu ferais bien de faire attention, Nellie. Ce n'est peut-être pas très prudent.

— Ces robes sont toutes neuves, certaines n'ont jamais été portées et j'en veux un bon prix. N'allez pas vous imaginer que vous pourrez me rouler, vieux grigou !

Il hocha la tête :

— Que s'est-il passé, Nellie ? Je pensais bien ne jamais te revoir. Ce n'était pas toi alors, la fille du comte ?

Nell, qui était en train de sortir une robe du sac, laissa retomber ses mains. Elle se mit à fixer son reflet dans le miroir, derrière Brennan. Un étourdissement la saisit. Qui était cette fille blême, aux yeux cernés ? Pas lady Cornelia. Pas la Nell d'autrefois non plus.

Elle avait changé. Ses poumons ne supportaient plus la fumée âcre de la pipe du prêteur sur gages. Une minute de plus dans cette boutique empuantie et elle suffoquerait.

Secouant la tête, elle poussa le sac vers lui :

— Je vous fais confiance. Envoyez-moi votre offre chez les Crowley, et je reviendrai pour vous dire si elle m'intéresse. Je suis pressée. Au revoir, monsieur Brennan.

Les nuages s'étaient clairsemés. Les rayons du soleil réchauffaient la terre humide. La luminosité brûlait les yeux. Nell trébucha sur un caillou et heurta quelqu'un. Elle murmura une vague excuse, prête à poursuivre son chemin, quand une main se referma sur son poignet.

— C'est justement toi que je cherchais, lui dit Michael avec un mauvais sourire.

18

Nell tira de nouveau sur la corde, plia et déplia ses doigts engourdis.

— Suzie, je t'en prie, donne-moi un couteau ! supplia-t-elle.

Assise à l'autre bout de la pièce, recroquevillée contre le mur, les genoux ramenés sur la poitrine, Suzie regardait dans le vide, sans ciller, indifférente à la parole humaine.

Son visage arborait de nombreuses traces de coups, et elle tremblait comme une feuille.

Au bout d'un moment, elle dit d'une voix à peine audible :

— Tu n'aurais pas dû revenir, Nell. Tu savais bien pourtant .

— Je savais ? Quoi donc ? Que Michael était un fou furieux qui me ligoterait sur une chaise ? Tu as raison, j'aurais dû m'en douter !

— Il n'y a pas que Michael.

Suzie plongea la tête entre ses bras. Nell se démenait, serrait les dents contre la douleur. En vain. Les liens tenaient bon. Elle ne réussirait qu'à s'arracher la peau.

Elle retomba contre le dossier du siège, haletante :

— Il n'y a pas que lui. Qui d'autre, alors ?

Elle avait déjà sa petite idée. Qui avait donné à son beau-frère l'argent pour acheter cette chaise bien stable et solide ? Comment avait-il pu payer le fiacre dans lequel il l'avait obligée à monter ?

— Je ne connais pas son nom, répondit Suzie sans relever la tête. Un type bien habillé, très grand, très maigre.

Elle s'interrompit brusquement. Un bruit de pas approchait dans le couloir.

La voix de Michael retentit, agressive. Pourtant, il n'était même pas saoul. Parfaitement sobre pour une fois, il n'avait eu aucun mal à embarquer Nell de force tout à l'heure, dans la rue. Quelques personnes avaient tenté de protester, Brennan était sorti de sa boutique, sans doute pour la première fois depuis dix ans, mais quand Michael avait brandi le pistolet, personne n'avait osé intervenir.

— Son offre est bien meilleure que la vôtre, disait Michael. Ça me paraît plus malin de demander à Rushden combien il est prêt à allonger !

La réponse fut prononcée d'une voix basse et contenue, si bien que Nell ne comprit pas un mot et reconnut quand même la voix de Grimston.

Pourquoi diable voulait-il la récupérer ? Il avait bien dû comprendre que si elle était de retour ici, à Bethnal Green, c'est qu'elle avait quitté Simon. Il aurait dû lui en être reconnaissant : il avait obtenu ce qu'il voulait sans avoir à débourser un centime.

La porte s'ouvrit. Michael franchit le seuil en jurant. Grimston apparut sur ses talons, vêtu de noir de la tête aux pieds, son chapeau aplati sous le bras. Il posa sur Nell un regard satisfait, mais son sourire s'évapora lorsqu'il aperçut Suzie.

— Qui est cette femme ?

Michael avança la mâchoire, avec son air buté des mauvais jours. Grimston n'allait pas tarder à comprendre qu'il avait commis une erreur en l'associant à ses combines.

— C'est pas vos affaires, rétorqua Michael.

— Êtes-vous tombé sur la tête ? Vous avez amené des témoins ?

Nell sentit son sang se glacer dans ses veines. Des témoins ? Quel était donc leur plan ?

Grimston abaissa sur Suzie un regard dégoûté, puis son expression se modifia. Un froid sourire incurva sa bouche mince et il se détourna, une main glissée dans la poche de sa veste.

Nell frémissait. Oh seigneur. Elle commençait à admettre ce que son instinct lui soufflait depuis un moment : Grimston n'était pas venu pour l'intimider.

Il ne comptait laisser personne derrière lui.

— Michael ! Michael, méfie-toi de lui ! cria-t-elle en tirant sans succès sur ses cordes. Michael, attention !

Grimston venait de faire volte-face, un pistolet à la main. Il tendit le bras et Nell, dans un réflexe, se jeta de côté, entraînant la chaise.

Une détonation retentit. Les oreilles de Nell se mirent à bourdonner, tandis que son esprit en déroute tentait vainement d'analyser ce qui se passait. Il y avait du sang par terre ; ce n'était pas le sien. Un bruit de lutte ; ils se bagarraient. Michael avait saisi la main qui tenait le pistolet. Sa chemise était souillée de rouge.

Des doigts gelés se refermèrent sur le bras de Nell. Une douleur vive lui cisailla le poignet. Elle cria. La seconde suivante, un des liens tomba. Elle vit Suzie s'agenouiller à ses pieds, un couteau en main pour s'attaquer à la cordelette qui lui entravait les chevilles.

Elle put se redresser. L'air hagard, Suzie contemplait les deux hommes qui avaient roulé à terre. Nell la saisit par l'épaule :

— Sauve-toi ! Va chercher la police !

Suzie la regardait, hébétée. Nell lui confisqua le couteau et la poussa vers la porte. À cet instant, un autre coup de feu éclata dans leur dos.

Suzie hurla :

— Michael ! Noooon !

Sans se retourner, Nell entraîna Suzie avec elle dans l'escalier, mais ses jambes la trahirent et se dérobèrent. Elle dut se cramponner à la rampe qui vibra sous le choc pour se casser net sous sa main.

Déséquilibrée, elle tomba à genoux, dégringola plusieurs marches, se cogna la tête et vit trente-six chandelles.

Comme elle tentait de se redresser, une voix masculine claqua dans la cage d'escalier :

— Pas un geste !

Quelques marches plus haut, Suzie, la main plaquée sur la bouche, restait tétanisée, le dos plaqué au mur.

Les planches craquèrent. Grimston descendait l'escalier.

Elles allaient mourir ici, toutes les deux, songea Nell.

« Pas question. »

Ses doigts se refermèrent sur le manche du couteau. Il était poisseux et glissant. Elle saignait. Suzie l'avait entaillée en tranchant ses liens.

Elle ferma les yeux, se laissa retomber par terre, attendit ; elle compta le nombre de marches qui grinçaient sous les semelles de Grimston, se dressa d'un bond le bras tendu en direction du ventre de son ennemi.

Elle eut le temps d'entrevoir la gueule noirâtre du pistolet qu'il brandissait.

La détonation se répercuta dans la cage d'escalier, tandis qu'une pluie de plâtre et d'esquilles de bois s'abattait sur elle. Grimston perdit l'équilibre et bascula tête la première dans les marches.

Nell n'attendit pas qu'il atterrisse sur le palier : elle attrapa Suzie par la main et dévala les marches restantes en l'entraînant à sa suite. Elles bondirent par-dessus Grimston qui gémissait, recroquevillé, puis continuèrent leur course folle dans l'escalier.

Au moment où elles atteignaient le rez-de-chaussée, un bruit de cavalcade s'éleva au-dessus. Leur assaillant s'était de nouveau lancé à leurs trousses. À bout de souffle, Nell se rua vers la porte qui s'ouvrit avant même qu'elle puisse tourner la poignée et laissa entrer à flots la lumière du jour dans la petite entrée crasseuse.

Bouche bée, elle leva les yeux sur la haute silhouette de l'homme qui bloquait le passage, une expression farouche sur les traits.

Il tenait un pistolet qu'il brandit d'un geste déterminé et fit feu.

La déflagration fut assourdissante.

Un gargouillis étrange se fit entendre derrière Nell. Puis ce fut le bruit de la chute d'un corps pesant.

Nell lâcha la main de Suzie, vacilla et tomba à genoux.

L'homme qui avait tiré s'agenouilla également.

Simon prit son visage entre ses mains tremblantes et l'attira dans le cercle indestructible de ses bras.

*
**

Assise près du feu dans le salon de la suite de Simon, une couverture drapée sur les épaules, Nell regardait le médecin achever de suturer la plaie de son poignet.

Elle ne ressentait pas la moindre douleur, comme si sa chair était en caoutchouc.

— Voilà, c'est fini, annonça le médecin en la fixant par-dessus ses petites lunettes.

Il lui fit encore un pansement, puis se redressa après lui avoir amicalement tapoté l'épaule. Face à ce visage débonnaire, elle songea à sa mère qui n'avait pas eu la chance de recevoir les soins qui, peut-être, l'auraient sauvée.

Tout se mélangeait dans sa tête, la tristesse, les regrets amers, le soulagement d'avoir échappé à la mort.

— Si elle contracte la fièvre, faites-moi immédiatement prévenir, dit encore le médecin en franchissant le seuil de la pièce.

— Bien sûr, répondit une voix féminine.

Nell se raidit en voyant s'approcher Katherine Aubyn, qui vint prendre place sur le siège qu'occupait le praticien l'instant d'avant.

Sa sœur se pencha pour lui frôler la main d'un geste incertain, avant de presser ses doigts avec une plus grande fermeté.

— Je suis désolée, chuchota-t-elle.

Nell n'avait que le choix entre les sarcasmes qui lui montaient aux lèvres : « Qui vous a invitée ici ? Les policiers sont en bas, dans le salon. Vous pourriez peut-être leur demander de m'arrêter de nouveau ? »

Mais Katherine la devança :

— Je n'espère pas que vous m'accordiez votre pardon.

— Tant mieux.

« Et puis quoi encore ? »

— Mais si vous vouliez bien me laisser vous expliquer.

— Quoi ? Que vous m'avez trahie par désœuvrement ? Que vous vouliez protéger votre pactole ? Ça ne m'intéresse pas, de toute façon.

— Je ne cherche pas d'excuses, murmura Katherine d'une voix piteuse. Je sais que ce que j'ai fait est impardonnable. Mais si nous parlions un peu je pourrais apprendre à vous connaître ce qui est vraiment mon souhait le plus cher. Oui, j'aimerais tellement passer un peu de temps avec ma sœur.

— Votre sœur ? répéta Nell, désarçonnée malgré elle.

— Oui. Je le sais maintenant. Je le sens, affirma Katherine en posant son poing fermé contre sa poitrine.

— Eh bien, vous changez d'avis comme de chemise, vous.

Katherine pâlit, baissa la tête sans mot dire.

Nell n'avait aucune envie de lui faciliter la tâche. Comme elle gardait le silence, elle scruta à loisir le visage accablé de Katherine, notant quelques détails physiques qui les différenciaient : ce front lisse, l'absence de ridules au coin des paupières. Katherine avait passé sa vie dans un univers protégé, elle n'avait pas l'habitude de se renfrogner ou de plisser les yeux face au soleil.

Mais quand celle-ci releva la tête, elle lut sur ses traits crispés des émotions violentes qu'elle ressentait peut-être pour la première fois de sa vie.

— J'étais terrifiée, avoua-t-elle. Et si déçue ! J'ai tant prié pour ton retour ! J'ai souvent imaginé nos retrouvailles, mais jamais je n'ai pensé que tu pourrais ne pas te souvenir de moi ! acheva-t-elle dans un sanglot étranglé.

Ses larmes éveillèrent une émotion puissante chez Nell. Elle en fut la première surprise. Comment, après tout cela, tout espoir n'était donc pas mort en elle ?

— C'était… stupide ! hoqueta Katherine. Et ce que j'ai fait était oui, innommable. J'ai été lâche, alors que toi, tu t'es montrée si courageuse.

— Je ne suis pas une héroïne !

— En tout cas, je voulais te dire que tu étais la bienvenue chez moi. Ma maison est aussi la tienne. Et ta présence y est souhaitée. Attendue.

Cette fois, Nell fut bien incapable d'user d'ironie. Des images s'incrustaient dans son esprit. Elle se rappelait la maison où elles habitaient toutes deux jadis. La nursery. Et tant d'autres choses qui se réveillaient soudain dans sa mémoire.

— Tu te souviens de cette poupée ? demanda-t-elle tout à coup. Ou peut-être que je l'imagine. Elle était rousse, avec des yeux bleus.

— Élisabeth. Nous l'appelions Élisabeth Régina.

La gorge de Nell se noua. Elle murmura d'une voix enrouée :

— Élisabeth Régina. Oui, c'est ça.

Elle adorait cette poupée. Et elle n'était pas la seule. Elles étaient deux à s'en occuper. Deux à l'aimer tendrement.

Deux à s'aimer tendrement.

— Tu l'as toujours ? s'enquit-elle quand elle fut sûre que sa voix ne chevroterait pas.

— Je la retrouverai. Je te le promets.

— Cela me ferait très plaisir. Alors peut-être, oui, que je viendrai te rendre visite.

Il était stupide de se fermer des portes, pas vrai ? Dans la vie, il fallait toujours être capable de retomber sur ses pattes. Et d'ailleurs à ce propos.

— Peux-tu prendre Suzie chez toi ?

Katherine se raidit imperceptiblement en fronçant les sourcils :

— La personne qui est dans le salon et que les policiers ont interrogée ? Celle dont le mari...

— ... était mon beau-frère, oui.

— Oh. Eh bien, oui, bien sûr.

— Tu es sûre que ça ne te dérange pas de recueillir une ouvrière ? ne put s'empêcher d'ajouter Nell. Une moins-que-rien, quelqu'un qui est obligé de travailler de ses mains pour gagner sa vie ?

— Non ! se récria Katherine dans un sursaut, avant de reprendre d'un ton plus ferme : Tous tes amis sont les bienvenus chez moi. Je veux dire à la maison. Chez nous.

De nouveau, une vague d'émotion assaillit Nell. Et elle faillit bien verser une larme, elle aussi, quand Katherine, s'étant levée, se pencha pour déposer un baiser fugace sur sa joue.

— Bien, je vais te laisser te reposer, maintenant. À plus tard.

Sans attendre, Katherine s'éloigna. Nell la suivit des yeux et comprit la raison de ce départ précipité. Simon se tenait sur le seuil. Il s'écarta pour lui livrer passage, murmura quelques mots que Nell n'entendit pas. Le son de sa voix grave la réchauffa tout entière. Elle se remémora son expression farouche lorsqu'il avait brandi son pistolet et froidement abattu Grimston qui s'apprêtait à lui tirer une balle dans le dos.

Elle avait été si soulagée, si heureuse de le voir !

Il s'approcha.

— J'ai dit aux inspecteurs qu'ils pourraient vous interroger demain s'ils le jugeaient nécessaire, annonça-t-il d'un ton neutre.

— Merci, murmura-t-elle, les yeux baissés sur le tapis oriental.

— Vous ne voulez pas me regarder ?

Non. Il lui avait sauvé la vie alors qu'elle avait choisi de l'abandonner. Pour de bonnes raisons, évidemment, mais quand même. À présent, elle avait honte.

— Il ne faut plus avoir peur. Michael et Grimston sont morts. Ils ne peuvent plus rien contre vous.

Elle releva vivement la tête :

— Oh, je n'ai jamais eu peur d'eux !

Il ne croyait tout de même pas qu'elle était partie à cause de Grimston ? Mais elle avait déserté leur maison et il devait la prendre pour la pire des lâches et des égoïstes. C'était sans doute pour ça qu'il était si froid et si distant.

— Je vais partir. Katherine m'a proposé de venir vivre chez elle. Bien entendu, j'ai l'intention de vous donner la moitié de l'héritage. C'est ce qui était entendu entre nous et...

— Nell, pour l'amour de Dieu !

Elle eut un petit sursaut. Il vint s'agenouiller devant elle, lui prit le menton pour l'obliger à soutenir son regard. Aussitôt, son cœur s'affola. Elle qui avait pensé qu'ils ne se toucheraient plus jamais.

— À mon réveil, j'ai cru que vous aviez changé d'avis, que vous aviez décidé d'accepter l'offre de Grimston.

— Non, pas du tout.

— Je l'ai compris, mais cela n'aurait fait aucune différence si cela avait été le cas.

— Que voulez-vous dire ?

— Je vous aurais aimée pareillement. Parce que je ne peux pas m'en empêcher. C'est au-dessus de mes forces. Je vous aime, Nell. Je vous l'ai déjà dit, mais aujourd'hui je comprends mieux ce que cela implique. Si vous étiez morte aujourd'hui, je n'aurais pas pu le supporter. Je me serais couché sur votre tombe en attendant ma propre mort.

Les larmes aveuglèrent Nell. Elle cilla, porta le dos de sa main à son front.

— Et c'est pour cette raison, poursuivit-il, que je vous demande de partir.

— Quoi ? Mais que...

— Toutes les opportunités du monde vont s'ouvrir à vous. Maintenant que Katherine est de votre côté, plus personne n'osera contester votre identité. Je vous ai menti, j'ai tenté de vous manipuler. Si vous voulez reprendre votre liberté, vous pourrez invoquer comme raison que je vous ai contrainte au mariage, et il vous sera facile d'obtenir l'annulation.

— Vous voulez vous débarrasser de moi, c'est ça ?

Il tressaillit. Une expression sauvage traversa son visage et il lui agrippa les mains :

— Me débarrasser de vous ? N'avez-vous donc pas entendu ? J'ai dit que je vous aimais. Pourquoi voudrais-je me débarrasser de vous ?

— Parce que... parce que...

« Parce que je suis une ouvrière et vous le seigneur du château. »

— Vous préférez que nous restions mariés ? chuchota-t-elle.

— Peu importe ce que je veux. Que voulez-vous, vous ? Désirez-vous passer le reste de votre vie avec moi ?

— Oui !

372

Elle ouvrait la bouche quand, frappée par une subite révélation, elle se sentit gagnée par une peur paralysante.

Elle avait toujours su que Simon n'était pas pour elle. Elle n'avait jamais cru aux miracles. Et même en prison, elle avait éprouvé du désespoir, mais elle n'avait pas été vraiment surprise.

Aux yeux du monde, elle allait devenir lady Cornelia. Mais cela ne changerait en rien son passé. Elle serait toujours cette fille qui avait grandi à Bethnal Green, qui commettait des impairs, qui n'entendait rien à la musique, et qui pouvait seulement singer les grands de ce monde, à force de leçons et de répétitions, pour espérer passer de loin pour l'une d'entre eux.

— Je vous aime, Simon.

— Je sais, dit-il d'une voix paisible. Mais souhaitez-vous vivre avec moi ?

Son regard semblait lui transpercer l'âme.

— Vous savez que jamais je n'appartiendrai vraiment à votre monde.

— J'ai besoin de vous, mon amour. Mais si vous pensez que votre place est ailleurs, que vous serez plus heureuse loin de moi…

— Non ! C'est avec vous que je veux être. Mais je suis une cigarière.

— Une cigarière. Et aussi ma femme. La comtesse de Rushden.

Il baissa la tête, déposa un baiser sur chacune de ses mains, puis se redressa, l'entraînant dans son mouvement.

— Je sais que vous avez peur, ma chérie. Mais il ne faut pas sous-estimer la force de l'amour. Je sais qu'à nous deux, nous pouvons créer notre propre monde.

— Je ne serai jamais une lady, murmura-t-elle, les yeux fermés. Je… je me moque bien d'aller me promener au parc l'après-midi. Faire la conversation à l'heure du thé m'ennuie. Jamais je ne serai aussi à l'aise que vous en société. Je n'ai pas votre charme. Je ne connais rien à l'art et je n'irai pas au concert parce que j'ai bien d'autres choses plus intéressantes à faire.

— Ah oui ? Quoi donc ?

Elle rouvrit les yeux. Elle avait détecté une note d'amusement dans sa voix, mais il l'observait avec sérieux.

Elle s'humecta les lèvres :

— Eh bien, j'avais déjà l'intention d'acheter cette usine, mais ce n'est qu'un début. En fait, je compte en acheter plusieurs et leur apporter de grandes améliorations.

— C'est tout ?

— Non. Je veux aussi faire quelque chose pour les pauvres qui ne peuvent pas se soigner faute de moyens. J'aimerais faire construire un hôpital public où n'importe qui sera admis gratuitement.

— Je vois.

Il ne riait pas, ne lui disait pas qu'elle était folle. Il l'écoutait toujours avec gravité.

Elle eut un brusque sourire :

— Vous croyez que j'en serai capable ?

— Je ne vois pas ce qui pourrait résister à votre volonté de bison une fois que vous vous êtes mis une idée en tête !

Une bulle de bonheur gonfla timidement dans la poitrine de Nell. Auparavant, ses rêves étaient petits. À présent, grâce à l'énergie et à la confiance que Simon insufflait en elle, elle se sentait toutes les audaces.

Maintenant, elle pouvait rêver en grand.

— Vous voyez, vous allez devenir une de ces matrones charitables dont vous disiez tant de mal, la taquina-t-il.

— À ceci près que je compte m'investir totalement et aller moi-même sur le terrain pour vérifier que l'argent est bien dépensé. Je vous préviens, cela risque de faire jaser.

— Ce sera d'autant plus distrayant.

Elle leva les yeux sur lui. Leur vie ne serait pas forcément facile. Ils seraient certainement jugés, critiqués. Mais qu'importe. Du moment qu'il était à ses côtés, elle se sentirait chez elle. En sécurité. Capable de tout entreprendre.

— Simon. Je ne peux pas partir. Je vous aime. Je veux vivre avec vous.

— Et me faites-vous confiance, Nell ?

— Avec vous, je suivrais n'importe quelle route. Vous m'appartenez et je vous garde, Simon Saint-Maur.

Il secoua lentement la tête :

— Vous êtes la femme la plus incroyable, la plus extraordinaire et aussi la plus entêtée que je...

Il ne put finir. Nell s'était hissée sur la pointe des pieds pour lui accrocher un baiser sur la bouche. Un baiser qui n'avait rien de raffiné ou de délicat, un baiser brutal, gourmand, qui réclamait l'invasion de sa langue dans sa bouche, et auquel il répondit avec ardeur, en lui plaquant le dos contre le mur pour mieux presser son corps contre le sien.

— Oh ! Je vous demande pardon ! Je suis confuse ! s'exclama la voix horrifiée de Mme Hemple dans leur dos.

Simon fit la sourde oreille et Nell se mit à rire contre sa bouche, tandis qu'un cliquetis de talons indignés annonçait le départ précipité de la duègne.

Lorsque, enfin, ils se séparèrent, riant, elle le prévint :

— Je crois que je vais être une épouse très vulgaire. Terriblement vulgaire.

— Mais j'espère bien ! répliqua-t-il en la prenant par la main pour l'entraîner vers la chambre.

Le 21 novembre

Les amants de Londres - 3 - La dette
ଔ **Lorraine Heath**
Depuis le terrible accident qu'il a provoqué trois ans plus tôt, le
duc d'Ainsley est rongé par la culpabilité. Par sa faute, son cousin,
le marquis de Walfort, est aujourd'hui paralysé. Jamais Walfort ne
pourra donner de fils à son épouse, la sublime Jayne. Jusqu'à ce
que ce dernier demande à Ainsley une faveur, en guise de dette :
le remplacer dans le lit conjugal !

Une nuit pour s'aimer ଔ **Mary Balogh**
Lors d'une sanglante expédition au Portugal, Neville Wyatt, comte
de Kilbourne, épouse Lily Doyle, la fille d'un sergent. Mais au
lendemain de leurs noces, la jeune femme meurt tragiquement.
Des années plus tard, alors que Neville s'apprête à célébrer ses
nouvelles noces, une jeune fille en haillons se présente à lui... Lily.
Elle vient récupérer le titre qui lui revient de droit.

Les trois princes - 2 - Liaison inconvenante
ଔ **Elizabeth Hoyt**
Un corps puissant, les yeux les plus verts du monde... Harry Pye
n'a qu'un défaut : il est l'intendant de Georgina Maitland. Un jour,
tous deux se retrouvent seuls en rase campagne, contraints à
passer la nuit ensemble. Georgina a beau jouer l'effrontée, Harry
s'obstine à ne voir en elle que la riche propriétaire terrienne. Il est
si agaçant ! Et séduisant...

Le 7 novembre

PROMESSES

Inédit *Les chroniques de Virgin River - 6 - Paradis*
Robyn Carr

Rick Sudder, méconnaissable depuis son retour d'Irak.

Dan Brady, tourmenté par son passé.

Deux hommes brisés par la vie, à la recherche de la paix et du bonheur auxquels ils aspirent avec force. À Virgin River, l'amour les réconciliera-t-il avec les rêves qu'ils croyaient perdus à jamais?

Les Kendrick et les Coulter - 4 - Dans le bleu de tes yeux
Catherine Anderson

Après vingt-huit ans de cécité, Carly vient de recouvrer la vue. Et voilà qu'une aventure d'un soir menace d'anéantir ses projets d'avenir. Elle est enceinte ! Hank Coulter, qui tient à assumer ses responsabilités, lui propose un mariage provisoire, le temps qu'elle finisse ses études. Avec éfiance, Carly accepte l'offre de celui qu'elle considère comme un vulgaire tombeur.

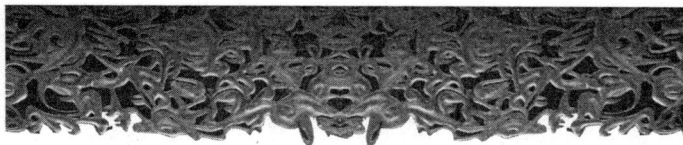

Le 7 novembre

CRÉPUSCULE

Inédit **Les ombres de la nuit - The warlord wants forever & Untouchable** **Kresley Cole**
Autrefois humains, aujourd'hui vampires, Nikolaï et Murdoch Wroth sont des êtres impitoyables, assoiffés d'amour… ce qui les conduit vers de sublimes créatures bien différentes de ce qu'ils sont : des Valkyries. Myst, la prisonnière d'un château, saura-t-elle redonner la vie à Nicolaï ? Daniela, l'inaccessible Reine des Glaces, se laissera-t-elle effleurer par Murdoch ?

Chasseuses d'aliens - 1 - Fatal rendez-vous
 Gena Showalter
Traqueuse d'aliens aux méthodes musclées, Mia Snow fait partie d'une brigade d'élite qui tente d'imposer la loi humaine aux hordes d'extraterrestres qui envahissent New Chicago. Un étrange meurtre vient d'être commis et les soupçons se portent sur une Arcadienne, la pire des créatures. Mia part en chasse et se retrouve face à un guerrier aux pouvoirs surprenants…

Romantic Suspense

Si sombre et inquiétant... ❧ **Edna Buchanan**
Accusé en 1911 d'un meurtre qu'il a toujours nié, John Ashley
s'enfuit avec sa fiancée, Laura, pour échapper à la pendaison.
Contrebande, évasions, braquages de banque, piraterie en hautes
mers : John et Laura auront été le couple hors la loi le plus célèbre de
Floride.
2011. L'inspecteur John Ashley enquête sur le meurtre d'un
millionnaire. Ses investigations le mènent tout droit à un
mannequin nommé Laura, qu'il reconnaît aussitôt comme celle
qui peuple ses rêves depuis l'enfance. L'attraction est immédiate –
et réciproque. Mais l'affaire tourne mal et John est accusé à tort du
meurtre. L'histoire se répète : le couple doit s'enfuir. Mais quel
avenir y a-t-il pour des renégats comme eux ? Pourront-ils vaincre
le poids du passé et prouver leur intégrité ?

Un mariage en noir ❧ **Linda Howard**
Organisatrice de mariage, Jaclyn Wilde travaille d'arrache-pied
pour satisfaire les moindres caprices et désirs de Carrie Edwards.
L'affaire tourne au cauchemar quand Carrie est sauvagement
assassinée… et que Jaclyn devient l'une des principales suspectes.
Le détective Eric Wilder, en charge de l'affaire, a bien du mal à
distinguer le vrai du faux et à dissocier enquête et attirance pour
Jaclyn. Tandis que la tension monte, le meurtrier se rapproche…

Et toujours la reine du roman sentimental :

Barbara Cartland

« Les romans de Barbara Cartland nous transportent dans un monde passé, mais si proche de nous en ce qui concerne les sentiments. L'amour y est un protagoniste à part entière : un amour parfois contrarié, qui souvent arrive de façon imprévue.
Grâce à son style, Barbara Cartland nous apprend que les rêves peuvent toujours se réaliser et qu'il ne faut jamais désespérer. »
Angela Fracchiolla, lectrice, Italie

Le 7 novembre
Sous un loup de velours noir

10115

Composition
FACOMPO

Achevé d'imprimer en Italie
par ❦ GRAFICA VENETA ·
Le 3 septembre 2012

Dépôt légal : septembre 2012.
EAN 9782290056233
L21EPSN000860N001

ÉDITIONS J'AI LU
87, quai Panhard-et-Levassor, 75013 Paris

Diffusion France et étranger : Flammarion